Set Me Free

Cette œuvre est une œuvre de pure fiction. Les noms, caractères, évènements et incidents sont les produits de l'imagination de l'auteur, utilisés de manière fictive. Toute ressemblance de près ou de loin avec la réalité serait complètement fortuite.

Couverture réalisée par Onjoy
Dépôt Légal : Novembre 2021
ISBN : 9798487415479
Independently published.

ALEXANDRA KEAN

Set Me Free

Playlist

AVERTISSEMENT

Pour un public averti

Set Me Free n'est pas une belle histoire de morale et de paillettes. Entre ces pages, il y a de la violence gratuite, de la torture physique et mentale, du viol, de la manipulation, et autres abus et sévices de l'être humain.

Entre ces pages, des démons prennent vie. Entre ces pages, j'ai donné vie à un enfer, à des personnages cruels que vous allez adorer détester.

Merci de me lire. Merci d'être là.

Au-delà de tout, j'espère que mes mots atteindront votre cœur comme ils ont fait vibrer mon âme lorsque je les ai couchés sur le papier.

À la moi de 12 ans qui avait cessé d'y croire.
À mes lectrices qui m'ont sauvée.

PROLOGUE

« Ni la révolte ni le dégoût n'adoucissent l'acuité de la souffrance »

Laure Conan, L'obscure souffrance, 1919

Est-ce que vous avez déjà vécu cette sensation ? De tomber dans le vide avant de vous réveiller ? De tomber dans un abysse sans fond, avant d'ouvrir les yeux dans votre lit, en sueur ? C'est ce que je ressens, là, maintenant. Je tombe, je tombe, et je tombe encore jusqu'à en perdre l'esprit. Sauf que je ne me réveillerai pas. Je ne me réveillerai jamais. Parce que ce n'est pas un rêve. Ce n'est pas un cauchemar.

C'est la réalité. Ma réalité.

C'est un peu comme si on vous déchirait, comme si on vous broyait le cœur pendant des heures, comme si on vous frappait de toute part et qu'on vous arrachait la peau. Mon cœur, mon esprit, mon âme se font piétiner comme s'ils n'étaient que de la poussière. Je suis broyée, noyée au plus profond d'un lac gelé.

Mais dans le noir, ce qui fait le plus mal et qui transforme les ruines de mon âme en fines couches de cendre, c'est qu'*ils* regardent à travers moi comme s'ils ne me voyaient pas.

Comme si je n'étais pas là. Comme si je n'existais pas.

Et pourtant je continue. C'est pathétique. Je ne suis qu'un

corps sans vie déambulant sur terre, dont l'organe principal ne fait plus que pomper du sang contaminé par le désespoir et la haine. L'alcool coule à flot dans mes veines, et mes poumons sont envahis par la nicotine. Et ensemble ils neutralisent mon cerveau, celui qui me force à revivre mes souvenirs, *encore et encore.*

Je me nourris, je bois, mon corps est en vie, et pourtant....

Je ne suis plus rien.

Mes larmes coulent sans relâche dans mon sommeil. Je me demande parfois comment mon corps arrive encore à en produire.

Je hurle aussi. Je sors mes tripes, je déchire mes cordes vocales, et pourtant elles sont toujours là. J'ai la voix rauque. La peau pâle, sèche et abîmée. Les pupilles vides, pâles, et si hantées par mes démons qu'on évite de me regarder dans les yeux. Je suis un fantôme, une ombre qui passe, et qu'on contourne avec soin et frayeur.

J'ai été massacrée. Réduite en ruines. Et je suis toujours là.

Prisonnière de cette cage noire, prisonnière de l'enfer, prisonnière des pires tortures de Lucifer. Prisonnière de tous les démons du monde, prisonnière des cauchemars des monstres les plus terrifiants de la planète.

A attendre qu'on vienne me libérer.

CHAPITRE 1

"Je n'ai rien d'autre à offrir que du sang de la peine des larmes et de la sueur"

Winston Churchill

Nix 1 juillet 2018- New York

Je parcourais les rayons doucement, la capuche de mon sweat rabaissée sur ma tête. À cette heure tardive, la supérette était quasiment vide et il n'y avait pas un bruit.

Je préférai quand il y en avait. Le calme était oppressant. Quand tout était silencieux, mes pensées martelaient dans mon crâne et les souvenirs remontaient. Pas les beaux souvenirs, non.

Le genre de souvenirs qui hantait mes nuits et mon esprit. Qui ressurgissait à chaque fois que je fermais les paupières.

Le genre de souvenirs qui faisait pleurer et crier encore et encore même après des années.

Le genre de souvenirs qui avait laissé des cicatrices indélébiles sur ma peau.

Le genre de souvenirs qui donnait l'impression d'être suivie.

Le genre de souvenirs dont tu ne te débarrassais jamais.

Le genre de souvenirs qui t'accompagnaient comme une ombre.

Le genre de souvenirs qui donnait envie de mourir.

Je secouai violemment la tête et pris une bière.

Non, à la réflexion, deux packs de bière. Et de la vodka. Pure. Et trois paquets de cigarettes.

Je me rendis à la caisse. La nuit était tombée depuis longtemps. Je ne sortais presque jamais quand il faisait jour. Trop de lumière. Trop de soleil pour un monde fait d'ombres qui te poignardaient dans le dos.

Ou trop comateuse pour pouvoir bouger.

Je fermai les yeux. Et voilà que ça recommençait. Ces putains de pensées morbides qui traversaient sans cesse mon esprit sans jamais me demander la permission.

Le vendeur, vieux et bedonnant, arriva enfin et saisit mes articles. Il les scanna lentement et je serrai les dents en tapant la cadence d'une musique oubliée sur le sol.

Un juron se fit soudain entendre dans les étalages et je tournai la tête vers l'origine du son. Une touffe blonde ramassait des produits tombés sur le sol.

Dans ce quartier, il y avait trois types de personnes : ceux qui n'avaient pas les moyens pour aller ailleurs, ceux qui voulaient se faire oublier et ceux qui voulaient oublier. Ce gars-là voulait se faire oublier. C'était un ancien chanteur qui avait perdu sa famille dans un accident et avait voulu tout arrêter. Harcelé par ses fans, il s'était enfui dans la cité New-Yorkaise et s'était plongé dans la drogue. Je l'avais reconnu à la seconde où nos regards s'étaient croisés, dans cette même épicerie, il y a un an.

Nous avions tous un secret ici. J'avais percé le sien, mais il n'était pas près de découvrir le mien.

La poche en plastique contenant mes achats à la main, je sortis dans la rue glacée. Attaquée par le froid, je ne fis cependant aucun geste pour me protéger. À quoi bon ? Même un virus ne changerait pas le déroulement de mes journées.

Et le froid était toujours quelque chose de réconfortant, de neutre. Un souffle glacial qui me rappelait à ma condition d'humain. J'aimais ça.

Il n'y avait pas un chat et le bruit de mes talons résonnait dans les rues vides bordées d'ordures. Certaines s'envolaient au rythme du vent, d'autres restaient inexorablement au sol, remplissant ce quartier mal fréquenté d'une puanteur pestilentielle et nauséabonde.

Je pressai le pas alors que les bouteilles de bière s'entrechoquaient. Je crus soudain percevoir un chuchotement traverser le silence, mais ne me retournai pas. C'était généralement comme ça qu'on finissait dans une mare de sang, agonisant dans un coin sombre, avant de finir au service des affaires classées de la police.

Trois coups de feu résonnèrent, brisant le calme de la nuit, rapidement suivis par un cri de douleur et les sanglots d'une femme.

Habituée à ces sons, très fréquents dans ce quartier que les flics avaient renoncé à contrôler sous la pression de la Mafia, je ne réagis pas.

Je m'arrêtai quelques secondes alors que des voix d'hommes se faisaient entendre dans une langue étrangère. Du russe, me semblait-il. En voyant l'ombre de mon immeuble rabougri, à la limite de la ruine se dessiner au loin, je soupirai et m'adossai au mur le plus proche en allumant une cigarette.

Le reflet de mes cheveux roux, qui semblait presque bruns dans la noirceur de la nuit, se dessinait avec difficulté dans la vitre taguée d'une échoppe, qui avait depuis longtemps fermé ses portes. Avec le temps, ils m'arrivaient au bas du dos.

La seule chose qui me restait vraiment d'*avant,* c'était mes talons. Une addiction trop vieille pour m'être retirée. Une prolongation de moi-même.

Je regardai ma cigarette à moitié entamée et la portai de nouveau à ma bouche en inspirant profondément la nicotine. *Rien à foutre de me détruire de l'intérieur.* Je *devais* oublier, et il n'y avait pas trente-six solutions pour ça. La vodka et les clopes me donnaient assez d'adrénaline, le temps de quelques secondes, pour me donner l'impression de survivre, aussi destructrices soient elles.

Le silence de la rue n'était pas dérangeant contrairement à

celui de l'épicerie. Il faisait résonner le vide dans mon esprit et me donnaient quelques secondes de répit.

La sonnerie de mon portable prépayé résonna dans la nuit en m'extirpant de mes pensées, et je poussai un grognement de mécontentement en décrochant.

— Oui ?

Je pris une bouffée de cigarette en écoutant distraitement mon interlocuteur.

— Niiiix! Ça fait trop longtemps qu'on n'est pas sorties toutes les deux! Viens avec moi au Glam's demain soir!

Je recrachai ma fumée dans l'air sans répondre. *C'était quoi son prénom déjà ?*

Elle ne dit rien avant de soupirer.

— Nix, il faut que tu viennes....

— Non.

Mon ton était sec et sans appel.

Sortir au beau milieu d'une bande d'étudiants tout juste sortis de l'adolescence qui ne savaient même pas se tenir ? Non merci.

— John sera là.

Je ne me souvenais pas de qui elle était, mais elle avait des arguments. Je me redressai, soudainement très intéressée.

— Qu'est-ce que tu veux ?

Je la sentis souffler à travers le combiné. Une forte musique passa non loin et le calme retomba dans la ruelle. Je portai une énième fois la cigarette à ma bouche.

— Que tu viennes.

Mon absence de réponse sembla lui en fournir une.

Je l'entendis souffler, avant qu'elle ne se remette à parler.

— Demain soir, vingt-deux heures, au Glam's. Je t'attendrai devant la porte. Ah, et n'oublie pas, c'est le quartier contrôlé par la Mafia ! Habille-toi bien !

Je vis dedans imbécile.

Elle raccrocha. Le bip incessant indiquant que mon interlocuteur avait mis fin à la conversation résonnait dans la ruelle obscure. Une bourrasque plus forte et plus fraîche que les autres s'y infiltra et j'inspirai à plein poumons cet air glacé, grisée par la sensation.

Je regardai ma cigarette désormais entièrement consumée et la jetai à terre avant d'écraser le mégot sous ma semelle.

Je ramassai mon sac, et me décidai à rentrer dans l'immeuble insalubre qui me servait de toit.

Les marches en bois craquèrent sous mon poids, pourtant léger, alors que je les escaladais lentement. J'insérai ma clé rouillée dans la serrure et la porte tourna sur ses gonds dans un grincement digne d'un film d'horreur. Je soupirai et entrai en enlevant mes bottines à talons que je jetai sur le tapis miteux.

Mon appartement était petit, sale, sans aucune luminosité...dans le plus bas de gamme qui puisse exister. Il n'y avait que deux pièces. Dans l'une, la salle d'eau composée uniquement d'un toilette, d'un lavabo et d'une douche, et dans l'autre, un matelas deux places posé à même le sol avec une couverture trouée et des draps à peu près propres, un évier sur lequel était posé un micro-onde basique. Rien d'autre à part une couche de poussière et les cadavres de moucherons et d'araignées qui s'amassaient dans le coin des fenêtres à cause de l'isolement quasi-inexistant.

La commode située juste à côté de l'entrée était le seul meuble avec la douche qui n'était pas un tant soit peu pourri.

Je pris rapidement un débardeur et un short et filai à la douche. Le jet d'eau coula sur ma peau, alors que je restai immobile. Je clignai des yeux, et me rendis compte qu'elle était glacée. *Ça n'avait pas d'importance.*

J'en sortis rapidement et enroulai une serviette autour de ma poitrine en me brossant les dents, mes cheveux complètement trempés.

Je m'habillai, éteignis les lumières et m'affalai sur le matelas sans prendre la peine de mettre la couverture.

Ce n'était pas comme si j'allais bien dormir de toute façon.

CHAPITRE 2

"I learned that courage was not the absence of fear but the triumph over it."

Nelson Mandela

Nix 2 juillet 2018- New York

Du sang. Des cris. Des hurlements. Je tourne sur moi-même pendant ce qui me semble être des heures. Les larmes maculent mes joues et je suis couverte de sang. Leur sang. Mon sang. Je cours à en perdre haleine. Je cours encore et leurs hurlements me hantent. Leurs rires. Leurs voix. Je cache mon visage tant bien que mal alors que les vautours s'en donnent à cœur joie. Je me sens tomber. Je me sens déchirée alors que ma plaie au ventre se rouvre et que des bruits de balle retentissent. Et je hurle.

Je me réveillai en sursaut, trempée de sueur et la gorge rauque. J'avais encore crié dans mon sommeil.

Je soufflai et me levai pour me servir un verre d'eau.

Alors que l'eau coulait dans l'évier, je laissai mon regard divaguer jusqu'à l'unique lucarne de la pièce.

Il faisait toujours nuit et un vieux réverbère qui n'était là qu'en guise de décoration éclairait faiblement la ruelle sombre. J'entendis quelques fêtards rentrer en criant et hurlant.

Mais fermez-la! C'est bon, on a compris, vous êtes heureux, mais le monde entier a pas besoin d'être au courant !

Putain....

Je poussai un grognement de mépris et allai chercher une bouteille de bière dans mon sac. J'en avalai une longue gorgée et m'appuyai sur ma commode en me laissant glisser au sol.

La tête renversée contre le meuble, les yeux levés vers la lune, je laissai mes pensées divaguer vers mon cauchemar.

Leurs cris. Leurs voix. Leur sang. Mes mains. Lui. Lui. Son sang. Leurs corps. Mes larmes. Leurs hurlements...

Je secouai vivement la tête, les larmes aux yeux, et bus à nouveau. Le liquide coula dans mon organisme et me piqua la gorge.

J'avais besoin de plus.

Je me levai et pris de la vodka et un paquet de cigarettes avant de retourner à ma position initiale.

Je choppai mon briquet et fis jaillir une flamme. Je restai quelques secondes là, à le regarder. Il était argenté, en mauvais état. On pouvait y voir une ancienne gravure, que j'avais tailladée jusqu'à ce qu'on ne puisse plus la lire. Repenser à ce qui y était écrit me donnait envie de tuer.

La flamme brillait et dansait devant mes yeux. Des flashs de souvenirs me revinrent en mémoire et j'éteignis le feu en fermant les yeux.

Je débouchai la bouteille de vodka et la portai directement à ma bouche avant d'en avaler une longue gorgée. Elle descendit tout le long de ma trachée brûlée et je fermai les paupières, enfin satisfaite.

Pour compléter le tout, j'allumai une cigarette et inhalai la fumée profondément.

Leurs cris. Leurs voix. Leur sang. Mes mains. Lui. Lui. Son sang. Leurs corps. Mes larmes. Leurs hurlements...

Je veux oublier.

Quelques heures plus tard, j'étais au septième ciel. Je ne

pensais plus à rien, comme en apnée. Un sentiment de pur bonheur. Mon énième cigarette s'était entièrement consumée et mes bouteilles étaient vides.

Je parvins juste à me traîner vers mon matelas et à m'affaler dessus, complètement dans les vapes, avant de sombrer dans un lourd sommeil.

Certifié sans rêves, cette fois-ci.

Je me réveillai lourdement le lendemain matin.

Vu la lumière du soleil qui inondait déjà la pièce, il devait être au moins midi. *Je suis levée alors qu'il fait jour, grande première !* Je me redressai et regardai autour de moi, la bouche pâteuse. Rien n'avait bougé.

Je me levai et ramassai les bouteilles vides que je jetai dans un coin, où d'autres cadavres étaient entassés.

Je laissai mon paquet de cigarettes traîner au sol.

Pas comme si j'allais recevoir de la visite.

J'avalai un grand verre d'eau pour me rafraîchir et ravaler mes nausées, mais en considérant les cadavres de bouteille à mes pieds, je sus que ce ne serait pas assez.

La vue du soleil me fit grimacer, mais pour une fois, mes pensées étaient éteintes, alors j'enfilai un vieux legging et sortis dans la rue.

Le ciel était gris, comme la vie ici. Les terrains vagues et les ruelles encombrées de puanteur et de décombres n'étaient peut-être pas les lieux idéaux pour faire un footing matinal, mais je m'en contenterai.

Quand j'étais ado, j'aimais courir, autant que j'aimais porter des talons. Mais maintenant, je ne courrai plus que pour faire passer l'ennui au réveil d'une cuite, quand j'en avais encore la force.

Après avoir avalé un morceau, histoire de ne pas mourir plus tôt que prévu, et n'ayant aucune envie de retourner à mon appartement, je vagabondai dans les rues, une cigarette entre les lèvres.

Contrairement à hier soir les rues étaient animées. Des gens criaient, hurlaient, des gamins couraient, pratiquement tous en haillons. Des filles se faisaient siffler par des gars, des gars fumaient, dealaient, se faisaient tabasser.

Chaque coin de rue était un coin différent du précédent.

Combien d'entre eux étaient en fuite ? Combien d'entre eux quitteraient ce quartier ? Combien d'entre eux verraient leur passé les rattraper ?

Cette pensée me fit frissonner.

Si mon passé ressurgissait, je n'y survivrai probablement pas.

En début de soirée, quand mon envie d'alcool se réveilla, je retournai à mon appartement pour me préparer.

Je pris une longue douche en me lavant les cheveux et pris quelques minutes pour noircir mes lèvres et le contour de mes yeux.

Je chaussai mes talons noirs, d'au moins une dizaine de centimètres, attrapai ma pochette argentée et sortis, direction la boite de délinquants.

Pourquoi j'avais accepté déjà ?

Le taxi me déposa à vingt-deux heures pile et la fille se précipita aussitôt vers moi.

Merde, j'avais encore oublié son prénom.

— Niiix! T'en as mis du temps ! Viens on va trop s'éclater !

Trop s'éclater ?

Elle tenta de m'attraper par le bras mais je la repoussai violemment et entrai dans la boîte en grimaçant.

Les contacts humains alors que je n'avais même pas avalé une goutte d'alcool ? Non merci.

Le Glam's était un bar de mafieux réputé et dirigé par la Mafia Piratando, comme tout mon quartier. Mais ici, tout le monde connaissait mon nom, de la même façon que personne ne *me* connaissait.

Nix. L'ombre.

C'était le surnom que les gens d'ici m'avaient donné.

Je ne savais pas exactement pourquoi mais ça n'avait pas de réelle importance. Tant que je pouvais me saouler encore et encore sans qu'on vienne m'emmerder, j'en avais rien à cirer.

Les videurs me laissèrent passer sans accroc et à la seconde où je mis un pied dans la salle bondée, la musique résonna jusqu'aux tréfonds de mon cerveau. Personne ne pouvait entendre autre chose que cette espèce de métal qui me donnait envie de me jeter par la fenêtre.

N'importe qui d'autre n'y aurait vu que du feu, mais il suffisait de ne pas se laisser tromper par les néons et la foule. Si l'on observait attentivement, on pouvait voir les dizaines de gardes armés jusqu'aux dents qui assuraient la « sécurité » de la pièce. Le quartier VIP était rempli de criminels recherchés dans tous les états, du trafiquant d'armes, sérial violeur, au sérial killer, en passant par des génies du piratage et des tueurs à gages.

La crème de la crème de la perversité humaine.

Et si avec tout ça, on n'était pas encore convaincu du danger, les insignes de la Mafia Piratando étaient placardés dans toute la salle pour le rappeler.

Une des Mafia les plus puissantes au monde qui contrôlait toute l'Amérique.

Les gardes n'étaient pas là pour protéger les danseurs, mais pour les surveiller. À la moindre fusillade, au premier danger, tout le quartier VIP serait protégé avec le personnel. Tous les membres de la Mafia, les O comme on les appelait, seraient en sécurité, à l'abri des balles. Les fêtards qui n'avaient rien demandé, eux, serviraient de bouclier humain.

Je traversai la foule en transe pour rejoindre le coin du bar. C'était un espace sombre où la musique se faisait moins entendre et où la foule se faisait moins dense, en raison du danger : c'était l'endroit le plus proche du bureau du gérant de la boite : c'était le mec le plus haut placé dans la Mafia dans ce quartier.

Personne ne savait exactement quelle place il occupait dans la hiérarchie, et même cette hiérarchie était tenue secrète. Je ne l'avais jamais vu, mais ce qui était certain, c'était que tout le monde le craignait.

De toute façon, tout le monde craignait les O.

Quand je parvins à cet endroit béni, le serveur commença

aussitôt à préparer une tournée de shots. Chaque fois que je venais, depuis quatre ans que je me terrais dans ce trou, je m'installais ici. Le barman me connaissait. Enfin, il savait ce que j'avais l'habitude de prendre.

Personne ne me connaissait vraiment, mais je n'étais pas le genre de personne qu'on oubliait.

J'attrapai les verres qu'il me tendit en m'asseyant sur un tabouret et les bus cul sec sans un mot.

Je ne faisais pas non plus partie des gens qui souriaient et remerciaient.

Je prends. Un point, c'est tout.

— Nixx!

Je soupirai bruyamment et serrai les dents. Ce n'était plus le retour du Jedi, mais le retour de la voix de crécelle.

Jeune Padawan mon cul ouais.

Je ne me retournai pas et avalai un autre shot. Il allait vraiment falloir qu'on m'explique pourquoi elle s'acharnait à vouloir créer une amitié.

Je n'avais pas d'amis.

Et elle le savait.

— Nix !

Elle posa une main sur mon épaule et se hissa sur le tabouret à côté du mien. J'avalai un autre shot et regardai devant moi sans lui prêter attention.

— J'ai besoin que tu donnes de la coc' à Rich' de ma part.

Le clodo de la supérette ?

Elle soupira et se tourna vers le barman qui me dévorait une énième fois des yeux. *Comme s'il avait la moindre chance de ne serait-ce que de me toucher.*

Elle lui passa une main devant le visage pour attirer son attention et commanda une autre tournée. Exaspérée, je me tournai vers elle et lui présentai ma main ouverte. Elle me remercia d'un sourire et sortit un petit paquet de poudre blanche de son sac.

Le barman s'approcha avec notre tournée et regarda le sachet en fronçant les sourcils.

— Qu'est-ce que c'est ?

— De la farine.

Nous répondîmes en même temps alors que je glissais la cocaïne dans ma pochette.

Nous avalâmes tous les shots d'un seul coup et le sang me monta à la tête avec délice. Je descendis de mon tabouret suivie de près par Hayley. *Ah, non, Romane ?*

La fille parcourut la foule du regard à la recherche de sa cible. Elle aimait ramener des criminels dans son lit et moi, j'avais arrêté d'essayer de retenir son prénom. Elle sembla repérer sa proie et me fit un signe de la main avant de se frayer un chemin dans la foule. Je la suivis en soufflant et quelques danseurs s'écartèrent, me laissant apercevoir l'homme qu'elle voulait attraper.

Un O.

Mais soudainement, mon regard croisa l'éclat métallique d'un flingue, et je chassai rapidement les flashs de souvenirs qui remontèrent, en retenant Hayley par le bras.

Le mafieux pointa son arme sur un homme au sol et tira. La détonation ne se fit pas entendre à cause de la musique mais mon regard resta rivé sur la victime alors qu'elle s'effondrait au sol et une flaque d'hémoglobine commença à se former autour de son corps.

Ma respiration s'accéléra alors que je repoussai les souvenirs que la vue du sang fit remonter dans ma tête autant que je pouvais.

Le meurtrier regarda le cadavre avec dédain et tourna les talons alors qu'Hayley donnait l'impression d'être sur le point de vider le contenu de son estomac sur la piste.

Je me décalai pour ne pas recevoir de projections et m'approchai du corps sans vie. Mon regard glissa vers le couloir obscur dans lequel le mafieux s'était glissé. Et après un instant d'hésitation, mes pieds décidèrent de se diriger à la suite du criminel.

C'était sans aucun doute une très mauvaise idée. Une idée stupide et insensée.

Mais ce n'était pas comme si j'avais quelque chose à perdre, n'est-ce pas ?

CHAPITRE 3

"Maman, quand j'étais petit, tu me disais de ne pas traverser au rouge parce que c'était dangereux. Mais maman, aujourd'hui j'ai tué quelqu'un et tu n'as rien dit"

Alexandra Kean

Nix 2 juillet 2018- New York

Au fur et à mesure que nous avancions, la musique se tarit jusqu'à n'être plus qu'un bruit de fond étouffé.

Il ne se retourna pas une seule fois, mais il était évident qu'il savait que je le suivais. C'était un des membres de la Mafia Piratando et il avait eu l'opportunité de voir mon ombre une petite dizaine de fois ainsi que d'entendre le bruit de mes talons, qui, malgré toutes mes précautions, résonnait sur le sol du couloir.

Qu'il ne m'ait pas repérée aurait été miraculeux et carrément impensable.

Ce n'était pas non plus comme si je faisais quelque chose pour me cacher. J'avais juste besoin de ma dose d'adrénaline.

Alors que nous tournions à une intersection, la musique se tut. Nous étions maintenant sûrement trop éloignés pour qu'elle ne nous parvienne.

Des voix se firent entendre et je repérai rapidement qu'elles provenaient d'une pièce fermée d'où filtrait un jet de lumière. Le mafieux y entra l'arme toujours à la main, en laissant la porte ouverte.

Je m'approchai pour entendre ce qu'ils disaient mais les voix furent soudain comme étouffées. Comme si une épaisseur de plus me séparait d'elles.

Je fronçai les sourcils alors que les sons s'éteignaient définitivement.

Je m'approchai encore plus de la porte et remarquai en jetant un coup d'œil à l'intérieur, que la pièce était complètement vide.

Est-ce que j'entre ? Non. Trop dangereux. Et depuis quand le danger m'arrête ?

Au contraire c'était même exactement ce que j'étais venue chercher.

Mon cœur se mit à battre plus vite à mesure que l'adrénaline mêlée à la peur montait en moi. Je n'avais pas éprouvé cette sensation sans l'aide de l'alcool et de la cigarette depuis longtemps. Et je n'avais plus rien à perdre.

Je me plantai littéralement devant l'embrasure. Au moins, je serais morte avec courage.

Je penche plutôt pour de la folie à ce stade...

J'avançai d'un pas dans la pièce et restai figée.

Des armes. Des armes. De la drogue. Des mégots de cigarettes. Des cadavres de bouteilles vides. Des soutiens gorges, des culottes ?

Je retins un ricanement.

J'aperçus une porte masquée dans l'ombre et m'approchai pour l'examiner quand soudain je sentis une violente douleur à la tête qui m'aurait sans doute fait sombrer dans l'inconscience si je n'étais pas aussi endurcie.

Je me retournai brusquement pour faire face à mon agresseur.

Il eut un mouvement de surprise que je mis à mon profit pour tenter de me dégager, mais à peine m'étais-je défaite de sa prise que deux autres hommes sortirent de l'ombre et m'attrapèrent à leur tour.

Je me débattis tant bien que mal alors que les lumières s'éteignaient, en vain.

Bon, je ne devrais pas être étonnée. Je venais d'essayer de… de faire quoi au juste?

Mais bordel, qu'est ce qui ne va pas chez moi putain ?

Beaucoup trop de choses j'ai l'impression.

Et maintenant à cause de ma connerie je marchais dans le couloir de la mort. On ne retrouverait probablement jamais mon corps.

Et je ne manquerai probablement à personne. Si déjà quelqu'un remarquait que j'avais disparu. Ce qui serait fort étonnant. *Ah, non. Impossible.*

Ils me traînèrent sur ce qui devait être deux cents mètres avant de s'arrêter devant une porte. Je tentai encore une fois de m'échapper, mais même moi je n'y croyais pas. *Je n'étais même pas vraiment sûre de ne pas vouloir mourir.* L'un de mes ravisseurs rigola.

— C'est que t'es sauvage toi ! Si le patron t'abîme pas trop, je te prendrais bien moi !

Il me poussa dans le dos et ouvrit la porte.

Mon regard se posa directement sur le meurtrier qui se tenait avachi sur un fauteuil, une fille à moitié dénudée posée sur ses genoux, et une clope à la main. La vue de la cigarette ralluma l'envie en moi. Je n'avais pas fumé depuis ce matin, et j'étais déjà en manque.

Franchement pitoyable.

Deux autres hommes étaient présents dans la pièce. L'un des deux était vêtu d'un costard de riche et assis avec élégance. Il faisait sans doute la Une de Forbes, je me rappelais l'avoir vu quelque part. Une fille était posée sur ses genoux, mais celle-ci semblait plus élégante, et était, elle, entièrement habillée. Ils se regardaient comme s'ils étaient seuls dans une chambre et la proximité de leurs corps ne laissait aucun doute quant à ce qui se tramait dans leurs esprits.

Le troisième type, lui, regardait un spectacle de strip tease sur une télé. Il tenait un joint entre les doigts et avait les pupilles entièrement dilatées. Personne ne semblait se soucier de lui, comme si son importance était moindre. Visiblement, il était moins bien placé que les deux autres.

Il ne paraissait pas capable de formuler une phrase correctement ce qui avait l'air de fortement agacer le meurtrier et le riche.

Quand j'entrai dans la pièce, tous les regards se tournèrent aussitôt vers moi. Le riche cessa de regarder sa pute habillée, et la pute habillée m'examina de la tête aux pieds avec un air inquisiteur et une main posée sur le torse de son client, mec, comme pour dire « pas touche », mais c'est à peine si je pris le temps de la regarder.

Le mafieux me contempla profondément de ses yeux sombres avec un petit sourire en coin, comme s'il s'attendait à ma venue. Ce qui, d'ailleurs, était sûrement le cas. L'autre se contenta de me fixer de ses yeux injectés de sang tout en continuant à bander.

Comme je disais, dégueulasse.

Le meurtrier ne fit même pas un mouvement, se contentant de me fixer, alors que l'espèce de pervers salopard qui m'avait attrapée me poussait à l'intérieur de la pièce. La porte se referma et je braquai mon regard sur le mafieux.

— Alors monsieur le meurtrier, qu'est-ce que tu veux de moi au juste ? Que je te dénonce ? On sait tous les deux que je ne le ferai pas, et que de toute façon, je serais morte avant d'avoir prononcé un mot.

Il rigola suivi du mec en costard. Le riche me désigna de son verre de whisky et tourna un regard malicieux vers le meurtrier.

— Elle est intelligente.

La pute fit mine de bouder avant de s'exclamer.

— Plus que moi ?

— Personne ne l'est plus que toi ma belle.

Elle sourit et enfouit sa tête dans son cou en me jetant un sourire malicieux mais je ne lui prêtai aucune attention.

Je croisai les bras tout en les dévisageant avec mépris.

— Bon, alors, on va rester là à se regarder entre quatre

yeux ? Non, mais parce que j'ai besoin d'une cigarette moi.

Le meurtrier tira sur sa clope et m'envoya la fumée dans la figure. Même en inspirant profondément j'étais trop loin de lui pour pouvoir la respirer. Cet enfoiré me narguait. Et je n'aimais pas ça.

Il s'apprêtait à parler, mais soudain, il se leva et baissa les yeux. Le riche l'imita et le drogué baissa carrément la tête. La fille sur les genoux du mec en costard avait également baissé la tête. Peut-être n'était-elle pas une pute finalement. *Ou du moins, pas officiellement.*

Je ricanai intérieurement, quand une silhouette entourée de plus de gardes armés fit un pas dans la pièce.

Les « gardes » se dispersèrent, laissant apparaître le plus grand criminel d'Amérique, recherché dans quarante-deux états pour toute sorte de trafics, meurtres, et kidnapping. Il avait toutes les autorités fédérales auxquelles on pouvait penser sur le dos, ainsi qu'un nombre incalculable d'ennemis au sein des gangs asiatiques. Dans le reste du monde, c'était le plus puissant malfaiteur qui sévissait. Le dirigeant de la Mafia Piratando. Sa réputation était telle que les gens frissonnaient quand son nom revenait dans une discussion. La police ne l'avait jamais attrapé.

Kurt Smith.

Maintenant qu'il était devant moi, je comprenais ce que les gens disaient de lui : terriblement puissant. Ce n'était pas seulement grâce à son argent, ses contacts, ou son influence. Il y avait cette aura qu'il dégageait. Une aura étouffante qui s'étendait autour de lui et donnait envie de ployer le genou.

Et malgré les tressaillements qui parcoururent mon corps lorsqu'il détailla la pièce, je gardai la tête haute.

Oui, c'était une fois de plus une très mauvaise idée. Mais bon, au point où j'en étais...

Il portait un simple sweat noir et était couvert de tatouages. Nul doute qu'il devait posséder de jolis muscles. On ne devenait pas chef d'une mafia de cette envergure en se reposant dans un canapé.

Je dus me retenir de mater. Il n'était pas "canon" ou

"sexy ". Le danger et la puissance que dégageaient ses traits, et que son corps imposait, forçaient l'admiration, aussi tordu que ça pouvait être. Ce mec était beau.

Ses yeux noirs parcoururent la pièce avant de s'arrêter sur moi. Il gronda et fit un pas en avant en croisant mon regard.

Un petit chien dominant qui n'aime pas quand on ne se soumet pas.

Je faillis rire.

Malgré la peur qui me serrait légèrement les entrailles, me rappelant à mon instinct de survie basique, je ne bougeais pas et me contentais de le fixer. Je me demandais bien ce que quelqu'un comme lui venait faire ici. Ce mec était un boss, LE boss. Qu'est-ce qu'il pouvait bien faire dans une boite paumée en plein milieu du Bronx ?

— Baisse la tête.

Perdue dans mes pensées, je ne remarquai pas tout de suite qu'il s'adressait à moi et haussai un sourcil lorsqu'il fit un pas vers moi en répétant son ordre.

Je devrais vraiment obéir.

Mais en général je ne faisais jamais ce que je devais faire et je n'avais aucune raison qui me poussait à lui obéir. Je ne tenais même pas à ma vie. Un peu d'adrénaline ne me ferait pas de mal avant de mourir.

Alors je gardai la tête haute, plantant mes yeux dans les siens. Ils se mirent à parcourir mon corps avec insistance et je dus me faire violence pour réprimer un frissonnement. Son regard sur moi était pire qu'une drogue. Dans le bon ou dans le mauvais sens, ça, je n'en étais pas sûre.

— Tu veux mourir ?

Il était sarcastique évidemment. J'étais sûre qu'il cherchait déjà le meilleur moyen de me tuer.

Il s'approcha de moi encore plus jusqu'à ce que nos visages ne soient plus qu'à quelques centimètres.

— Baisse la tête.

Sa voix était grave et menaçante. Emplie de danger.

Une petite voix me chuchotait que je ferais mieux d'obéir, mais je la chassai. Je n'avais pas fait tout ça pour ployer le genou devant le premier venu. Si je devais mourir aujourd'hui alors soit. Mais je ne mourrais pas les yeux baissés. Et vu comme c'était parti, je vivais mes dernières heures.

Je le défiai du regard en haussant un sourcil.

Il m'examina de la tête au pied et se tourna vers le mafieux et le riche avec sa pute. Ils relevèrent tous les deux les yeux dans un mouvement synchronisé et Kurt s'approcha du meurtrier pour lui faire une accolade. Il serra la main du riche et fis un signe de tête à la fille, qui était recroquevillée derrière son mec.

Ça me fit frissonner, quand je sus enfin pourquoi son visage m'était familier. Le riche en face de moi était un milliardaire réputé. Son visage était à la Une de tous les magazines de finance, même dans ma cité paumée, je m'y souvenais l'y avoir vu. Ainsi donc, il faisait partie de la Mafia Piratando. Et assez haut placé pour serrer la main du chef tout puissant en ne faisant que baisser le regard.

Les Etats-Unis étaient dans la merde.

Tout le monde savait que les tensions s'accumulaient entre le gouvernement et la Mafia. Elle devenait plus puissante et plus influente de jour en jour, et était maintenant une réelle menace. Habituellement, on ne voyait ça que dans les livres et les journalistes ne faisaient que se moquer de ces informations. Mais si l'un des piliers de l'économie américaine, était ici à serrer le chef de la Mafia dans ses bras, on était très mal barrés.

Mais pourquoi la mafia voudrait-elle prendre le pouvoir ?

Sa présence me fit comprendre que je ne repartirais pas vivante de cette pièce. J'en avais trop vu.

Je les regardai rigoler pendant environ trente secondes avant de me racler la gorge. Ils tournèrent tous les quatre la tête vers moi.

— Je peux m'en aller ? Non pas que vos conversations ne soient pas intéressantes mais j'ai une vie moi.

Smith regarda le meurtrier.

— Qui est cette espèce de pute irrespectueuse, Jason ?

Ah, le meurtrier s'appelle Jason. Le dénommé Jason ricana.

— Aucune idée. Elle a vu que j'avais tué un gars, elle m'a suivi, et elle a fouillé le bureau de Tyrion.

Fouiller, fouiller, c'était un bien grand mot, je n'avais fait que jeter un coup d'œil.

Il fit un geste du menton pour désigner le drogué qui planait dans son fauteuil.

Je suppose que c'est lui, Tyrion.

Kurt eut un reniflement de dégoût avant de reporter son attention sur le fameux Jason.

— Pourquoi tu es ici ?

— Tyrion n'arrivait pas à mettre la main sur cet enfoiré. J'ai dû me déplacer moi-même et Anto m'a accompagné parce qu'on doit régler une affaire.

Il avait fini sa phrase en me regardant, comme si l'info ne pouvait pas être dévoilée devant moi. De toute manière, ils me tueraient de la même façon alors je ne voyais pas ce que ça changeait. Mais visiblement c'était assez important pour qu'il ne puisse pas en parler devant une future morte.

— Et je peux connaître ton excuse quant au fait qu'elle t'ait vu tuer quelqu'un et qu'elle ait pu accéder au bureau sans problème ?

— Ce sont mes hommes qui gèrent la merde des témoins, pas moi. Et la surveillance de cet établissement est de la responsabilité du directeur.

Smith tiqua et sortit son flingue avant de le pointer sur le drogué qui semblait complètement dans les vapes. Une détonation retentit et les petits gémissements que le drogué émettait depuis tout à l'heure s'éteignirent. Je refoulai les souvenirs qui montaient en moi en restant impassible.

Il me regarda et voyant que je n'avais pas bougé, désigna le corps, de son flingue encore fumant.

— Regarde.

Il pensait que j'allais partir en courant à cause d'un peu de sang ?

Cette idée me fit esquisser une grimace de dégoût que le criminel dut mal comprendre au vu de son sourire.

Je baissai la tête pour voir le cadavre trempant dans un

mélange de sang, d'alcool, et de son propre vomi. Il avait un petit trou au niveau de l'abdomen et ses yeux vitreux ne reflétaient plus rien.

Je relevai les yeux vers Smith en haussant un sourcil. Si c'était avec un cadavre qu'il croyait m'effrayer, c'était vraiment qu'il ne m'avait pas bien cernée. Enfin, quand même un petit peu. Il venait de tuer quelqu'un, non pas avec sang-froid, mais carrément avec indifférence. Comme un torchon sale qu'on jetait à la poubelle.

Il fronça les sourcils devant mon absence de réaction, semblant réfléchir, avant de sourire.

— Tu vois ce corps ? C'est exactement l'état dans lequel tu seras dans quelques heures. Seulement toi, ce serait vraiment dommage de te laisser partir, sans en avoir profité n'est-ce pas ?

Je pâlis, un peu, rien qu'un peu. Qu'il veuille me sauter avant de me tuer ne me dérangeait pas plus que ça. J'aurai pensé que le dirigeant d'une mafia aussi puissante avait d'autres préoccupations que violer les filles qui lui tombaient sous la main.

Il esquissa un sourire et appuya son flingue encore chaud contre mon front.

— Alors qu'est-ce que t'attends, bébé, on va s'amuser... Ou plutôt, je vais m'amuser.

Mais dans quelle merde je m'étais encore foutue ?

CHAPITRE 4

" L'homme n'est pas condamné à mort, il est condamné à vivre"

Franz Kafka

Nix 2 juillet 2018- New York

Le métal appuyait contre ma tempe alors que le salopard qui allait me tuer me guidait vers la sortie.

Morte massacrée dans une ruelle sombre... J'aurai pas pu rêver mieux. Pas comme si je méritais mieux non plus.

Nous passâmes par la sortie de secours et nous retrouvâmes dans une ruelle vide. Il n'y avait absolument personne, même pas une seule caméra. *Rien, zéro, nada.*

Smith s'appuya contre le mur et me reluqua outrageusement, presque trop pour que ce soit réel, en jouant avec son flingue.

Sale pourriture. Pas que j'étais mieux.

Le fait de me laisser baiser par ce mec ne me faisait pas plus d'effet que ça, en vérité. Il pouvait bien faire ce qu'il voulait, mes démons étaient si profondément ancrés sous ma peau que ça ne m'atteindrait pas. Son petit jeu m'ennuyait. J'avais juste envie de rentrer chez moi

Et pourtant, au fond de moi, tout au fond, une conscience

que j'avais depuis longtemps noyée, se débattait, essayait de sortir, s'indignait. Elle tentait de me faire revenir à la raison. Je pouvais me défendre. J'en avais les capacités. Si je le voulais, je le ferais. Elle ne voulait pas que je me laisse faire. Mais cela faisait bien longtemps que je ne pensais plus comme ça.

Cette fille prête à tout pour se défendre, cette fille qui avait encore de la force à redonner, qui continuait encore et toujours à ne pas se laisser faire était morte et enterrée depuis des années. Et elle le resterait jusqu'à mon dernier souffle.

Alors je refoulai cet esprit fantôme et restai plantée là, à regarder le criminel le plus recherché du monde me tourner autour.

— Déshabille-toi.

Je ne bougeai pas d'un pouce. Je n'allais pas non plus lui obéir, je n'étais pas son chien. Il pointa son flingue sur moi.

Le pauvre petit qui n'avait pas l'habitude qu'on contredise ses ordres. J'étais douée pour faire découvrir aux autres de nouvelles expériences.

— J'ai dit : déshabille-toi.

Putain de bordel de merde.

Sa voix grave, glacée, pleine d'autorité déclenchait en moi une sensation dangereuse et interdite. Une ruelle froide et vide, un criminel psychopathe et j'arrivais à avoir des putains de réactions hormonales ? Je ris intérieurement. J'étais complètement détraquée. Le regard plein de désir, mélangé à autre chose, qu'il posait sur moi ne faisait qu'aggraver cette chaleur malsaine qui montait en moi. Ouais, j'étais vraiment, vraiment pas bien. Je ricanai.

— Pour défier le grand Kurt, chef de Mafia, il faut être soit conne, soit ne plus rien avoir à perdre. J'ai l'air d'une conne ? Non, je ne pense pas. Alors dis-moi, fils de chien, quelle menace trouveras-tu pour me faire plier alors que je n'ai pas peur de mourir ?

Il tiqua et un bruit sourd retentit alors qu'une balle frôlait mon épaule, laissant une blessure sanglante sur son passage.

Il sourit.

— Je peux t'abîmer jusqu'à ce que tu ne sois même plus en

position de résister.

— Peut-être. Tu le feras sûrement. Mais tu préfères les innocentes effarouchées qui tremblent de peur, se débattent comme elles peuvent sans jamais réussir à se sortir de tes griffes, tu préfères les regarder abandonner avec désespoir alors que tu les brises. Tu aimes briser les gens n'est-ce pas ?

Un sourire de psychopathe s'étendit sur son visage alors qu'il avançait, son arme toujours pointée sur moi. Il écarta l'une de mes mèches de cheveux avec et se pencha pour murmurer à mon oreille.

— Faux et vrai.

De la chair de poule se répandit sur ma peau, mais je ne le quittait pas du regard, même quand il fit glisser son flingue sur ma clavicule.

— Je n'aime pas les innocentes effarouchées. Mais tu n'en es pas une.

Je déglutis alors qu'il me forçait à lever le menton avec son canon.

— Mais tu as raison. J'aime briser les esprits. Encore plus le tien.

J'avançai mon visage jusqu'à sentir son souffle sur ma peau. Un éclair de surprise passa comme une ombre dans ses yeux avant qu'il ne retrouve son expression froide et machiavélique. Il s'attendait sans doute à me voir trembler de peur et d'appréhension.

— Désolée pour toi fils de chien. T'es en retard. Je suis déjà brisée.

Il s'approcha un peu plus et j'eus l'impression qu'il me sondait intérieurement. Puis, d'un seul coup, il eut comme un mouvement de recul et fronça les sourcils sans cesser de me détailler.

Surprise, j'en profitai pour l'examiner moi aussi. Ses cheveux noirs lui retombaient sur le front, en harmonie avec l'encre qui recouvrait son corps. Ses traits étaient durs et froids, comme marqués par ses meurtres. Ce type n'était pas hypnotisant, il était carrément fascinant, le genre de fascination morbide et illégale que tu voudrais enfouir dans ton esprit à tout jamais. Une fascination rebelle et intime. Dangereuse. On m'aurait dit qu'il était né en enfer, je n'aurai même pas été étonnée. Voilà, c'était le mot. Ce type avait quelque chose de diabolique.

Sans prévenir, il s'approcha de moi rapidement et arracha ma robe, avant de reprendre ses distances juste après. Je poussai un soupir agacé. Sérieusement ? Il se rendait compte qu'il gelait dans cette fichue ruelle ? Le tissu de ma robe n'était pas d'une très bonne qualité, mais quand même.

Il m'examina avec des yeux remplis de désir et de froideur à la fois. Son comportement était étrange. Il venait de me déshabiller mais ne m'avait toujours pas touchée. Qu'est-ce qu'il cherchait à faire au juste ?

Il jeta ma pochette que je tenais toujours à la main, *allez savoir pourquoi d'ailleurs,* et le paquet de cocaïne roula dans un coin.

J'étais en sous-vêtements devant lui et cela ne me faisait pratiquement rien. Je ne *ressentais* rien, rien d'autre que l'envie d'une vodka et d'une bonne cigarette. Seule l'impression de déjà-vu fut la goutte de trop vers mes cauchemars. Un goût amer m'emplit la bouche et une foule de souvenirs débarqua dans mon esprit. Je les refoulai tous.

Pas question de me laisser aller à une crise de panique ici.

J'aurai dû être chez moi à me saouler pour oublier. Vivement qu'il en finisse.

Il arracha mon soutien-gorge, toujours avec cette froideur étrange. Il ne me touchait pas, ne me regardait pas. Il le faisait mécaniquement en m'examinant. L'envie se fit plus forte. Les ombres dans mon esprit rôdaient, et je les sentais avancer dangereusement. *Oublier. Je devais oublier. Oublier.*

Je remarquai déjà mes mains qui commençaient à trembler alors qu'il défaisait sa braguette sans me quitter des yeux. Il semblait sonder mes réactions. L'odeur de la cigarette omniprésente dans la ruelle ne faisait rien pour m'aider au contraire. Le visage de Smith disparu de mon esprit, remplacé par le noir et des visages que j'aurai préféré ne jamais revoir. J'enfonçai mes ongles dans mon épaule jusqu'au sang pour me faire rester dans la réalité. Le froid de la ruelle disparut, Kurt Smith disparut, le monde disparut. Le noir dans ma tête envahissait chaque parcelle de mon sang. Un hurlement silencieux sortit de ma gorge.

J'aurai donné n'importe quoi, pour un milligramme de nicotine ou de vodka.

— Qu'est-ce que t'as putain ?

La voix grave et rageuse de mon agresseur atteignit mon cerveau alors qu'il me regardait avec des yeux noirs de suie. Il avait remonté sa braguette. Complètement larguée, je ne réfléchis pas et le regardai dans les yeux.

— Tu te drogues ?

Il fronça les sourcils en disant ça, comme si ça le dérangeait. Je secouai la tête avec difficulté et articulai tant bien que mal.

— Cigarette.

Il poussa un soupir d'exaspération, quand soudain, l'insigne du club qui se trouvait juste au-dessus de la porte de secours par laquelle il m'avait trainée se mit à clignoter. Il jura et me regarda.

Il passa une main dans ses cheveux avant de ramasser son tee-shirt et de me le jeter.

— Rhabille-toi putain

J'obéis automatiquement, mon instinct de survie me dictant de partir d'ici aussi vite que possible sans que je ne sache pourquoi. Les ombres dans mon esprit reculaient. J'avais gagné cette bataille.

Il attrapa ma pochette et me tendit sa veste en cuir noir.

On avait l'air un peu débiles tous les deux, lui torse nu, et moi en tee-shirt et en veste avec des talons de douze centimètres. Mais son tee-shirt m'arrivait à mi-cuisse, trois fois plus long que ma robe alors ça passait. Il fouilla dans ma pochette alors que mes tremblements redoublaient. Il leva les yeux vers moi.

— Dans ma veste.

Sa voix était froide.

Je fouillai fébrilement dans les poches et y trouvai un

briquet et un paquet de cigarettes à moitié entamé. Je m'en allumai une rapidement et ne pus retenir un soupir de soulagement quand la nicotine emplit mes poumons.

Je jetai un regard interrogatif vers le criminel qui fouillait ma pochette.

— Tu cherches quoi ?

— Tes papiers d'identité de fille de bourge.

J'éclatai d'un grand rire froid.

— Moi ? Une fille de bourge ? Je ne vais même pas disserter sur cette connerie.

Il me regarda avec agacement.

— Je connais ces techniques, mais n'essaie pas de me mentir.

Il sortit les clés de mon appart et me les lança. Je les rattrapai au vol en lui lançant un regard interrogateur.

Il eut un sourire en coin.

— Je ne peux pas te tuer pour le moment, certains flics ont ramassé leurs couilles. Alors pour te faire pardonner, tu vas me loger dans ta baraque de bourge et me passer la carte bleue de ton père. Il va de soi que je vais tuer tes petits bourges de parents. Comme ça tu n'auras plus besoin de sortir en douce et de fumer en cachette.

Je n'avais jamais été aussi stupéfaite. Je ressemblais à une fille à papa ? J'étais tellement ahurie que j'ouvris grand les yeux et la bouche en le regardant.

Il eut un petit rire sarcastique.

— C'est pas bien de faire la rebelle petite... Ta famille va mourir par ta faute.

Déjà fait.

Le criminel m'agrippa violemment le bras et m'entraîna à sa suite. Arrivés à une intersection, il s'arrêta brusquement avec un rictus au bord des lèvres.

— Alors bébé, on va où ? J'en ai pas fini avec toi et un lit serait pas de refus....

Je lui adressai une grimace dégoûtée et tournai à droite.

— C'est légèrement décevant de voir que le chef de la Mafia est comparable à tant d'autres enflures de bas-étage avec tant de remarques lubriques... Un comportement banal et qui fait franchement pitié. En plus tu es assez précoce. Enfin, bon, on ne peut pas être le meilleur partout je suppose ?

Il serra la mâchoire.

— Pour ton info chérie, je ne t'ai pas pénétré. Je ne t'ai à peine touchée. La seule raison pour laquelle tu es encore en vie, c'est parce que les flics viennent de faire une descente au Glam's. Ils savaient que j'étais là et ils vont écumer toute la ville, jusqu'à ce que mes gars aient fini de s'amuser avec eux. Et comme je n'ai aucune envie de chercher une planque à une heure du mat', toi et ta baraque de riche, serez parfaits !

Il ricana de plaisir.

Je me demandai un instant comment il avait su que les flics faisaient une descente avant de chasser cette idée de ma tête. Je n'allais de toute façon jamais le savoir, et en plus je n'en avais rien à faire.

Je soupirai et avançai plus vite en tirant sur ma cigarette. Ce mec avait un problème de vue.

Moi ? Une fille de bourge ?

Bon, d'accord, je ressemblais plus à une fille voulant défier l'autorité qu'à ce que j'étais réellement, mais merde ! Je n'étais pas une fille à papa ! Il allait vite déchanter.

Certes, les flics ne viendraient pas chercher les embrouilles chez moi, alors qu'ils savaient que j'étais bourrée à longueur de journée, que je ne sortais pas beaucoup, et surtout que le dernier flic qui m'avait cherchée avait terminé à l'hôpital dans des circonstances louches.

Vu l'endroit où j'habitais, les flics préféraient me laisser tranquille. Si le fils de chien qui me suivait voulait du luxe, il allait être servi !

Dix minutes plus tard je tournai encore une fois et passai devant l'épicerie avec soulagement. Elle marquait la limite du terrain contrôlé par la Mafia de Kurt. J'étais toujours plus à l'aise hors de la pression du gouvernement. Hors de leurs caméras. J'allais continuer mon chemin quand je le sentis s'arrêter, les bras croisés sur son torse nu couvert de tatouages et le regard furieux.

— Tu te fous de moi ? T'habites pas ici. Ici c'est MON territoire.

Il a fait pipi sur les poteaux et maintenant il grogne, très mature.

Je l'ignorai et continuai mon chemin en sachant qu'il me suivrait. Il ne lâcherait pas sa proie. Et même si l'idée qu'il me considère comme telle ne m'enchantait pas, bien au contraire, je ne pouvais m'empêcher d'être revigorée. Dans ce quartier, c'était marche ou crève mais avec le criminel à mes côtés, personne ne bougerait un pouce.

J'arrivai *enfin* devant mon immeuble et me dépêchai d'entrer. Alors que je montais déjà les escaliers, j'entendis le fils de chien me suivre. Je risquai un regard vers lui et vis que tous ses muscles étaient bandés et qu'il semblait près d'exploser en se demandant ce que je foutais.

Je n'y fis pas attention et continuai. Il ne posa plus de questions, ayant sûrement compris que cela n'était d'aucune utilité. J'insérai ma clé dans la porte de mon appartement en soupirant.

Je sentais le regard brûlant du mafieux dans mon dos qui se rendait sûrement compte que je ne blaguais pas.

J'ouvris en grand ma porte et me tournai vers lui avec un sourire railleur.

— Alors Kurt-je-sais-tout-sur-tout-le-monde, comment trouves-tu mon palace ?

CHAPITRE 5

" Le désir qui brûle en moi est pareil au feu des enfers : inébranlable et éternel"

Alexandra Kean

Nix 2 juillet 2018-New York

Je vis tous ses muscles se crisper, sa mâchoire se serrer, et ses yeux se plisser alors que son regard glacial se remplissait d'une lueur de pure haine envers moi.

Il me bouscula et entra dans l'appart'. Il parcourut la pièce des yeux avant de se diriger à grands pas vers la salle de bain. Je refermai doucement la porte et me débarrassai de mes talons avant de sortir mes affaires de nuit. J'étais complètement épuisée.

J'entendis la douche s'enclencher et soufflai.

Ma blessure à l'épaule me rappela alors sa présence par un élancement de douleur. Je me cambrai en serrant les dents et me dirigeai à mon tour vers la salle de bain.

Je me souvins que Kurt-le-criminel était en train de se laver et cela me fit inconsciemment sourire. A présent, il était sur mon territoire, quoi qu'il en dise. J'avais le contrôle. Et je comptais bien le lui faire comprendre.

A peine étais-je entrée qu'une exclamation de fureur se fit entendre. Sa tête sortit du rideau et il me regarda avec une rage non contrôlée.

— Putain de chieuse pourquoi y a plus d'eau chaude ?

Un sourire incontrôlé s'étala sur mon visage. *Oups*....J'avais *peut-être* fermé la vanne d'eau chaude... *Peut-être.* Je retournai vers le compteur et cette fois ci, je fermai la vanne d'eau.

Un hurlement de fureur retentit dans l'appartement et Kurt débarqua dans la pièce, trempé de la tête aux pieds, et surtout *complètement nu*. Bordel.

Je déglutis et me figeai sur place alors que mes yeux inspectaient tout son corps de haut en bas en passant par le milieu.

Wow.

Il se jeta sur moi mais je l'esquivais en le contournant. La colère lui faisait perdre tous ses moyens.

Ou pas...

Il se retourna, les pupilles luisantes de haine tournées vers moi, ses muscles bandés et son arme braquée sur moi.

Merde, je ne l'avais pas vu venir celle-là...

Sauf que j'étais chez moi. Il avait oublié ce détail.

Je reculai précipitamment, faisant semblant d'être affolée et ouvris le tiroir de mon armoire. Il s'avança encore, son flingue toujours pointé sur moi.

Enfin, ma main atteignit le métal à travers les vêtements et je souris en le prenant dans ma main.

Ne jamais attaquer en territoire ennemi, Kurt...

— Fini de jouer.

Ma voix était glaciale et je le braquai à mon tour. Une expression de surprise passa sur son visage et il recula d'un millimètre pendant qu'un sourire en coin complètement faux se dessinait sur son visage.

— Tu l'as trouvé où ? A la fabrique des jouets ?

— Kurt, Kurt, Kurt.... Tu es assez intelligent pour différencier une vraie arme d'une fausse n'est-ce pas ? Arrête de faire le con tu veux ?

— Je parie que tu ne sais même pas t'en servir !

— Tu veux une démo ?

— T'es pas capable.

Son expression moqueuse et son regard supérieur me firent

ricaner. *Pas capable hein ?*

S'il savait le pauvre...

Un coup de feu retentit dans l'appartement et Kurt tituba en se tenant la cuisse. La balle n'était passée que sur le côté, et ne s'était pas logée dans sa chair, mais je ne crois pas que ça allait arranger mon cas.

Il se releva quelques secondes après, sa main recouverte de sang. Ses yeux noirs me fixèrent de la noirceur même du diable, faite de cruauté, de rage, de fureur et de haine. Ses pupilles fixes et étrécies me lacérèrent, mais ne s'y reflétait qu'un vide sans fond, un abysse mortel qui pourrait tuer en un millième de seconde.

A cet instant précis, je le vis tout entier. Nu, couvert de sang, son âme exposée, empli d'une rage vengeresse, de liberté, de contrôle, et de pouvoir.

J'aurais dû avoir peur. Je devrais avoir peur. Mais non.

Les tréfonds de mon inconscience me chuchotaient qu'il ne me ferait rien. La haine innommable que je pouvais lire dans son regard était mélangée à autre chose. A un désir malsain et coupable qu'il tentait à tout prix de refouler pour se concentrer sur le présent.

Et soudainement, je sus que j'avais envie de la même chose.

Pourquoi ? Je n'en savais rien.

J'étais tordue, mais vraiment tordue pour me mettre à désirer un mec qui avait eu l'intention de me violer et de me tuer une heure avant. Quelque chose devait clocher chez moi pour que je me mette à avoir envie d'un criminel qui n'attendait que le moment de me tuer.

Mais le fait que je sois tordue n'était pas une révélation.

Des fantasmes malsains et interdits de lui en train de me retourner contre ma commode envahirent mon esprit. Et à en juger par son érection, c'était réciproque.

L'atmosphère de la pièce changea. La tension mortelle et pleine de haine qui régnait un instant plus tôt se transforma. L'air devint chargé de désir et le regard de Kurt sur moi devint lourd.

Putain.

J'étais *excitée* par la situation.

Si j'avais été n'importe qui d'autre, j'aurais probablement pris en compte le fait que coucher avec un mec qui voulait me tuer était une très mauvaise idée, mais là tout de suite, je n'en avais rien à faire. La seule chose que je voulais c'était lui en moi.

Son flingue était toujours pointé sur moi et le mien sur lui.

Kurt passa sa main sur sa bouche sans me quitter du regard, comme hésitant, et j'eus soudain du mal à respirer, alors que mes yeux demeuraient fixés sur son membre tendu.

— Enlève tout.

La voix de Kurt, grave, autoritaire, était envahie par un désir aussi puissant que le mien, envoyant des éclairs dans mon sexe et à mon clitoris, qui palpitaient dans l'attente. Quatre putain d'années que je n'avais plus laissé un seul homme me toucher et il n'avait eu besoin que de quelques heures pour conquérir mes hormones.

Je ne savais pas ce que ce mec me faisait, mais c'était unique.

Je réussis à ne pas lui obéir et relevai le menton.

Il m'observa longuement, l'air de réfléchir à quelle sauce il allait me manger, alors que je posais mon arme sur la commode. Je n'allais pas le tuer aujourd'hui.

Il s'approcha doucement, tel un félin attendant de bondir sur sa proie.

— Tu préfères que je te les enlève ?

Je déglutis difficilement.

— Tu devrais te soigner.

Sa cuisse saignait quand même avec abondance. Il eut un sourire en coin.

— Je devrais ouais. Mais je devrais aussi respecter la loi, et je ne le fais pas. Donc, je n'irais pas me soigner, du moins pas tout de suite. D'abord…

Il glissa son canon sur mes lèvres alors que je restais immobile.

— Je vais te retirer chacun de tes vêtements, un à un et je

vais te déguster. Je te donnerai deux orgasmes tellement puissants que tu deviendras complètement accro. Tu en redemanderas, et je réfléchirai à si tu mérites que je t'en donne plus. Tu crieras tellement fort que tout le quartier t'entendra et sauras que je suis en toi, en train de te baiser. Parce que je vais te baiser, et tellement fort que tu ne sauras même plus comment tu t'appelles quand tu jouiras.

Il fit glisser son flingue entre mes seins.

— Toute la nuit. Tu arrêteras d'en redemander quand tu seras inconsciente.

Que de belles paroles.

Je fermai les yeux pour essayer de retrouver ma lucidité. C'était complètement illogique. Ce gars ne pouvait pas me voir en peinture il n'y avait même pas dix minutes.

— C'est une menace ?

Ma voix était faible, rauque, éraillée par mon désir et l'excitation qui brûlait dans mes entrailles.

— Non. Une promesse.

Evidemment.

Sur ces mots, il s'avança et prit une seconde pour me regarder avant d'attraper mes cheveux en approchant son visage du mien. Son arme revint sur ma lèvre et descendit lentement jusqu'à mon ventre. Son souffle était contre le mien et sa seconde main se pressa contre ma fesse.

— Tu attends quoi ?

Je le provoquai, une main sur son épaule.

Il m'enleva son tee-shirt en ne quittant pas mon corps du regard. Il passa sa main entre mes seins, et en saisit un dans sa paume. Un rictus naquît sur ses lèvres. Il pinça mon téton et je gémis, puis il me colla contra son corps. La chaleur de sa peau contre la mienne fit accélérer mon souffle. C'est le moment qu'il choisit pour rentrer deux doigts en moi, me faisant gémir.

La tête tirée vers l'arrière et ses doigts enfoncés dans ma chair, je gémis et plantai mes yeux dans les siens.

— Tu es toute mouillée.

Mon rire s'étrangla quand il massa mon clitoris.

— Bravo inspecteur Gadget.

Il mit son pouce sur mon clito en continuant à faire des va-et-vient avec ses doigts en moi. J'enfonçai mes ongles dans son épaule, submergée par le plaisir, que je n'avais pas ressenti depuis si longtemps.

La pensée qu'on ne devrait pas faire ça me traversa l'esprit. Après tout, il avait l'intention de me violer une heure avant, même si son comportement avait été étrange, il avait visiblement l'intention de squatter mon appart' pour une durée indéterminée, et il allait me tuer. Il était le chef de la Mafia la plus puissante au monde, bordel. Je ne pouvais pas décemment faire ça. Même si j'en mourais d'envie.

J'ouvris la bouche pour protester alors que son corps nu se pressait déjà contre le mien mais il posa sa main sur mes lèvres pour m'empêcher de parler et dit de sa voix rauque :

— Ferme-la.

Il rentra un troisième doigt en moi et mordit mon téton. La seule chose qui sortit de ma bouche fut un gémissement de surprise.

Je décidai de me laisser aller. Quoiqu'il arrivait j'allais déjà en enfer, et j'allais mourir. J'avais déjà fait des choses bien plus indécentes et choquantes que coucher avec un criminel qui ne m'avait pas touchée.

Il me plaqua contre le mur avant de s'agenouiller devant moi.

Je n'aurais pas cru possible un tel geste de la part d'un mec qui avait autant besoin d'asseoir sa domination sur les autres, mais cette pensée quitta mon esprit quand je sentis sa langue entre mes cuisses. Je m'écroulais sur le mur dans un cri. *Waouh. Putain ce que c'est bon.*

Je lui empoignai les cheveux en tentant de m'y raccrocher alors qu'il me dévorait littéralement. Sa langue sur moi et en moi me faisait perdre l'esprit. Je ne savais même pas que c'était possible. Mes jambes tremblaient et je perdais mon souffle à mesure que le plaisir s'accumulait. Il poussa un grognement et cessa son mouvement en remontant ses yeux noirs vers moi. Un spasme parcourut mon corps à la vue de ce mec agenouillé devant moi, sa bouche sur mon sexe, alors qu'il me fixait de deux pupilles noires comme la nuit, luisantes de rage et de désir.

Oh bordel.

Il n'y avait que ses mains sur mes fesses qui me tenaient encore debout. Aucune cigarette, ni alcool n'avaient jamais su m'amener dans un tel état d'excitation. Cet enfoiré avait raison lorsqu'il disait que j'en redemanderais.

Je planais complètement, envahie par des sensations trop puissantes pour que je puisse les décrire, entièrement concentrée sur sa bouche qui m'emmenait au seul paradis auquel j'aurai jamais droit. J'avais des frissons jusque dans le cerveau et je peinai à garder les yeux ouverts.

Je suffoquai tellement le brasier qu'il allumait dans mon corps me brûlait de l'intérieur, et d'un seul coup, ce ne fut plus suffisant. Il me *fallait* plus. Le vide en moi se creusait et j'essayai tant bien que mal de l'arrêter. J'avais besoin de le sentir en moi, mais il n'en tint pas compte et continua ce qui se transformait en torture en ricanant contre ma peau. Il le faisait exprès. *Fils de chien.* Un son guttural sortit de ma gorge alors que je m'étouffais de plaisir.

Il releva la tête vers moi et planta son regard dans le mien, comme pour m'ordonner de jouir, et ses doigts en moi associés à sa langue me firent basculer.

C'est ce que je fis. Je jouis comme jamais auparavant, me cambrant tout entière, secouée par des spasmes violents alors que l'orgasme me dévastait.

Je m'écroulai ensuite sur le criminel qui avait juré de me tuer il y avait de cela une heure et il me porta jusqu'au matelas. Je pris mon temps pour reprendre mon souffle et cligner des yeux. C'était à peine si je voyais clair, toujours dans le brouillard de mon orgasme. Depuis combien de temps n'en avais-je pas eu ?

Je fermai les yeux. Je ne voulais pas penser à mes relations passées. Je ne voulais penser qu'à Smith. Qu'au plaisir.

Je crus qu'il en avait fini avec moi, mais quand je le vis s'allonger au-dessus de moi, le regard plus brûlant que jamais, je compris qu'il était loin d'en avoir terminé.

Sa main descendit vers mon intimité encore chaude et il enfonça deux doigts en moi en émettant un grognement rauque.

— Kurt…

Il posa ses deux mains autour de ma tête, me dominant de tout son corps et plaqua son érection massive contre mon intimité en feu.

Je tentai de lui mettre un coup de genou pour stopper ces foutus préliminaires mais il ricana en esquivant mon coup avec facilité et m'emprisonna autour de lui.

— C'est moi qui décide ma belle.

Enfoiré de fils de chien.

— Va te faire foutre.

Il se pencha pour s'occuper de mes seins, en les massant et les mordillant, alors que je me cambrais et gémissais de plus belle, envahie par des sensations pour lesquelles on vendrait son âme au diable. C'est d'ailleurs peut-être ce que j'étais en train de faire. Ses doigts en moi et son pouce sur mon clitoris dansaient avec mon corps et contrôlaient chacune de mes réactions. Je perdais mon souffle un peu plus à chaque salve de plaisir. La gorge nouée je sentis la libération arriver et je criai, submergée par les sensations.

Il s'arrêta d'un coup et me regarda avec des yeux noirs d'un désir tellement puissant que je faillis me noyer à l'intérieur de ces pupilles ébènes voilées de fantasmes sexuels.

— Putain Kurt.

Il ne répondit pas, me retourna, et s'enfonça brutalement en moi. Je poussai un hurlement de plaisir. *Bordel !*

Il serra la mâchoire et me prit avec force, s'enfonçant en moi et me clouant au matelas sale. Ses coups de reins faisaient trembler mon corps et il s'enfonça en moi si profondément que je crus qu'il allait atteindre mon âme. Sa main se dirigea vers mon clitoris et je crus m'étrangler sous le combo des deux. Il entama son va-et-vient avec sa rage, il déversait sa rancœur sur moi et me faisait ressentir des sensations paradisiaques que je n'avais jamais, au grand jamais, même dans les tréfonds et les abymes de mon passé, ressenties.

Et d'un seul coup, l'ivresse de plaisir submergea mes sens

et chaque parcelle de mon corps se tendit alors que je me figeai dans un hurlement silencieux. Des spasmes incontrôlables parcoururent mon corps quand il retomba. Kurt me suivit rapidement et tout son corps se figea, tendu à l'extrême et les muscles bandés, avant qu'il ne se laisse retomber sur moi.

Ma respiration était hachée et je repris difficilement mon souffle.

— Tu t'appelles comment au fait ?

Je ris un peu.

— Nix.

Il se releva et me regarda de ses yeux sombres qui n'exprimaient plus que de la fatigue et toujours cette étincelle de malveillance, qui elle, ne s'éteindrait jamais.

— L'ombre ?

J'écarquillai les yeux. Je ne savais pas que j'étais aussi célèbre que ça. Pour que mon surnom atteigne les oreilles du grand Kurt....

— On m'appelle comme ça ?

— Ouais. Il paraît que personne n'a jamais réussi à savoir ce que tu cachais.

Je souris.

— Et personne ne le saura jamais.

Il se replaça au-dessus de moi et pencha sa bouche contre mon oreille.

— Tu veux parier ?

CHAPITRE 6

" Dire le secret d'un autre est une trahison, dire le sien est une bêtise"

Voltaire

Nix 3 juillet 2018- New York

Je fis les gros yeux et me levai pour me diriger vers la salle de bain, ré-ouvrant au passage la vanne d'eau. J'entendis aussitôt la douche se remettre à fonctionner et me précipitai sous le jet pour débarrasser mon corps de la sueur et de la poussière accumulées.

Je me nettoyai soigneusement en repensant aux dernières heures. J'avais provoqué le plus grand criminel d'Amérique, j'avais joué avec ses nerfs, failli me faire violer, lui avais tiré dessus, juste avant de coucher avec lui en dépit de nos blessures respectives.

Qu'est-ce qui clochait chez moi ?

Mais je n'avais aucun regret, bien au contraire. Aussi étrange que cela me paraissait, cela faisait longtemps que je ne m'étais pas sentie aussi *vivante.*

Même si c'était malsain, interdit, déplacé, je m'en foutais.

Ça faisait quatre ans que je n'avais laissé personne m'approcher ou même me toucher, et il n'avait fallu qu'un regard avec le chef de la Mafia la plus dangereuse du monde pour qu'il me possède entièrement, et volontairement. Et je n’avais jamais ressenti une sensation aussi grisante, même avec la drogue que je prenais, *avant.*

Alors non je ne regrettais pas. Peut-être quand je serais seule, dans quelques semaines. Mais pas maintenant.

Je sortis de la douche et enroulai une serviette blanche autour de ma poitrine avant de partir chercher mes affaires dans la pièce adjacente.

En serviette, complètement trempée, et pas seulement à cause de la douche, je passai devant le criminel en faisant semblant de lâcher le bout de tissu. Je le rattrapai avant de me dévoiler et pris une culotte dans ma commode. Quand je me retournai, il ne m’avait pas quitté du regard. *Fixer les gens était un truc de psychopathe après tout.* J’haussai un sourcil et lui lançai un regard froid comme la glace.

— Qu'est-ce que tu veux fils de chien ? Va plutôt te laver tu pus !

Il serra les dents et ne dit rien avant de se lever pour s'enfermer dans la salle de bain.

Qu’il ne dise rien est étrange, d’ailleurs. Il commence à apprécier son petit surnom ?

Je décapsulai ma bouteille de vodka et en pris une longue gorgée. Je laissai le liquide couler dans ma gorge en fermant les yeux, savourant la brûlure de l'alcool dans ma trachée, quand on frappa à ma porte. Les bruits qui provenaient de ma salle de bain cessèrent aussitôt alors que j'allais ouvrir, toujours en serviette.

J’accueilli le visiteur malvenu avec un regard mauvais et ma bouteille à la main. *Qu’est-ce que les flics n’avaient pas compris dans la phrase « me foutre la paix » ?*

Je considérai les insignes fédéraux des mecs armés jusqu'aux dents qui me regardaient avec hébétude et soupirai en redressant ma poitrine et secouant mes cheveux mouillés pour qu'ils passent derrière mon épaule.

Je reconnus le lieutenant McQueen, Johnny McQueen, qui était le lieutenant qui avait fini une de nos précédentes petites conversations à l’hôpital. *Je lui avais manqué peut-être ?*

— Qu'est-ce tu viens foutre ici Jon ? T'es en manque de

raclées ?

Je le regardai, blasée, alors que lui tremblait de tous ses membres et semblait nerveux, malgré le masque d'impassibilité qu'il laissait paraître. Ça, c'était normal. Il s'infiltrait dans le quartier de la Mafia Piratando, pour rechercher leur chef. Le fait qu'ils étaient toujours en vie ne relevait pas de la chance, seulement du fait que les mafieux manquaient de distraction et qu'ils trouvaient très amusant de voir les flics écumer tout le quartier en sachant pertinemment que Kurt s'y trouvait, sans jamais le trouver.

Je devais bien avouer que c'était marrant.

— Nix Johnson. Nous recherchons Kurt Smith. L'as-tu vu, aperçu, ou eu un quelconque contact avec lui ce soir ?

Je l'ai baisé, ça compte ?

— Je sais pas. J'suis allée au glam's, les flics se sont pointés, je me suis tirée, je me suis saoulée, et je viens de prendre ma douche. Tu veux savoir qu'elle était la couleur de ma culotte aussi tant que tu-y-es ?

Il avait le regard plongé dans mon décolleté ce qui m'agaça profondément. *Est-ce que les mecs n'étaient vraiment tous que des grands sacs à hormones attirés par tout ce qui était rond ?*

— Eho, Gepetto, mes yeux ils sont là !

Kurt

Je serrai violemment les dents en me retenant d'aller casser la sale gueule de ce putain de flic de merde. J'avais précisé à Nix que je ne partageais JAMAIS les filles que je mettais dans mon lit ?

J'aurai dû.

Cette fille était terriblement belle, et l'un des meilleurs coups de ma vie. Tout à l'heure, dans la ruelle, ce que j'avais vu dans ses yeux m'avait fait froid dans le dos. Je n'avais jamais eu l'intention de la baiser, le viol ne me faisait pas bander, juste de voir combien de temps il lui faudrait pour devenir paniquée, car son arrogance m'avait exaspéré. Et même si elle avait gardé son sang-froid, elle avait craqué. Pourtant, j'étais toujours là.

D'habitude, mes victimes me regardaient avec crainte, peur, désespérance, et je les tuai plus vite que je ne prenais ma prochaine inspiration après m'être délecté de leurs hurlements de douleur. Mais ce que j'avais lu dans son regard m'avait empêché d'en faire de même avec elle. Elle ne se battait pas pour vivre mais c'est presque comme si elle était déjà morte. Jamais, au grand jamais, je n'avais vu ce regard indifférent et hanté.

Enfin, si. Une fois. Mais c'était un autre temps.

Et puis j'avais créé ma Mafia de mes propres mains. Je l'avais montée, je l'avais faite prospérer, et dans quelque mois, le gouvernement américain pliera. *Dans quelques mois je le ferai payer.*

La plupart des gouvernements du monde étaient déjà en alliance avec moi depuis des années. Ils avaient besoin de mon organisation, besoin de mes traffics. Quand j'aurai pris les Etats-Unis, ils coopéreraient. Seule la Russie résisterait toujours.

Les Ikanovitzch, la mafia russe, étaient une des plus cruelles et des plus puissantes et anciennes familles de mafieux qui existaient, et également mes pires ennemis. Chacun savait qu'à la minute où ma Mafia allait s'emparer des Etats-Unis, les Ikanovitzch en profiteraient pour s'officialiser aux côtés du président russe. Ils avaient la main basse dans les rouages politiques russes et soufflaient le chaud et le froid dans le pays depuis au moins une centaine d'années.

Tout n'était qu'une question de temps maintenant.

La voix de la rousse résonna dans la pièce à côté et je grimaçai. L'envie de savoir ce qu'elle cachait me démangeait tellement que la foutre dans mes caves pour obtenir des réponses semblait presque trop facile.

Je reportai mon attention sur la conversation de Nix avec cet idiot de flic.

— On peut savoir pourquoi t'as pris le risque de venir Johnny ? On sait toi et moi que si ton grand chef de merde est vraiment là, tu ne repartiras jamais vivant d'ici.

Que je sois là ou pas, ça aurait de toute manière été le cas.

— Déjà moi c'est Edouard. On est en sous-effectif, les gens ont peur. Ça te dérange si on jette un coup d'œil dans ton appartement ? Simple formalité.

— Dis-moi Johnny, j'ai l'air de quoi ?

— D'une fille ivre, sortant de la douche et vivant dans un appartement miteux.

— D'après toi, si un mafieux me demande de l'abriter, je fais quoi ?

— Tu lui envoies un coup de pied mal placé ?

— Bonne nuit Johnny.

Et elle claqua la porte. Quelques secondes plus tard, celle de la salle de bains s'ouvrit alors que je me retenais de rire.

Cette fille est extra.

Elle me lança une serviette au visage avec un regard noir.

— Ferme-la et va te laver fils de chien.

Je serrai violemment les poings et lui adressai un regard meurtrier tout en me relevant. Ce surnom me donnait envie de la torturer pendant des heures jusqu'à ce qu'elle perde son arrogance. Même si en vérité, son culot m'amusait. Comme si elle avait une chance de rester en vie en me parlant sur ce ton.

Elle haussa un sourcil en me regardant de haut en bas avant de porter sa cigarette à sa bouche et de me souffler la fumée en plein visage.

— Magne toi, j'ai pas que ça à foutre.

— Profite de tes derniers jours en vie, Nix Johnson.

Elle rigola sarcastiquement.

— Au secours j'ai peur !

Elle m'adressa un regard moqueur avant de claquer la porte en dandinant son petit cul parfait.

J'avais à la fois envie de la frapper et de la prendre violemment. J'allais tuer cette peste.

Mais avant ça j'allais tellement la baiser qu'elle ne pourrait même plus se souvenir de comment elle s'appelle.

Je sortis de la salle de bains en boxer. Mes hommes m'avaient apporté des affaires propres un peu plus tôt. Il devait être aux alentours de cinq heures du matin.

J'aperçus la rousse étalée sur son matelas, complètement endormie. Trois mégots de cigarettes traînaient à côté d'elle, encore fumant. Je pris alors vraiment le temps de détailler l'appartement. Complètement miteux. Je pris conscience des cadavres de bouteilles, des traces de cocaïne, de la poussière, des bêtes, des toiles d'araignées. Ce n'était pas un appartement, c'était un véritable débarras.

Je tournai la tête vers elle.

J'aurai largement pu séjourner chez mes hommes, c'était mon quartier après tout. Mais rester avec cette pute magnifique me permettait de baiser à volonté et en même temps savoir ce qu'elle cachait et la regarder m'insulter m'amusait. Je vérifiai qu'elle était bien endormie avant de me tourner vers son armoire.

Maintenant, on allait fouiller.

Et ben dis donc, ça met de la belle lingerie !

Je sifflai doucement avec un sourire pervers en faisant tourner le string noir en dentelle dans ma main. Je continuai à fouiller. Elle ne possédait que des talons, et toute une collection de bracelets complètement identiques.

Super bizarre.

Je fouillai dans l'endroit où elle rangeait ses soutiens gorges, quand soudain, ma main tomba sur deux contacts métalliques. J'en sortis une arme et une carte bancaire noire. Je me figeai entièrement. Pourquoi une fille possédant une carte noire, c'est-à-dire une carte avec des plafonds à des dizaines de milliers d'euros, vivrait dans un taudis pareil ?

Ça n'avait aucun sens.

Je pris l'arme et remarquai immédiatement que le numéro de série avait été complètement effacé. Le travail était vraiment très net... Je fronçai les sourcils. Le travail n'était pas net, car il n'y avait eu aucun travail. L'arme n'avait tout simplement pas de numéro de série. Comme celles que ma Mafia fournissait. Mais comment aurait-elle pu s'en procurer une alors que seuls les O du Deuxième Cercle y avaient accès ?

Ma mafia s'étendait depuis des années. Souvent, les

gouvernements s'avéraient nos principaux clients, et certains avaient fini par trouver plus stratégiques de directement s'allier avec moi. Les membres du Premier Cercle étaient ma garde rapprochée, mes informateurs directs, mes pirates informatiques les plus doués et mes meilleurs tueurs. Ceux qui allaient là où j'allais. Le Deuxième Cercle, c'était ceux qui contrôlaient les territoires où je n'étais pas. Ils me faisaient des rapports mensuels et surveillaient et contrôlaient les territoires alliés. Le Troisième Cercle était à l'échelle régionale et comportait tous les gardes, tueurs, et psychopathes qui arboraient mon Tatouage. Ils étaient missionnés par le Deuxième Cercle, bien souvent. Le quatrième Cercle regroupait tous les O sans aucune distinction, et le Cinquième Cercle était leurs proches.

Mon regard se tourna vers la fille. Étendue sur le matelas, ses cheveux roux et ternes entremêlés, un teint cadavérique et des yeux bleus vides et hantés. Cette fille était un putain de fantôme.

Mais quel genre de spectre vivait dans un appartement miteux, au beau milieu d'un quartier appartenant à l'une des mafias les plus dangereuses du monde, avec une arme, une carte noire, de l'alcool et de la cigarette, en passant toute sa vie à comater ?

CHAPITRE 7

" L'innocence est le plus beau des cadeaux, mais le plus gros des fardeaux"

Alexandra Kean

Nix 4 juillet 2018 - New York

Leurs voix. Leurs cris. Leurs pleurs. Leur sang. Lui. Mon sang. Son arme. Son corps. Ses yeux vides.

Et une voix.

— Nix.

Je dois me venger.

— Nix !

Je crie et le regarde. Il doit mourir. Je l'étrangle.

— NIX !

Je me réveillai en sursaut et m'aperçus que j'étais à califourchon sur Kurt, mes mains serrées autour de son cou. Il me regardait avec des yeux luisants de rage.

Tu parles d'une habitude...

Je m'écartai brusquement de lui, les mains tremblantes. Fébrile, je parcourus la pièce du regard, cherchant quelque chose de fort pour me calmer. Les flashs de mon cauchemar me revenaient en boucle et je fermai les yeux mais les souvenirs se ruaient dans le noir sous mes paupières pour laisser apparaître mon enfer.

Je les rouvris aussitôt et fixai Kurt avant de détourner mon regard vers mon portable.

Huit heure sept.

Oh le fils de pute.

Je tournai mes prunelles pleines de haine vers lui, toute trace de mon cauchemar à présent disparue.

— Pour qui tu te prends pour me réveiller espèce de fils de chien ?

— Pour le chef de la Mafia la plus puissante du monde ?

— Et la Russie ?

Il grogna avant de planter ses prunelles aussi tranchantes que la glace dans les miennes.

— Ouais, avec la mafia Russe. Mais qu'on soit bien clair, si j'apprends que tu as de quelques manières que ce soit fait affaire avec eux, je t'étripe sur place. Même une simple discussion.

S'il savait le pauvre.

— Crois-moi, ça risque pas.

— Vaut mieux pour toi.

— Sinon, on peut savoir ce que je fous réveillée ?

Mes yeux le foudroyèrent du regard et mon sourire hypocrite le nargua, mais il ne sourcilla même pas.

— Tu viens avec moi.

Je haussai un sourcil et lui jetai un regard dédaigneux.

— Et où son altesse des merdeux veut-elle m'emmener ?

— Tu verras. Bouge tes fesses, on va être en retard.

Je ne bougeai pas d'un poil et lui jetai un regard noir.

— Et pourquoi je t'obéirais ?

Il ricana.

— Parce que je l'ai ordonné. Où est ta putain d'armoire à pharmacie ?

Je regardai sa blessure à la jambe. Il était vachement résistant, il fallait bien l'avouer. Il s'était pris une balle, certes sur le côté de la cuisse, et ne semblait même pas sourciller, même après une partie de jambe en l'air. Je raillai.

— Tu ne veux pas te laisser crever plutôt ? Toute la planète t'en serait reconnaissante.

Il me jeta un regard saoulé et claqua d'une voix froide.

— Je t'ai demandé où était ton armoire à pharmacie. Ne m'oblige pas à me répéter.

Je haussai les épaules en m'habillant. *Ses nerfs en pagaille allaient finir par me détruire les tympans.*

— J'en ai pas.

— Qu'est-ce que t'as dit ?

Je fis les gros yeux.

— J'ai des dépenses plus utiles que des foutus médocs.

Il ricana.

— En quoi des putains d'antibio sont inutiles ? Encore plus dans cette putain de baraque pourrie infestée de virus et de bactéries en tout genre !

Je ne pris même pas la peine de lui répondre, et, lassée de cette conversation qui ne menait nulle part, je pris une cigarette et l'allumai rapidement en ouvrant ma fenêtre.

Il grogna et attrapa sa veste en cuir posée à terre.

— Bon, j'ai pas toute la nuit. Tu viens ?

Je me retournai d'un seul coup en tirant sur ma clope.

— Le jour où les haricots deviendront roses, certainement.

Il sourit d'un air moqueur.

— Que je clarifie la situation, ce n'était pas une proposition, mais un ordre. Tu viens un point c'est tout.

Kurt

Elle ricana.

— Sinon quoi ? J'aurai pas de dessert ?

Je serrai les dents.

— Tu. Viens.

Elle continua sur sa lancée, insensible à ma voix claquante qui était pourtant bien expressive.

— Oh, le grand Kurt exige ! Et bien attention, mais je vais te dire quelque chose que tu ne dois pas entendre souvent : non. En trois lettres. Ça exprime le refus, tu comprends ?

— On notera que j'ai tenté la manière douce. Tu ne m'en

voudras pas dans ce cas-là, si je détruis la carte black que tu caches dans tes sous-vêtements ?

Son visage se vida alors de toute couleur et elle siffla, le regard voilé.

— Fils de pute.

On dirait que j'ai visé dans le mille.

Je ricanai.

— Le conte de fées avec un prince charmant c'était le livre d'à côté bébé.

Elle soupira, et ne releva même pas le « bébé », plongée dans ses cauchemars. *Cauchemars ou souvenirs ? Et après tout quelle différence ?*

— On va où ?

— Tu verras, fis-je en passant devant elle pour sortir de son taudis.

Ma blessure à la jambe me tiraillait mais là où nous nous rendions, il y aurait absolument tout le nécessaire pour me soigner.

En revanche, je me demandai bien qui était vraiment la fille qui m'hébergeait. *Nix*. C'était un prénom assez spécial et sûrement pas celui avec lequel elle était née.

Elle supportait sa blessure à l'épaule sans un mot ni une grimace, comme si elle ne se souvenait même plus qu'elle était là. Que ce soit le cas ne m'étonnerait même pas. Mais une telle résistance à la douleur était tout sauf commune.

Elle ne serait tout de même pas une autre espionne ? Peu probable. J'avais bien vu le regard moqueur de Jennifer, la copine du milliardaire, sur Nix dans le bureau. Même si l'espionne était sous l'emprise de drogue à ce moment-là, la rousse semblait plus en rogne contre la Terre Entière que férue d'une mission suicide.

Je gardai tout de même cette hypothèse dans un coin de mon cerveau. Comme le milliardaire me l'avait dit, il serait sûrement tombé dans le piège de l'espionne, Jennifer, si on ne nous avait pas mis au courant de sa venue. Mais il y avait quand même de nombreux détails qui trahissaient cette dernière, tant dans son attitude, que dans sa façon de parler.

Savoir que le gouvernement avait voulu baiser mon organisation avec ça me faisait hurler de rire.

Mais Nix, cette foutue rousse fantôme, c'était autre chose... Comme si elle restait en vie seulement à cause d'une obligation divine. Elle voulait mourir, c'était aussi évident que si elle avait une putain de poutre dans l'œil. Mais en même temps, quelque chose la retenait sur terre, comme si le destin lui dictait de ne pas partir tout de suite. Cette fille était un livre ouvert pour un analphabète.

Vivement que j'apprenne à lire.

Je la regardai passer devant moi en faisant claquer ses talons sur le bois délabré, la tête haute.

Cette fille était un putain de mystère. Un défi. Et j'adorai gagner les défis.

Nix

Cette espèce de crétin avait osé fouiller dans mes affaires. Et au lieu de se contenter d'admirer mes strings comme tout mec normal, ce type avait cherché jusqu'à tomber sur ça. Cette foutue carte.

Je ne pouvais même pas rester dans cet immeuble croulant à me saouler pour chasser tous les souvenirs qui réapparaissaient *à cause d'une simple putain de carte.*

Je tournai mon regard vers le fils de chien qui rangeait son arme dans son jean. Qu'est-ce qui m'avait pris de m'endormir alors qu'il était là, en même temps ? Ce mec annihilait tous mes instincts de survie, envahissait ma vie et mon espace personnel, et m'empêchait d'oublier. Je rêvai de le voir mort au coin d'une ruelle et recalé au fin fond des affaires classées sans suite par la police.

Mais malheureusement, il s'était déjà arrangé pour que cela ne puisse pas arriver. Même avec l'infime probabilité qu'il puisse un jour mourir, sa disparition ferait le tour de la Terre et les médias raconteraient son histoire pendant des semaines et des semaines avant qu'ils ne s'en lassent. Ensuite, dans le même genre que Pablo Escobar ou Al Capon, des scénaristes reprendraient son histoire pour en faire un film d'une brillance cinématographique exemplaire, d'où des phrases cultes et utilisées par tous ressortiraient.

J'exècre ce mec.

J'accélérai le pas et tentai de le devancer avant de me rendre compte que cela ne servirait à rien car je ne connaissais pas le chemin.

Je pourrais aussi ralentir, mais il mettrait sa menace à exécution. Je pouvais le tuer, mais toute la Mafia Piratando me tomberait aussitôt dessus, et c'était bien trop d'honneur pour lui.

Je m'arrêtai soudainement en le regardant, comme pour tenter de découvrir l'homme qui se cachait derrière le mafieux, mais je refermai les paupières et secouai la tête.

C'était mauvais. Tout était mauvais. Pourri.

Ma vie.

Moi.

Ce mec.

Nous.

Tout.

Je ricanai, quand *son* visage se rappela encore à moi et je fermais les yeux en secouant la tête pour tenter de le chasser.

Si tu arrêtes de penser à lui, tout ira bien. Mais si tu continues tu te détruiras lentement, et je ne pourrais rien y faire.

C'était *elle* qui avait dit ça avec une douceur infinie, assez pour que je ne sente pas le poignard qu'elle m'enfonçait dans le dos en même temps. Je n'avais jamais pu comprendre comment il était possible de feindre autant les liens du sang. De feindre autant la gentillesse et la bonté alors que l'âme était rongée par le mal.

La mienne l'était. Profondément. Enracinée dans les ténèbres. Mais je ne m'en cachais pas. Je n'en avais pas honte.

La honte était un sentiment que je n'avais jamais connu.

Les bonnes manières que chaque parent tentait d'inculquer à ses enfants me faisaient ricaner. Comme si le monde était beau, comme si ne pas mettre les coudes sur la table et manger avec l'index posé sur le dos de la fourchette pourrait les empêcher de subir le destin.

Et pour voir… Pour voir vraiment…

Il fallait aller dans les entrailles de la terre, là où la mort était un soulagement, et là où l'enfer était un paradis. Là où les ancêtres du diable se terraient, répandant leur aura malfaisante comme une partie d'échec. Là d'où je venais. Ou du moins… *Là d'où j'avais la sensation de venir.*

Des anges innocents naissaient quelques fois. Et ils étaient brisés.

Mais *cette fille.* Elle était née démon et avait imité les anges les plus précieux. Je ne savais pas pourquoi je repensais à *elle* maintenant. Un jour, voir son visage souriant et innocent avait réchauffé mon cœur. Un peu, juste quelques secondes avant que sa trahison ne remplace la chaleur, que mes cauchemars prennent le pas sur mes rêves et que les ténèbres ne reviennent. Je la revoyais rire quand je lui avais demandé pourquoi elle ne m'avait pas laissée sur le bord de la route ce jour-là. Et je la revoyais s'éloigner alors que j'agonisais sur le goudron.

Je ne pourrai jamais pardonner. Je ne pourrai jamais tout oublier. Pour aucun d'*eux.* Et son souvenir souriant plein de faux espoirs et de trahison était mort cette nuit-là, quand la balle avait traversé mon torse pour se figer à une artère de mon cœur. Beaucoup de choses en moi étaient mortes cette nuit-là.

— Nix l'emmerdeuse, tu pisses ou ça se passe comment ? Bouge ton cul !

Quelle vulgarité. Je savais à son sourire moqueur que la formulation était volontairement choquante, mais tout de même.

Je sursautai et repris enfin contact avec la réalité en chassant mes souvenirs brusquement. Le fils de chien pourrait dire ce qu'il voulait, ce soir je me saoulerai jusqu'à pas d'heure.

Ma liberté n'appartenait qu'à moi. Beaucoup trop de monde avait ignoré ce fait pendant dix-sept longues années. Je ne le laisserai pas faire pareil.

Je me remis en marche lentement, cherchant

désespérément à ne plus penser, une clope entre les lèvres. La nicotine m'emplissait les poumons avec délice.

Si seulement elle pouvait me tuer... Si seulement...

Mon cauchemar me revint en mémoire et je tressaillis alors que la peur qui m'avait enserré les entrailles ce jour-là refaisait surface.

C'était décidément une mauvaise journée.

Une putain de très mauvaise journée. Et ça ne faisait que commencer.

Je contemplai le sourire narquois de Kurt et la course de voiture qui se déroulait au loin, supportée par des trafiquants et mafieux en tout genre.

—Tu veux faire un petit tour de voiture Nix ?

Oui.

— Non.

— Ce n'était pas une demande, mais une information.

Sur ce, il se fraya un chemin à travers la foule et me regarda en ricanant d'excitation alors qu'une voiture se faisait propulser dans un fossé et explosait, laissant ses conducteurs pour morts.

— Bouge-toi Nix. On va faire une course suicide !

Enfin.

CHAPITRE 8

" Si tu peux encore rire alors que tu te sens complètement brisée, alors plus rien ne peut te briser désormais"

Anonyme

Nix 4 juillet 2018-New York

Je tirai sur ma cigarette en détournant le regard de la voiture de sport sur laquelle Kurt était appuyé en discutant avec le mafieux qui m'avait menée à le rencontrer. Jason, Jaron, quelque chose comme ça.

Entièrement vêtu de noir, la peau recouverte d'encre aux couleurs de la nuit et appuyé avec prétention sur la voiture de luxe, le criminel le plus recherché du monde s'apprêtait tranquillement à faire une petite course en plein New York, au beau milieu de la journée.

S'il se permettait de le faire, c'était qu'il le pouvait. Or, j'avais déjà repéré une dizaine de caméras depuis qu'on était arrivés, et cela ne semblait pas le déranger le moins du monde. Fallait-il lui rappeler qu'il y avait un mandat d'arrêt international contre lui qui autorisait le tir à vue, et qui l'enverrait à la chaise ?

Certes, il était l'un des hommes les plus puissants du monde, à la tête d'une énorme Mafia, mais il restait humain.

La preuve, je lui avais bien foutu une balle dans la jambe, et j'aurai visé plus haut qu'il n'aurait jamais pu baiser à nouveau.

Je tirai encore sur ma cigarette en laissant traîner mon regard sur la course en préparation. Mon regard accrocha une fille. Je l'avais déjà vu quand nous étions arrivés, elle accompagnait Jason, et elle avait vomit ses tripes à l'arrivée de Kurt qui avait menacé de la tuer. Je ne sais pas ce que son petit ami avait dit à ce fils de chien pour lui éviter ce sort funeste, mais Jason avait rapidement pris le criminel à part et Kurt n'avait pas de nouveau menacé cette idiote.

Blonde avec des yeux d'une couleur étrange, cette fille était assez banale, mais son visage était peint d'une innocence et d'une fragilité qui n'avait rien à faire ici.

Par quel coup du destin était-elle tombée sur ce connard ? Comme si j'en avais quelque chose à foutre. Le destin était une pute avec tout le monde.

Avaient-ils déjà baisé ? J'aurai pu parier qu'elle était complètement vierge et inexpérimentée rien qu'à son expression de biche prise dans les phares d'une voiture à chaque fois qu'elle voyait des couples en train de se peloter sur la ligne de départ.

Le contraste entre elle et Jason était saisissant.

Il arrivait à rentrer au moins ?

Un sourire sarcastique se dessina sur mes lèvres alors que j'écrasais mon mégot au sol et rejoignais la bande de mafieux. Les regards lubriques des mecs sur moi depuis que j'étais arrivée m'agaçaient prodigieusement, et la proximité de Kurt leur ferait détourner le regard.

Je vis la fille se glisser près de moi et me faire un sourire timide alors que je me rallumais une cigarette.

— Salut, je m'appelle Amanda. Et toi ?

Je la fixai sans bouger, attendant qu'elle comprenne que je ne l'aiderai pas à fuir et que j'avais envie de tout sauf d'entretenir une conversation avec elle. Mais visiblement, l'intelligence n'était pas une de ses qualités premières, à moins bien sûre qu'elle soit suicidaire.

— J'adore tes talons, dit-elle en baissant la tête vers mes pieds.

Je ne pus m’empêcher de hausser un sourcil étonné. Elle baissait la tête devant moi dans un geste de soumission parfaitement délibérée. Etait-elle inconsciente ou légèrement intelligente ?

— T'as fait psycho ?

Elle releva la tête vers moi en riant nerveusement, alors que je la sondai du regard. Mentalement parlant, cette fille était complètement plate. La lueur typique de résignation brillait dans ses prunelles, et elle arrivait encore à être choquée et innocente. Putain, mais où est-ce que Jardin était allé la dégoter ?

Je vis les jointures de ses mains devenir blanches alors qu'elle resserrait sa prise sur sa bouteille de bière. Elle en avala une grande gorgée avant de me lancer un regard étrange. Je piquai sa bouteille et bus au goulot.

— Si tu te poses la question, ça fait un an que je suis avec Jason.

Jardin lui va mieux.

Je ne savais pas ce qui me faisait le plus ricaner dans sa phrase, le fait qu’elle pense que je me posais des questions à propos d’elle, ou seulement que je m’intéressais à son existence, ou le fait que ça faisait une année entière que Jardin la baisait et qu’elle avait toujours un air de vierge effarouchée ?

— Je ne l’aime même pas.

Je lui jetais un regard étrange. *Pourquoi était-elle là au juste ?*

— Alors barre-toi.

Elle ricana, et n’ajouta rien alors que je roulai des yeux devant tant de stupidité. Je suis sûre que même la torturer devait être un calvaire. Bonne chance à ceux qui la récupéreraient dans les caves quand Jardin aura fini de jouer avec son petit oiseau.

— Amanda, ramène tes fesses.

Jardin darda un regard moqueur sur Amanda qui semblait l'avertir d'obéir. Elle trembla de tout son corps et avança timidement vers son petit copain. Il la prit par la taille et lui claqua les fesses. Elle tressaillit mais ne moufta pas, et je me retins de ricaner. La peur et le désir suintaient par tous les pores de sa peau. Une soumise.

Jardin avait des délires BDSM.

Je ne sais pas si Kurt en a, mais si c'est le cas je pars en courant. Le fouet pendant la baise, c'était pas mon trip.

— Nix, ramène ton cul bordel !

En parlant du loup, il est malade ?

Une tonne de fantasmes dans lesquels je lui ouvrai les tripes pour m'avoir parlée sur ce ton me traversèrent l'esprit, et je haussai un sourcil méprisant.

— Premièrement, ce n'est pas parce que tu n'es doté que de deux neurones que tu dois être aussi vulgaire, deuxièmement, personne ne t'a autorisé à m'appeler par mon prénom, et dernièrement, tu préfères que je te coupe un bras ou une jambe pour t'être adressé à moi de cette façon fils de chien ?

Amanda me lança un regard horrifié que j'ignorai alors que les prunelles noires nuit de Kurt se couvraient d'un océan de rage et qu'il serrait les dents, les muscles bandés au maximum, comme s'il se retenait de me sauter dessus.

Il ricana.

—Tu m'as appelé comment là ?

Je rêve le seul truc qui l'intéresse dans tout ce que je viens de lui dire, c'est l'insulte que je lui ai balancée à la fin.

J'esquissai un rictus et m'avançai jusqu'à me planter juste en face de lui. Je lui mis un coup de genoux dans les couilles qui le prit par surprise en le regardant avec arrogance.

— Fils de chien.

Les yeux noirs de rage, il se redressa d'un coup et tenta de me mettre un direct que j'évitai astucieusement en lui faisant une jolie balayette. Il l'esquiva et me saisit par le cou, mais je le défis de sa prise avec une clé de bras en lui donnant un coup dans le ventre. Il profita de cet instant pour saisir ma hanche et m'envoyer valser contre sa voiture. Un choc se propagea tout le long de ma colonne vertébrale et je sentis un liquide chaud couler le long de ma tempe.

Du sang.

Je portai ma main à mon front et regardais le liquide

vermeil qui s'écoulait de la plaie. Un souvenir que j'aurais voulu garder enfoui à tout jamais remonta jusqu'à la surface et mon esprit devint vide de tout autre sentiment qu'une rage pure alors que mon enfer repassait en boucle dans ma tête.

Je me retournai violemment et fonçai sur lui.

Le premier coup de feu déchire mes tympans et je colle mes mains sur mes oreilles pour ne pas l'entendre.

Je lui assénai un direct dans l'œil suivit d'un coup de pied à l'abdomen.

Maman ? Papa ? Vous êtes où ? Je crie à travers les hurlements de peur qui glacent mes veines.

Il saisit ma jambe et me la tordit violemment quand son regard croisa le mien. Ses prunelles furent brièvement traversées par une lueur de surprise aussi vite remplacée par une haine sans nom.

Je vois une dame au loin avec du sang sur les mains. Pourquoi elle pleure ? Qu'est ce qui se passe ?

Je me tournai brutalement d'un seul mouvement et m'écroulai au sol. *D'autres coups. Des voix menaçantes. Je pleure. Où sont papa et maman ?* Je me relevai mais fut arrêtée par un métal froid contre mon dos.

Des hommes en noirs armés arrivent. « Fuis. Cache-toi » Je cours.

— Tourne toi Nix.

Je levai les mains en l'air alors qu'un sourire machiavélique prenait place sur mon visage.

— Renonce. Je vais gagner.

Je me retournai d'un seul coup.

— Jamais.

Je cours à en perdre haleine. Qui sont-ils ? Que veulent-ils ? Mais soudain, une vision m'arrête. Le corps de maman.

Je lui pris le bras et le tournai violemment dans l'autre sens en l'accordant avec un coup de pieds dans son entrejambe en saisissant son arme.

Mamaaaaaaaaaaaaaaaaaaan ! Ma voix déchire le parking alors que le sang de ma maman se répand sur mes mains.

Je le vis sortir quelque chose de sa poche et il essaya de me désarmer avec ma technique mais je l'esquivai et tentai d'en faire de même pour lui, qui avait récupéré une arme entre temps. Tricheur.

Mon regard se lève et je vois mon père, éventré jusqu'au cou, les intestins sortis de son corps, les yeux vides et ensanglantés perdus dans le vide. Je hurle. Pourquoi ça fait si mal ?

Il me fit une clé de bras en même temps que je lui en faisais une.

Ils arrivent. Ils tuent. Je me remets à courir. Je veux vivre. La terreur me serre les entrailles. Je me glisse sous une voiture en priant silencieusement tous les dieux de la terre. Le silence tombe en même temps que je vois un dernier corps s'affaler au sol, couvert de sang. Je veux crier mais je n'y arrive pas.

Coincés, mon flingue appuya sur son cœur, son arme sur mon ventre. Nous nous regardâmes dans le blanc des yeux pendant plusieurs secondes.

Des pas approchent. Je vois une silhouette se baisser à mon niveau. Je tremble. J'ai peur. Je ne veux pas mourir.

Soudainement Kurt me relâcha et me gifla.

Je clignai plusieurs fois des yeux, abasourdie avant de, enfin, reprendre mes esprits. Je regardai Kurt en fronçant les sourcils. Mais qu'est ce qui venait de se passer ?

Kurt

Elle semblait complètement désorientée, alors qu'il y a quelques secondes à peine, on l'aurait dit possédée. Ses yeux étaient fous, voilés d'un souvenir d'horreur, assez terrifiant pour qu'elle déchaîne la rage qu'il lui inspirait sur la réalité, mélangeant le passé au présent. Et maintenant, elle était complètement perdue.

On aurait presque dit moi, il y a longtemps. Mais trop longtemps pour que je m'en soucie.

Agacé, je lui agrippai l'avant-bras, qui serait probablement recouvert d'hématomes de toutes les couleurs demain matin, et la retournai vers moi.

— De quoi tu te souviens ?

Elle ne semblait pas souffrir d'une amnésie, mais la folie était un putain de truc assez incontrôlable pour que je pose la question.

Etait-elle vraiment folle d'ailleurs ?

Son regard se perdit dans la course en cours derrière moi alors que tout le monde s'était tut autour de nous. Seuls les sanglots de la dernière victime de Jason retentissaient dans le silence.

— D'eux....

Sa voix était un mélange si puissant de froideur et de rage, que je dus contrôler mon poing qui mourrait d'envie de s'écraser sur son visage. J'allais percer chacun de ses putains de secret, et ensuite je la torturerai à mort.

Personne au monde n'avait le droit de me parler comme ça. Même les plus fous.

La tension était si forte que je pouvais la sentir vibrer dans l'air, assourdissant le silence. Et puis comme un éclair dans un ciel de nuit, un rire aux éclats vint percer la bulle.

Ma carte bancaire, un milliardaire renommé, et la petite espionne de merde qui lui servait de petite amie débarquèrent en riant sur le terrain.

Pourquoi je ne devais pas la tuer déjà ? Ah oui, il fallait récupérer les infos qu'elle avait. BLA BLA BLA. Je la tuai, et tout était réglé. Je grognai de frustration de ne pas pouvoir lui enfoncer mes doigts dans le ventre, et tournai la tête vers Nix avant de froncer les sourcils.

Figée comme la pierre, son regard était braqué dans le vide. Elle s'était évanouie.

Nix

Je vois une main se tendre vers moi, mais je reste immobile, figée par la peur qui consume mes entrailles.

— N'ai pas peur. Je ne te ferais pas de mal.

Timidement, je sors de sous ma cachette, et suis aussitôt

assaillie par une vision d'horreur, qui me glace le sang jusqu'à la moelle. Des cadavres jonchent le sol du parking, du sang et des boyaux tapissent le goudron. Mon regard prend la direction des corps de mes parents et je tressaille. Ne pas y penser.

Je tourne mes yeux vers l'inconnu en uniforme bleu et croise des prunelles vertes émeraude. On aurait dit un reptile.

Mon sang bouillonnait alors que la rage et la souffrance étincelaient et s'infiltraient comme un putain de poison dans chaque veine et chaque artère de ma peau. Me battre m'avait rappelé ce que j'avais tout fait pour oublier pendant quatre longues années. Je n'arrivai plus à mourir, je n'arrivai plus à tuer les souvenirs. Je voyais leurs visages, j'entendais leurs voix comme s'ils étaient là. Comme une poésie que je connaissais par cœur, ils tournaient en boucle dans ma tête. Ma peau déchirée, arrachée, mon sang froid, mon sang séché, mes cordes vocales en miettes et mon âme en ruine.

Tous ces putains de souvenirs étaient en train de m'envahir la cervelle tellement que j'aurai voulu mourir, *mais il ne fallait pas, je ne le devais pas.*

Passé de merde, vie de merde, la douleur encore, la souffrance toujours et le monde s'arrêta de tourner.

Je pus presque sentir des bras me retenir dans ma chute alors que je tombai en arrière, mais j'étais déjà très loin dans les confins de mon enfer.

Le froid, la peur, le sang. Mon sang. Leur sang. Mes hurlements. Aidez-moi. Sortez-moi de là.

Mais je suis seule.

Toute seule.

CHAPITRE 9

" La douleur que l'on ressent aujourd'hui est la force que l'on aura demain"

Anonyme

`Nix Nuit du 4 au 5 juillet 2018 - New York`

Je me réveillai dans la Lamborghini, sur le siège avant et Kurt assis au volant, sur la ligne d'arrivée.

Je me redressai avec un affreux mal de tête, et je n'eus même pas le temps de dire un mot qu'il me passa une bouteille de vodka. J'en bus une longue gorgée en regardant autour de moi. Des voitures étaient alignées parallèlement à la nôtre, faisant gronder leur moteur, alors que leurs conducteurs discutaient avec leurs potes, les bières s'entrechoquaient, et le fric changeait de main.

La pute de la boite de nuit se faisait toujours peloter par le milliardaire dans une voiture à deux places de la nôtre et je grognai en prenant une autre gorgée. Le riche avait vu qu'elle venait de piquer la clé usb dans sa poche ?

Je me tournai vers le fils de chien.

—Vous êtes au courant que cette pute est une putain d'espionne ?

Il sourit en faisant gronder le moteur et je roulai des yeux, agacée. Pourquoi j'étais encore là putain ?

— Ouais. Mais Antoine trouve drôle de lui faire croire qu'elle réussit sa mission.

Bon, je supposais qu'Antoine, c'était le riche.

Je ricanai. Il était surtout en train de tomber amoureux. Il n'y avait qu'à voir la façon dont ce friqué la dévorait des yeux. Mais évidemment, je doutai que le chien à côté de moi sache reconnaître ce genre de signes à la con.

Qu'il sache à quoi ressemblait un sentiment positif autre que le plaisir de torturer serait étonnant.

— Mais elle vient de voler une clé usb là.

— T'inquiète pas bébé.

Pardon ?

— Tu m'appelles encore une fois comme ça et je te jure que tu ne pourras pas te relever.

Il ricana, leva les yeux au ciel et alluma une cigarette que je lui piquai avant qu'elle atteigne ses lèvres. Il me jeta un regard noir comme la glace auquel je répondis par un ricanement moqueur. Il s'en alluma une autre et me souffla la fumée en plein visage comme un gosse de trois ans.

Enfin pas sûr que les gosses fument.

Tirant sur la clope que je lui avais piquée, je secouai la tête et détournai les yeux vers l'extérieur. Le bruit des discussions et des moteurs autour étaient assourdissants, et il m'était impossible de trouver un seul élément presque normal. Chaque putain de personne sur cette foutue ligne de départ était armée d'un flingue au minimum. Certains jouaient avec, d'autre les comparaient en ricanant.

Les filles étaient vêtues de cuir, de baskets, sans aucun maquillage et jetaient plus de regard noir que le soleil n'avait de rayons, alors que les autres se baladaient en short, bottes brunes à talons presque aussi grands que les miens, *presque,* ricanaient en fumant et roulaient des pelles à tous les mecs qui passaient.

Je reportai mon attention sur le *très* dangereux criminel et ricanai en avisant le coquart qui lui défigurait l'œil droit. Il roula des yeux en se moquant.

— Tu ferais mieux de te regarder avant de rire.

Plissant les yeux, j'ouvris le pare-soleil et me regardai. En effet, je n'étais pas mieux que lui. Si auparavant, je ressemblais déjà à un spectre, là, c'était carrément un zombie défoncé. Un énorme bleu de toutes les couleurs ornait joliment ma mâchoire, et l'œil du fils de chien était décoré d'un cercle noir qui lui donnait l'air encore plus effrayant. *Ou plus sexy.*

— T'as fini de mater ?

Je haussai les épaules alors que ses yeux se baladaient sur la naissance de mon sein, que notre bataille avait légèrement découvert. Je me réajustai et ricanai.

— Je pourrais en dire de même pour toi.

Je bougeai légèrement sur le siège et baissai les yeux en fronçant les sourcils avant de fusiller Kurt du regard.

Je portai un short.

— Qui m'a changée ?

Le sale fils de pute me lança un regard lubrique.

— C'est moi bébé. Si tu t'inquiètes de savoir si j'en ai profité, c'est effectivement le cas. Mais personne d'autre n'a rien vu. Je partage pas mes conquêtes.

Mais bien sûr. Je me demande si lui découper le nez serait aussi efficace que le lui arracher littéralement ? Respire.

— J'avais cru comprendre fils de chien, le problème c'est que je ne suis PAS une de tes conquêtes.

Il ricana et recracha sa fumée dans le ciel.

— Donc, on n'a pas baisé il y a à peine un jour.

Je lui lançai un regard blasé, et remarquai soudainement que le soleil se couchait.

Le temps se foutait presque autant de moi que le destin. A croire qu'ils faisaient une compétition.

— Je suis resté évanouie toute la journée ?

— Ouais bébé.

Respirer. Je pourrai le torturer tout à l'heure. Peut-être que je pourrai lui arracher son intestin par l'anus ?

— Pourquoi venir le matin alors que ta course est le soir ?

— Pour tuer les flics qui viennent empêcher la course, et en torturer quelques uns au passage.

Je fronçai les sourcils et il m'indiqua l'arrière de la voiture. Je fis volte-face pour voir des hommes ramasser des cadavres ensanglantés et nettoyer des plaques de polices.

En plein jour sérieux, ça va puer le mort maintenant. Je me retournai vers le criminel.

— Qu'est-ce qu'ils vont en faire ?

— Tu parles des plaques ?

— Oui.

— Les donner à leur superviseur pour leur quota. Il y a un bonus de paye à partir de cent cinquante policiers tués dans le mois. Ici, il me semble que le minimum est de vingt meurtres par mois.

Je hochai distraitement la tête et regardai un peu autour de moi. Les gens qui ne participaient pas à la course commençaient à s'en aller, le calme revenait peu à peu sur la ligne de départ, seulement perturbé par les sanglots d'Amanda, assise au côté de Jardin dans la voiture jouxtant la nôtre, et je serrai les dents d'agacement. Kurt rigola au vu de mon visage renfrogné.

— T'es jalouse bébé ?

Je grimaçai.

— De la chouineuse ? Certainement pas, Jardin est pas mon style.

— Jardin ?

Je haussai un sourcil et il éclata de rire en finissant sa clope.

— Dis le lui en face et il te massacre.

Je ricanai.

— Oui, s'il le peut encore. Dixit toi « je ne partage pas mes conquêtes ».

— Dixit toi, tu n'es pas une de mes conquêtes.

Je levai les yeux au ciel et il rigola alors que je faisais la moue.

— Qui êtes-vous et qu'avez-vous fait à Kurt Smith ?

Il me regarda d'un œil lubrique et serra sa main tatouée sur ma cuisse.

— Une rousse bandante m'a défié du regard.

J'ouvris grand la bouche.

— Mais qui est donc cette peste ? Kevin ! Tu me trompes !

Je poussai un petit cri aiguë comme les filles de téléréalité, et il leva un sourcil en se tournant vers moi.

— Tu regardes ce genre de programme toi ?

Je ricanai.

— Jamais, mais j'ai déjà torturé un couple de stars dans la même salle et ils arrivaient à se disputer alors que j'étais en train de leur arracher les tétons. J'ai fini par leur péter les cordes vocales.

— Tu as déjà torturé des gens ?

Je souris.

— Evidemment.

Son regard sur moi se noircit et un sourire s'étendit sur ses lèvres. Sa main remonta le long de ma jambe et je tentai de la retirer sans y parvenir alors que ses doigts devenaient chatouilleurs. Je grognai alors qu'un frisson de désir parcourait ma colonne vertébrale.

— Kurt, c'est VRAIMENT pas le moment.

Je rêve. Ce matin on se battait presque à mort, et maintenant on était à la limite de la baise en public. Ce mec était phénoménal. Et pour mon plus grand malheur, terriblement sexy.

Depuis que ce fils de chien squattait chez moi, ma vie plate et cadavérique s'était transformée en une montagne de sang et de souvenirs, ainsi que d'excitation malsaine. Et ça faisait à peine quarante-huit heures.

Je fus tirée de mes pensées par une énième fille vêtue d'un mini-short et d'une brassière qui ne couvrait que ses tétons et qui agitait un drapeau noir orné du symbole de la Mafia Piratando, au bord de la ligne de départ.

Kurt le regarda avec fierté et fis gronder le moteur alors qu'un glapissement de terreur se fit entendre. Amanda. *Ne pas la tuer.* Je soufflai bruyamment en tentant de la visualiser en train de pisser le sang mais sa voix de fille hystérique me péta les tympans et je me retournai brusquement vers elle.

— Non mais tu vas la fermer oui ?

Les sanglots s'éteignirent aussitôt et Kurt me jeta un regard amusé auquel je répondis par un regard exaspéré en me redressant sur le siège.

— Il joue à quoi ton pote ?

— Il joue justement. Dans trois semaines, ça fera un an qu'ils sont ensemble et il la détruira. C'est un jeu qu'il aime bien.

Je levai les yeux au ciel sans commenter. Il avait du temps à perdre pour un mec dans la mafia.

— Il existe vraiment des filles aussi crédules que ça ?

— Si tu savais. Mais qu'est ce qui te fait dire que je ne joue pas aussi ?

— Jouer à quoi ? A baiser ? Sans compter que ça n'a aucun sens, je suis sûre que le chef de la Mafia la plus puissante au monde a autre chose à faire.

— C'est quand tu dis ce genre de trucs que je sais pourquoi j'ai baisé une rousse alors que je préfère les brunes.

Ferme-la fils de chien.

Il rigola, alors que ses jointures blanchissaient sur le volant et se prépara alors que la fille en short avec son drapeau commençait le décompte avec son mégaphone. Il me jeta un regard rapide.

— Pas de ceinture ?

Je ne pris pas la peine de répondre. Il rigola en secouant la tête et retira sa main de ma cuisse pour s'accrocher au volant.

— Prête ?

A avoir l'impression de mourir et d'être enfin libre ? Plus que jamais.

Son regard s'assombrit, ses muscles se contractèrent et la voix de la fille retentit dans son mégaphone, décomptant les trois dernières secondes avant de brusquement lever son drapeau. Le coup de feu retentit et la voiture partit dans le quart de seconde qui suivit, telle un bolide.

Plaquée sur le siège, éblouie par les rayons du soleil couchant, mes cheveux roux flottant au vent, j'eu l'impression pendant les cinquante-sept secondes que furent cette course de ne plus rien ressentir. De n'avoir jamais vécu.

Mais ce n'était qu'une putain d'impression.

L'adrénaline enflait dans mes veines avec la vitesse et les mouvements brusques de la voiture alors que Kurt doublait les autres véhicules, les envoyant dans le fossé, les fracassant, et tirant sur leur conducteur, gagnant inévitablement la course.

Il avait l'air normal Comme si le fait de rouler à plus de deux cent quatre-vingt-dix kilomètres heures, frôlant la mort et défiant la loi une énième fois, l'espace de quelques secondes, le faisait redevenir humain. Et à l'instant où il passa la ligne d'arrivée dans un nuage de poussière, il redevint *lui.*

Il s'arrêta brutalement et tourna son regard sombre vers moi.

— Alors ?

— C'est quand la prochaine ?

Un sourire se dessina sur son visage et il secoua la tête.

— Je me disais que je ne t'avais pas laissé en vie pour rien.

— Ah oui, et pourquoi ?

Il ne prit même pas la peine de répondre et se détourna pour interpeller Jason qui sortait à l'instant de son véhicule.

Je croisai les yeux d'Amanda plein de larmes et plongeai mon regard dans la nuit désormais noire. L'adrénaline de la course retombait lentement. Je me tournai vers le fils de chien.

— On rentre.

Il tourna la tête vers moi, puis Jardin, avant de hocher la tête.

— On y va.

Il redémarra et nous sortîmes de la piste en quelques minutes.

Arrivés chez moi, je fis pénétrer la clé dans la serrure, ouvris la porte, et m'arrêtai net.

Et merde.

Trois mecs tatoués jusqu'aux couilles, crânes rasés et regards froids, AK47 au poing, vêtus de noir, se tenaient immobiles plantés au centre de mon appartement.

Je jetai un regard à Kurt, qui avait haussé un sourcil en direction des mafieux, quand soudainement les trois soulevèrent leur tee-shirt de concert. Je blêmis en faisant un pas en arrière.

Merde, merde et merde.

CHAPITRE 10

" Il y a des gens qui observent les règles de l'honneur, comme on regarde les étoiles, de très loin. "

Victor Hugo

`Kurt                 6 juillet 2018- New York`

Je considérai le tatouage de la Mafia Russe sur le torse des missionnaires avec un calme froid, sans faire attention à Nix.

Pour que trois missionnaires de la Mafia que je hais le plus au monde s'infiltrent dans *mon* quartier, sous la surveillance de *mes* hommes, sans qu'ils ne soient tués, c'était qu'il y avait quelque chose de grave. Enfin, du moins, quelque chose qu'ils jugeaient grave.

— Smith. Nous sommes missionnés par Arkadi Ikanovitzch.

Je sentis Nix frissonner.

— Il vous informe que trois de ses bras droits viennent d'être tués par l'un de vos membres, rompant ainsi les clauses du contrat datant du 14 juillet 2012.

Je sentis Nix faire un mouvement mais l'ignorai alors que les trois hommes tournaient leur regard vers elle. Je vis une lueur passer dans le regard du premier et fronçai les sourcils.

Ils la connaissaient ? Un truc clochait.

— Le contrat a été brisé à l'instant où sa fille a tué la petite sœur de mon bras droit en juin 2013.

Les trois hommes se regardèrent avant de reporter leur attention sur moi.

— Bien. Il avait pensé que vous répondriez ça. Il nous a cependant chargé de vous rappeler que depuis cette date il vous avait accordé tout le marché de trafic d'armes en Afrique du Nord. Face aux évènements récents Arkadi vous informe que cette trêve est finie.

Et en plus il délègue. Quel lâche.

— C'est une déclaration de guerre ?

— En effet.

Son regard se posa sur la rousse et ses yeux se plissèrent avant qu'il ne prononce un truc en russe que je ne compris pas.

Nix esquissa un rictus méprisant et tourna son regard vers moi, où luisait une violente envie de meurtre.

J'hochai la tête et elle saisit mon arme coincée dans mon jean et tira sur les trois hommes en un éclair. Leurs cadavres tombèrent à terre dans une mare de sang.

— Explique-toi.

Mon ordre avait claqué sans même que je prenne la peine de la regarder. Pourquoi trois messagers haut placés de la mafia Ikanovitzch chargés de me déclarer la guerre avaient eu l'air *surpris* en la voyant ?

Elle me regarda, une lueur sombre au fond de ses pupilles en éludant ma question.

Je rêve où elle est paniquée ?

— Je peux pas rester ici.

— Et pourquoi ?

Je haussai un sourcil et elle me fusilla du regard.

— Parce qu'à cause de toi et de tes conneries, *ils* vont me retrouver.

Mon regard la suivit dans ses mouvements alors qu'elle se changeait rapidement, et je sentis aussitôt mon jean devenir trop serré. *Putain de merde...*

— Ça n'a aucun rapport avec la mafia Ikanovitzch n'est-ce pas ?

Je la sondai du regard, attendant sa réponse. Elle resta silencieuse quelques secondes avant de secouer la tête.

— Non.

Je ne savais pas si je la croyais. Pourtant, pour une raison inconnue je décidai de faire taire les questions qui résonnaient en moi, *pour le moment.* Quoiqu'il arrive, je finirai par savoir ce qu'elle cachait. Si elle m'avait menti elle souffrirait bien plus que l'esprit humain ne pouvait l'envisager. Mes hommes avaient fouillé chez elle. Aucun micro, aucune caméra, aucun téléphone caché, et il n'y avait aucune puce de localisation dans son corps. Peu importe ce qu'elle cachait elle était seule. Et en attendant je la trouvais plus amusante que dangereuse.

— Et si tu cherches plus de précisions, et bien cherche en silence. En attendant, c'est toi qui m'a foutue dans ce bordel alors c'est toi qui va m'en sortir.

Elle prit l'arme et la carte que j'avais trouvée dans ses sous-vêtements, ainsi que quelques affaires de rechange et démonta une lame du parquet d'où elle extirpa une boîte en fer et fourra le tout dans un sac de sport noie. Elle agissait comme quelqu'un qui avait passé sa vie à empaqueter à la va-vite. Comme quelqu'un qui avait passé sa vie à fuir.

Elle se tourna vers moi et rangea son arme visible par-dessus son débardeur blanc, dans la ceinture de son slim qui moulait parfaitement son cul.

— On va où ?

Je la considérai un instant et écrasai ma cigarette avant de tourner les talons, sans lui répondre. Ne la sentant pas me suivre, je me retournai et la vis jeter quelque chose à l'intérieur de l'appartement, juste avant qu'elle ne dévale les escaliers, moi à sa suite.

A peine sortis, que l'immeuble explosa. Rectification : son appartement explosa, mais la bâtisse était tellement dépravée qu'elle s'était écroulée comme un château de carte.

Je pénétrai aussitôt dans la Ferrari et démarrai sur les chapeaux de roue alors que Nix allumait une cigarette.

Cette rousse était décidément flamboyante.

Nix

On roulait depuis environ trois heures, et cela faisait bien longtemps que nous n'étions plus dans le quartier de la Mafia Piratando. La voiture de course sillonnait les routes de campagne vides, mes cheveux dansant dans mon dos au rythme du vent.

Qu'est-ce que je n'aurai pas donné pour ne jamais les revoir. Leur échapper pour toujours. Putain de vie.

Et maintenant, j'étais à côté du pire ennemi de l'état à la poursuite d'un avenir qui n'existait pas et d'une destination que je ne connaissais même pas.

J'avais décidément bien changé depuis ce temps-là. Un vieux temps. Un temps de cadavres et de squelettes.

Je fermai les yeux et tirai sur ma cinquième cigarette.

— *« Ne te détruis pas pour lui, il n'en vaut pas le coup.*

— *Et qu'est ce qui vaut le coup de se maintenir en vie d'après toi ?*

— *Tes amis, ta famille...*

— *Des conneries.*

— *Et ta musique ?*

— *Ferme-la. Tu connais pas l'histoire.*

— *Peut-être, mais je te connais toi.*

— *C'est faux. Tu ne sais rien de moi. »*

Ma vie était une connerie sans nom.

— Nix, on est arrivé.

Je me réveillai en me frottant les yeux et regardai autour de moi. Je remarquai aussitôt que nous avions changé de voiture, et que nous étions désormais dans une Mustang cabriolet blanc cassé.

Ce fils de chien m'avait portée ?

Elle était garée devant un hôtel miteux sur le bord de la route à côté du passage d'un train.

Je regardai Kurt, plus sexy que jamais, les cheveux en bataille, me considérant avec impassibilité.

— On va voir des trafiquants de drogue appartenant à un

gang qu'on a « conquis » et qui sont opposés à mon autorité. Ils ont essayé de faire un coup en douce en exportant de la came aux Ikanovitzch mais on a réussi à intercepter la cargaison à temps. Ils ont demandé une entrevue prétendant avoir des informations pour moi, en échange de leur vie. On est plus dans un stupide jeu, alors c'est pas le moment de faire ta rebelle ou je devrais te tuer pour l'exemple. Tu la fermes, tu me suis, tu restes collée à moi et tu envoies des regards noirs aux adversaires.

— J'suis une porte de placard menaçante quoi ?

Il leva les yeux au ciel

— Si tu veux.

Il sortit de la voiture et se tourna vers moi.

— Ah, et, à partir du moment où t'a décidé de me suivre, tu me suis partout où je vais jusqu'à que j'en décide autrement.

Ça, je l'ai cherché.

Au moins, je ferai quelque chose de mes journées. Tant que ce fils de chien ne m'empêchait pas de me saouler autant que j'en avais envie, il pouvait m'emmener où il voulait.

Il me regarda en rigolant et sortit un AK49 du coffre, qu'il posa sur le capot bien en évidence au moment même où un SUV noir débarquait sur les chapeaux de roue et faisait un dérapage contrôlé sur le parking. *Wow, comme c'est impressionnant...Pathétique.*

Je rigolai en regardant Kurt.

— Est-ce qu'ils croient sincèrement que leur petit tour va t'impressionner ?

— Ils pensent avoir du pouvoir sur moi. Ils sont jeunes.

Il avait sorti ça avec une moue moqueuse et je pouvais aisément deviner qu'il les imaginait déjà dans ses caves.

— Ils pensent avoir du pouvoir sur l'un des hommes les plus puissants de la planète ?

Car il ne fallait pas être aveugle. Smith avait beau être un criminel, il possédait un pouvoir démesuré.

— Il y en a d'autres ?

Je levai les yeux au ciel et il se rapprocha de moi en jetant un regard noir au mec qui sortait du véhicule. Le type était blond, une mâchoire carrée sans grand intérêt et un regard d'acier. Il surplomba Kurt du regard et je retins un ricanement, alors qu'une dizaine d'hommes cagoulés et armés jusqu'aux dents avec des allures de terroristes sortaient du second SUV. Ils vinrent encadrer le blond et Kurt se détacha légèrement de moi en s'appuyant sur le capot de la Mustang avec ennui.

— Vos infos.

Il ne parla pas plus fort qu'un chuchotement, mais sa voix glaciale résonna dans tout le parking.

— La fille Ikanovitzch n'est pas malade, elle a disparu.

Kurt

— Ça tombe bien, je le savais déjà, autre chose d'intéressant ?

Je les vis se jeter des regards catastrophés. *Ils exigeaient littéralement une entrevue avec moi et ils n'avaient que ça en réserve ? Pathétiques...*

— Passez-moi mon fric.

Léon Kassotra, le blond, fronça les sourcils.

— Quel fric ?

— Le coût de la came multiplié par le nombre d'hommes que comprends votre petite révolte de faibles, soit deux-cent soixante-dix millions de dollars.

L'homme déglutit alors que je me séparai de Nix pour remonter dans la voiture.

— Vous avez douze heures.

J'allumai le moteur et partis en trombe. Sentant le regard de Nix sur moi je tournai la tête vers elle.

— Quoi ?

— C'est qui la fille Ikanovitzch ?

— Ashley Ikanovitzch. Fille de Arkadi Ikanovitzch, le chef de la mafia russe, et Eva Ikanovitzch, sa femme. Deux vrais psychopathes.

— T'es pas mieux.

Je rigolai.

— Non, c'est vrai.

— Elle est malade ?

Je lui lançai un regard noir, et soupirai. *Cette fille était impossible.*

— Il y a trois ans et demi, les russes ont annoncé que leur fille se retirait de la vie publique pour raisons personnelles. Mes espions ont toutefois continué à l'entendre mentionnée dans des rapports et dans les affaires politiques de Arkadi. Mais un an après, tout jusqu'à son nom a disparu des radars comme si elle n'avait jamais existé. Ils ont annoncé qu'elle était gravement malade et n'ont plus jamais parlé d'elle.

— Pourquoi tu penses qu'elle a disparu ?

Je repris ma cigarette.

— Je ne pense pas, je sais. Mes espions ont surpris des hommes en mission à Paris, et à Boston. Des tueurs à gages missionnés pour retrouver devine qui ? Une fille de 1m65 aux yeux verts avec un carré en fuite.

— Elle est où maintenant ?

Je ricanai.

— Aucune putain d'idée. Mais tu veux mon avis ? Si cette fille a fui sa famille c'est parce qu'elle a du faire un truc vraiment moche qui a déclenché la colère de ses parents. Alors soit les Ikanovitzch lui ont déjà remis la main dessus et elle est morte. Soit ils ne l'ont pas retrouvée, mais c'est aussi parce qu'elle est morte. Je ne suis pas stupide. Je contrôle tout le territoire américain, mais en Europe c'est plus tendu. Une gamine de quoi, 18, 19 ans quand elle a disparu ? aussi connue parmi les mafieux, ça ne s'évanouit pas dans la nature. Je pense que les russes ont quelque chose à cacher à propos d'elle.

— Et tu vas trouver ce que c'est ?

— Oh, je trouve toujours. Mais Ashley Ikanovitzch est tout en bas dans la liste de mes priorités. Tu sais pourquoi ? Parce que ses sœurs ont eu la gentillesse de passer me voir sur mon territoire. On va aller leur faire un accueil tout aussi gentil et mignon, tout en faisant passer un message au gouvernement.

— Rien que ça.

Elle ricana. Je souris et appuyai sur l'accélérateur. Notre prochaine destination allait faire des étincelles.

CHAPITRE 11

" Ne laisse pas les ombres d'hier obscurcir la lumière de demain"

Anonyme

Nix 7 Juillet 2018- Baltimore

Kurt arrêta la Mustang devant un hôtel quatre étoiles à l'entrée de Baltimore. Des dizaines d'hommes armés gardaient les entrés, cinq SUV blindés entouraient une limousine ruisselante et un silence tendu régnait dans la rue.

Nous étions dans un des quartiers les plus sécurisés de la ville, à seulement quelques kilomètres de Washington, et la Mafia Piratando s'y baladait tranquillement sans peur des fédéraux.

Je crois que j'ai choisi le bon camp.

Nous sortîmes de la voiture et aussitôt le bras de Kurt passa autour de ma taille alors qu'une dizaine d'hommes armés jusqu'aux dents nous encadraient. Sa possessivité était étrange, mais peu importait.

J'aperçus au loin un petit groupe autant composé d'hommes que de femmes, tous armés qui semblaient postés, à nous attendre. Personne ne parlait et le visage de Kurt était grave.

Quelque chose était en train de se passer.

Kurt

En entrant dans l'hôtel, le personnel était figé. Mes hommes étaient postés dans le silence, attendant mes ordres.

— Quelle chambre ?

Un maître d'hôtel avança en tremblotant.

— La suite Washington, Monsieur. Au deuxième étage.

— Où sont les toilettes ?

Je fusillai Nix du regard. Ce n'était vraiment pas le moment pour ça. Le maître d'hôtel lui désigna une porte au fond du couloir, après les ascenseurs.

Je me retournai vers mes hommes.

— Bien, je veux dix hommes postés à chaque étage devant l'ascenseur. L'hélico est sur le toit ?

Mon lieutenant hocha la tête.

— Bien. Maintenant plus un bruit.

Je fis signe à mes hommes derrière moi, et nous nous dirigeâmes vers l'escalier. Un frisson parcourut mes veines. Depuis le temps que j'attendais d'enfin avoir quelque chose de concret pour les menacer.

Les russes me prenaient pour un débutant sur qui ils pouvaient marcher mais ils me sous-estimaient, et ça c'était leur première erreur. Durant les sept dernières années, ils n'avaient fait que jouer avec moi en me rigolant à la figure sans voir le terrain que je prenais, les états qui plutôt que de me rechercher, préféraient m'acheter des armes, les présidents qui plutôt de m'achever préféraient m'honorer pour la croissance économique que j'apportai à leur pays. J'avais joué sur la cupidité des hommes politiques avec talent. En juin, j'avais capturé Amvrosi Ikanovitzch, le cadet de la famille. Et avec la prise d'aujourd'hui, ses deux sœurs allaient rejoindre mes caves. Il ne resterait plus que l'héritier dans la nature, *Ian Ikanovitzch.*

Mon cœur battant dans mes veines j'avançais d'un pas

feutré sur la moquette rouge. *Bientôt rouge de sang.* Je jetai un coup d'œil à ma montre. Dans vingt-quatre heures, le FBI serait alerté. Et je leur ferai une petite surprise. Mon doigt suivit la lame dans ma main. Le premier garde russe apparut. *Vraiment ? Elles pensaient que ça me garderait loin d'elles ?* Ma dague s'enfonça directement dans son cœur dans son dos, ne laissant place qu'à son hoquet étranglé avant qu'il ne s'écroule sur le sol, mort. Le rouge sur mes mains fit monter l'adrénaline dans mon corps. Mes hommes se dispersèrent autour de moi, leurs silencieux à la main, pour tuer tout ce qui bougeait. Je plissai les yeux et resserrai ma prise sur mon couteau en voyant les lettres dorées se dessiner sur la prochaine porte.

Suite Washington.

Sophie et Rebecka me voilà.

Je léchai le sang sur mes doigts, frissonnant d'avance avant de m'arrêter net. *La porte est ouverte. Pourquoi la porte est ouverte ?*

Je la poussai et elle s'ouvrit dans un grincement. Je me figeai. Nix était là, couverte de sang, un flingue pointé sur Sophie.

En m'entendant entrer, elle tourna la tête vers moi comme au ralenti.

— NON putain Nix, la tue pas !

Un rictus se dessina sur le visage de Sophie Ikanovitzch mais ce qu'elle voulut dire resta à jamais dans sa gorge. La balle de Nix l'atteignit en plein cœur et elle était morte avant de toucher le sol. Elle me jeta un regard presque désolé, et disparut par la fenêtre.

PUTAIN !

`FBI - 24 heures plus tard - 8 juillet 2018`

L'agent Mercy travaillait pour le FBI depuis une vingtaine d'années mais elle n'avait jamais vu un criminel de ce genre.

Sans aucune crainte, et paré d'un sourire insolent, Kurt

Smith avait débarqué dans un des hôtels les plus réputés de Baltimore, entouré d'une cinquantaine de ses hommes. Les habitants alentours n'avaient pas bougé, n'avaient pas appelé la police.

Mercy aurait pu dire qu'ils avaient eu peur, si elle avait voulu se rassurer. Mais c'était bien plus que ça.

Ce foutu criminel de merde ne s'était même pas donné la peine de détruire les caméras, laissant juste les fédéraux observer la scène avec impuissance, bien trop tard pour agir.

Cette vidéo leur avait été volontairement envoyée, pour les narguer. L'agent Mercy en était persuadée. Comme elle savait que la moitié des agents de cette salle travaillaient à la solde de la Mafia Piratando. Elle ne savait même plus à quoi ce combat menait. Ils avaient déjà gagné. Mais Mercy ne comptait pas se laisser corrompre.

Son regard dériva vers son collègue, qui avait reçu des menaces un peu plus tôt dans la soirée tandis que des chuchotements se répandaient dans la salle. Elle savait que ce serait bientôt son tour. Et malgré ses bonnes résolutions, elle savait qu'elle plierait. Pour ses enfants, sa fille, son mari. Ses proches.

Mais que faire maintenant ? Le protocole leur imposait d'aller sur les lieux pour récupérer les éventuels indices, mais tout le monde savait que c'était une perte de temps.

Mais d'un seul coup, elle plissa les yeux devant l'image affichée sur l'écran.

— Zoomez sur la fille qui accompagne Kurt.

Qu'il soit accompagné était une première. Et elle connaissait cette fille. Elle en était persuadée. Elle ne savait pas d'où. Elle ne savait pas comment. Mais elle la connaissait.

— On y va.

Personne ne la contredit. Quelques minutes plus tard, ils arrivèrent sur place. L'hôtel avait explosé, mais après de multiples fouilles, ils trouvèrent une petit clé USB abandonnée au milieu des décombres. Ils la mirent dans un sachet et la classèrent comme pièce à conviction. La première depuis longtemps. Ce fut la seule chose qu'ils rapportèrent. L'agent

Mercy en fut soulagé. Ils tenaient quelque chose. Un visage qu'ils avaient déjà croisé, même si elle ne se souvenait pas où, et une clé USB.

On sécurisa la salle informatique pour éviter toute fuite ou tentative de piratage, avant d'insérer la clé USB dans un ordinateur. Elle ne contenait qu'un fichier. Sous la surveillance des agents du FBI et du sénateur, appelé spécialement pour cette occasion, le technicien l'ouvrit. L'ordinateur chargea pendant quelques secondes avant qu'un diaporama très rapide n'apparaisse. Des photos de cadavres, des cris, des vidéos de tortures se succédèrent pendant une minute entière avant d'afficher une image de Kurt Smith, portant le drapeau américain recouvert de sang.

Puis l'ordinateur s'arrêta. L'écran devint noir avant qu'une inscription ne s'affiche sur absolument tous les écrans reliés de près ou de loin avec le serveur du FBI. Une image du président américain qui répétait encore et encore « nous avons perdu », suivie du symbole bien connu de la Mafia Piratando. Une tête de mort enroulée par une rose couverte d'épines. Et puis, un grésillement, les écrans devinrent noirs, et plus rien.

Affolé, le technicien tapa sur une multitude de boutons, dans l'espoir de faire revivre l'appareil, mais l'agent Mercy l'arrêta d'une main douce alors que tous les agents en connexion avec le FBI comprenaient qu'il n'y avait plus rien à faire.

La Mafia Piratando venait de voler les données du FBI. Pas seulement copiées. *Volées*. Absolument toutes, ainsi que les données de tous les appareils reliés au serveur au moment du piratage. La Mafia Piratando venait de rendre le gouvernement aveugle.

Nix

Je laissai Rebecka Ikanovitzch me recoudre l'arcade sourcilière en soupirant. Ses mains tremblaient. Le calme du motel semblait morbide, et il n'y avait pas d'isolation. Un froid glacial s'infiltrait, et après le boucan des dernières heures, ce silence était carrément gênant.

Je faisais peur à voir. Un énorme hématome colorait toute ma mâchoire droite, du sang avait coagulé en dessous de mon nez, mes jointures étaient craquelées et ensanglantées, la balle logée dans mon épaule avait été retirée et le saignement s'était arrêté, mais des traînées de sang sec s'écoulaient sur tout mon buste.

Mon cou était couvert des traces des mains de Sophie Ikanovitzch, et l'entièreté de mon décolleté était recouvert d'entailles plus ou moins profondes, alors que mon débardeur auparavant blanc, était complètement déchiré et noirci. Mes jambes étaient constellées de minuscules coupures dues aux éclats de verre et mes pieds couverts d'ampoules à cause de la longue marche qu'il avait fallu faire pour parvenir à ce misérable hôtel.

Le guichet n'avait pas posé de questions sur mon état, se contentant de nous donner une clé et de prendre l'argent. J'avais réussi à sauver mon sac à dos, encore heureux. Si Kurt ou les fédéraux étaient tombés dessus…

— Voilà, c'est fait. Je vais m'attaquer à tes bras maintenant.

Je hochai la tête en silence alors qu'elle partait dans la pièce à côté. Lorsqu'elle revint, je la vis s'arrêter sur le seuil de la salle de bains et me regarder avec hésitation. Je haussai un sourcil interrogateur et elle haussa les épaules en prenant du désinfectant et du coton.

— Je voulais, te dire… Merci de m'avoir sauvé la vie, Nix.

J'hochai la tête, sans rien répondre et elle rigola nerveusement.

— C'est étrange de t'appeler Nix.

Je ne relevai pas et soufflai.

— Je suis désolée pour ta sœur.

Je n'en pensai pas un mot. Elle me fit un maigre sourire en murmurant un « merci » inaudible, mais il était flagrant qu'elle se retenait de pleurer. Et elle ne pleurait pas parce qu'elle était morte, comme je ne m'étais pas excusée de l'avoir tuée.

Elle recousu mes autres plaies dans le plus grand silence jusqu'à qu'elle se décide à poser *la* question.

— Pourquoi ?

Je ne répondis pas. Elle n'avait pas besoin de tout savoir. Bien au contraire.

— Mais...

Je lui adressai un regard noir lui signifiant de se taire et me levai.

— Tu as fini ?

Elle m'inspecta du regard avant de hocher la tête.

— Bien.

Je retirai mon débardeur pour me glisser dans la douche alors qu'elle sortait. J'eu une légère grimace au contact de l'eau glacée sur mes plaies. Une fois débarrassée du sang et les cheveux propres, je sortis de la douche en enfilant un peignoir rêche, fourni par l'hôtel.

Dans la chambre, j'éteignis la télé que Rebecka avait allumée et ignorai son exclamation d'indignation en passant un tee-shirt avec un shorty. Je me fis un rapide chignon, quand elle demanda.

— On va faire quoi maintenant?

Je ricanai.

— Attendre.

— Mais attendre quoi ?

Je ne répondis pas et m'allongeai sur le lit inconfortable.

— Nix ! Réponds-moi !

J'éteignis la lumière et allumai une clope.

Putain de vie.

Kurt

— J'ai dit : retrouvez-la. Qu'est-ce que tu ne comprends pas dans cette phrase ? T'as besoin d'une putain de balle dans la tête pour mieux comprendre ?

Il déglutit et secoua franchement la tête.

— Non monsieur.

— Alors bouge-toi. Je veux qu'elle soit à côté de moi dans deux heures !

Il hocha la tête et déguerpit alors que je désarmais et armais machinalement mon flingue, avant de m'avaler une grande gorgée de vodka et d'allumer une cigarette.

Elle avait disparu après avoir fui par la fenêtre. Et elle savait beaucoup trop de choses pour que je la laisse partir, notamment ce qui s'était passé dans cette suite et pourquoi elle avait tué Sophie mais fuit avec Rebecka.

Nix savait quelque chose que je ne savais pas. Et je détestais ne pas être au courant de tout. Spécifiquement quand c'était à propos des Ikanovitzch alors qu'elle m'avait dit qu'elle n'avait rien à faire avec eux. Elle allait morfler quand j'allais la trouver, *Nix*.

Mon téléphone sonna, me sortant de mes pensées.

— Bonjour monsieur, les données ont bien été récupérées.

— Parfait. Vous avez fait le transfert ?

— Il est en cours monsieur, plus que trente pour-cent. Fantastique. Vous vous débrouillez pour avoir la CIA maintenant. Je les veux tous.

— Bien monsieur.

Et je raccrochai. Il était temps de rendre visite à mon prisonnier.

Je rentrai dans la cellule où mes hommes avaient déjà déposé le matériel nécessaire à ma petite activité. J'avisai les fers en train de chauffer et ricanai en faisant tourner mon arme dans ma main.

— Bonjour Amvrosi.

Il regardait en face de lui, impassible mais plus pour très longtemps. Je pris la chaise en bois installée dans un coin et m'assis à califourchon dans le sens inverse tout en chargeant et déchargeant mon arme avec mécanisme.

— Bon, on va commencer avec diplomatie. Où sont ton frère et ton père ?

Pas de réponse.

— Tu es sûre de ne pas vouloir coopérer ? Ça va faire mal.

— Pourquoi vous demandez pas où sont mes sœurs plutôt ? lâcha-t-il acerbe.

— Parce que je sais où elles sont et que toi en revanche tu n'en as aucune idée.

Il cracha sur le sol en me fusillant du regard et je fronçais les sourcils avec une moue réprobatrice.

— Tttttt, c'est pas bien tout ça. Bon, il va falloir employer une autre façon.

Je me levai et allai chercher un rasoir.

— Tu sais ce qu'Hitler faisait aux juifs ? Il les rasait. Entièrement. Et il les dénudait.

Je fis un signe du menton aux deux gardes qui étaient placés dans chaque coin de la pièce et ils s'emparèrent du prisonnier en lui arrachant ses vêtements.

Une fois qu'il fut nu, il fut de nouveau attaché, les mains accrochées, d'abord entre elles, puis dans le dossier de sa chaise en fer, les pieds de la même façon et une ceinture en cuir au niveau de la taille qui passait dans le dossier pour le maintenir. La chaise étant bien évidemment clouée au sol.

— Ton père est réputé pour sa brutalité, mais pas moi. Tu sais, même si Dieu te venait en aide, et ça n'arrivera pas, et que tu parvenais à sortir d'ici vivant, tu ne serais plus qu'un corps dénué d'âme. Voilà pourquoi, moi, je suis réputé. Pour enlever les âmes. Poétique n'est-ce pas ?

Je commençais à lui raser entièrement la tête, laissant ses cheveux blonds tomber au sol.

Je le considérai ensuite du regard.

— Tu sais, la logique voudrait que je te rase le torse, les bras les jambes, mais ce serait beaucoup trop facile. Une jolie fille doit prendre soin d'elle n'est-ce pas ? Et ne t'en fais pas, quand ce sera fini tu seras aussi doux qu'une fillette.

Je fis signe à mes hommes d'ouvrir la porte et un autre arriva en poussant un chariot, qui pouvait paraître étrange dans des conditions comme celles-ci.

Le visage de mon prisonnier se tordit d'appréhension. Les hommes de sa trempe sont entraînés à résister à des douleurs monstres. Mais l'humiliation psychologique est la meilleure et plus importante étape d'une bonne torture.

— Es-tu prêt, Amvrosi Ikanovitzch ? On va t'épiler.

Nix

Je tirai sur ma cigarette en soupirant quand je vis trois

SUV noirs se diriger vers l'hôtel. Je me retournai et écrasai ma cigarette en prenant un jean et tee-shirt.

— Habille-toi, on s'en va.

Rebecka ne discuta pas et sauta dans ses affaires alors que j'enfilai ma veste en cuir. Une minute trente pour s'habiller, record mondial.. Je rassemblai toutes nos affaires dans mon sac à dos et le balançai sur mon dos à la minute même où ils défonçaient la porte. Je passai devant eux sans faire attention à leur stupeur, suivie par Rebecka et me retournai lorsque je vis qu'ils n'avaient pas bougés.

— Bon, on y va ? J'ai pas que ça à faire. Kurt ne va pas être content.

Ils soupirèrent et vinrent nous encadrer. *Tellement prévisibles...*

Kurt

Je regardai mes hommes enlever une énième bande cire alors qu'il grognait sans desserrer les dents, quand un de mes gardes pénétra dans la cellule.

— Nix est là Monsieur.

Je hochai la tête et fis signe à mes hommes de continuer avant de sortir de la pièce.

Elle m'attendait quelques mètres plus loin alors que je fronçai les sourcils devant son état.

— Tu m'expliques ?

Elle haussa les épaules.

J'agrandis les yeux en voyant son cou. On avait visiblement tenté de la tuer. *Sophie Ikanovitzch ?*

— Déshabille-toi.

— Je ne suis pas d'humeur pour ça Pedro et on n'est pas tout seuls.

— Comment tu m'as appelé là ?

— Pedro.

Je considérai mes hommes qui patrouillaient autour de la planque et l'attrapai par l'avant- bras pour l'entraîner dans la chambre que j'occupais ici.

— Déshabille-toi. Je veux voir tes blessures.

Elle soupira avant d'obtempérer. Je serrai la mâchoire en voyant l'arc en ciel dessiné sur son corps.

— C'est Sophie qui t'a fait ça ?

Elle hésita, et finit par hocher la tête.

— Elle ne t'a pas raté.

— Peut-être, mais elle, elle est morte.

Je ricanai en la regardant se rhabiller.

— Nix.

— Oui ?

Elle releva la tête.

— D'où tu connaissais Sophie Ikanovitzch?

— Je ne la connaissais pas. Je suis rentrée pour la capturer, elle n'est pas laissée faire, on s'est battues voilà tout.

— Ne me mens pas. D'où tu la connaissais ? Pourquoi tu t'es battue avec elle ? Pourquoi t'as sauvé sa sœur ?

Elle haussa les épaules sans me regarder.

— Tu poses trop de questions.

Je la plaquai contre le mur et plantai mes yeux dans les siens.

— Nix. Qu'est ce qui s'est passé dans ce putain d'hôtel ?

Elle déglutit et je sus que c'était bien plus grave que ce qu'il n'y paraissait. Cette histoire puait la merde.

CHAPITRE 12

"C'est beau, l'innocence, mais c'est inadapté à notre monde "

Eric- Emmanuel Schmitt

Kurt 9 juillet 2018 – New York

Elle me défia du regard sans répondre et je la lâchai en serrant la mâchoire. Je poussai un petit rire nerveux et reportai mon attention sur elle.

— Tu ne veux pas parler ?

Elle haussa un sourcil dans ma direction, arborant un sourire moqueur en croisant les bras, sans répondre.

— Bien. Pas de problème.

Je dégainai mon flingue et le pointai sur sa tempe.

— Avance pétasse.

Elle me servit un sourire hypocrite.

— Revois tes définitions, chéri.

Je tirai au-dessus de son épaule et elle poussa un cri en posant directement sa main sur sa blessure, là où la balle l'avait écorchée, tout en me foudroyant du regard.

— Je crois que tu ne m'as pas bien compris. Avance.

Elle serra les dents et avança alors que mon Magnum appuyait contre sa tempe. Je la conduisis dans le long couloir où j'étais quelques minutes plus tôt et ouvris la porte d'une des cellules de torture. Je vis son masque impassible tressaillir un instant à la vue de la chaise en fer fixée au sol au milieu de la pièce et des gardes et souris de satisfaction.

Cette pute allait enfin plier.

Je leur fis un signe du menton.

— Attachez-la.

Mes hommes la saisirent sans ménagement et avec brutalité mais elle ne se débattit pas un seul instant, se contentant de me fixer de ses prunelles saphir au fond desquelles luisaient une étincelle d'indifférence que j'étais bien déterminé à transformer en froide peur.

Mais pas tout de suite. D'abord, je devais rendre visite à ce cher Amvrosi Ikanovitzch.

— Amvrosi ! Tu as changé quelque chose depuis ma dernière visite ? Moins de poils peut-être ?

Je rigolai en entrant dans sa cellule, un grand sourire plaqué sur le visage.

— Alors, où sont ton père et ton frère ?

Il me défia du regard et je soupirai.

— Toujours pas décidé à parler ? Quel dommage. Pour toi bien sûr.

Je fis un signe de tête à l'un de mes hommes qui s'empressa de venir me donner une lame épaisse très bien aiguisée, un couteau de boucher. Du genre à trancher les chairs les plus épaisses.

— Dis-moi Amvrosi, depuis combien de temps n'as-tu pas baisé de filles ?

Il me jeta un regard noir.

— Je dirais environ trois mois. On t'a espionné tu sais. J'espère que la dernière fois était pétillante. Parce que tu ne le referas jamais.

Je pris mon couteau et m'approchai de lui, me délectant de la lueur de peur dans ses yeux.

— Toujours rien à dire ?

Silence.

— Magnifique ! C'est parti ! Et ne crie pas trop fort s'il te plait, si les autres prisonniers t'entendent, ils pourraient prendre peur et tout avouer avant que je ne puisse les torturer.

Je plaquai la lame contre son entrejambe et commençai à trancher sa chair, dans un long filet de sang, alors qu'il poussait un hurlement déchirant.

La peau se découpa lentement, nerf, fibres tout y passaient. Et il criait, hurlait, rugissait, jurait, beuglait, grondait, m'injuriait....

Un savoureux spectacle.

Je sentis enfin sa peau commençait à se décrocher du reste du corps, et je vis les larmes brouiller le regard du benjamin Ikanovitzch alors que ses hurlements se mêlaient désormais à des sanglots incontrôlables.

Les restes de sa partie intime tombèrent au sol dans un bruit gluant alors qu'il pissait le sang. *Littéralement.*

De petits sanglots se firent entendre dans la pièce redevenue calme et je fis signe à mes hommes d'ouvrir la porte de la cellule, où apparut mon chirurgien, présent pour soigner les prisonniers gravement blessés qui n'ont pas avoué. Il allait soigner et recoudre la plaie, ne laissant à Amvrosi qu'une fente pour pisser, comme les fillettes.

J'eus un rire en sortant de la cellule et me dirigeai vers celle de Nix sans prendre le temps de me changer. Elle poserait sûrement des questions et je me ferais un plaisir de lui répondre.

Et aussi de lui faire une belle démonstration.

Je poussai la porte et soupirai en voyant mes hommes à terre et Nix assise sur le plateau rassemblant les instruments de torture, affûtant deux couteaux ensembles.

In-te-nable.

— Assise.

Elle leva la tête et me dévisagea de la tête au pied sans bouger.

— Maintenant.

Ma voix froide résonnait dans le petit espace et elle ne perdit pas plus de temps pour obéir et s'asseoir sur la chaise en fer, tout en me regardant avec un sourire narquois qui semblait me dire qu'elle n'était pas ma chienne.

Le problème, c'était qu'elle l'était.

Je saisis trois paires de menottes et m'approchait d'elle en lui retirant les couteaux des mains alors qu'elle pouffait.

— Je savais pas que t'étais fan du sadomasochisme, mais on peut toujours essayer si c'est un de tes fantasmes.

Je lui fis un gentil sourire, en apparence.

— On pourra s'adonner à tous les jeux que tu voudras dès que tu m'auras dit pourquoi tu as tué Sophie Ikanovitzch et ce qui s'est passé dans ce putain d'hôtel.

Elle me jeta un regard lassé, sans répondre.

Je soupirai, excité par sa résistance, et ouvris la porte pour laisser passer un de mes hommes qui amenait les fers chauffés à blanc sur un brasier, dans un chariot.

— As-tu déjà été marquée au fer blanc, Nix ?

— Psychologiquement ou physiquement parlant ?

— Physiquement.

Elle haussa les épaules.

— Quelques fois oui, rien de très marquant.

Je ricanai devant cette antithèse avant de froncer les sourcils.

— Tu as quel âge ?

— On est quel jour ?

— Le 7 Juillet 2018

Elle sembla réfléchir et je me demandais à quel point elle avait perdu la notion du temps.

— J'ai 20 ans.

J'eus un petit rire en enfilant un gant.

— Alcoolique et même pas en âge de boire légalement.

Je me saisis d'un fer et m'approchai d'elle à pas lents.

— Tu es sûre de ne pas vouloir parler ? Je vais te marquer à jamais.

Elle partit d'un grand rire et planta ses yeux océans dans les miens.

— Oh, Kurt. Si tu crois qu'une simple barre de fer va me marquer à vie, c'est vraiment que tu ne me connais pas.

Ashley Ikanovitzch – 14 juillet 2011 – Russie

Mes talons claquent sur le trottoir et je resserre mon manteau autour de moi, frigorifiée, en jetant un regard à ma montre. Amvrosi devait venir me chercher il y a une heure ! Je le déteste.

La nuit tombe, et je suis complètement gelée. Putain de Russie ! Pourquoi j'ai fait le mur aussi ? Ah, oui c'est parce que Karl est trop chiant. Je déteste ce chauffeur.

Je déteste ma vie.

Il fait trop froid, comme toujours en hiver en Russie. Alors que je suis complètement glacée et frigorifiée, un taxi s'arrête devant moi, il accueille déjà un passager.

— Я могу бросить тебя, миссис Иканович, если хочешь! Это бесплатно для семьи! (Je peux vous déposer madame Ikanovitzch si vous voulez ! C'est gratuit pour la famille !)

Je pousse un soupir de soulagement et ouvre la porte arrière. Mon père est un milliardaire russe réputé dans tout le pays. Facile dans ces circonstances de se faire transporter gratuitement par le premier taxi qui passe.

— Мой спаситель! Я думал, что собираюсь замерзать на месте, Амвроси забыл забрать меня!(Mon sauveur ! J'ai bien cru que j'allais geler sur place ! Amvrosi a oublié de venir me chercher !)

Il me fait un sourire compatissant alors que je souffle dans mes mains pour me réchauffer.

Nous roulons depuis une bonne dizaine de minutes quand je sens le regard de l'autre passager sur moi.

— Что ?(Quoi ?)

— Ничего Эшли ... Я просто надеюсь, что мой босс не повредит вам слишком много ...(Rien Ashley... J'espère juste que mon patron ne t'abîmera pas trop...

— Простите?? (Je vous demande pardon ??)

Mais je n'ai pas le temps d'ajouter quoi que ce soit que je sens une aiguille s'enfoncer dans ma chair et je sombre dans le noir.

Je me réveille en sursaut, paniquée et examine aussitôt la situation. Je suis attachée à une chaise en fer avec des menottes en fer et une ceinture en cuir tressé qui compresse mon abdomen pour me maintenir fixée à la chaise.

Je tressaille à la vision d'un chariot rempli d'instruments de torture dans le coin de la pièce. Une cellule plutôt.

Je renifle alors que des larmes dévalent mes joues.

Qu'est-ce qu'ils allaient faire de moi ? Pourquoi j'étais ici ?

Au même moment un homme d'une cinquantaine d'années entre violemment, suivie d'hommes qui quadrillent aussitôt la pièce en me tenant en joue. Je me mets à trembler et tente de me défaire de mes liens, sans succès, alors que les larmes roulent en continu sur mes joues.

Ils sont tous tatoués, armés, avec des airs sombres de ceux qui sont sans pitié, qui ont vécu l'enfer.

Mon dieu, mais que me veulent-ils ? Je suis terrifiée.

— Ashley Ikanovitzch... Tu sais pourquoi tu es là je suppose ?

Mes yeux brouillés par les larmes je regarde le vieil homme avec incompréhension. Il a parlé dans une langue que je ne connais pas. De l'anglais il me semble.

— Non ne me dit pas que tu ne sais pas !

Mais je ne sais pas parler l'anglais moi !

— Я ... я не понимаю (Je...je ne comprends pas.)

— Arrête de parler russe tu veux ? Allez, dis-moi où ton père cache sa drogue ?

Je souffle.

— Я не понимаю !(Je ne comprends pas !)

L'homme tourne le regard vers un garçon d'environ dix-sept ans que je n'ai pas remarqué, couvert de tatouages. Ce dernier lui glisse quelques mots en anglais et il tourne vers moi une tête atterrée.

— Вы не знаете, как говорить по-английски ?(Tu ne sais pas parler anglais ?)

Je secoue vivement la tête, toujours apeurée et il soupire avant de poursuivre en russe.

— Tu sais pourquoi tu es là ?

A nouveau je leur fais signe de dénégation alors que l'adolescent se lève et disparait en sortant de la pièce.

— Tu es là à cause de ton père. Arkadi Ikanovitzch. Il m'a volé une cargaison de drogues très importante et pense qu'il peut me surpasser.

J'ouvre grand les yeux avant de laisser échapper un rire nerveux. Cet homme est fou. Mes lentilles vertes commençaient à me gêner.

— Vous êtes malades ! Mon père n'est pas un criminel !

C'est à son tour d'écarquiller les yeux.

— Serait-il possible que tu ne sois même pas au courant ?

Je le regarde sans comprendre avant qu'il n'éclate de rire.

— Ne t'inquiète pas poupée, ton père va vite te retrouver. Mais pas exactement saine et sauve.

La frayeur me glaça le sang alors qu'il se levait lentement. En direction de la sortie, il s'arrêta et se retourna vers ses hommes avec un sourire en coin.

— Gardez-la en vie.

Je poussais un soupir de soulagement.

— Mais détruisez la jusqu'à qu'elle vous supplie de la tuer.

Kurt - 9 juillet 2018

Alors que je n'étais qu'à un mètre de la chaise, Nix se leva soudainement et je me figeai. Elle n'était plus attachée.

— Personne ne t'as appris à te concentrer sur les actes de la personne et non sur ses dires? Vu ta tête, je dirais que non. Maintenant, tu vas arrêter ta petite crise et bien gentiment me dire qui tu faisais crier depuis tout à l'heure.

Je soupirai, cette fille était insupportable. Et pourquoi connaître l'identité de mes victimes l'intéressait-elle ?

— Ça ne te regarde pas. Et tu n'as toujours pas parlé.

Elle soupira et écarta son pull d'une main pour me laisser voir son cou et ses épaules recouvertes de traces de brûlures de cigarette.

— Elle m'a prise par derrière quand je t'attendais dans le couloir après être montée par l'ascenseur, on s'est battues et voilà.

— Vraiment ?

— Vraiment.

Elle me regarda droit dans les yeux et je soupirai avant de lui indiquer la chaise et elle se rassit. Cette fille me tapait gravement sur les nerfs.

— Arrête de te foutre de ma gueule. Tu as pris l'ascenseur pour arriver avant nous délibérément. Tu l'as tuée alors que j'étais arrivé et tout était sous contrôle. Et tu avais dis à Rebecka de fuir, avant.

Elle haussa les épaules et s'apprêta une nouvelle fois à se lever mais je l'arrêtai d'une main.

Et je n'ai pas senti le coup venir.

Elle me frappa à la tempe d'un seul coup. Le fer tomba à terre et je lui fis un croche-pied pour la faire tomber quand je sentis une aiguille s'enfoncer dans mon cou alors qu'elle me regardait l'air triomphant.

La pute.

Elle s'approcha de moi doucement alors que je titubais.

— Qu'est-ce que tu disais déjà Kurt ? Pourquoi je n'ai pas peur ? Parce que je suis plus forte que toi. Je suis toujours plus forte que tout le monde.

— Salope.

— Dans une autre vie. Pas dans la mienne.

— Si je te retrouve, tu me supplieras de te tuer.

Elle éclata de rire alors que je luttais contre le sommeil.

— Oh, Kurt, si tu savais qui j'étais réellement, je serais déjà six pieds sous terre.

Je vis ses talons s'éloigner en claquant contre le béton alors que je sombrais dans l'inconscience.

Elle paiera.

CHAPITRE 13

"Bref, mon rêve c'était d'être le tien"

Alexandra Kean

Nix   10 juillet 2018– Caroline du Nord

J'étais allée me réfugier dans le trou du cul du monde, un endroit paumé où le réseau passait à peine en plein cœur de la Caroline du Nord, et, miracle, ce n'était même pas un lieu- dit : Forckward, quinze mille habitants, une seule école primaire, pas de lycée, et un centre- village qui tenait plus de la réunion de bridge du dimanche que du centre commercial.

Je me faisais appeler Kate Blake, une identité banale, commune et surtout totalement inintéressante. Aucune envie qu'un trou du cul vienne tenter de m'apprendre comment me saouler.

Autrement dit, si Kurt parvenait à retrouver ma trace ici, je cramais tout sur un rayon de cent kilomètres et je buvais du whisky.

Je déteste le whisky.

Toutefois, je n'avais pas fait un putain de chifoumi pour tomber sur ce trou : il était contrôlé par un gang sans envergure, peu connu et assez faible appelé les Kaskars, eux aussi à la botte de la Mafia Pirantando.

Car il fallait mille fois mieux que ce soit le fils de chien qui me retrouve plutôt que quelqu'un d'autre.

Toujours rester en terrain connu.

Je plissai légèrement les yeux sous le soleil tapant en portant ma cigarette à ma bouche, appuyée contre le mur de la salle de boxe.

Ouais, il y avait une salle de boxe dans ce trou.

J'avais filé mille balles au mec qui s'apprêter à me virer quand j'étais rentrée avant de tracer vers les vestiaires. *Bizarrement*, il m'avait juste demandé mon nom pour l'inscrire sur son registre.

De vrais pigeons en manque de fric.

Deux types tatoués jusqu'au cou sortirent de la salle et je soupirai : encore des membres de ce putain de gang. Aucun d'eux ne me connaissait, mais ils infestaient la ville comme des moucherons, et si même un trou paumé de vingt-cinq mille putains d'habitants était dirigé par la Mafia Piratando, le gouvernement pouvait remballer ses fédéraux : ils étaient foutus.

J'écarquillai soudain les yeux. *Bordel !* J'écrasai ma cigarette et m'approchai à grands pas de la Mustang qui venait de débarquer sur le parking. Une caisse de collection ou je ne m'y connaissais pas, qui n'avait rien à foutre ici et qui jurai terriblement avec les carcasses garées à proximité, blanche comme une oie et rayonnante.

Sa conductrice sortit avec élégance et je la détaillai des pieds à la tête. Un jean slim noir, des converses noir et blanches, et une veste en jean. Ses lèvres étaient recouvertes d'un gloss rose brillant sur sa peau bronzée, et ses yeux entourés d'un noir cendre. Elle avait des pupilles oscillant entre le bleu et le gris, très claires, et des cheveux bruns foncés, colorés sur la pointe en rouge sang.

J'esquissai un rictus et dévisageai sa voiture.

— Magnifique caisse. Je peux savoir où tu l'as trouvée ?

Elle eut un sourire fier avec un petit regard méprisant qui me fit serrer les dents, avant de répondre avec indifférence en me passant devant.

— Quelque part où on vend des voitures.

Je ricanai.

— Quand on veut pas répondre ça sert à rien de gaspiller sa salive.

Je vis son sourcil se lever d'étonnement mais elle ne s'y attarda pas en poussant la porte de la salle de boxe. Cette fille fuyait quelque chose et ne savait décidément pas comment s'y prendre. Déjà il aurait fallu qu'elle se débarrasse de la voiture à des milliers de dollars qui jurait avec la salle pourrie et infestée de mafieux. Sa peur d'être retrouvée était inscrite sur son visage. Elle évitait les questions et le regard des gens, raccourcissait les discussions et regardait tout le temps autour d'elle en quête d'un danger.

Je notai mentalement la plaque d'immatriculation en écrasant ma clope sous mon talon. Cette fille cachait quelque chose, et je n'avais rien de mieux à faire que de découvrir quoi en attendant que Kurt se calme et que son désir de me retrouver passe au-dessus de son désir de me poser des questions.

Je fis du charme à un mafieux pour qu'il m'emmène jusqu'à l'unique cybercafé de la bourgade, et sautai de sa caisse sans même le laisser poser un doigt sur moi.

Le bar était tellement vieux que les ordinateurs étaient de sacrés dinosaures, mais assez récents pour que je puisse utiliser internet.

Je sécurisai rapidement ma connexion ; l'ordinateur était tellement vieux qu'il était pratiquement impossible à pirater, alors les quelques manips que j'écrivis rapidement pour fermer totalement ma session des attaques extérieures n'étaient que précautions. Il ne me fallut que quelques clics pour découvrir toute son histoire. Quand on passe dans le journal, c'est toujours mieux de l'effacer si on veut disparaitre. Mais cette fille était une ado. Une ado pourchassée.

Kurt

Inspirer. Expirer. Inspirer. Expirer.

Rien à faire. Je n'arrivais pas à me calmer. Quelle vision était la plus excitante, Nix les tripes ouvertes en sang en train de me supplier au fin fond de mes caves, ou Nix attachée aux quatre coins de mon lit alors que je la baisais encore et encore en l'épuisant d'orgasmes ?

Je n'étais pas un adepte de sadomasochisme, et je pourrai parier mon flingue que Nix non plus, mais j'avais déjà tenté et le mélange de torture et de sexe n'était pas de ce que je qualifierai de repoussant…

— Trouvez-la où je vous jure que vous allez regretter d'être venu au monde.

Mes yeux restèrent plantés dans ceux du lieutenant devant moi, qui resta stoïque en inclinant sa tête avant d'aller aboyer ses ordres à ses soldats.

S'ils ne la retrouvaient pas, je les foutrai tous dans mes caves pendant deux mois. Je n'étais pas de ceux qui tuaient. C'était trop simple, trop court, et trop gentil dans un monde où plus personne n'avait peur de la mort. C'était comme leur offrir un cadeau, alors que les hommes de confiance, dotés d'assez de force d'intelligence et de talents pour être en contact direct avec moi et faire partie de mon unité d'Elite étaient rare.

Ceux qui me trahissaient ou qui faisaient une connerie trop grosse finissait dans la partie la plus sombre de mes caves.

Celle où je n'avais plus de limites.

Je serrai les dents et remontai le cran de mon arme alors que Jason restait impassible, debout à mes côtés, mais la lueur de rage au fond de son regard trahissait sa frayeur de ne pas la retrouver. Il savait que sa vie ne risquait rien, je n'allais pas tuer mon second pour une pouffiasse de merde.

J'avais fait une énorme erreur avec elle, mais qui n'était pas prête de se reproduire. Elle allait morfler, et pas qu'un peu. Elle me supplierait de la tuer quand j'en aurai fini.

Je sentis la tête de Rachel se poser sur mon épaule et je me tournai vers elle en haussant un sourcil. Elle haussa les épaules avec un petit sourire et se cala plus contre moi. Je soupirai avant de l'entourer de mes bras et de caler mon menton contre son crâne.

— Tu devrais te calmer. Tu ne peux rien faire si tu ne sais pas où elle est et tes hommes s'en occupent.

— J'ai commis une erreur et ça n'aurait jamais dû arriver.

Elle se blottit sur mon torse sans répondre et je soupirai lourdement.

— Détend-toi frangin.

Je me décalai d'elle et la considérai de mon regard froid avant de lever les yeux sur les écrans. Trois heures du matin. Du peu de temps que j'avais passé avec Nix, je pouvais dire qu'elle était déjà loin.

Je déposai un baiser sur la tête de ma sœur et considérai mes hommes qui travaillaient avec acharnement.

— Je ne pense pas qu'il y aura du nouveau ce soir.

Je soupirai et passai mon bras autour de ses épaules avant de l'entraîner vers la sortie de la pièce.

— Va te coucher Rach'.

— Oui chef, bien chef, rigola-t-elle.

Je la fixai sans rien dire devant la porte de sa chambre avant de tourner les talons vers l'extérieur quand on m'intercepta.

— Le dossier de Nix Johnson est là monsieur, avec toutes les informations que l'on a pu rassembler sur elle.

— Foutez-le à la poubelle.

— Vous êtes sûrs monsieur parce que…

Il s'interrompit devant mon regard froid.

— Bien Monsieur.

Je partis sans un mot en dévalant les escaliers qui menaient à mes caves.

Je ne voulais pas lire son histoire dans un putain de dossier. Je voulais la lui prendre, la sortir de ses tripes, lui voler tout ce qui lui restait, creuser jusqu'à la moindre goutte d'elle pour tout détruire. Elle allait me raconter elle-même son passé, peu importait le temps que ça prendrait. Et j'allai l'annihiler de la surface de la Terre. Personne au monde ne pouvait me défier sans conséquence. Elle allait payer.

Nix

Je forçai la serrure arrière de la fenêtre et l'ouvris sans un bruit. Je m'y installai confortablement, la tête appuyée contre le mur et allumai une clope en l'attendant.

Une dizaines de minutes plus tard, j'entendis la porte s'ouvrir et la vis rentrer. Je la suivis du regard alors qu'elle déposait son sac sur une chaise quand soudain elle me vit et s'immobilisa immédiatement.

— Qui es-tu ?

Je crachai ma fumée dans la nuit noire en roulant des yeux.

— Faux. Quand quelqu'un entre chez toi, tu ne demandes pas qui il est mais ce qu'il veut. Ça t'évite de gaspiller ta salive. Recommence.

Je la vis froncer les sourcils pendant que je tirai sur ma latte. Elle tiqua et répéta.

— Qu'est-ce que tu veux ?

Sa voix était devenue froide et cinglante.

— Ça c'était bon. Je me suis auto-proclamée ta professeur de « se cacher de la mafia Piratando », chère Cassidy Wilson.

Je la vis blêmir à travers la pénombre et elle déglutit sérieusement en empoignant sa veste avant de me désigner l'extérieur d'un signe de tête. Je la suivis sans un mot sans la quitter du regard. Nous marchâmes pendant une trentaine de minutes avant qu'elle ne s'assoit sur un banc. Je restai debout et la contemplai.

— J'ai le droit de demander qui tu es ?

— Je suis Nix.

Elle hocha la tête silencieusement.

— Qu'est-ce qui m'a trahie ?

— Ta plaque d'immatriculation. Erreur de débutant.

Elle grinça des dents.

—Tu vas leur dire que je suis là ?

— A qui ? A ton petit ami chef d'un gang qui pense que tu l'as trompé alors que tu te faisais violer par son meilleur ami ?

Elle blêmit. Je rigolais.

— Je t'en prie, ton viol se voit dans tes yeux quand tu as regardé les deux mecs à l'entrée de la salle de sport tout à l'heure. Et le gang de ton ex te recherche. Il sait que tu n'es pas morte.

Elle déglutit.

— Mais non, pour répondre à ta question, je ne vais pas leur dire.

— Alors qu'est-ce que tu fais là ?

— C'est une excellente question.

Je ne le savais pas. Pour me distraire ou parce qu'elle me rappelait moi il y a quelques années ?

— Toi aussi ?

Mon silence sembla lui répondre.

— Tu sais, je n'arrive pas à fermer les yeux la nuit.

— Pourquoi ? Parce que tu as peur, que tu es terrifiée, que tu le revois dans les ombres de ta chambre ou parce que la seule chose que tu peux visualiser c'est son corps ensanglanté ? Est-ce que tu n'arrives pas à dormir parce que l'envie de te venger te fait peur ou parce que tes souvenirs te font peur ?

Elle leva le regard vers moi.

— Les deux je crois.

Je rigolai.

— Et toi ?

Je ne me souviens plus si j'ai répondu. Je ne me souviens plus si je connais la réponse.

CHAPITRE 14

Fais les choses que les autres ne sont pas prêts à faire aujourd'hui, pour avoir ce que les autres n'auront pas demain"

Anonyme

Nix 11 juillet 2018– Caroline du Nord

Je me réveillai en grognant, la tête lourde. L'odeur âcre de la cigarette mélangée à celle de l'alcool me parvint aussitôt et je me redressai douloureusement, le dos crispé. Je me trouvai dans l'appartement que j'avais acheté. Vieux et pourri. Comme moi.

Je fermai les yeux en portant une main à mes tempes, tentant de soulager inconsciemment la douleur qui me striait les veines.

Les souvenirs de la veille me revinrent peu à peu en mémoire, et la vue du ciel noir dehors me fit comprendre que je m'étais plongée dans l'inconscience pendant une journée entière.

Les cauchemars que j'avais revécus en direct cette nuit me percutèrent de plein fouet et je me relevai en grognant à la recherche d'une autre cigarette.

Une odeur nauséabonde régnait dans la pièce, et des

cadavres de bouteilles ainsi que des mégots de cigarettes reposaient sur le plancher pourri.

Trois jours que j'suis là on se croirait déjà dans une charnière !

Je fermai les yeux quelques secondes en inspirant profondément. Mes cauchemars étaient revenus me hanter cette nuit, comme toutes les autres, mais plus violemment.

Je soupirai avant de ramasser un mégot encore allumé et soufflai pour l'éteindre. L'odeur pestilentielle qui vagabondait autour de moi devenait presque neutre au contact de mes narines, tant j'avais l'habitude de la sentir.

J'avisai une cigarette encore fraîche, mais légèrement entamée à l'autre bout de la pièce et m'y rendis doucement, la tête lourde souvenirs plus noirs que la nuit et de vapeurs anesthésiantes qui détruisaient mes neurones.

Pas comme si j'étais dans l'optique de devenir le prochain génie de cette terre. L'enfer dans ma tête me fait mal. Je revis le regard de Sophie sombrer sans vie. J'avais laissé Rebecka Ikanovitzch avec Kurt. Je ne savais même pas pourquoi j'espérais qu'il ne l'ait pas encore tuée. Ou plutôt, qu'il l'ait tuée rapidement.

Le sang, leurs corps, mes cris, mes hurlements, je ne vois plus rien, aidez-moi, aidez-moi je vous en supplie. Comment c'est possible de vivre avec ça ?

Je hais la famille Ikanovitzch.

Je hais ma vie.

Je me hais.

Je fermai les yeux et savourai la fumée qui s'échappait de ma latte en titubant, encore dans les vapes.

J'allais sûrement y rester.

Pourquoi de toute manière en sortirais-je ?

Kurt

Cinq millions de dollars de cocaïne. Cinq putains de millions.

Je parcourus les trois hommes devant moi d'un regard

tranchant comme la glace. Ils tremblaient. L'un d'eux n'en ressortirait pas vivant. Ils le savaient.

Néanmoins, je devais garder mon calme. *N'est-ce pas ? N'est-ce pas. Non.* Je ne devais rien à personne et sûrement pas à ces fils de pute.

Mon sang bouillonnait sous ma peau et je peinai à rester concentré. Je ne m'inquiétai pas. J'allais rattraper les lascars qui avaient cru pouvoir me voler cinq PUTAIN de MILLIONS de dollars et en ressortir impunément. Et j'allais tuer l'un des hommes en face de moi. Le conducteur, et les deux hommes chargés de la sécurité. Il y en avait trois. Le dernier était mort *en faisant son travail.*

Contrairement aux deux qu'on avait retrouvés cachés sous le camion sans la moindre égratignure. Des faibles. Des lâches. Qui m'avaient fait perdre cinq millions de dollars de cocaïne.

Le conducteur, s'était pris une balle dans les côtes. J'allai tuer les deux hommes de la sécurité. Je chargeai mon flingue et leur tirai une balle dans la tête qui résonna dans la pièce.

— Jagar, tu peux disposer et aller à l'hôpital.

Le conducteur contint son soupir de soulagement à mon plus grand bonheur, même si celui-ci était largement visible sur ses traits et sortit de mon bureau presque au pas de course.

Je chargeai mon flingue et partis dans les caves en attendant des nouvelles de mes hommes qui avaient été réquisitionné dans la recherche de mes millions. Ce n'était pas tant pour l'argent mais pour l'image. Qu'on puisse me voler était impensable.

Amvrosi Ikanovitzch n'avait pas bougé et était entièrement guéri et soigné, bien reposé sur sa chaise.

Ma torture était la pire de toute.

Et spécialement pour cet invité, j'avais inventé une nouvelle recette.

Ashley Ikanovitzch- Juillet 2012

Je ne sens plus rien. Je ne suis plus rien. Juste du vide. Un énorme vide. Je vois flou.

J'entends des pas. Leurs voix. Comme d'habitude.

J'en sens un qui me lève, qui m'allonge, et qui s'y remet. Je me laisse faire. Je suis déjà morte. Mes larmes ne coulent plus. A quoi bon ?

Il me laboure, il me fait mal, mais je ne le sens presque plus. Je ne compte plus les jours, mais cela doit faire un bon siècle que j'agonise dans cette cellule sombre. Je le sens se déverser sur mon corps nu, meurtri et sali, mais cela ne me fait même pas bouger.

Je l'entends sortir, mais je ne bouge pas. Le moindre mouvement me fait mal. Le moindre mouvement me donne l'impression de mourir, alors que je me perds dans le néant de mon esprit.

Les heures passent, et je regarde le sang s'écouler de mes blessures lentement, ma seule distraction. L'ennui va me rendre folle. Je préfère quand il y a quelqu'un avec moi. Même si c'est pour me violer ou me faire mal. Au moins, j'ai quelque chose pour m'occuper.

Mais ils ont dû s'en apercevoir, car cela arrive de moins en moins souvent. Ils me laissent dépérir au fin fond de ce trou.

Là, dans le mur, il y a une petite fissure. C'est moi qui l'ai faite. L'autre jour. Quand ils m'ont laissée seule avec un pistolet et une seule balle à l'intérieur après m'avoir réduite à rien, tellement blessée et entaillée que je ne pouvais pas penser.

Ils ont voulu me pousser à me suicider. Mais je n'ai même pas voulu me l'enfoncer dans le crâne. Je continue à espérer, mais je sais bien que c'est fini. Les hommes qui étaient là au début, ceux qui me posaient des questions, ils sont partis depuis longtemps. Il y a eu beaucoup de coup de feu, et on m'a laissée mourir de faim pendant de longues heures, avant qu'on ne revienne enfin.

Mes pensées résonnent dans mon crâne, dans un silence

macabre et putride. Je ne suis qu'un morceau de chair qu'ils utilisent. Mon sang coule. Mes larmes coulent. Je m'ennuie. Je pense. Je deviens folle. Les secondes s'égrènent, les minutes s'écoulent inlassablement, suivies des heures et des jours...

Mon esprit, mon corps, ne sont plus qu'un immonde champ de bataille, un massacre horrifiant.

Mes yeux restent fixés sur la petite fissure, alors que je suis immobile, dans l'incapacité de bouger, quand soudain, j'entends des pas. Ils sont plus forts que d'habitude. Puis des voix. Ils gueulent. Des coups de feu. Et soudain, dans le brouillard, une phrase. Du russe. Compréhensible.

« Trouvez Ashley »

Et mon corps se détend. Ils sont là pour moi. Pour me sauver.

Je voudrais les aider. Leur dire où je suis, mais je suis aveugle, presque sourde, muette et immobile.

Soudain, la porte de ma cellule vole, des hommes entrent, et des gens parlent, mais je n'entends plus rien. Je sens qu'on me soulève, qu'on me porte, qu'on me sort de mon enfer et je me laisse aller.

J'entends quelques petits mots russes, mais je me raccroche à l'odeur familière de celui qui m'a sauvé.

Mon père.

On me met dans une voiture, toujours autant d'agitation tout autour, et des gens s'affairent autour de moi et commencent à me soigner.

Et j'entends la voix de mon protecteur.

« Dors Ashley. Ils ont payé. Tu es en sécurité »

Ce n'est pas vrai, mais c'est à ce moment-là que je perds connaissance.

Adam Kryan – 11 juillet 2018 - New-York

Maman ! Papa ! NOÉMI !

Du sang, des pleurs, Noémi ! Des hommes, maman, papa, Taylor, du sang, des cris....

Je me réveillai en sursaut dans mon lit. Encore des

cauchemars.

Je ne prêtai aucune attention à la blonde totalement nue qui était affalée sur mon torse et me levai doucement. Mon réveil affichait cinq heures du matin quand je commençai à me laver et à m'habiller.

Je passai ma montre fétiche, offerte par ma mère quand elle était encore consciente et rajustai ma veste de costume en me servant un verre de whisky.

Il était six heures. Mon regard dériva à travers les grandes vitres de la chambre, qui donnaient sur une imprenable vue sur New-York, et je respirai un bon coup. Aujourd'hui, je rencontrai Kurt Smith. C'était peut-être le dernier matin de ma vie.

Personne ne pouvait en être sûr.

Faire une alliance avec lui me confèrerait plus de sécurité, pour moi, mes parents, mon entreprise... Etre milliardaire pendant la prise de pouvoir de la mafia Piratando ne m'apporterait que des ennuis, sauf si je m'alliai à eux, le seul cas où on me laisserait tranquille.

Et c'est bien pour ça que je m'apprêtai à le faire aujourd'hui.

Il ne fallait plus se leurrer.

Ils étaient partout. Kurt Smith jouait avec les gouvernements comme une enfant avec des marionnettes, et si le monde n'était pas encore sous son contrôle c'était qu'il avait des choses plus importantes à régler. *Comme si contrôler le monde était une besogne chiante et sans importance.*

Je ricanai, et la blonde bougea un peu avant de se réveiller en grognant. Son regard se posa sur moi, et un sourire enjôleur étira ses lèvres.

Je secouai la tête.

— Pas maintenant. Habille-toi et appelle tes copines.

Elle eut l'air de se souvenir de quel jour nous étions, et son regard devint aussitôt excité alors qu'elle se jetait sur son téléphone.

Elle et ses amies étaient des merveilles au lit, mais elles étaient vraiment complètement connes pour que le fait de rencontrer le mec le plus cruel et psychopathe de la planète les excite à ce point.

Je me contemplai dans le miroir en soupirant alors que mon regard dérivait sur la photo poussiéreuse qui se trouvait sur ma commode. Le regard innocent et joyeux de Noémi qui illuminait la photo fit ressortir en moi une vague de nostalgie. Moi, ma sœur Noémi et mon frère jumeau, Taylor, avant qu'elle ne parte. Nous avions 6 ans. Elle en avait trois. Ma famille s'était brisée après qu'elle ait disparu. Envolée. Kidnappée.

Taylor m'avait permis d'obtenir cette entrevue. Il s'était engagé dans la mafia Piratando et avait sombré dans la drogue, l'alcool et le sexe.

Pour ma part, je me contentai du sexe. Je travaillai avec mon père, sur la fortune familiale. Ma mère ne quittait pas sa chambre et avait déjà tenté de se suicider une dizaine de fois. Ma famille n'était plus qu'un champ de ruine, semblable au cadavre du monde et de l'horreur qui y régnait. *Je ne sais même plus si le désespoir qui nous a élevé peut toujours être appelé une famille.*

Je soupirai vaguement et reposai la photo en me composant un masque déterminé et sûr de moi. Alicia sortit de la salle de bain dans une robe couleur pêche très courte et très moulante. Ses talons de la même teinte vacillèrent un peu, manquant de lui faire perdre l'équilibre.

Elle se rattrapa et me fit un sourire enjôleur en se déhanchant avant de venir s'agripper à mon bras. J'esquissai un sourire en coin en matant son cul lourdement avant de l'entraîner dehors, sans m'attarder sur le paysage sans intérêt.

Ma vie se jouait aujourd'hui. Mon passé, mon futur, et peut-être même mon présent.

Putain j'ai vraiment pas envie de faire ça.

Le SUV roula jusqu'à un hôtel de bord de route. Des BMW noirs étaient garées devant, entourées d'une cinquantaine d'hommes armés. Je déglutis en regardant les deux voitures qui me suivaient, elles aussi chargées d'hommes de main. Comme m'avait conseillé Taylor, j'avais pris assez d'hommes pour pouvoir me défendre et exhorter ma puissance, mais pas trop pour ne pas paraître meilleur qu'eux.

Mes hommes m'encadrèrent alors que je sortis, suivi des trois blondes pendues à mes bras en gloussant.

Je cachai ma peur en apercevant le criminel. Ses yeux noirs m'inspectaient sous toutes les coutures et reflétaient une cruauté et une puissance sans nom. Il n'en avait rien à foutre que je sois le frère de Taylor. Si je lui déplaisais, il n'hésiterait pas à me tuer.

Ses pupilles me traversèrent d'un laser, comme si il savait tout de moi, ce qui était sûrement le cas. Elles me mirent à nu et exprimèrent un mépris et un dédain si puissant qu'à cet instant, j'eus l'impression de n'être qu'une poussière sous le pied de Smith qui se demandait s'il devait m'écraser.

Le pire c'est que c'était loin d'être une seulement une métaphore.

Ses tatouages et ses muscles ressortaient à travers son tee-shirt noir, un putain de simple tee-shirt, et un AK48 était pendu à son bras. Trois autres flingues étaient accrochés à sa ceinture et les reflets du soleil sur ses bottines m'indiquaient aussi la présence de deux ou trois dagues planquées dans le bas de pantalon. Tout son look n'inspirait qu'une pensée, la fuite et la terreur. Il respirait la mort.

Je réprimai un frisson de terreur et d'angoisse pure et avançai en tentant d'aborder un masque froid, face à son visage impassible et aussi chaleureux que les glaciers de Sibérie.

Je m'immobilisai et fixai mon regard au sien. Ses yeux glacés me transpercèrent de part en part, et même si je savais que je ne risquai pas de gagner cette battle, je ne devais pas me détourner tout de suite. Je ne pouvais pas paraître faible au risque de me faire tuer.

Enfin, au bout de cinq longues minutes qui me parurent une éternité dans un enfer, il se redressa, alors qu'il était toujours appuyé sur sa BMW, et s'avança vers moi.

— Adam Kryan, vingt-quatre ans, co-PDG de Kryan entreprise, fils de l'homme le plus riche de l'Australie. De grandes écoles privées, des séjours fréquents dans des maisons closes, une mère en dépression qui s'enferme dans sa chambre et pleure toute la journée, un père dépassé qui se noie dans le travail, un frère qui fume et se drogue et s'engage dans ma mafia, une sœur kidnappée quand vous aviez six ans, une famille détruite. Ancienne addiction à la marijuana, croule sous l'alcool et le sexe, et a embauché quinze détectives privés pour retrouver sa sœur. Kryan, es-tu conscient, que même si tu parvenais par je ne sais quel miracle à la retrouver, elle ne se souviendrait pas de toi ?

Je déglutis sévèrement et me retins de pleurer, à la fois de rage et d'impuissance. Je n'étais pas une chochotte, mais il venait juste d'exposer tous mes défauts, mes secrets, mon intimité, mes faiblesses comme une liste de course.

Et qu'est-ce que j'étais faible là-dessus. A m'en faire hurler.

J'étais parfaitement conscient que ma jumelle ne devait même pas connaître mon existence, ou peut-être quelques lignes ou une photo à travers les journaux. Peut-être même qu'avec ses copines elle m'avait classé dans son top 3 des hommes les plus beaux. Je ne saurais sans doute jamais ce qu'il était advenu de ma sœur, de ma chair, de mon sang. Taylor, Noémi et moi formions la fratrie favorite de la scène et du public. Et puis d'un seul coup, on nous l'avait enlevée, dans une effusion de sang, un massacre que je revivais en boucle toutes les nuits.

Je fixai Smith, sans laisser paraître ma faiblesse et restai impassible. Je haussai un sourcil avec un rictus.

— Et qu'est-ce que ça peut faire ? Je garde espoir.

Je haussai les épaules alors qu'il ricanait.

— L'espoir, il vaut mieux ne pas en avoir. C'est quand il s'éteint qu'on se détruit complètement. S'il n'existe pas, il ne peut rien nous faire.

Sa phrase jeta un froid, et même si je ne voulais pas le reconnaître, il disait vrai.

— Je ne suis pas venu ici pour parler philosophie mais alliance.

Il fit signe à cinq de ses hommes de venir. Je ne voyais pas comment ses hommes de main pouvaient l'aider dans notre affaire mais bon... C'était un psychopathe, et les cerveaux des psychopathes étaient incompréhensibles.

— Énonce tes termes.

Je déglutis et fis signe à mon avocat de me rejoindre. Celui-ci marcha jusqu'à moi en rajustant son costard et sa montre de luxe. Il lut le contrat que j'avais rédigé avant de venir.

— Nous demandons la protection de notre entreprise, de ses salariés et de leur famille. Nous demandons également l'immunité politique.

Il ricana et prit la feuille que lui tendit un de ses hommes.

Ses hommes d'affaires sont armés et en tee-shirt...

— Vos termes sont acceptés, dans les conditions suivantes : si l'un de vos salariés ou leur famille est joint de près ou de loin à la mafia Ikanovitzch, il ne bénéficiera pas de ses termes. Si l'un de vos salariés ou leur famille fait preuve de trahison ou de déloyauté envers la Mafia Piratando, il ne bénéficiera pas de ces termes. Vous devrez ensuite tous les mois verser une contribution de cinq cent mille dollars dans nos caisses. Vous devrez nous avertir et demander notre présence pour chaque contrat signé avec votre entreprise. Votre frère ne sera pas un de vos contacts dans ces cas-là, il a lui-même ses propres attributions. Vous accepterez ensuite de laisser à notre charge une des filles qui vous tient compagnie en ce moment-même. Et pour finir vous cesserez toutes vos recherches concernant votre sœur disparue il y a dix-huit ans. Suis-je clair ?

— Oui.

— Acceptez-vous les termes de ce contrat ?

Je déglutis. Je ne voulais pas abandonner Noémi. Mais je n'avais pas le choix, et ce pour ma propre sécurité. De toute façon elle ne savait même pas que j'existai. C'était mieux comme ça.

— Oui.

Ma voix se mourut et Smith esquissa un rictus. Il fit signe à ses hommes de me donner le contrat.

Je le relus plusieurs fois pour être sûr de ne pas me faire

avoir, mais tout était en ordre, et il n'y avait même pas de clause en petits caractères. Je finis par saisir le stylo que me tendit un de mes hommes et signai la feuille. Smith la repris et signa à son tour.

Trois de ses acolytes vinrent chercher l'une des filles dans un grand silence. Elle ne dit rien. Elle semblait même excitée. *Aussi tarée que lui...*

Ses hommes s'emparèrent du contrat et disparurent avec.

— Une photocopie vous sera communiquée dans la semaine.

Sa voix froide résonna dans l'espace alors qu'il remontait dans son SUV et que les voitures s'éloignaient une à une, emportant avec elles les ténèbres qui émanaient du criminel. Je déglutis sévèrement en les voyant disparaître au loin.

Voilà c'était fait. J'étais sauf. J'étais lié à la mafia la plus dangereuse et le plus puissante du monde. J'avais abandonné Noémi. Je levai la tête vers le ciel gris alors que des gouttes de pluie commençaient à tomber. L'une sur mon front, l'autre sur ma main, et d'un coup, c'était le déluge.

Il était temps d'oublier.

CHAPITRE 15

" La manipulation est la définition même du pouvoir"

Alexandra Kean

Kurt 1 août 2018- New York

Des cris déchirèrent le silence de la villa et je relevai brusquement la tête de mes flingues avant de me ruer hors de mon bureau pour me précipiter dans la chambre de Rachel.

Comme toutes les nuits depuis longtemps, elle transpirait à grosses gouttes, hurlant de terreur emprisonnée dans des cauchemars qu'elle ne parvenait pas à fuir.

Je la secouai brutalement et elle se réveilla aussitôt avec un cri de terreur, paniquée et sans aucune conscience de la réalité. Elle me secoua le bras en me regardant, les joues couvertes de larmes.

— Kurt, ils sont là, ils sont dehors, je les sens, je peux les entendre !

J'entourai son visage de mes deux mains, essuyant du pouce ses joues couvertes de larmes en m'agenouillant auprès d'elle.

— Hey calme-toi, tout va bien, tu es en sécurité. Je les ai massacrés, ils sont morts tu te souviens ? Tout va bien.

Je répétais ma dernière phrase encore et encore alors que

son souffle saccadé se calmait peu à peu, et elle se laissa retomber dans mes bras alors que je la laissai faire, sans pour autant lui rendre son étreinte.

Elle se mit à sangloter en s'accrochant à mon tee-shirt avec désespoir.

— Pourquoi ils ne partent pas hein ? Pourquoi je n'y arrive pas ?

— Chut, calme-toi.

Je lui embrassai le front. Je m'étais débarrassé de tout cauchemar aussi vite qu'ils avaient tenté d'apparaître, mais Rachel n'avait jamais réussi à passer une nuit sans revivre cette soirée.

Je saisis son menton de mes mains qui avaient tant tué et torturé, avant de l'obliger à planter ses yeux brillants de larmes dans les miens impassibles.

— Tu vas guérir. C'est long, mais tu vas y arriver. Ne t'inquiète pas. Ils ne sont pas réels tu te souviens ?

Elle hocha la tête en hoquetant alors que je restai immobile, près d'elle à attendre qu'elle se calme. Ses larmes m'étaient inconnues, et même si je comprenais sa souffrance, je ne pouvais pas la ressentir.

Il fallait qu'elle y arrive. Ses cauchemars n'étaient pas réels. Ils n'étaient pas réels.

Mais ils l'avaient été...

Nix lui ressemblait quelque part, sans le désespoir qui allait avec, sans les plaintes et le besoin de réconfort. Elle se taisait, regardait le vide, vidait un shot et oubliait autant qu'elle le pouvait.

Ma sœur, elle, se détruisait à tenter de se reconstruire et je n'avais pas de solution, parce que je ne savais même pas ce que signifiait être détruit.

Rachel

Mon frère était le type le plus puissant du monde, mais je voyais son impuissance face à mes cauchemars, toutes les nuits quand il me réveillait. Mais ça ne servait plus à rien. Le vide et la mort m'envahissaient chaque jour, même si j'essayai de le cacher à mon frère. On m'avait dit un jour que le temps guérissait les blessures, mais je n'en voyais pas la couleur.

Il n'y avait pas un soir que je ne passai pas sans revivre la nuit où il avait tué notre père, à seulement dix-huit ans, alors que j'en avais onze. J'avais assisté à tout, impuissante et tremblante, même lorsqu'*il* m'avait forcée, forcée à rester, immobile et seule, forcée à regarder sans rien faire. Comment pourrai-je un jour oublier ce regard hurlant, impuissant, luisant d'une terreur et d'une vide à faire trembler des peuples, et le regard fou de rage de Kurt quand il avait débarqué dans la pièce ?

Sept ans que c'était arrivé. Et sept ans que j'avais l'impression de l'avoir vécu hier.

Les hommes de la mafia ne connaissaient les sentiments que lorsqu'on leur parlait famille, mais ils n'avaient aucune pitié pour le reste. Ils violaient, tuaient, torturaient, kidnappaient, détruisaient, transformaient les rêves en cauchemars sans en avoir rien à foutre et je l'avais appris à mes dépens. J'aurai voulu l'oublier. J'aurai voulu respirer.

Mais son regard me hantait.

Pourtant, j'étais loin d'être seule. J'étais la seule faiblesse de mon frère, et cette nuit-là fut la seule de toute notre vie où il ne réussit pas à me protéger.

Mais je le connaissais par cœur, et quelque chose n'allait pas depuis une semaine. Evidemment, j'avais entendu les rumeurs sur une prisonnière qui se serait échappée mais Kurt éludait toutes mes questions à ce propos, les sourcils froncés et les poings serrés.

Ce qui le mettait dans un état pareil demeurait un mystère. Peut-être la capture d'Amvrosi et Rebecka Ikanovitzch, mais c'était plus une victoire qu'un problème, ou la mort de Sophie, leur sœur ?

Ça n'avait aucun sens.

Je me replongeai dans le sommeil, bercée par l'odeur de Kurt en ignorant tout ça. Je n'avais pas besoin de le savoir.

J'avais juste besoin de dormir.

De bien dormir.

Kurt

Je regardai ma sœur s'endormir et une image de Nix dans la même position percuta mon esprit. Je la chassai aussitôt en serrant les dents. Trois semaines qu'elle s'était enfuie, mais j'avais arrêté les recherches au bout de deux jours. J'avais le pressentiment qu'elle ressurgirait d'elle-même, alors je laissais faire le temps, mais mon esprit revenait sans cesse à elle.

Simplement repenser à sa chute de rein vertigineuse et à la façon dont ses lèvres se pinçaient lorsqu'elle me traitait de fils de chien me donnaient envie de la retourner sur mon bureau. Je ne cherchai même pas à savoir pourquoi. En règle générale, les femmes n'étaient là que pour remplir mes besoins, ou de ce cas-précis, les vider, mais cette fille me restait dans la tête comme un foutu cancer.

Et quelle fille...

Mais peu importait que je ne puisse rien faire contre cette putain de malédiction féroce à l'aura de ruines et aux formes de déesses nommée Nix.

Quand je l'aurai retrouvée, je la prendrai si fort qu'elle ne pourra plus marcher pendant des jours, et puis je la ferai payer. Lentement. Avec délicatesse. Je voulais la voir tomber en larmes à mes pieds, je voulais l'entendre s'excuser. Mais je n'étais plus tellement sûr de vouloir la détruire.

Après tout, elle l'avait dit elle-même, elle l'était déjà.

Et quelque chose me disait que personne ne pourrait jamais la réduire à rien.

Je ressortis de la chambre de Rachel en m'assurant qu'elle s'était endormie, et repartis vers mon bureau en allumant une cigarette. Arkadi avait tenu ses promesses. J'avais envoyé vingt mille hommes de plus en Afrique du Nord pour tenir la distance, mais la guerre là-bas avait déjà débuté. Les enjeux étaient énormes, si bien que je trouvai presque surprenant qu'il m'en ait laissé le contrôle toutes ces années. Mais pourquoi maintenant ?

Quoiqu'il en soit ce changement allait me coûter en hommes. Je soufflai ma fumée en me frottant les yeux, tentant d'ignorer les yeux bleus de Nix dans mon esprit. Penser à elle me donnait mal à la tête. Mon cerveau me criait qu'elle ne représentait aucun danger. Bizarrement je n'avais plus envie de la tuer ou de la torturer. Oh, j'avais envie de découvrir ce qu'elle cachait. J'avais envie de la voir supplier pour sa vie, j'avais envie de la faire payer pour ses mensonges. Mais quand elle avait tué Sophie Ikanovitzch, ce n'était pas de la résignation que j'avais vu dans ses yeux. C'était de la haine. De la haine pure.

CHAPITRE 16

" La torture interroge et la douleur répond"

François Raynouard

Kurt 1 août 2018- New York

Je poussai la porte de la cellule avec un sourire sadique sur le visage. Amvrosi Ikanovitzch était toujours là, amaigri, faible, et gémissant de douleur d'une plaie encore saignante faite par les gardes.

Il n'avait qu'un morceau de pain et la moitié d'un verre d'eau une fois par jour, mais le médecin le guérissait après chaque torture et il était inlassablement tenu en vie. Une torture qui se répéterait jusqu'à ce que le patient ne meure naturellement.

Mais cette fois-ci, je devais remercier Nix pour m'avoir fourni mon atout majeur : Rebecka Ikanovitzch.

Amvrosi pâlit lourdement à ma vue. Il tenta de se préparer psychologiquement comme toutes les autres fois, mais nu et faible, enchaîné, blessé et émasculé, sa fierté était tombée depuis bien longtemps et toutes ses tentatives pour résister ne me faisaient que ricaner.

Et désormais, il ne pouvait même plus parler pour se sauver. Toutes les informations qu'il détenait étaient obsolètes.

J'attrapai un fin couteau de cuisine aiguisé à l'extrême et agitai l'arme en quelques battements souples qui créèrent une multitude de coupures nettes et semi-profondes sur le torse du prisonnier.

Ce n'était que le digestif.

Il serra les dents mais ne put retenir un gémissement de douleur alors que je poussais un soupir de satisfaction personnelle. Faire hurler et gémir un Ikanovitzch était un rêve qui se réalisait.

— Amvrosi, comment vas-tu aujourd'hui ? J'ai une petite surprise pour toi, mais je la garde pour la fin. Mes hommes se sont bien amusés avec. Oh, et d'ailleurs, je tenais à t'informer de la très regrettable mort de ta sœur, Sophie.

J'avais attendu assez longtemps pour le lui dire, et aujourd'hui était le moment parfait. On ferait d'une pierre deux coups. Depuis peu, Amvrosi se laissait faire et ne retenait plus ses cris, même s'il ne lâchait toujours rien. Il était faible, et la mort de de sa sœur, plus l'arrivée de l'autre devrait suffire à le faire craquer. Et sinon, je jouerai les cartes cachées dans sa manche.

Parce que s'il ne pouvait plus me renseigner sur la localisation de son frère et son père, toutes les autres informations de défense devaient être encore valides.

Les russes n'avaient pas assez de temps pour recréer des plans et des stratégies entières, pour le kidnapping d'un seul de leur membre, qui, selon leur croyance, ne craquerait jamais. *Me sous-estimer était une très mauvaise idée en général.*

Le petit Amvrosi poussa un cri de détresse en tentant de se ruer contre ses chaines. Il savait que je ne mentais pas ; je ne m'abaissais jamais à ce genre de choses, je n'en avais pas besoin. Je pouvais presque sentir sa douleur se former de là où j'étais et fis la moue.

— Ouch, j'ai touché là où ça fait mal. Bon, qu'est-ce que tu veux faire aujourd'hui ? Je te laisse le choix. Tu perds une jambe, ou tes oreilles.

C'était mon nouveau jeu. Le laisser choisir.

— Sinon ce sera les deux...

— Jambe.

Sa voix sortit dans un gargouillis intense, alors qu'il commençait déjà à trembler de peur en me voyant me diriger vers la scie.

Je revins devant lui, lui fis un sourire réconfortant mais totalement hypocrite alors qu'un rictus cruel se dessinait sur mes lèvres. Je branchai ensuite l'appareil qui avait besoin d'un maximum de puissance pour pouvoir découper une jambe, et commençai à couper.

Amvrosi poussa un hurlement déchirant et de grosses larmes commencèrent à couler sur ses joues alors qu'il criait de plus belle. La douleur devait être horrible, après tout, il voyait sa chair partir en morceaux, son sang couler, et son os apparaître à travers tout ça, pas étonnant qu'il mugisse de terreur et de souffrance.

Je ne me lassai pas, mais dès que l'os fut entaillé, j'arrêtai et appelai un infirmier.

— Nettoie sa jambe et désinfecte. Mais ne referme pas la plaie. Je vais préparer ta surprise.

Amvrosi se tordit d'horreur en voyant l'aide-soignant arriver vers lui avec de l'alcool à quatre-vingt-dix degrés et un coton dans la main, et il dut surement prier un dieu à la con quand il comprit que j'avais l'intention de laisser ses nerfs, ses veines, son os , et ses chairs découpés à l'air libre jusqu'à ce que cela s'infecte et que sa jambe tombe d'elle-même sous ses yeux.

Quel joyeux travail ! Je sortis gaiement de cette cellule et me dirigeais vers celle voisine.

Rebecka Ikanovitzch était là, ligotée, bâillonnée, un bandeau sur les yeux et couverte de bleus et de blessures plus ou moins grave. Néanmoins, j'avais veillé à ne pas toucher d'organes vitaux et à la laisser intérieurement dans un état plutôt correct, cette fille étant une ressource précieuse contre la mafia Ikanovitzch. Je savais déjà qu'au niveau informations, elle ne m'était d'aucune utilité parce que les russes faisaient preuve d'un sexisme ridicule et ne jugeaient pas leurs filles dignes de connaître des informations confidentielles. Soit dit en passant, juger un individu à son sexe était une erreur fatale.

Nix est une fille, olalala, elle ne va pas me faire de mal ! Pathétique.

J'avais cependant remarqué au cours de sa torture qu'elle ne semblait pas des plus amicales envers sa propre famille, alors j'avais conclu un marché avec elle : elle ferait exactement ce que je lui dirais devant son frère, en échange de quoi elle serait une prisonnière de luxe, seulement enfermée dans un de mes Q.G. dans le confort et la santé.

Histoire de me mettre Nix dans la poche. Une fois que ce serait fait, elle mourrait.

Contre toute attente, Rebecka n'avait pas hésité à accepter et après un examen profond par mes comportementalistes, on n'était jamais trop prudents, ils jugeaient tous qu'elle était sincère dans ses dires, même si elle avait refusé de répondre à toutes les questions concernant Nix.

Pourtant j'avais insisté. J'aurai pu la torturer pour ça, mais entre une petite peste bonne à baiser et la fille de mon pire ennemi prête à retourner sa veste contre sa propre famille, le choix était vite fait. *Le petit cul de Nix attendrait.*

Je détachai Rebecka et la relevai en veillant à ce que le sang la recouvre entièrement et que ses blessures et bleues soient visibles. Je lui attachai ensuite les pieds, les mains, et le cou, reliant le tout ensemble avec une grosse chaine en fer, avant de la saisir par les cheveux et de la traîner jusqu'à la cellule de son frère. J'y entrai brusquement et donna un grand coup de pied à Amvrosi pour qu'il se réveille. Ce chien s'était évanoui sous le coup de la douleur.

Le prisonnier releva lourdement la tête et me vit troublement se tenir devant lui avec un rictus moqueur.

— Tu faisais un petit somme dis-moi ? Alors que je t'ai préparé un cadeau ? C'est pas gentil ça.

J'esquissai une moue triste parfaitement ironique avant de lui rigoler à la figure et de lui planter un couteau dans la plaie ouverte de sa jambe à demi tranchée en même temps qu'il poussait un hurlement de douleur.

Ah, quel magnifique son.

— Ça y est, la Belle au Bois Dormant s'est réveillée ? Fantastique.

Je m'emparai des chaînes de Rebecka et la jetai sur le sol en face d'Amvrosi qui leva un sourcil face au presque-cadavre qui était allongé devant lui.

Trop bonne actrice.

— Ah ? Tu ne l'as pas reconnue ? C'est compréhensible, j'ai fait du bon travail.

Je la saisie par les cheveux et plantai brutalement sa tête ensanglantée et gémissante devant celle d'Amvrosi. Celui-ci poussa un long cri de désespoir et de douleur qui me fit presque bander en reconnaissant sa sœur, et se mit à pleurer comme une chochotte. *Je devrais prendre une photo et l'encadrer dans ma chambre. Un fils russe en train de pleurer, je vais avoir un orgasme.*

Il commença à tirer sur ses liens métalliques le plus possible alors que les cordes serrées qui entravaient ses jambes et ses mains dans le seul but d'aggraver ses blessures firent saigner sa peau dans le frottement. Il se déchira la voix en me hurlant toute sa haine comme un forcené. *Youhou j'ai peur.*

Je le contemplai en rigolant. Son désespoir me faisait plaisir.

— Que c'est touchant. On a touché à ta petite sœur chérie ? Pauvre petit bichon.

Amvrosi me regarda avec des yeux tellement haineux qu'ils en étaient noirs et cracha au sol, ce qui lui valut un coup de poing américain dans le ventre, mais il n'en tint pas compte et continua sur sa lancée. *Dommage. Pour lui.*

— Quand je sortirai d'ici, car crois-moi je sortirai, c'est à ta pute que je m'en prendrai. Je la violerai, la tabasserai, et la détruirai tellement qu'elle voudra mourir.

Je me tournai vers les gardes qui étaient postés à l'entrée et leur demandai sérieusement.

— Vous croyez qu'il a oublié ?

Ils ne me répondirent pas, mais en même temps je ne voulais pas de réponse. Je reportai son attention sur son prisonnier en reportant la torture qu'il recevrait pour m'avoir menacé à plus tard.

— Tu comptes la violer ?

— Oh que oui, je défoncerai moi-même sa pauvre petite chatte.

Il avait vraiment oublié.

— Et avec quoi ?

Amvrosi rigola sarcastiquement.

— Avec ma grosse queue pardi !

Hilarant. Je m'empêchai de le tabasser dans la seconde, rien que pour pouvoir savourer son expression.

— Quelle queue ?

Amvrosi baissa la tête avec un sourire mesquin, et d'un seul coup, il se souvint qu'il n'en avait plus. Que je lui avais tout pris, sa famille, sa santé, jusqu'à sa dignité et sa virilité.

Désormais il ne s'appartenait plus.

Evidemment que non, désormais il n'était qu'un numéro de cellule, avec option carte blanche véto meurtre. Il n'était plus rien.

Il pâlit à vue d'œil d'un seul coup, et releva la tête alors que je ricanai, avant de me refroidir.

— Tu sais quoi Amvrosi ? Je vais te tabasser. Mais vu que je suis très en colère, j'ai besoin de tabasser plusieurs personnes tu comprends ? Donc, je vais d'abord fracasser le joli corps de ta petite sœur chérie. Peut-être même que j'inviterai un garde ou deux pour profiter, de, comment tu disais déjà ? Sa jolie petite chatte ?

Il hurla de rage et je ricanai de satisfaction en faisant signe aux gardes.

Je fis attacher Rebecka en croix, jambes et bras écartées et pris une demi-douzaine de bouteilles en verre en m'installant à six mètres de la jeune fille.

— Concours de bouteilles ! Amvrosi tu veux participer ? Il ne faut viser que la cible.

Je me tournai vers mon prisonnier avec un rire sadique avant de prendre une bouteille dans la main et de la soupeser correctement, comme si j'étais au baseball.

En soit, il s'agissait de la même chose, mais en plus

amusant.

Je la lançai avec l'air concentré et l'objet s'écrasa en mille morceaux dans le ventre de la chienne russe.

Que c'est dommage...

Elle hurla de souffrance et je soupirai de plaisir. Entre mes victimes exprimaient leur haine envers moi était un ravissement quotidien. Je m'emparai d'une seconde bouteille, et cette fois-ci, visai la jambe. Je répétai ensuite les mêmes gestes sur les quatre autres bouteilles, sous les hurlements à la fois de Rebecka et de son frère.

Pourquoi il hurlait ce chien d'abord ? Ce n'était pas lui qui se faisait torturer à ce que je sache ! Ah, qu'est-ce que j'aime la torture psychologique...

Dès que j'eus fini, je me tournai vers cette petite pute russe en esquissant un sourire sadique alors que Rebecka poussait un gémissement de douleur et s'écroulait au sol pendant qu'on la détachait. J'abattis une dernière bouteille sur son crâne et ordonnai à mes hommes de l'accompagner à l'infirmerie d'un signe de tête. Je m'armai ensuite du poing américain et m'employai à battre Amvrosi sur chaque partie de son corps jusqu'à ce qu'il s'évanouisse. Je le fis ensuite conduire dans la partie supérieure de mes caves, celles auxquelles tous les O, les membres de ma mafia, avaient accès dès qu'ils étaient dans la villa. Amvrosi leur servirait de terrain de jeux, et dans trois mois, il sera envoyé dans la plus profonde partie des caves, où il agoniserait face à sa folie. Et de coin-là, personne n'en est jamais ressorti. Vivant, ou mort.

Je sortis de la cellule le sourire aux lèvres, en regardant le corps nu et massacré d'Amvrosi s'éloigner, emporté par les gardes. *Putain j'adorai ça.* Je respirai un bon coup, grisé par cette sensation, quand je vis soudain un de mes hommes courir vers moi.

— Monsieur !

J'haussai un sourcil glacial. Pour m'interpeller ainsi en plein couloir, il avait intérêt à avoir une sacrée bonne raison.

— On a retrouvé Nix.

CHAPITRE 17

" Il arrive que la vengeance soit empoisonnée d'un désir enflammé"

Alexandra Kean

Nix 2 août 2018- Caroline du Nord

Je fis un signe de tête à Cass et elle remonta dans sa voiture en me lançant un regard inquiet, avant de démarrer et de disparaître au coin de la route.

Je m'allumai une cigarette en rajustant mon sac en bandoulière sur mon épaule et m'adossai au panneau Forckward, qui annonçait l'entrée de la ville. Je jetai un regard à ma montre usagée, impatiente, quand enfin, je vis quatre SUV noirs surgir dans ma direction encadrant une Mustang brune décapotable.

Ils avaient failli être en retard.

Les cinq voitures firent un grand dérapage en me voyant, mais Kurt n'eut pas le temps de sortir de sa voiture que j'ouvrai la portière côté passager et pénétrai à l'intérieur en rajustant mes lunettes de soleil. Je basculai mon sac sur la banquette arrière, passai ma ceinture et laissai ma main traîner à l'extérieur en prenant une grande bouffée de cigarette.

Kurt se mit à rire et secoua la tête en redémarrant

brusquement. Il ne m'avait pas hurlé dessus, ni frappée, ni tuée, nous étions en net progrès.

Nous restâmes cinq petites minutes dans le silence avant qu'il n'allume la radio où passait une vieille chanson. Je me mis à la fredonner sans même m'en apercevoir alors que les SUV s'en allaient. Je supposai que Kurt avait pris une prévention pour me forcer à le suivre, mais j'avais été plus rapide.

J'étais *toujours* plus rapide.

Il appuya d'un seul coup sur l'accélérateur sur la route de campagne déserte et je renversais ma tête en arrière sur le cuir en chantant la chanson dans ma tête. Au bout de quelques heures de route, il s'arrêta sur une aire d'autoroute déserte. Nous pénétrâmes dans le petit carrefour et il descendit le vendeur qui n'eut même pas le temps d'esquisser un geste avant de se retrouver à terre.

Il m'indiqua d'un geste du menton de prendre de quoi nous nourrir et nous nous servîmes sans payer avant de sortir nous adosser au béton pour manger. Et Dieu sait qu'après environ cinq heures de route, dans le silence en plus, je crevai la dalle.

Il se tourna vers moi en défaisant l'emballage de son sandwich.

— Pourquoi t'as voulu que je te retrouve ?

On pouvait au moins lui accorder la qualité d'être intelligent. Je haussai les épaules et plongeai ma main dans mon paquet de chips.

— Il y a des personnes qui me recherchent et il valait mieux que ce soit toi plutôt qu'elles.

Il laissa échapper un rire sarcastique alors que je croquai dans mon sandwich.

— Tu m'as pris pour ton garde du corps ?

— Tu ne sembles pas décider à me tuer et t'as horreur qu'on touche à tes affaires.

Il haussa un sourcil.

— Et qu'est-ce qui te fais croire que tu fais partie de mes « affaires » comme tu dis ?

— Pas grand-chose, *fils de chien.*

Il secoua la tête d'amusement avant de me piquer une

chips.

— Je suppose que tu ne me diras pas ce que tu as fait pendant ces trois semaines, ni ce qui s'est passé à l'hôtel ?

— En effet. Tu ne m'as toujours pas hurlé dessus ni frappé, remarquai-je.

Il esquissa un sourire en coin qui me donna des frissons dans toute ma colonne vertébrale. *Merde ! J'avais oublié à quel point il était sexy.*

— Disons que j'ai compris comment tu fonctionnes.

— Donc étant donné que tu ne vas pas me tabasser pour t'avoir échappé et assommé, on fait quoi maintenant ?

— On va au Mexique.

Il reposa l'emballage de son sandwich à côté de lui et en buvant une gorgée de bière.

Je m'étouffai presque avec mes chips.

— En voiture ?

Il prit une de mes chips en même temps que moi et je retins un frisson. *Il avait ensorcelé mes hormones.*

— On va en voiture jusqu'à Colombus en Géorgie, et on prend l'avion là-bas.

— Quatre heures de route donc ?

— Deux.

— Pardon ?

Il me regarda d'un œil moqueur en se relevant alors que je finissais de manger mes chips.

— Cent quatre-vingts kilomètres heures, sur toute la route, trois cents kilomètres à peu près, c'est rapide.

Je roulai des yeux et me levai à mon tour en époussetant mon jean quand il me claqua les fesses. Je me retournai et lui flanquai une gifle magistrale, furieuse. Il se redressa et me fit une clé de bras, me calant dos à lui contre son torse et bloquant mon bras gauche.

— Tu prends un peu trop confiance en toi là. Redescends d'un étage. Tu n'es pas autorisée à me frapper.

— Et toi, tu n'es pas autorisé à me toucher comme tu viens de le faire espèce d'enfoiré.

— J'ai un excellent souvenir où l'enfoiré qui est le mec le

plus puissant du monde, t'as donné le plus bel orgasme de ta vie.

— Qu'est-ce que tu sais des autres orgasmes que j'ai eus avant fils de chien ?

Je tentai de me défaire de sa prise, mais je n'étais pas réellement convaincante et il me tenait fermement. Un frisson me parcourut lorsqu'il éloigna mes cheveux de ma nuque et que ses lèvres frôlèrent ma peau.

— Tu as peut-être raison. Je ne t'ai pas encore punie.

C'est ça, élude ma question pour ne pas reconnaître que tu ne sais rien de moi.

Sa voix rauque provoqua une série de longs tremblements le long de ma colonne vertébrale et je serrai les dents alors que je sentais sa main se positionner sur ma hanche, dangereusement proche de la braguette de mon jean.

C'est normal que la seule chose que je veuille à ce moment précis, c'est qu'il l'ouvre ?

Un sourire mesquin vint se dessiner sur mes lèvres alors que je plaquais encore plus contre lui d'un mouvement de bassin.

— Mais je t'en prie Smith.

Sa main s'empara de mon cou et il me rapprocha de lui en chuchotant contre mon oreille. Ses doigts dans ma nuque laissèrent une traînée brûlée sur leur passage.

— Qu'on soit bien clairs ma belle, je ne vais pas te remettre dans mes caves mais ça n'a rien à voir avec de la pitié. Tu finiras par me dire tout ce que je veux savoir peu importe le temps que ça prendra. En attendant tu as plutôt intérêt à être de mon côté.

Son rire souffla sur ma nuque et ses dents agrippèrent ma peau, mordillant ma clavicule. Je laissai échapper un gémissement sous les étincelles de plaisir qui me traversaient.

— Du coup c'est quoi le deal, on baise et j'attend que tu te décides à me torturer quand tu n'en pourras plus d'attendre ?

Il rigola. Son pouce passa sur ma pomme d'Adam en me regardant droit dans les yeux. Mon souffle devint court.

— Non bébé. *Je* te baise, et tu attends que je veuille bien te faire jouir. Tu me diras toute la vérité un jour ou l'autre. Ne t'en fais pas pour ça. Maintenant ferme-la.

Sa langue dévora lentement mon cou et mon décolleté, se faisant insistante, marquant et suçant ma peau jusqu'à ce qu'elle devienne rouge à certains endroits. A d'autres, ce n'était presque plus qu'un effleurement qui envoyait des frissons dans chaque putain de partie de mon corps. Mes ongles s'agrippèrent à son bras, cherchant un endroit où se retenir. Mes jambes gigotaient sous son emprise. Il baisse mon tee-shirt et lécha le contour de mon téton comme une glace et j'agrippai ses cheveux. Putain, trois semaines sans ça. Ma main tremblait contre ses muscles, et je le caressai en retour, mais il m'empêcha d'enlever son tee-shirt avec un rictus.

— C'est ton plaisir bébé.

— Arrête de m'appeler bébé. Et pourquoi tu t'occuperai de mon plaisir alors que la dernière fois qu'on s'est vu tu m'avais mise dans tes caves ?

Il grogna.

— Tu es bien trop en capacité de réfléchir pour ce que je suis en train de te faire.

— Fils de chien.

Il me mordit le téton et j'haletais en fermant ma gueule. *Après tout, c'est son égo, pas le mien.* Son autre main s'empara de mon sein restant et le massa au rythme des coups de dent et de langue qu'il donnait à l'autre. Je me tortillai sous lui en enfonçant mes ongles dans ses biceps.

Il se recula de moi en suçant son majeur et le passa sur la couture de mon jean en me regardant. Je le suppliai du regard mais il sembla préférer se jouer de moi.

— Dis-moi ce que tu veux.

Je le fusillai du regard. Il me lâcha complètement me laissant pantelante.

— Putain Kurt.

— C'est ça que je veux entendre. Mon prénom entre tes lèvres.

Il passa son pouce sur ma lèvre inférieure et je le léchai en le regardant.

— Tu es sûr ?

Pour toute réponse, il prit son temps pour faire descendre ma fermeture éclair et je gémis d'attente. Son doigt sur mon clitoris me donna l'impression que ma vie était complète, mais quand il commença à l'encercler, je perdis mon souffle.

— Tu es si mouillée…

Il passa son doigt sur les contours de mes lèvres et titilla l'entrée de mon intimité, en maintenant son pouce sur mon clitoris. Mon jean commençait à me gêner mais j'en avais rien à foutre. La tête basculée en arrière, sa langue continuait de parcourir mes seins et le creux de mon oreille. Son doigt me nargua encore et je le griffai en le regardant dans les yeux.

— Kurt je te jure que si…

Deux de ses doigts me pénètrèrent brusquement.

— Que quoi bébé ?

Incapable de prononcer un autre mot, incapable de respirer, ses doigts en moi contrôlèrent chaque réaction de mon corps. Je me cambrai sur lui en tentant de garder le regard sur lui, qui me contemplait à sa merci avec un plaisir non dissimulé.

— Je t'ai dit de ne pas…

Il fit crocheter ses doigts à l'intérieur de moi en tenant ma tête par le bas de ma nuque et un cri de plaisir s'échappa de ma gorge.

— Oh Kurt…

Une bosse appuya contre ma hanche et il mordilla mon téton en insistant sur mon clitoris et en accélérant la cadence. La boule de plaisir dans mes veines et ma peau grandit et grossit et j'allais me laisser aller quand il retira sa main avec un rire satisfait.

Il retira ses doigts et les lécha un à un en me regardant.

— Je t'avais dit que je te punirai.

J'haussai un sourcil, lui montrai mon majeur, le léchai en le regardant droit dans les yeux, et me fit jouir.

Je retombai sur lui dans un océan de bien-être et dans un dernier gémissement. Son regard noir ne m'avait pas quittée et je laissais échapper un petit rire.

— C'est ça que t'appelles une punition ?

Je chuchotai presque.

— Bébé, ça, c'était un avertissement. Quoi qu'il arrive, tu es à ma merci. Complètement offerte.

— Et même à ta merci je fais quand même tout ce que je veux. C'est aussi quelque chose dont tu te devrais te souvenir.

Il rigola et passa sa main sous mes jambes pour me soulever et me porter jusqu'à sa voiture alors que j'étais doucement en train de m'endormir. *Il devait m'avoir droguée. Dans tous les sens du terme. C'était la seule explication.*

Il me posa sur le siège et je sentis mes paupières se fermer.

Kurt

Je regardai ses yeux se clore en rigolant avant de conduire la voiture jusqu'à la pompe à essence et de remplir mon réservoir. Je tirai ensuite deux balles sur l'ouverture de la réserve, me laissant ainsi l'accès aux bidons d'essence en vente. Je les ouvris un à un et les déversai sur chaque fil électrique présents dans la station. J'en rajoutai sur tout le contour du bâtiment, sur les pompes et les voitures. Pour finir, je m'emparai d'un bidon d'acide chlorhydrique et en versai sur le centre électrique de la station-service.

Je courus à la voiture et démarrai, au moment même où la station explosait.

Le pied sur l'accélérateur, je m'allumai une cigarette et jetai un regard à Nix. Même quand elle dormait, cette fille semblait toujours autant torturée par son passé. *Pas une once d'ange dans le démon.*

Je repensai à comment elle m'avait montré son majeur avant de s'en servir pour se baiser sans une once d'hésitation et je dus réajuster mon jean. *Elle me donnait envie de lui faire de ces choses.*

C'était une incroyable bombe à retardement, et j'étais persuadé que même elle ne s'en rendait pas compte. L'information qui nous avait permis de la retrouver était une erreur de débutant, et vu le comportement de Nix, c'était volontaire. Elle s'était tout simplement présentée à un membre du gang de la ville où elle s'était réfugiée comme étant Nix Johnson, et comme j'avais lancé un avis de recherche sur sa tête, l'info avait été remontée.

Des centaines de questions bouillonnaient dans ma tête. Pourquoi avait-elle tué Sophie Ikanovitzch ? Pourquoi avait-elle sauvé Rebecka Ikanovitzch ? Pourquoi avait-elle décidé de réapparaître au bout de trois semaines, en prenant le risque de se faire tuer et torturer ? Qui la recherchait ?

J'avais longuement réfléchi. La première pensée qui m'avait traversé l'esprit c'était que Nix était Ashley Ikanovitzch. Mais Ashley avait disparu depuis deux ans et demi. Selon ce qu'elle m'avait laissé entendre et les recherches de mes hommes, ça faisait quatre ans que *l'ombre* aka Nix habitait mon quartier. Quatre ans qu'elle avait la même routine d'alcool et d'auto-destruction. Ashley était plus petite, à peine 1m65 alors que Nix faisait bien un mètre soixante-dix, voire soixante-quinze mais je n'étais pas un mesureur professionnel. Ashley avait les yeux verts et un carré court. Nix avait les yeux bleus et des cheveux qui lui descendaient jusqu'au bas du dos. Et pourquoi la fille à papa de la famille, réputée pour être une vraie peste capricieuse tuerait sa propre sœur en baisant avec leur pire ennemi ? Comment une fille aussi protégée et adorée qu'Ashley Ikanovitzch aurait pu se retrouver alcoolique et accro à la nicotine dans le Bronx ?

Rien ne collait.

Et en dehors du fait que cela signifiait que la fille de mon pire ennemi se baladait toujours tranquillement dans la nature, le mystère Nix Johnson restait entier.

Cette fille, en plus d'être bandante, affreusement sexy, presque aussi cruelle que moi, froide et déterminée, était en train d'attiser ma curiosité comme une nouvelle arme nucléaire.

Et je me doutais que l'effet Nix n'était pas moins dévastateur.

CHAPITRE 18

" Pour vous souvenir de qui vous êtes, vous devez d'abord oublier qui on vous a forcé à être. "

Anonyme

Nix janvier 2014 - Paris

— Ella !

A bout de souffle je me retournai en riant.

— Essaye de m'attraper Thomas !

Il souffla tout en souriant avant d'accélérer de plus belle, mais ses efforts étaient vains, j'avais pris trop d'avance. Il me rattrapa à la ligne d'arrivée, trente secondes après moi, et je me laissai enlacer par son corps trempé de sueur en rigolant. Il me regarda, les pupilles remplies d'amour avant de déposer un chaste baiser sur mes lèvres.

— Tu as les plus beaux yeux que j'ai jamais vus.

Je me mordis la lèvre et levai les yeux au ciel en triturant mon collier. Le regard de Thomas s'assombrit.

— Tu ne veux pas arrêter de le mettre ?

Je roulai des yeux. Il était persuadé qu'il m'avait été offert par un ex petit-ami.

— Thomas... Tu n'as aucune raison d'être jaloux d'un stupide collier je te l'ai déjà dit.

— Mais en attendant, tu ne veux pas dire qui te l'a offert, ou ce qu'il signifie.

Pour toute réponse, je souris en embrassant le creux de son cou. Il plissa les yeux, suspicieux, mais n'ajouta rien sur le sujet. Il m'attrapa par la taille pour me serrer contre lui avant de déposer un bisou sur ma joue et de se rendre aux douches. Foutaises. Foutaises et mensonges.

Mais peu importait. Je l'aimais profondément. Peut-être pas d'amour amoureux, mais ce qui battait dans mon cœur était sincère. Je n'aurais jamais cru cela possible après ma chute vers les enfers.

Je le regardai partir le sourire aux lèvres et décrochai mon téléphone quand il fut hors de portée.

— Salut Rebecca.

— AH ! Enfin j'arrive à t'avoir ! Mon père arrête pas de gueuler à travers toute la maison.

Je grimaçai en mettant le haut-parleur et commençai à me changer.

— T'as fait quoi ?

— Pas moi, Ian. Il n'a pas arrêté sa polémique sur...

— Ouais, je vois. Vivement qu'il devienne mature lui !

Elle rigola avant de se faire interpeller.

— Merde désolée je dois y aller avant de me faire engueuler. Il a raté une carrière de Ténor je te jure.

— Chef de la mafia c'est déjà pas mal nan ?

Je ris à travers le combiné.

— Ouais, mais la nouvelle mafia du fils Bayker nous dépasse largement en trafic d'armes et de drogue et il est tout le temps sur les nerfs. Allez à plus ma belle !

— A toute !

Je raccrochai et sortis des vestiaires, amusée. Arkadi Ikanovitzch ne comprendrait jamais. Il se croyait invincible. Hors de portée. Il croyait que l'ancienneté de sa famille le rendait surpuissant. Je ne lui donnai pas trois ans pour que sa mafia tombe en ruine. Et quelle mafia...

Thomas m'attrapa par la taille en me chatouillant, me provoquant des éclats de rire incontrôlables. Des inconnus qui passaient là se retournèrent sur notre passage mais je n'y prêtai pas attention en me dirigeant vers le parking en courant, à sa suite.

— Attends-moi !

Il se retourna et continua de rigoler alors que je râlais.

— Thomas !

Son nom résonna dans le vide et je m'arrêtai avant de m'apercevoir que le parking avait changé. Ce n'était plus exactement le même. Ils étaient tous là. Les cadavres... Leur sang. Ces yeux noirs. Ces yeux vides. Ces yeux verts. Papa. Maman.

Je frissonnai en reculant et tout se mit à tourner. Thomas réapparut devant moi, l'orage gronda au-dessus de nous. Sa voix retentit, résonnant dans mes tympans à m'en faire mal. Une voix de monstre. Exactement ce qu'il était.

— Elle a dit la vérité.

L'écho de ses paroles me fit hurler de douleur, silencieusement et figée dans la nuit. Mes genoux semblaient s'enfoncer dans le goudron, me forçant encore et encore à constater que je ne pouvais pas fuir. Que j'étais condamnée.

— Non, non, non, non, tais-toi, tais-toi je t'en supplie, je ne veux pas, je ne veux pas... Je ne voulais pas entendre, non, il ne fallait pas que j'entende... JE NE VOULAIS PAS LE SAVOIR.

Je me mis à vociférer pour essayer de cacher ses paroles.

— TAIS TOI !

— C'était facile...

Mes larmes coulèrent de plus belle alors que je hurlais de tout mon soûl pour ne plus l'entendre me réduire en cendres.

Mes cordes vocales me brûlaient, ma respiration était saccadée mais je l'entendais toujours. Sa voix perçait chacun de mes nerfs, s'enfonçait dans ma chair et sortait mes tripes de mon ventre pour me les faire avaler. Mais faites-le taire... Je vous en supplie, faîtes que toute ça s'arrête.

Et soudainement ce n'était plus Thomas qui me regardait mais des yeux verts qui semblaient m'arracher mon âme. Sa voix plus grave, plus rocailleuse, retentit dans le vide qui m'entourait, et je pouvais encore sentir ses mains sur ma peau. Les larmes sur mes joues, la nausée dans mes tripes et la bile que je voulais vomir.

— Tu as toujours été spéciale. Toute à moi...

— CE N'EST PAS VRAI ! TAIS-TOI !

Les yeux verts disparurent dans un rire, et le noir autour de moi forma des ombres. Aussitôt, je courus, aussi vite que je pus, mais mes pieds marchaient au ralenti dans un océan de boue. Je ne pouvais pas fermer les yeux, je ne pouvais pas y échapper. Je grattai mes avant-bras frénétiquement mais partout où je regardai je me voyais.

Pas ça, je vous en prie. Ce cachot... cette odeur....

Je sentis le froid de la pierre sous mes pieds et constatai que mes vêtements étaient en lambeau. Ma chair en morceau.

Je vis mon corps recroquevillé dans un coin. Le désespoir m'envahit. Mes larmes coulèrent.

Lui. Moi. Le sang. Eux. Mes souvenirs. Mes cauchemars.

Et ces putains de rêves qui s'envolaient comme des nuages au rythme du vent, comme si je n'étais qu'une poupée de lin dans un ouragan.

Tout défilait plus vite que mes yeux ne pouvaient en voir, mais je voyais tout et je me mis à hurler de toute ma voix en tombant à genoux, mes mains sur mes oreilles et de grosses larmes coulant à flots le long de mes joues.

Je ne voulais plus entendre. Je ne voulais plus voir.

Je ne voulais plus sentir. Je ne voulais plus rien.

Mais je ne voulais pas mourir.

Je me sentis tomber dans un vide infini, toujours hantée par l'écho des monstres sous mon lit.

Et je me réveillai.

Kurt

Je contemplai mon pays défiler sous mes yeux avec un sourire de satisfaction. La plateforme de criminalité par excellence, le pays qui sentait la drogue et les armes, le pays où j'étais né.

Bienvenue au Mexique.

Mon regard dévia quelques instants sur Nix. Je l'avais droguée lorsqu'elle s'était réveillée, pour la replonger dans un sommeil sans rêve et reposant. J'avais bien cru qu'elle faisait une crise d'épilepsie au début. Elle s'était réveillée les yeux blancs, les joues pleines de larmes, incapable de respirer et les yeux rouges. Ce que j'avais vu sur son visage m'avait froid dans le dos. Ses larmes n'avaient rien de factice, symptômes d'un désespoir qui aurait déjà tué n'importe qui d'autre. Je n'étais plus très sûr de vouloir savoir après ça. Ses hurlements, ses tremblements et ses larmes avaient remué tout l'équipage de l'avion. On l'aurait juré possédée. Ses cris avaient déchiré ma peau à m'en laisser des frissons. Qui était-elle ? Qu'avait-elle vécu ? Mais plus important encore. Qu'est-ce qui la maintenait en vie ? Pourquoi elle ne s'était pas suicidée ?

L'idée de la tuer m'avait traversé l'esprit en l'entendant.

Peu importe.

J'étais enfin de retour chez moi.

Un coup d'œil sur ma montre m'indiqua qu'il ne restait que deux heures de trajet, jusqu'à l'intérieur des terres. En franchissant la frontière, mon chauffeur avait pris le relai au volant, et je nous avais transportés dans un SUV.

Je finissais de lire les rapports du Deuxième Cercle sur des problèmes à l'international quand Nix ouvrit les yeux. Elle me parcourut du regard, la rage aux yeux avant de se calmer. Je m'emparai d'une bouteille de bière et la lui passai avec un paquet de cigarettes et un briquet sans prononcer le moindre mot.

Elle souffla et avala une grosse gorgée du liquide alcoolisé avant de s'allumer une clope et de regarder par la fenêtre.

— On est arrivé ?

— Dans deux heures.

Le silence qui régnait était léger, comme nécessaire, et je pouvais presque entendre les chuchotements de son âme torturée s'infiltrer sous ma peau.

Elle hocha la tête et laissa son regard dériver au dehors. Je pus m'apercevoir qu'elle était encore dans son cauchemar, ce qui n'était pas forcément une bonne idée. Ici, nous n'étions que tous les deux, mais le Mexique était entièrement sous mon contrôle et si quelqu'un voyait son état de faiblesse, il pourrait facilement tenter d'en tirer profit.

Enfin les plus fous d'entre eux.

Nous tournâmes au coin d'une rue et la voiture eut une légère secousse alors que je fronçais les sourcils devant l'idiotie du rapport sous mes yeux. Je ne perdis pas de temps à poursuivre ma lecture et envoyai directement un message à mon tueur à gages personnel, pour lui ordonner de supprimer le petit avorton qui n'avait pas su aligner trois phrases pour m'expliquer comment un simple cambriolage de bijouterie avait pu tourner en suicide partie. C'était pourtant son boulot, alors s'il ne savait pas le faire, il n'avait rien à faire dans ma Mafia.

— Tu ne m'as pas tuée.

Je tournai la tête vers Nix.

— Non.

— Je pensais que tu l'aurais fait.

Je l'examinai. Elle semblait perdue, et fatiguée. Sa voix était calme. Comme si son masque était un peu tombé.

— Tu respires non ?

Le silence tomba. Mais elle ne lâcha pas.

— Pourquoi je suis toujours en vie Kurt ?

Je regardai dehors.

— Je veux savoir ce que tu caches Nix. Mon petit doigt me dit que c'est important. Bien plus important que tu ne veux le faire croire.

Elle rit sans me regarder.

— Qu'y aurait-il d'important à des souvenirs qui donnent des cauchemars à une fille que tu connais depuis un mois ?

Je ne la quittai pas des yeux. Elle resta silencieuse.

— Toi et moi savons pertinemment que si je te torture pour connaître la vérité, même réduite à néant, même si je te fais pire que ce que tu n'as jamais vécu, tu ne me dirais rien. Je pourrai te menacer, t'enfermer, te séquestrer, te retirer chacun de tes membres, et te faire souffrir plus que jamais sur cette planète, mais tu ne me dirais rien.

— Oui.

— Alors je ne t'ai pas mis dans mes caves. Je ne t'ai pas tuée. Tu finiras par me dire la vérité.

— Pourquoi en es-tu si sûr ?

— Je le sais, c'est tout.

— Tu espères que j'ai peur de toi ?

Je ne dis rien. Je m'en foutais du comment. Elle me dirait tout. Un jour ou l'autre, je saurai qui est Nix Johnson et ce qu'elle cache.

— Il n'y a qu'un seul homme dont j'ai peur sur cette planète Kurt.

Un rictus étira mes lèvres.

— Si c'est ce qu'il faut, je le trouverai.

Elle sourit presque. Elle n'ajouta rien. Moi non plus. Le silence s'installa pendant le reste du trajet, seulement rythmé par ses cris, quand elle se rendormit.

Nous étions pratiquement arrivés quand je tournai à nouveau ma tête vers elle. Ses cernes contrastaient avec ses heures de sommeil. Comme si à chaque fois qu'elle dormait, c'était ses démons qui l'avaient piégée, et forcée à garder les yeux fermés. Le sommeil l'épuisait.

— Tu devrais refaire ton maquillage. Tu ressembles à un croc mort, mort.

Elle fronça les sourcils en me fusillant du regard, sans répondre. Elle considéra son reflet avant de soupirer et de hausser un sourcil. Elle sortit un tube métallique de la poche intérieure de sa veste, s'appliqua du rouge à lèvres noir en se regardant dans le rétroviseur et tira sur sa clope, les yeux fermés.

Je recroisai son regard, qui était redevenu aussi dur et glacial que je l'avais toujours connu, et un rictus s'étira sur mes lèvres. Elle avait chassé ses cauchemars le temps de se remettre du rouge à lèvres.

Un bloc de pierre en ruines. Cette fille était une putain de forteresse.

La voiture se gara devant ma villa sous les yeux scrutateurs de la rousse et j'en sortis, entouré immédiatement d'une dizaine de gardes armés jusqu'aux dents. Je ne pus retenir un sentiment d'intense satisfaction voyant le respect et l'honneur briller dans leurs yeux.

Et j'étais incapable de déterminer lequel me faisait le plus vibrer.

Nix me suivit en faisant claquer ses talons sur le sol alors que j'écrivais des ordres à Jason pour qu'il gère New York en mon absence. Dans onze mois, le Mexique serait le premier à tomber, même si nous le contrôlions déjà, on virerait les forces de police de mes terres. Je ne faisais pas dans la diplomatie, et ces autruches en uniforme complètement pourries et pas loyales pour un sou me tapaient sur les nerfs.

Et j'adorai les massacres.

Je fis un signe de tête à mes hommes pour leur indiquer de conduire Nix à sa chambre avant de me diriger vers celle de Rachel. Je toquai doucement en ouvrant la porte, sans attendre sa réponse. Elle ne m'avait même pas entendu et écoutait de la musique sur son lit.

Je lui enlevai doucement ses écouteurs en la serrant dans mes bras, et elle me sauta au cou.

— Tu devais revenir il y a deux jours. Il s'est passé quelque chose ?

Je ris.

— Plutôt quelqu'un.

Son visage s'éclaira de malice.

— T'as amené ton prisonnier avec toi ?

Je me levai en rigolant.

— C'est une fille Rach' et ce n'est pas ma prisonnière.

Elle plissa les yeux en m'observant.

— Une fille... Kurt Smith aurait-il des chances de se caser ?

Je levai les yeux au ciel avant de lui donner une tape sur la tête.

Me *caser*... Je ne savais pas ce qui me faisait le plus rire, l'expression datant des années soixante-dix, simplement le fait de m'imaginer en couple, ou encore, de m'imaginer en couple avec le fantôme squelettique possédé par un démon des Enfers ?

— Elle te ressemble. Vous vous entendriez bien.

— Genre, elle n'est pas complètement conne ou complètement innocente ?

Je grimaçai en entendant « genre ». Elle n'avait que dix-sept ans. Elle me regarda, sceptique, ce qui me fit rire alors que je me souvenais de la rencontre entre le jouet de Jason, Amanda et Rachel quelques semaines plus tôt.

— Va la voir, elle est dans la chambre du fond.

— Tu couches avec elle ?

Je rigolai.

— Evidemment.

Sinon elle ne serait pas en vie.

Elle leva les yeux au ciel et s'empressa de sortir la voir, moi sur ses pas. Certes, Rachel et Nix se ressemblaient sur beaucoup de points, mais il n'en restait que Nix était froide et cruelle avec tout le monde et elle n'hésiterait pas à se battre avec ma sœur à la moindre réplique désagréable.

Et même à la tuer.

Encore une autre raison qui faisait qu'elle était encore en vie.

Et sauf si elle me trahissait, elle le resterait.

Rachel

J'ouvris en grand la porte de la chambre de l'invitée de mon frère, et la fille, adossée au balcon avec une clope à la main, se retourna lentement.

Des talons aiguilles aussi haut que le cou des girafes, des yeux bleus saphir scintillants et une chevelure rousse qui lui arrivait au bas du dos.

Elle était entièrement habillée en noir et ses yeux me découpaient littéralement du regard, me considérant avec un mépris non dissimulé. Un tatouage dont je ne distinguai pas les contours ornait sa hanche. Le tout lui donnait l'air invincible.

Peut-être qu'elle l'était ?

Elle s'avança vers moi en faisant claquer ses talons sur le sol et s'arrêta à quelques mètres de moi en regardant au-dessus de mon épaule.

— Qu'est-ce que tu me veux encore fils de chien ?

Son ton avait claqué, dur et sec, froid comme la glace et coupant comme le verre. Le même que mon frère. Je tournai mon regard vers lui, et fronçai les sourcils. Il avait un sourire en coin. Kurt Smith, on parlait de mon frère là, qui tuait à la moindre contrariété et torturait pour s'amuser, avait fait un *sourire en coin*, quand cette fille l'avait insulté. En temps habituel elle serait morte dans d'atroces souffrances rien que pour le regard méprisant qu'elle lui avait adressé.

Je ne laissai pas le temps à mon frère de répondre et m'avançai vers elle sans un sourire.

— Je suis Rachel, la sœur de Kurt.

Elle plongea son regard dans le mien et je le soutins en lui envoyant autant de froideur et de cruauté qu'elle ne le faisait. Au bout d'un moment, elle s'en détacha enfin et répondit simplement.

— Nix.

Kurt se décolla de la porte derrière moi et je me retournai vers lui.

— Le dîner est à vingt et une heure, si l'une de vous a des envies de torture, il y a des prisonniers dans les caves.

L'un de ses hommes l'appela et il s'en alla. Je me tournai vers la rousse, excitée, alors qu'elle grognait quelque chose comme « tu peux te le foutre dans le cul ton dîner je suis pas ta chienne » à Kurt.

— Ça te dit ?

— Quoi ?

— Une petite séance de torture.

Elle eut un sourire en coin en prenant une bouffée de nicotine et se dirigea vers la seule chose qui lui appartenait dans la pièce, sa besace. *Parfaite. Elle était parfaite pour mon frère.*

Elle en extirpa un outil étrange, muni d'une sorte de lame,

pareille à celle d'un rasoir. Je plissai les yeux et elle m'expliqua.

— C'est un éplucheur. De chair.

Je fronçai les sourcils, sans comprendre et elle appuya sur un bouton ce qui mit l'appareil en marche.

— Sa lame est la plus fine et la plus aiguisée que tu ne verras jamais. On ne t'a jamais appris en SVT que la peau était constituée de plusieurs couches ?

Ma bouche s'entrouvrit légèrement alors que je comprenais. Cette machine épluchait littéralement couche après couche de la peau jusqu'à l'os.

Stupéfiant.

Cette fille allait devenir ma meilleure amie.

CHAPITRE 19

" Les souvenirs les plus sombres sont souvent impossibles à oublier"

Alexandra Kean

Taylor Kryan mai 2000

— Noémi ! Rends-moi mon camion !

— Nanananannerreee !

Elle me tira la langue et je croisai les bras, avant de me mettre à pleurer et maman accourut aussitôt.

— Qu'est-ce qu'il y a mon chou ?

— Noémi m'a volé mon camion ! Elle est méchante avec moi et elle a tapé Adam !

Noémi se mit elle aussi à pleurer.

— C'est pas vrai ! T'es un menteur !

Je vis maman soupirer alors que papa arrivait. Je lui sautais dessus.

— Papaaaaaaaaaaaaaa, Noémi elle m'a volé mon camion!

Maman se leva et fit un bisou sur la bouche à papa.

— Beeeeeurk !

— Pourquoi je n'ai pas avorté déjà ?

— Tu m'aimais trop.

— Maman, ça veut dire quoi aborder ?

Maman se pencha vers moi et me porta, suivi par papa qui fit la même chose avec ma crétine de sœur, sans répondre à ma question.

Ils nous emmenèrent à notre chambre quand des bruits se firent entendre. Adam débarqua. Il était bizarre.

— Maman ! Y a des méchants messieurs en bas ! Ils sont tout en noir !

Noémi poussa un cri et se laissa tomber au pied de papa pendant que maman me déposa au sol. Ils se regardèrent et maman nous regarda.

— Vous allez aller dans la cave, vous vous cachez et vous ne faites pas de bruit. Les garçons, protégez votre sœur d'accord ?

— Oui maman promis.

On allait descendre mais Noémi commença à sangloter.

— C'est qui ? J'ai peur maman me laisse pas !

Elle se baissa et lui dit.

— Ne t'inquiète pas ma puce. On va jouer à cache-cache. Tu vas te cacher dans la cave, et les messieurs ne doivent pas te trouver. D'accord ?

Elle hocha la tête et maman essuya ses larmes.

— Tout va bien. Ne pleure pas. Je reviens vite.

Elle la serra dans ses bras et lui chuchota quelque chose à l'oreille en lui donnant un truc dans la main.

Noémi releva la tête et la hocha.

— Promis maman.

— Je t'aime princesse. N'ai pas peur. Il ne faut jamais avoir peur.

Elle sourit et nous passa devant.

— On y va matelots ! Les monsieur noirs doivent pas savoir où on est !

Nix - 4 août 2018 – Mexique

— Fille ou garçon ?

— Fille, il y a plus de point sensible.

Je fis la moue.

— Mais ça pleure plus vite.

— Pas celles qui sont ici ne t'inquiète surtout pas pour ça.

Dubitative, je pénétrai dans les couloirs de la cave. Tout était plutôt bien éclairé, mais elle restait assez sombre et humide. Ce n'était pas à proprement parler une cave, mais plutôt un dédale de souterrains et de cellules. Les couloirs étaient bordés de portes en acier insonorisées et renforcées, tellement lourdes qu'il fallait l'aide de deux hommes pour parvenir à les ouvrir.

Deux gardes armés jusqu'aux dents étaient postés à chaque porte, et je savais qu'à l'intérieur, il y en avait un à chaque coin de la cellule.

Au moins le taux de chômage était nul ici.

Sur les portes étaient inscrites différentes informations à la craie concernant le prisonnier : âge, sexe, délit, et condamnation. Il était également indiqué si le prisonnier pouvait être tué ou devait être laissé en vie. Comme si le fait de se divertir en torturant était déjà prévu. Cela dit, cela ne m'étonnait pas plus que ça. La torture était quelque chose de très amusant et reposant, et très répandu dans les alentours.

Rachel s'arrêta devant une cellule après une quinzaine minutes de marches.

— Elle. C'est un ancien plan cul de mon frère, sauf qu'elle est tombée amoureuse et qu'elle a voulu tuer une de ses putes donc, la voici.

Et bien au moins c'était une gentille façon de me dire de ne pas avoir de sentiments pour son frère. Comme si ça risquait d'arriver...

— Sensible ?

— Toute la garde lui est passée dessus, et elle doit être exécutée dans un mois.

Je fis la moue.

— Vous considérez le viol comme une bonne méthode de torture ?

Elle haussa les épaules.

— Dans ces pièces il y a des gens enfermés depuis des

années, comme des gens enfermés depuis deux heures. Certains ont manqué de respect à un haut placé, d'autres ont tenté des assassinats, ont comploté, ont trahi Kurt. La mort est une solution rarement employée quand on capture quelqu'un, qu'il ait des informations ou non. C'est trop facile. Et ça dissuade bien plus ceux qui oseraient s'attaquer à nous.

— J'avais cru entendre ça.

Elle rit, puis reprit.

— Le viol n'est pas recommandé, ni indiqué. Personnellement, je n'aime pas ça. Ça me dérange. Mais certains criminels de l'organisation sont des psychopathes choisis pour leur cruauté. Alors oui, certaines et certains sont violées. Mais ici, dans les caves, le viol n'est qu'une torture parmi d'autre. Les caves, c'est le réservoir de l'enfer, le passe-temps des démons. Ces caves ne referment pas une once d'humanité, de pitié, de compassion. C'est juste de la souffrance. De la souffrance, encore et encore. Quelle que soit l'heure. Mais pour répondre à ta question, non, le viol n'est pas une bonne méthode. La victime a tendance à se refermer sur elle-même, où à se résigner. Et à part si tu éprouves du plaisir à te branler sur un corps en pleurs, franchement, un petit coup d'aiguille sous l'ongle est six fois plus efficace. En particulier pour obtenir des informations.

J'haussai les sourcils.

— Il y a des gens sains dans cette mafia ?

Elle rit.

— La plupart des mecs de la paperasse sont juste corrompus à l'argent. Les plus haut placés, les mecs du second cercle et du premier, sont en général les pires psychopathes. Les seuls qui sont vraiment sains d'esprit sont les gardes en général. Beaucoup d'anciens de l'armée, mais aussi d'enfants de généraux, d'enfants dont la famille a été sauvée… A partir du moment où tu as passé l'Initiation, on t'assigne un poste, et tu peux monter en grade.

— L'Initiation ?

Elle regarda dans le vide.

— Un camp d'entraînement de trois mois. Si tu en ressors

c’est que tu as les tripes et la loyauté qu’il faut pour mériter le symbole de la mafia piratando sur ta peau. Sinon tu n’en ressors pas.

J’hochai la tête en restant silencieuse. La hiérarchie et l’organisation de cette mafia était folle. Les gens qui la contrôlaient étaient fous à lier, les gens qui la protégeaient était dévoués.

Je ne sais pas où toute cette histoire avec le gouvernement va, mais en tout cas, une chose est sûre, je suis du bon côté.

— Bon, alors on fait celle-ci ?

— Non, on en fait une autre.

Rachel soupira.

— Mais j'adore jouer avec elle...

— Oui, mais elle, elle va chouiner en deux secondes.

Elle réfléchit avant de me guider vers une autre cellule, quelques dédales plus loin.

— Angéline, vingt-quatre ans. C'est son nom d'origine. Après avoir été recruté par le gouvernement, elle a changé d'identité.

— Elle est résistante ?

— Tu parles qu'elle l'est. Ça fait trois mois qu'on la garde.

— Alors c'est parti.

Les gardes nous ouvrirent la porte et le froid de la pièce me saisit, provoquant un frisson de plaisir dans mon dos. J'étais sadique, mais ça, ce n'était pas une découverte. Rachel entra en me suivant et le bruit de nos talons sur la pierre résonna dans l'espace réduit. La fille était là, enchaînée, comme Kurt en avait l'habitude avec chacun de ses prisonniers et ensanglantée.

— C'est qui le gars qui a déjà joué avec elle ?

— Moi, tous les soirs depuis que je suis là.

— Et tu l’as fait pas soigner ?

Elle fronça les sourcils sans répondre, alors je repris.

— Pour que la torture soit encore plus douloureuse. Tu blesses, tu guéris, tu blesses, tu guéris, jusqu'à épuisement, jusqu'à ce que tu deviennes à la fois le bourreau et le sauveur, que ton prisonnier s'attache à toi et te confie tous ses secrets pour avoir un peu de pain car il sait que tu es le seul maître de sa survie, le seul qui décide si tu vis, si tu meurs.

Elle me fixa sans rien dire.

— Tu parles comme quelqu'un qui a déjà été torturé.

Elle fit une pause alors que j'haussai les épaules sans rien ajouter.

— Comme mon frère.

Elle avait murmuré mais j'avais bien entendu. A vrai dire, malgré le fait que je ne voyais pas du tout Kurt à la place de cette fille, qu'il ait déjà été torturé dans son passé ne m'étonnait pas.

— Seuls ceux qui connaissent la souffrance peuvent la contrôler.

— Mon frère dit la même chose.

Je fis la moue avant de me tourner vers notre prisonnière, réveillée par un des gardes, laissant Rachel parler.

— Bonjour Angeline. Pas trop mal ?

— Va te faire enculer chez les grecs.

— Pas assez bien montés désolée ; aujourd'hui ce sera éplucheur.

Je l'interrompis d'une main.

— Tu vas trop vite en besogne là.

Je posai mon outil sur la table en fer dont étaient munies toutes les cellules et où étaient disposés tous les instruments nécessaires à l'art délicat de la torture, et me retournai vers la prisonnière.

— Tu sais quoi, je vais être sympa. Tu préfères que je t'arrache les ongles ou, que je t'arrache les tétons, grâce à une magnifique machine inventée au Moyen-Age ?

Elle releva fièrement la tête et planta son regard dans le mien. *Quel genre de fille avait encore de la fierté dans ces cas-là ?*

— Quel est le plus douloureux ?

— Tu veux qu'on teste ? Réponds à ma question, tu as dix secondes.

Elle déglutit avant de dire d'une voix basse.

— Les ongles.

— Je n'ai pas entendu. Répète avant que je te fasse si mal

que tu ne pourrais même pas bouger un doigt tant tu souffriras.

Elle me jeta un regard noir avant de cracher au sol. *Elle voulait jouer à ça ? Pas de problème, elle risquait pas de gagner.*

— Les ongles.

— Quoi ? Qu'est-ce qu'ils ont les ongles ?

Elle serra les dents, consciente de son impuissance.

— Je veux que tu m'arraches les ongles.

Je jetai un regard triomphant à Rachel qui arborait un air mi- impressionné mi- sadique.

— Avec joie ! Préparez la salle messieurs !

— Quoi ?

Elle fronça les sourcils mais resta parfaitement calme. Je me penchai à son niveau comme je l'aurais fait pour un enfant de cinq ans et lui dit avec l'air le plus condescendant de mon répertoire.

— On ne t'a jamais appris que cracher sur les gens c'était très mal ? Je vais te soumettre à la question Angeline. Mais toi, il n'y aura rien de ce que tu pourras dire qui fera cesser ta torture. Bienvenue en enfer.

Je regardai les gardes installer la fille sur l'appareil en buvant une gorgée de bière avec Rachel. La pièce était sombre, ancienne, mais grande et remplie d'instruments moyenâgeux. Rachel m'avait informée de son existence en descendant dans les caves. Et franchement c'était une merveilleuse idée. Je jouais avec la lame de mon couteau dans ma main. Ça faisait si longtemps que je n'avais pas torturé quelqu'un. Regarder leurs yeux regretter, leurs suppliques mourir dans leur sang. Le dernier c'était…

Je ris à ce souvenir et reportai mon attention sur la prisonnière, Angeli quelque chose. Une autre petite espionne du gouvernement qui s'était fait prendre. Comme si elle pensait vraiment avoir une chance de s'en sortir.

J'allai tellement détruire cette fille qu'elle ne pourrait jamais s'en remettre. Quand elle fut attachée, je lui passai la muselière de fer, sans qu'elle ne réagisse. Charmant instrument, c'était un bâillon qui possédait des piques de fer qui rentrait dans la bouche. Celles-ci étaient très affûtées, et si la langue bougeait d'un millimètre, elle s'en trouverait fortement entaillée. Voire complètement lacérée et inutile à vie. *Amusant, n'est-ce pas ?*

Et ça, j'étais sûre que cette petite espionne de merde n'y avait jamais été formée. *On sous-estimait beaucoup trop les tortures du moyen-âge. Le simulacre de noyade c'était has been.*

Je lui passai ensuite un instrument qui était un mélange de la fourchette de l'hérétique et du collier de piques, rendant impossible à la victime tout mouvement de la tête au risque que les piques s'enfoncent dans le cou, le dos, ou la clavicule. Cela obligeait également la prisonnière à rester consciente, car si elle s'évanouissait, un réflexe du corps humain la forcerait à basculer la tête vers l'avant ou l'arrière. Et pouf, c'était la mort ! *Quel dommage…*

— Angeline ? Supplice du rat ou arracheur de tétons ? Je te laisse encore le choix tu as vu ! Je sais, je sais, t'avais choisi les ongles, mais ce serait trop facile, il t'en reste plus que quatre !

Il fallait quand même souligner mon extrême gentillesse avec elle. Elle écarquilla les yeux alors que je rigolai. Elle ne pouvait pas parler.

— Parfait ! Messieurs, les rats et le seau s'il vous plait !

Ils m'apportèrent mon matériel et je laissai Rachel installer le seau avec les rats sur la fille.

— On va le faire trois fois pendant cinq secondes et ensuite on passera à autre chose.

Elle écarquilla les yeux, ne pouvant faire autrement vu sa position précaire alors que Rachel allumait la torche et que je l'approchais du seau.

Du sang commença à surgir tout autour et des bruits de succions se firent entendre, accompagnés de petits grattements. La souffrance ne se lut dans les yeux de ma victime qu'à la troisième et toute dernière fois. Je lui retirai le seau plein de sang et mis un torchon pour penser sa plaie. Un médecin pénétra dans la salle et la soigna plus efficacement, sans toutefois refermer la plaie, mais seulement en faisant en sorte qu'elle ne perde pas trop de sang.

Je pris ensuite mon éplucheur et le tendis à Rachel.

— A toi l'honneur.

Elle sourit de toutes ses dents et commença à découper lentement et exquisément douloureusement la peau de la prisonnière qui suppliait silencieusement, et dont les larmes commençaient à couler sur ses joues.

Son sang se mit à couler de plus en plus vite et je voyais qu'elle luttait pour ne pas hurler, ne pas s'évanouir. Tout son corps tremblait et de l'eau salée coulait sans relâche sur ses joues.

Je lui enlevai le collier, la fourchette et le bâillon et me remis à lui taillader violemment l'abdomen sur ses hurlements de douleur. S'en suivit une longue série de torture; je lui avais arraché les ongles, coupé les tétons comme je l'avais promis, coupé deux doigts et l'avais marquée au fer chauffé à blanc de l'insigne de la mafia Piratando sur la poitrine.

Trois heures plus tard, pleine de sang et un grand sourire aux lèvres, je détachai Angeline et la regardai s'effondrer au sol, crachant du sang et tremblante, couverte d'hémoglobine. Avec un sourire satisfait je regardai Rachel qui essuyait la lame de son couteau avec fascination quand soudain un frisson me parcourut.

Réveille-toi Nix. Tu n'es plus cette fille.

Je clignai durement des yeux et regardai le corps au sol. Je déglutis. Je n'aurais pas dû faire ça. Pas maintenant. Surtout pas maintenant. *Mais putain c'était bon...*

Mes souvenirs se précipitèrent dans mon esprit mais je les chassai rapidement en détournant le regard. La torture me rappelait une autre vie. Une autre moi. *Deux choses que j'avais fuies.*

Je soufflai et deux gardes pénétrèrent dans la pièce et chargèrent notre chère prisonnière sur leur épaule. Nous les suivîmes jusqu'à la cellule et entrâmes à l'intérieur en refermant derrière nous. J'étais épuisée par cette journée et j'avais franchement super faim.

Je bus une gorgée de la bière que me tendit Rachel alors

que les gardes allaient enchaîner Angeline, quand soudain, tout bascula.

Des coups de feu retentirent à l'extérieur et les gardes s'y précipitèrent. Il n'en restait que deux dans la cellule et avant que je n'eusse le temps de faire un geste, la prisonnière se releva et fit une clé de bras au garde qui allait l'en empêcher tout en lui prenant son arme. Elle tira sur le deuxième et je lui envoyai un couteau dans l'épaule tout en me plaçant devant Rachel.

Je la poussai sur le sol pour éviter qu'elle ne soit touchée et esquivai la balle que la petite Angeline venait de m'envoyer en saisissant un poing américain et une dague à la main. Elle se recula vers la sortie tira dans ma jambe avant de s'enfuir en courant en évitant les trois lames que je lui lançais. Je regardai ma blessure en grimaçant avant d'entendre des cris à l'extérieur.

Cette pute était douée, mais je l'étais plus. Bien plus.

L'adrénaline envahit mon sang et mon âme vibra de mes cauchemars alors que la totalité de mes instincts se réveillaient. *Ça faisait longtemps.*

Je détestai qu'on m'attaque. Je détestai qu'on marche sur mes plates-bandes. Me défier n'était jamais, ô grand jamais, une bonne idée.

J'attrapai des bandages et nettoyai rapidement ma plaie avant de me faire un garrot et bandage express pour ne pas perdre trop de sang.

Je saisis Rachel par le bras et l'emmenai à l'extérieur pour m'assurer de sa sécurité. La vision que m'offrirent les caves était épique.

Le nombre de gardes devant les portes avait redoublés et des hommes habillés de noirs dont seul ressortait le gigantesque insigne de mort de la mafia Piratando qui était blanc, blanc létal, étaient rangés dans les couloirs. Des hurlements provenaient de l'étage au-dessus, mais ici c'était calme. Trop calme alors qu'une prisonnière en sang venait de s'échapper. Je compris que quelque chose n'était pas normal et resserrai ma prise sur le bras de la sœur du criminel.

Soudain, un bruit sourd se fit entendre et on défonça les portes. Aussitôt, les balles volèrent.

Désorientée, je me saisis des armes qui étaient dans la cellule et sortis en longeant les murs.

— Rachel, où est la sortie de secours ?

— Mon frère a construit ces caves comme un labyrinthe. On est entré par le début. Vu la situation, on sortira par la fin.

— Et où est-elle ?

— Seul mon frère le sait.

Maniaque du contrôle de merde…

Je soupirai en abattant de sang-froid le mec qui allait me tuer devant moi. Je m'approchai du cadavre et saisis son arme. A la pointe de la perfection. Sûrement des agents du gouvernement. J'entraînai Rachel dans mon sillage et parvins à un croisement. Je n'avais pas le temps de jouer à un cache-cache mais je n'avais pas le choix.

Je me remémorai rapidement le chemin que l'on avait fait jusque-là et tournai à droite. Peu importe où était la sortie, elle était à l'opposé de l'entrée, et les ennemis y étaient. Il fallait donc s'échapper vers le fond. Je marchai doucement et sans bruit ce qui fit froncer les sourcils à Rachel.

— Tu as enlevé tes talons ?

— Non.

— Alors comment ?

— J'ai appris. Tais-toi.

Elle se tut et nous arrivâmes dans un nouveau couloir. Tous les gardes avaient été tués et une fille à moitié nue et en sang inspectait leurs corps.

Angeline.

Je ne savais pas qui elle était mais elle était sacrément résistante. Elle avait l'abdomen ouvert et en sang, les tripes à l'air et se comportait comme si de rien n'était. La seule façon que ce soit possible fut qu'elle ne ressente pas la douleur et qu'elle utilise ses dernières forces alors qu'elle agonisait de l'intérieur.

Mais ne pas ressentir la douleur était bien loin d'être suffisant pour me contrer.

Elle avait été rapide, silencieuse et efficace. Aucun garde n'avait remarqué sa disparition ou la mort de leurs collègues.

Je braquai mon arme sur elle et elle se retourna vivement en tentant de m'envoyer une balle dans la tête que j'évitai d'un souple mouvement.

— Ce n'est pas bien de tuer tu sais ?

— Je pourrais en dire autant de toi. Laisse-moi passer.

Je m'écartai et la laissai. Rachel m'attrapa le bras, paniquée.

— Qu'est-ce que tu fais ?

— Je m'amuse.

— Et tu trouves que c'est le moment ?

— Ma chérie, c'est le moment idéal pour s'amuser. Maintenant, je veux que tu ne fasses plus aucun bruit, cesse de respirer si nécessaire, compris ?

Elle hocha la tête en grommelant quelque chose comme « elle veut remplacer mon frère ou quoi » avant de se taire. Je suivis discrètement la fille sur un dédale de couloir interminable quand nous arrivâmes devant une porte en fer massif ultra sécurisée.

J'avais raison. Elle connaissait la sortie.

Ce fut à ce moment que la porte s'ouvrit sur des soldats. Tous de la Mafia Piratando et à leur tête, un monstre.

Ses yeux noirs pleins de rage et sa peau tatouée couverte de sang feraient peur à tout le monde. Mais pas à moi.

Je ressentis soudain un sentiment de profonde admiration et de respect pour lui, quand soudain la fille se retourna et pointa son arme sur Rachel.

La détonation retentit, et le quart de milliseconde d'après j'étais devant la sœur du criminel. La balle s'enfonça dans mon ventre et je me sentis tomber au sol.

J'étais résistante. Mais contre ça. Il fallait être fou.

La plupart des gens auraient sûrement lutté pour rester éveillé, aurait fait promettre à leurs proches diverses choses avant de se laisser emporter.

Mais pas moi.

Je n'étais pas tout le monde.

J'avais vécu un enfer sans nom depuis ma naissance. Je ne me souvenais pas de moments de bonheur qui ne soient pas que mensonges et tromperies.

Je n'avais personne pour me regretter, personne qui ne prierait sur ma tombe. Je ne tenais pas à la vie.

Toute ma vie avait été un désastre, un enfer sans nom, et même sa fin sera un sacrifice dans l'antre de l'horreur pour la sœur du diable.

Je sentis mes yeux se fermer et Kurt cria mon prénom, suivi de Rachel. Un liquide chaud s'écoula de ma plaie.

Du sang.

Mon sang.

Je vis les ténèbres m'appeler.

Si gentiment demandé, je ne pouvais pas refuser. Un dernier mot à dire, mon père?

Mais quel père ?

Putain de vie.

Noir.

Kurt

Je me levai silencieusement suivie de Rachel quand le médecin arriva. Nix avait été transportée dans mon hôpital il y a dix minutes. Elle venait tout juste de gagner le droit de m'appeler fils de chien pour le restant de sa vie en se prenant une balle à la place de ma sœur et pour ça elle devait rester en vie.

Il baissa la tête devant moi avant de la relever et de me regarder sérieusement.

— Mademoiselle Johnson a été stabilisée mais elle a perdu beaucoup de sang. Elle va avoir besoin d'une greffe de rein. Nous avons cherché dans notre base de données qui était compatible et mon scientifique a trouvé ceci.

Il me tendit une feuille.

— Si Taylor Kryan pouvait se présenter rapidement,

mademoiselle Johnson a besoin de ce rein dans les quarante-huit heures.

Je hochai la tête et interpellai un de mes hommes.

— Appelle Kryan !

Il hocha la tête et s'en alla quand Jason entra.

— La fille est revenue dans sa petite cellule, quatre-vingt-dix-sept pourcents des attaquants sont morts, les autres sont soit dans nos prisons, soit se sont enfuis.

— Qui était-elle ?

— Angeline de son vrai nom, espionne pour le gouvernement, de la même organisation que la compagne du parrain.

Je lui fis signe de dégager après avoir hoché la tête et la baissai vers le document du médecin. Taylor Kryan, membre du Premier Cercle de ma mafia depuis quatre ans, débarqua à ce moment-là.

Je me figeai. *Correspondance d'ADN. Liens parentaux.*

Il semblerait que monsieur Kryan et mademoiselle Johnson soient frère et sœurs.

Putain de bordel de merde.

Nix est Noémi Kryan.

CHAPITRE 20

« Le sang est un lien puissant. Mais pas aussi puissant que les liens du cœur »

Alexandra Kean

`Kurt                    7 août 2018 - Mexique`

Taylor s'approcha respectueusement de moi et baissa la tête avant de la relever.

— Vous vouliez me voir ?

Je le fixai un court instant.

— On a retrouvé ta sœur.

Ses yeux s'écarquillèrent d'un seul coup et il se figea avant de balbutier.

— Pardon ?

— Tu as bien entendu.

— Pourquoi on est là ? Elle est blessée ?

— Balle dans le ventre. Elle a besoin d'une greffe de rein.

Je lui tendis le papier du médecin et il l'examina en se passant une main dans les cheveux.

— Evidemment. Je peux appeler Adam pour lui dire ?

— Oui, mais dépêche-toi.

Il hocha la tête et sortit précipitamment alors que je faisais signe au médecin de préparer le bloc. Il revint quelques minutes plus tard un peu déboussolé et fut aussitôt attrapé par les infirmières. Je me rassis et pris Rachel sur mes genoux. Elle se blottit contre moi et je la laissai s'endormir sur mon torse en consultant mon portable et les rapports de mes lieutenants sur l'attaque.

Rien de bien nouveau, le gouvernement qui avait tenté de récupérer leur espionne, Angeline, mais dans mes locaux, sur mon territoire, c'était une mission suicide. Les seuls morts étaient ceux tués par l'espionne.

Quelques heures plus tard, Rachel s'était endormie et Nix avait été transportée en soin intensif dès la greffe finie. Taylor était en salle de réveil quand son frère débarqua.

Je levai des yeux froids vers lui et il ne s'encombra pas de politesse pour venir m'accoster.

— Où est Noémi ?

Je me relevai en déposant doucement Rachel à côté de moi et le toisai.

— Premièrement on dit bonjour et on baisse la tête. Tu es indemne car tu es le frère de Taylor et que tes sentiments ont sans doute obstrué ta vision. Secondement, Noémi est le nom sous laquelle tu l'as connue, aujourd'hui elle s'appelle Nix et elle m'appartient. Tu ne peux pas la voir car elle est en soin intensif mais tu peux aller voir ton frère en salle de réveil. Ai-je été clair ?

Il hocha la tête et s'apprêta à aller voir son frère quand son père entra. Je le dévisageai et il fit de même en baissant la tête.

Quelque chose me disait que Nix n'allait pas du tout apprécier.

Nix

« N'aie pas peur. »

« N'aie plus jamais peur. »

La voix de femme résonna dans ma cellule. Ils étaient là. Ils étaient tous là.

Les hommes en noirs. Ma solitude. Le parking. Les corps. Le sang. Mes larmes. Les yeux reptiliens. L'échange. Mes cris. Mes hurlements. Le sauveteur. Les mensonges. La cellule. Lui. Et encore Lui. Ses yeux rieurs. Leur toucher. Leurs mains sur moi.

Ma vie qui s'effondre.

Les images de mes tortures.

Comme si on me brisait une nouvelle fois.

Comme si le diable s'acharnait à poser des bombes sur une âme en ruine.

Tout se mit à tourner.

Et je poussai un long hurlement de souffrance qui traversa les ténèbres.

Je me réveillai en sursaut, trempée de sueur. Des voix inconnues mêlées à celle de Kurt se firent entendre et intriguée, je tournai ma tête vers la porte.

— Qu'est-ce qu'elle a ? Laissez-moi la voir bordel de merde !

— Non.

La voix de Kurt était froide et si sèche que j'en fronçai les sourcils.

Il y avait des gens qui voulaient me voir ? Des schtroumpfs débarqués de Narnia qui réclament un droit de propriété sur un anneau superpuissant ?

Me sentant très bien et avisant le paquet de cigarette sur la table de chevet je me penchai pour en saisir une mais Kurt se retourna et je me figeai.

— Il est interdit de fumer dans un hôpital.

— Comme si t'allais interdire ça dans un hôpital plein de mafieux.

J'allumai ma clope et la portai à ma bouche en soupirant de bien-être alors qu'il me fixait avec un sourire en coin. Je haussai un sourcil.

— Quoi ?

— Tu vas intégrer officiellement ma mafia dans deux semaines, tu feras partie du programme d'entraînement de septembre.

Je souris malicieusement.

— La fameuse Initiation. Je parie que tu bandes rien qu'à l'idée de voir ton tatouage sur moi.

— Exactement. Mais je dois te parler de quelque chose de plus important.

Je haussai les sourcils. Il existait quelque chose de plus important que parler de sa Mafia ou de baise selon Kurt Smith ?

— Est-ce que tu as des souvenirs d'avant tes trois ans ?

Qui en a ?

Je le fixai longuement sans savoir s'il disait ça par curiosité ou tout à fait sérieusement, avant de décider que ces informations ne l'aideraient en rien à deviner mon passé.

— La voix d'une femme un peu floue de temps en temps dans mes cauchemars date de cette époque je dirai. Pourquoi cette soudaine curiosité fils de chien ?

Il ricana.

— Si on retrouvait tes parents biologiques, qu'est-ce que tu ferais ?

J'haussai les épaules en ricanant intérieurement. *Mes parents biologiques... Quelle blague.*

— Je fumerais une cigarette en attendant que le médecin signe mon autorisation de sortie.

Il hocha la tête et me tendit une feuille.

— Et bien j'ai l'immense joie de t'annoncer que tu as une famille, Johnson.

Son ton était sarcastique et j'haussai un sourcil. Je parcourus rapidement des yeux ce qui semblait être des résultats d'analyse ADN en ricanant.

— Le sang ne fait pas une famille, Kurt.

Il plissa les yeux.

— Ils veulent te rencontrer, te connaître, rattraper le temps perdu.

J'éclatai de rire et tirai sur ma clope.

— Je ne vais même pas me fatiguer à te donner une réponse, Smith.

Une lueur d'amusement brilla au fond de son regard comme s'il s'attendait à cette réponse. *Il ne fallait pas non plus être un génie pour la deviner.* Il secoua la tête et s'alluma une cigarette.

— Ma sœur veut te voir.

— Fais-la entrer.

Il esquissa un rictus et sortit de la pièce. Rachel pointa sa tête deux minutes plus tard avec un sac à la main qu'elle déposa à côté de moi avant de s'asseoir sur une chaise en soupirant.

— Et bien, Nix Johnson, je ne sais pas d'où tu tiens ta génétique parce que les gens qui partagent ton sang sont d'un ennui…

Elle roula des yeux en appuyant sur la dernière syllabe alors que je soufflai ma fumée dans l'air.

— La mère ressemble à un squelette et n'a pas cessé de pleurer, Ana Kryan je crois, le père est resté figé sur une chaise avec le regard dans le vide et les mâchoires contractés, lui il s'appelle Silvano, c'est quel genre de prénom ? Et le petit homme d'affaires qui est ton frère, Adam, fait les cent pas en tremblant comme une feuille. Evidemment, Taylor, ton autre frère, et accessoirement premier lieutenant de Kurt qui fait partie des rares à avoir assez d'accréditations pour me parler, n'en a rien à cirer et est donc le seul vraiment intéressant de tout ce zoo.

Je bâillai avant de réduire mon mégot en miettes dans le cendrier.

— Tu m'as apportée de quoi m'habiller ?

Elle hocha la tête et désigna le sac sur la chaise.

— C'est tout ici !

Je poussai un soupir, la blouse d'hôpital commençait à me coller à la peau.

— Je peux sortir aujourd'hui ?

— T'as accepté la greffe de rein, et tu es en super bon état de santé alors oui.

Je me dirigeai vers la salle de bains et fus surprise par son luxe et son confort. J'avais oublié que c'était l'hôpital de Kurt. Manquerait plus qu'il nous sorte des hôpitaux miteux puant le désinfectant avec les dizaines de milliards qu'il avait en poche.

Je pris une longue douche chaude et me lavai minutieusement et entièrement pour me débarrasser de cette foutue odeur de désinfectant qui me rappelait des souvenirs inutiles.

Je me séchai ensuite à la vitesse de l'éclair, pressée de sortir de cet hôpital merdique, et m'habillai aussi rapidement. Je savourai le contact de mes talons sur le sol en remettant ma chaine autour de mon cou.

Je détestai être sur plat.

Mon pendentif tomba dans le creux de ma poitrine et je le glissai sous mon haut, à l'abri des regards. *Manquerait plus qu'elle ne le voit.* Je glissai un flingue de chaque côté de mon slim et ricanai devant mon reflet avant de sortir de la salle de bains.

Si cette « famille » attendait le retour de leur petite gosse fragile et kidnappée, ils allaient avoir une surprise.

Quand j'entrai dans la chambre, Kurt m'attendait et me tendit immédiatement une clope tout en me reluquant sévèrement avec un petit sourire en coin.

— Détourne le regard fils de chien.

Il ricana.

— T'as de la chance d'être montée en grade, bébé. Je souris hypocritement.

— Appelle-moi bébé encore une fois et je me fais un milkshake avec tes couilles.

Le fils de chien leva les yeux au ciel.

— Si tu n'étais pas aussi bonne, et si tu n'avais pas sauvé la vie de ma sœur…

Je ricanai.

— J'ai failli mourir et j'ai gagné le droit de ne pas mourir ?

Il hocha la tête.

— Exactement !

Comme si il avait prévu de me tuer avant…

— On s'en va ? Cette odeur de désinfectant va me faire vomir.

Le regard de Smith me transperça alors que sa sœur entrait dans la chambre. Elle soupira en me voyant déjà prête à partir et leva les yeux au ciel.

— "Hey ! T'étais à l'hôpital ? " "Ouais je me suis pris une

balle dans le ventre mais j'y suis resté que trois jours !" Vous êtes fous...

Je rigolai.

— Résistante !

Elle secoua la tête et attrapa son sac avant de sortir de la pièce. Je la suivis, mais à peine avions-nous mis un pied dans le couloir que toutes les personnes présentes se levèrent d'un bond.

Ils sont croisés avec des gazelles ou quoi ?

Je les ignorai royalement en allumant une cigarette et traçai jusqu'à la sortie, suivie par Kurt qui aboyait des ordres au téléphone. Arrivés devant l'entrée de l'hôpital, je savourai le contact du vent frais sur ma peau alors que Kurt ouvrait la porte du SUV. Rachel débarqua, essoufflée.

— Le vieux a voulu me retenir ! Sérieux c'est un cauchemar ces gens ! Ce qui te sert de frère m'a même proposée un café ! Non mais un café quoi !

Kurt esquissa un rictus en démarrant, avant de changer de ton pour regarder sa sœur dans les yeux à travers le miroir central.

— Je vous ramène à la villa, et je veux plus vous voir sortir ou faire quoi que ce soit sans mon autorisation. C'est clair ?

Rachel grogna.

— Pourquoi tu regardes que moi ! Il y a Nix aussi !

Je ricanai.

— Il évite d'encore gaspiller sa salive à me parler alors qu'il sait que je ne lui obéirai pas.

Le fils de chien tourna la tête vers moi avec un rictus.

— Avec le coup que tu t'es pris sur la tête on sait jamais, tu aurais pu avoir une illumination et gagner des neurones.

Je le foudroyai du regard.

— Fils de pute.

— Salope.

— Connard.

— Pétasse.

— Enfoiré.

— Connasse.

— Trou du cul.
— Malbaisée.
— Etant donné que c'est toi qui me baise....
— Ta gueule. Ferme ta gueule.
Je me raclai la gorge et chantai.
— "Mais qu'est-ce qu'elle a ma gueule" !?
Il poussa un soupir d'exaspération et se gara brusquement devant sa villa.
— Tenez-vous tranquille à la limite. Ne faîtes pas de conneries.
Je ne pris même pas la peine de répondre.
Nous sortîmes de la voiture en rigolant devant le regard noir de Kurt et entrâmes à l'intérieur de la villa.
Je m'affalai sur un canapé en cuir blanc une vodka à la main, imitée par Rachel, et soupirai en allumant la télé.
Qu'est-ce qu'il croyait ? Bien sûre que nous allions faire des conneries !

CHAPITRE 21

" Lorsque tu veux tout laisser tomber, rappelle-toi la raison pour laquelle tu as tenu jusqu'à maintenant"

Anonyme

Kurt Nuit du 8 au 9 août 2018- Mexique

Je sortis de la salle de bains en boxer, les cheveux encore trempés de ma douche glacée. La nuit était tombée depuis longtemps, j'étais levé depuis pratiquement vingt heures, et pourtant c'était à peine si je me sentais fatigué.

C'était pas en dormant qu'on faisait un coup d'état.

Je fis un pas vers mon lit et me figeai, la main aussitôt sur mon flingue.

Il y avait quelqu'un dans mon lit.

La rage envahit lentement mes veines comme un poison douloureux alors que je m'approchais du matelas à pas lent, prêt à tirer, *à tuer,* quand je me figeai de stupeur.

Enveloppée dans les draps et la couette noire, ses cheveux roux étalés autour d'elle comme un putain de feu follet, Nix dormait profondément dans mon lit. Mon lit.

Je fronçai les sourcils et serrai les dents en m'approchant, à la fois agacé et intrigué. Cette fille se permettait tout comme si elle était la reine du monde, ce qui me donnait envie de la jeter dans la plus noire profondeur de mes caves, mais les ombres qui hantaient ses pupilles me donnaient autant envie de la baiser que de savoir quel genre de fantôme elle était.

Je m'avançai encore jusqu'à ce que mes genoux rencontrent le matelas et m'aperçus qu'elle s'était donnée la liberté de prendre une de mes chemises, noire elle aussi.

Pourquoi ?

Je restai là, à la contempler comme si je pouvais soudainement lire à travers son âme. Elle ressemblait à un ange déchu. Un ange aux ailes piétinées, brisées, sombrant dans les ténèbres.

Je la réveille et je la vire ? Ou pas ?

Putain mais pourquoi je me pose la question ?

N'importe quelle fille que j'aurai trouvée là aurait fini morte sur le parquet. Mais ce n'était pas qu'une fille, c'était Nix.

Nix.

Je soufflai. A quel moment précis cette fille était devenue « pas qu'une fille » à mes yeux ? A quel moment était-elle devenue quelqu'un tout simplement ?

J'enroulai une mèche de ses cheveux autour de mon doigt en regardant ses paupières closes.

Un jour, je saurai qui tu es, Nix. Tu peux en être certaine.

Je pris une clope et ouvris la baie vitrée avant de me pencher sur le balcon. Les gardes postés en dessous me saluèrent d'un signe de tête avant de se remettre à leur surveillance. Ils n'étaient pas accrédités pour se contenter de ce salut, mais en service, il était hors de question que le moindre détail leur échappe pour une simple question de révérence ou je ne sais quelle connerie.

Je tirai une latte et regardai la fumée s'échapper dans la nuit noire au moment où des pas se faisaient entendre derrière moi. Je me retournai en la sondant du regard.

Debout dans ma chemise trois fois trop grande pour elle, les bras croisés devant sa poitrine comme pour se protéger, Nix me regardait de ses yeux pâles.

Oh bébé, si je veux t'atteindre, tes bras ne suffiront

certainement pas comme moyen de défense.

— C'est ta chambre ?

Je hochai la tête, sans rien ajouter.

— Désolé. Je ne savais pas. Ton lit m'a juste donné envie de dormir dedans et c'est tellement rare que je n'ai pas résisté.

Je haussai un sourcil, surpris qu'elle s'excuse, et de sa manière de parler. Elle semblait comme… fragile ?

Je ne dis rien, pourtant, et laissai mon regard vagabonder sur son corps. Je m'aperçus que sans ses talons elle était plutôt petite. Peut-être un mètre soixante-huit, à tout casser. Evidemment du haut de mes un mètre quatre-vingts cinq, il y avait tout un monde.

Cette pensée me fit ricaner et, elle poussa un grognement exaspéré. Je doutais qu'elle ait compris la raison de mon rictus, mais j'avais parfois l'impression qu'elle savait beaucoup plus de choses qu'elle ne le devrait.

— Ferme-la fils de chien.

Je coinçai ma clope entre mes lèvres, l'attrapai par la taille et la fis tourner en la callant sur la barrière du balcon, ses deux jambes coincées entre les miennes, la dominant de toute ma taille. Je repris ma cigarette et lui crachai la fumée à la figure.

— Dois-je te rappeler qui est sur le territoire de l'autre sans autorisation petite Nix ? Elle planta ses yeux dans les miens.

C'est mignon, elle doit les lever maintenant.

— Je ne suis pas petite, fils de chien.

Je rigolai, sans la quitter du regard.

— Non, en effet.

Je la pris par la taille et la hissai sur la barrière du balcon. Maintenant nous étions à égalité.

— Ça ne te fait vraiment rien de savoir que tu as des parents ? Que tu es quelqu'un ?

Elle sourit.

— Je suis sûre que tu connais déjà la réponse à cette question.

Je restai silencieux, et elle ajouta brièvement.

— Je te l'ai dit, le sang ne fait pas la famille.

Je fronçai les sourcils et murmurai.

— Est-ce que tu leur en veux ? Est-ce que tu n'en as vraiment rien à faire ?

Elle ne répondit pas.

Je contemplai son cou. Son collier était caché par la chemise.

— Que signifie ton pendentif ?

Là encore, aucune réponse. Ça ne m'étonnait pas.

Je me rapprochai d'elle en enfonçant mes doigts dans ses cuisses. Mon souffle rebondit contre sa nuque et un rictus étira mes lèvres alors qu'elle frissonnait.

— Kurt…

Je mordis presque férocement son cou sans lui répondre, savourant le gout froid et sombre de sa peau, les yeux fermés. Mes dents étirèrent sa chair jusqu'à être sûr d'y laisser une marque permanente sans prêter attention à ses ongles qui s'enfonçaient dans mon crâne.

— Bordel, fils de chien…

Je me détachai finalement de sa peau pour lever le regard vers elle, satisfait du cercle rougi qui la marquait.

— On dirait un chien qui pisse sur les poteaux de son quartier.

Je la considérai avec un sourire moqueur, mes mains plaquées sur ses hanches, occupées à tenter de s'infiltrer sous son tee-shirt.

Elle me regarda, amusée, et me piqua ma cigarette qui se consumait doucement. Elle renversa la tête en arrière et recracha la fumée.

Le silence semblait noir autour de nous, noir comme le ciel, mais je ne pouvais pas détacher mon regard d'elle.

C'était comme si elle appartenait totalement à la nuit, mais qu'en même temps, elle n'y avait absolument pas sa place. Comme si le feu qui brûlait dans ses yeux s'était éteint depuis des années, tout en continuant à ravager son âme.

La tête en arrière et les prunelles rivées sur l'immensité de l'univers, une cigarette à la main et ses cheveux roux s'étalant autour d'elle, elle ressemblait à une putain d’apparition.

Un fantôme.

— Qu'est-ce qu'il y a ?

Elle ne me répondit pas tout de suite, et cligna des paupières en posant ses mains sur le rebord du balcon, sans quitter le noir des yeux.

— J'ai toujours aimé regarder le ciel. La nuit, les étoiles. Me perdre dans ces ténèbres inconnues qui nous surplombent, nous dominent. C'est surprenant tu ne trouves pas ? Tu peux avoir toute la puissance du monde, contrôler n'importe quoi sur cette planète.

Elle ouvrit grand les bras pour désigner le ciel.

— Tu ne contrôleras jamais *ça.* Ces milliards d'étoiles. Ces milliards de lumières. Avant je les voyais toute comme une petite source de bonheur. Comme si, chacune d'elle avait une histoire. Comme si les étoiles étaient des soleils déchus.

Ses yeux brillaient. Elle était différente. De d'habitude, je voulais dire.

Ses pupilles s'assombrirent soudain. Pas de froideur, mais de tristesse. Une tristesse infinie que je n'avais jamais vue dans son regard jusqu'à présent. Elle tourna ses yeux vers moi, voilés de larmes.

— J'ai essayé tu sais. D'être heureuse. D'avoir une histoire. De sourire. Mais c'est comme si le destin refusait. Me refusait le bonheur.

— Qui es-tu, Nix ?

Un silence passa. Ses pupilles tournées vers les étoiles, elle semblait en proie à un désespoir irréparable. Ma question résonna, sans réponse.

— Kurt.

Je tournai vivement ma tête vers elle pour figer mon regard dans le sien, surpris de la supplication de ses prunelles.

— Ne me trahis pas. Je n’en aurai pas la force.

Je ne savais pas vraiment pourquoi elle me demandait ça. Cette fille était en or. Un or brûlant qui finirait par consumer le monde, le genre d’or qui précipitait l’Homme au suicide, comme une tentation mortelle.

Si nous étions dans une putain de comédie romantique, j'aurai répondu « jamais ». Mais nous n'étions pas dans une comédie romantique, et elle était un fantôme.

Alors je ne dis rien, me contentant de la regarder regarder le ciel en me demandant quel genre de monstre elle cachait en elle. Ou plutôt, quel genre de monstre elle était vraiment.

Cette fille n'avait rien d'un ange. C'était la seule chose dont j'étais certain.

Nous restâmes un long moment ainsi, quand elle se mit à bâiller et nous rentrâmes dans un silence qui résonnait étrangement dans la nuit d'une aura que je n'aurai pas su définir.

Elle ne dit rien d'autre non plus, se glissa sous les draps et s'endormit presque aussitôt, me laissant là à contempler son apparition évanouie dans la nuit avec un demi-sourire au bord des lèvres.

Tu es un mystère que je vais résoudre, Nix Johnson. Peu importe le prix.

C'est cet instant qu'il me fallut pour réaliser que son sac, qu'elle ne quittait jamais était dans la pièce. Après quelques minutes d'hésitations, je me décidai à fouiller dedans.

Je sortis une petite boite en fer de son sac, la même que celle qu'elle avait sortie de sous les planches de son parquet à New York. Elle n'était pas lourde, à peine aussi grosse qu'une tirelire, et était complètement rouillée.

Avisant Nix qui dormait, je l'ouvris délicatement en m'asseyant à l'extrémité du lit. Il y avait le cliché d'un garçon à la tête blonde qui devait avoir dans les quatorze ans, allongé sur un lit d'hôpital avec une guitare à la main, semblant jouer un truc. *Alexis* était marqué au crayon noir au dos. Je soupirai dans l'incompréhension en passant au reste.

La deuxième photo représentait un garçon aux cheveux châtains et aux yeux verts et une fille rousse qui souriaient à l'objectif. Le visage de la fille était altéré, comme gommée, et je mis un temps avant de reconnaître Nix. Ses cheveux étaient beaucoup plus courts et bouclés. Je n'étais même pas sûre que ce soit elle.

La phrase inscrite sous le polaroid était en français. Si c'était de là que venait Nix, elle n'avait aucun accent dans son anglais.

« Thomas & Ella, janvier 2014 »

Il y a quatre ans ? Cette putain de photo avait été prise il y a quatre ans ? Nix souffrait d'un chagrin d'amour ?

Je serrai les dents, agacé. Si je me reposais sur ces deux photos, Nix était française, avait été amoureuse d'un mec nommé Thomas… Mais le gars sur le lit d'hôpital ? Je ne savais même pas de quand datait cette photo…

Ces photos soulevaient beaucoup plus de questions que de réponses, et ça m'énervait profondément.

J'attrapai la lettre qui se trouvait au fond de la boîte et fronçai immédiatement les sourcils. C'était du russe. Et les russes étaient mes pires ennemis. Je grinçai des dents, frustré de ne pas comprendre un putain de mot de cette foutue lettre et la reposai en évinçant les questions qui fourmillaient dans ma tête à propos du fantôme allongé dans mon lit.

Cette fouille ne m'avait rien appris.

Nix avait été française, amoureuse d'un Thomas, était en conflit avec les russes, et connaissait un gars qui était ou avait été à l'hôpital. A moins qu'il ne soit mort ? Elle connaissait Rebecka Ikanovitzch, et avait tué Sophie Ikanovitzch.

Ça ne voulait rien dire. Et mon instinct me soufflait que ces conclusions n'étaient qu'un ramassis de conneries.

Je soupirai et rangeai tout correctement en faisant attention à ce qu'elle ne découvre pas que j'avais fouillé dans ses affaires et replaçai son sac dans le dressing.

Cette fouille, au lieu de m'apporter des réponses, ne m'avait qu'apporté de nouvelles questions.

Je soufflai et me couchai près d'elle, ignorant le scintillement du collier autour de son cou. Tous mes instincts me dictaient de ne pas tenter de savoir ce qu'il représentait, mais quelque chose me disait que c'était la clé de Nix. Des petites branches argentées formant en médaillon un étrange symbole qu'il m'était impossible de déchiffrer.

Qui es-tu donc, Nix Johnson ?

Je ne pris pas la peine de rabattre les draps sur moi, et fermai les yeux. Je n'étais que légèrement dérangé par sa présence, et je devais avouer qu'elle était un peu comme…*réchauffante.*

Ouais c'est ça.

Un fantôme avec une forteresse blindée qui ne laissait personne entrer. Détruite de l'intérieur, et intouchable à l'extérieur.

Cette fille était incroyable.

Qui a bien pu la briser à ce point ? Qui a-t-elle laissé entrer assez près pour la ruiner ? Est-ce que c'était elle-même ?

Nix

Assise sur un banc en nacre, au sommet d'une colline d'herbe verte, je chantai. Je chantai de tout mon corps, je chantai mon amour, ma haine, mon désespoir, mon âme. Sur cette colline, j'étais redevenue la fille de seize ans. La plus belle période de ma vie, même bercée d'illusions.

Mais ici, il n'y avait personne. Juste moi, ma voix, et, je le savais, dans les vallées il y avait mes instruments. Mais je n'avais aucune envie de partir à leur rencontre. Je voulais rester là, à admirer ce coucher de soleil devant lequel j'avais versé tant de larmes, assez pour le restant de ma vie. Je voulais rester là, en paix, à me demander ce qu'il adviendrait plus tard de moi.

Est-ce que je me relèverai un jour ?

Je ne pourrai jamais oublier. C'était encré à l'encre noire sous mes paupières. Ancré au plus profond de moi, au plus profond de n'importe lequel de mes os, de mon âme, de ma chair. C'était mon histoire, mes déceptions, mon désespoir, mes amitiés, ma rancœur, mes amours, ma vengeance, l'écriture de ma vie, aussi pourrie et ruinée soit-elle.

Je ne voulais pas oublier. Je voulais sentir la douleur de mes cicatrices pour tout ce qui me restait à vivre. Le peu de temps qu'il me restait à vivre.

L'univers était un océan de possibilités que les Hommes tentaient à tout prix de contrôler. Mais c'était la seule chose que l'on ne contrôlerait jamais, j'en étais persuadée. C'était rassurant, d'un autre côté.

Je chantai. Un petit vent frais me secoua.

Je frissonnai et je fermai les yeux. Je me sentais bien.

Puis soudain le ciel s'assombrit. L'herbe jaunit, noircit, pourrit. La terre s'asséchа, se fissura. Mon banc s'effrita et je me relevai avec précipitation quand la pluie se mit à tomber. L'orage gronda. Le décor changea. Je revins dans cette ruelle, avec lui devant moi.

« Elle a dit la vérité »

Ses mots résonnèrent dans mon crâne et je me mordis la lèvre, avant de partir en courant dans l'autre sens, pour échapper à ce souvenir.

Mais sa voix resta, sa phrase était un écho qui me traversa de toute part, et je me sentis hurler en posant mes mains sur mes oreilles.

Je ne veux plus l'entendre, je ne veux plus l'entendre, je ne veux plus l'entendre, JE NE VEUX PLUS L'ENTENDRE !

Je m'arrachai la gorge, je n'entendais plus rien que sa voix qui me déchirait les tempes et je ne voyais plus rien que son image tournant autour de moi, encore, encore, encore, encore et encore, à m'en rendre complètement folle.

FAITE LE DSIPARAITRE !

Je criai dans le vide et hurlai en silence.

Je sentis mes larmes couler et je m'entendis m'arracher les cordes vocales en me recroquevillant en position fœtale alors que le décor changeait à nouveau. En quelque chose de plus sombre, de plus destructeur.

La voix me manquait déjà, et le silence me rendait déjà folle. La cellule. Eux. Mon corps.

Je tombai à terre, la bouche grande ouverte, sans voix. Les larmes coulèrent en cascade sur mes joues, descendirent dans mon cou et je restai muette, béate, devant ce spectacle qui m'avait détruite.

« Tu n'es qu'une salope » « une pauvre chienne » « tout juste bonne à servir de vide couilles »

Je vis mon cadavre étendu sur le béton froid, sale, dans mon sang, mon vomi, et d'autres liquides que je ne préférais pas identifier.

Je me souvenais de cette douleur paralysante, qui me faisait hurler de douleur intérieurement, qui me privait de mes facultés mentales.

De mes pensées qui tourbillonnaient dans ma tête sans que je ne puisse les arrêter.

De mon cœur qui tambourinait dangereusement dans ma poitrine, faiblement, mais qui résistait à tous leurs assauts.

Je pleurais en me souvenant, mais je restais muette, la bouche close, et je hurlais à travers mes pupilles.

Et le décor changea, mais je savais déjà ce qu'il y aurait. Je ne bougeai pas. Je regardai sa silhouette s'avancer vers moi, je le regardai ouvrir la bouche, et prononcer ces mots qui m'avaient détruite.

Je pleurais, mes yeux hurlaient, mais ma voix était cassée et je ne pouvais prononcer un seul mot. J'étais figée.

Je suis *figée.*

Le décor changea, je vis le parking, et là, je fermai les yeux.

J'entendis les coups de feux, la fusillade, je sentis du sang m'éclabousser et je dus réprimer un sanglot.

Et puis tout revint au commencement.

Du sang, des cris, du sang, et une voix de femme.

« N'aie plus jamais peur »

Je pleurais, je sanglotais et je revis l'instant où ma vie était devenue un enfer. Et je hurlai à m'en déchirer les cordes vocales.

Je me réveillai en sursaut. L'aube pointait le bout de son nez. Kurt était debout, en jean et torse nu. Il me regardait en fronçant les sourcils.

— Ça va ?

Je souris ironiquement, en essuyant d'un revers de

manche les larmes qui avaient coulé dans mon sommeil.

— Je n'ai jamais répondu oui à cette question de ma vie entière.

CHAPITRE 22

« Dans la noirceur de ta folie je me plonge, encore et encore jusqu'à ce que j'arrive à respirer. »

Alexandra Kean

`Kurt                    11 août 2018 - Mexique`

Le soleil se couchait lentement dehors. Le couteau entre mes mains était encore sale du sang de mes ennemis. Nix était accoudée au comptoir de la cuisine, regardant un sandwich comme si c'était la première fois qu'elle en voyait un. Son pied tapait contre le sol dans un rythme silencieux, et ma chemise était rentré dans son jean, le noir faisant ressortir la rousseur de ses cheveux. Elle ne semblait pas décidée à croquer dans le pain. *Il était vrai que je la voyais rarement manger.*

— Qu'est-ce que tu aimes manger ?

Elle leva la tête, intriguée.

— De la nourrriture.

Je levai les yeux au ciel.

— Très drôle. Tu n'es pas squelettique et tu as gardé une excellente forme physique, malgré quatre années à comater. Que faisais-tu ?

— Je buvais. Et quand je ne buvais pas, je courrais.

— Tout pour ne pas penser, hein ?

Elle ne répondit pas à cette question.

— Alors, qu'est-ce que tu aimes manger ?

Elle soupira.

— Français. J'aime manger français.

Je plissai les yeux.

— Alors tu es française ?

Elle rigola.

— Des tas de gens aiment manger italien ou chinois, et ils ne le sont pas pour autant.

Je gardai pour moi ma découverte. Elle n'avait pas besoin de savoir que j'avais fouillé dans ses affaires. *Oh que si tu es française petite Nix. Pourtant, tu n'as aucun accent...*

— Oui, mais français, ce n'est pas fréquent. D'abord ta carte black, maintenant un goût pour la nourriture gastronomique... Serais-tu une riche héritière ? Une fille d'homme politique ?

— Pourquoi devrai-je être la fille de quelqu'un ?

— Tu as crié « Papa » dans ton sommeil avant-hier. Ça m'a surpris. Je pensais que tu étais du genre à ne pas avoir de famille.

Elle s'était réveillée avec un regard noir et furieux avant de reprendre pied avec la réalité. Tous ses cauchemars la faisaient hurler de souffrance. Celui-ci n'avait pas fait exception. A ceci près qu'à son réveil, elle avait l'air de vouloir tuer quelqu'un.

Elle finit son verre d'une traite.

— Je n'en ai pas.

Je l'examinai avec des yeux perçants. Ses cheveux lui tombaient devant le visage et ses yeux reflétaient une tristesse vide.

— Pourquoi tu ne manges pas ce putain de sandwich ?

Elle haussa les épaules.

— Je n'aime pas le thon.

— Pourquoi tu as mis du thon dedans alors ?

Elle ne répondit rien, et mit le sandwich à la poubelle. Le

silence s'installa avant qu'elle relève la tête vers moi. Je nettoyai mon couteau avec un bout de tissu, sans la quitter du regard un seul instant.

— Je suis surprise que tu ne connaisses toujours pas la vérité à mon sujet. J'aurai pensé que tu aurais fait rechercher mon sang, mes empreintes et mon visage partout et que tu serais revenu avec un dossier complet sur mon identité.

J'avais jeté ce dossier à la poubelle il y a un mois. Mais elle n'avait pas besoin de la savoir. Je hochai la tête.

— Tu as raison.

Elle me regarda.

— Pourquoi je suis encore là alors ?

Je ne répondis pas. Elle rigola.

— Tu ne sais rien. Tu attends que je parle. Mais pourquoi, Kurt ? Pourquoi ? Pourquoi ne pas agiter ta petite baguette magique d'informateurs et découvrir la vérité ?

Mon silence la fit jubiler.

— Moi je vais te dire pourquoi. Parce que je pense que le grand et puissant Kurt ne veut pas me tuer. Tu sais pertinemment que je ne mens pas quand je dis que quand tu sauras la vérité, tu me tueras. Mais tu ne veux pas me tuer, n'est-ce pas ?

Assis sur le fauteuil du salon, je serrai les dents et fis tourner mon flingue entre mes doigts, sans la regarder.

— Non. Je ne veux pas te tuer.

Elle éclata de rire.

— Comme c'est stupide de ta part, Kurt, comme c'est stupide.

Je plantai mon regard dans le sien.

— Mais quand je saurais je le ferai.

Elle sourit. Un sourire tremblant.

— Ouais. Je sais.

Elle s'approcha de moi à pas lent, pris la lame de mon couteau entre ses mains, sans se préoccuper de sa peau qui saigna, et l'approcha jusqu'à ses lèvres avant de le descendre dans le creux de son décolleté, pile sur son cœur.

Nous restâmes immobiles, comme ça, mon couteau contre sa poitrine, une goutte de sang perlant sur sa peau, mes doigts sur le manche, ses yeux dans les miens et ses genoux autour de mes cuisses.

— En attendant baise-moi.

Je ris, et ne me le fis pas dire deux fois. Je baissai ma lame encore pleine de sang et fis sauter les boutons de son haut, traçant une ligne invisible entre ses seins. Elle soupira avec un sourire et je m'emparai de sa gorge en caressant sa lèvre.

— Tu es belle.

Elle sourit.

— Je sais.

Je mis mon pouce dans sa bouche.

— Suce.

Elle se moqua de moi en caressant mon poignet, et passa sa langue sur mon doigt en l'entourant de ses lèvres, sans me quitter du regard. *Putain. J'allais la baiser si fort qu'elle me sentirait encore l'an prochain.*

Je fis glisser la chemise coupée sur ses épaules et pris son sein dans ma main. Je m'approchai et le léchai avant de le mordre en empoignant l'autre. Sa main se glissa dans mes cheveux et je sentis sa respiration devenir haletante. Je souris contre son téton, et relevai la tête en resserrant ma prise sur sa gorge.

— Tu aimes ça ? Sentir ta respiration se couper, les vertiges te monter à la tête en même temps que le plaisir ?

Elle sourit.

— Oui.

Je déboutonnai son jean après avoir pincé son téton, et ris.

— Pas de sous-vêtements hein ? Vilaine fille.

Je sentis le couteau contre mon cou. Elle sourit.

— Je préfère le peau contre peau.

Elle déchira mon tee-shirt. Ses mains froides se posèrent sur mon torse et elle me caressa avant d'arriver à ma ceinture.

— Lève-toi.

Elle obéit, et laissa tomber la chemise en lambeau. Là, debout, torse nue devant moi, pour moi, je restai assis et défi ma ceinture et ma fermeture éclair. Elle enleva son jean, me laissant complètement admirer sa dentelle noire sur sa peau de porcelaine.

Elle se rapprocha de moi et me chevaucha, nos sexes seulement séparés par un fin bout de tissu. Ma queue reposait contre son ventre et je saisis ses cheveux dans mon poing en mettant ses seins dans ma bouche.

— Je vais te baiser si fort que tu auras l'impression que je suis en train de te tuer Nix.

— Fils de chien.

Je ris.

— C'est bien. Insulte-moi. Crie. Hurle. Je veux t'entendre. Tu es à moi.

— Je ne suis pas à toi. Je ne suis à personne.

Je haussai un sourcil.

— Ah non ?

Je mis ma main dans son tanga et fis glisser mon doigt entre ses replis mouillés.

— Pourtant tu es trempée, pour moi. Tu es ici, pour moi. Tu gémis, pour moi. Tu es en vie, pour moi.

Je fis glisser deux doigts à l'intérieur d'elle et ma queue tressauta.

— Putain ce que tu es chaude. Toute prête pour moi.

Je resserrai ma main autour de sa gorge et la forçai à me regarder.

— Tu vois. Tu es à moi.

Taylor entra pile à ce moment-là.

— Kurt, je…

Il s'interrompit aussitôt et balbutia.

— Dégage.

Nix rigola, et je pinçai son clitoris pour la punir. Assis sur mon fauteuil, mon érection contre le ventre de Nix, mes doigts en elle et ma main sur sa gorge, ses mains contre mon torse et ses seins exposés vers l'avant, je regardai

Taylor d'un regard si froid, que si j'avais eu encore une main disponible pour attraper mon couteau je l'aurai planté dans son cœur et aurait baisé Nix dans son sang.

Il disparut en moins de temps qu'il n'en faut pour le dire et je reportai mon attention sur Nix. Mon pouce massa son clitoris alors que je plongeai deux doigts en elle sans la quitter du regard.

— K...Kurt.

Je haussai un sourcil, en léchant son téton, faisant des va et vient en elle sans jamais cesser de jouer avec son clito.

— Plus de fils de chien soudainement hein ?

Je mordis son sein et elle griffa mon crâne avant d'empoigner ma queue. Je gémis instantanément et enfonçai mes doigts plus profondément en elle pour la récompenser. Elle caressa mon gland tout en bougeant contre mes doigts et la vision qu'elle m'offrit faillit me faire jouir. Une putain de déesse dansant contre mes doigts au rythme que je lui imposai, totalement et entièrement à moi, ma queue entre ses doigts et ses seins tendus vers moi, ma main qui n'avait jamais quitté sa gorge.

— Fais-moi jouir Kurt.

Je ricanai et la lâchai.

— Non. Je veux que tu exploses sur ma queue quand je me déverserai en toi.

Je pris le couteau et embrassai ses seins en la relevant, avant de couper sa culotte. Je m'arrêtai pour l'admirer, nue devant moi, trempée pour moi, m'attendant.

— Un jour je te baiserai sur le balcon de la maison blanche.

— Je serai morte avant ton coup d'état.

Ma seule réponse fut de la retourner contre le fauteuil. Je caressai son dos et ses cheveux magnifiques en empoignant ses fesses. *Putain. Cette femme.*

Je caressai son clitoris en branlant ma queue.

— Putain, mais baise-moi.

— A tes ordres.

Je rentrai en elle d'un seul coup et gémis de satisfaction.

Putain ce qu'elle était chaude.

— Kurt.

— Oui bébé ?

— Fils de chien. Fais-moi tout oublier.

Je caressai son clito.

— Aucun putain de souci.

Une main sur sa tête, l'autre sur ses fesses, je passai le reste de l'heure à la baiser si fort qu'elle en avait mal.

Quelle femme.

A moi.

C'était la seule chose à laquelle je pouvais penser, enfouie en elle jusqu'à la garde, à la pilonner, sans jamais quitter son clito du doigt. Elle était si belle, elle était si bonne.

— Plus fort.

Je m'arrêtait en riant, et saisis son visage entre deux doigts. Elle était couverte de sueur, les cheveux en bataille, à deux doigts de l'orgasme que je lui refusai, et elle en réclamait plus ?

Putain ce que j'adorai cette femme.

— Pas de problème bébé.

Je la portai jusqu'à la table de la salle à manger et l'allongeai dessus.

Elle m'attrapa par les cheveux et embrassa mon cou en me caressant la queue.

— Nix…

— Fils de chien.

Je souris et ouvris ses cuisses. Quel beau spectacle, allongée là, ouverte et offerte à moi. Je léchai son clitoris et avançai ses fesses contre le bord de la table.

— Je vais te défoncer.

Mes deux mains sur ses seins, j'enchaînai les coups de reins à l'intérieur d'elle avec l'impression d'être au paradis. Parce que je l'étais. Au fond d'elle, c'était là le paradis, même si je ne méritais que l'enfer, même si elle-même n'était qu'un pur produit de Lucifer, sa chatte était le paradis des démons.

Je ne me voyais jamais ressortir d'elle. Ses cris et ses gémissements enchantaient mes oreilles. Elle cherchait son souffle encore et encore et je ne lui laissais aucun répit. Mon regard rencontra le mur et je faillis jouir. Je la transportai, à moitié dans les vapes, elle me regardait comme si elle n'attendait plus que de jouir et qu'elle ne savait plus rien d'autre que le fait que ma queue était en elle.

— Je vais te prendre sur ce mur.

Je la plaquai dessus et elle enroula ses jambes autour de moi, alors que je suçai la peau dans son cou pour y laisser mes marques. Je mordis ses tétons rougis et durcis, et ralentis le rythme dans le silence de la nuit et de ses gémssements. Ses ongles s'enfonçaient dans mon dos en y laissant des griffures rouges de sang. Mes va et vient en elle étaient lents. Je la laissai respirer.

— Nix.

— Oui ?

Sa voix n'était qu'un murmure.

— Je vais te finir sur le sol. Fort.

Elle hocha la tête, haletante. Je la transportai sur le carrelage froid et elle ferma les yeux, s'habituant au contraste de sa peau pleine de sueur et échauffée contre le sol gelé. Je lui caressai la joue. Elle était brûlante. Comme moi.

J'embrassai ses seins et rentrai en elle. Deux minutes mais elle m'avait manquée.

— Nix.

— Kurt.

Et je partis. Un doigt sur son clitoris, j'enchaînai si fort que je ne me sentais même plus bouger. Elle cria. Le plaisir montait en moi comme je ne l'avais jamais ressenti. Il vibrait dans chaque parcelle de mon corps, enfoui au fond d'elle, je me retirai et me renfonçai en elle jusqu'à la garde, en pinçant son clitoris. Elle jouit, elle jouit en contractant sa chatte autour de ma queue, se cambrant en arrière dans un long cri et je la suivis aussitôt, me déversant en elle, dans une délivrance tant attendue.

Le plaisir qui vibra dans mes veines me fit perdre la vue pendant quelques micro secondes avant que je ne retombe à côté d'elle, essoufflé, couvert de sueur, et tremblant de plaisir.

Putain.

J'entendais sa respiration haletante de concert avec la mienne à côté de moi. Je restai là, les yeux dans le vide, à me remettre de la sensation qui avait couru dans mon sang, de l'extase qui s'était emparé de ma queue, de mon corps et de mon cœur. Sa respiration se calma. Je la regardais. Elle était là, allongée, nue, le visage encore tendu de l'orgasme que je lui avais donné, les paupières fermées. Elle avait sombré dans le sommeil en quelques secondes. Le plaisir l'avait faite perdre connaissance. Je caressai d'un doigt la courbe de son sein.

Putain de femme.

Je restai quelques minutes allongé, pour laisser mon cœur se calmer, avant de me relever. Je ramassai le couteau et cela me fit presque bander à nouveau. Je remis mon jean et pris Nix dans mes bras, avant de la monter à l'étage. Je jetai des regards à noir à mes gardes qui détournèrent immédiatement le regard. J'étais très satisfait du fait que tout le monde ait pu l'entendre. Mais le premier qui la verrait en subirait les conséquences.

Taylor.

Cela me fit ricaner. Il devait probablement être en train de se laver les yeux à l'acide. Sa pauvre petite sœur chérie.

Je déposai Nix sur mon lit et ramenai le drap sur elle, avant d'aller m'allumer une clope en sortant sur mon balcon. Putain. Il y avait une magnifique déesse dans mon lit, chaque personne dans ce pays était sous mes ordres. J'étais riche. J'étais puissant. J'étais le roi de ce putain de monde.

— Kurt ?

Qu'est-ce je disais. Le roi de ce putain de monde.

Je me retournai vers Nix. A peine éveillée, elle me

regardait en plissant les yeux. Je m'approchai d'elle doucement et m'allongeais à côté d'elle, clope au bec. Elle posa sa tête contre mon torse et referma les paupières. Je caressais son crâne en soufflant ma fumée.

— Et toi, tu as une famille ?

Je baissais mon regard vers elle.

— Oui.

Elle fronça les sourcils.

— Tu ne considères pas ça comme une faiblesse ?

Je ricanai.

— Tu as vu ma sœur ? Si elle se faisait kidnapper les kidnappeurs la ramèneraient tellement ils en auraient marre. Quant à ma mère… Ma mère est plus une tare qu'une faiblesse.

— Tiens, tu as une mère toi ? C'est bizarre je ne te pensais pas du genre à en avoir une.

Je levai les yeux au ciel.

— Et le reste de ta famille ? Ton père ? Je ne sais pas, tu as des frères ?

Je plantai mon regard dans le sien.

— Je les ai tués. Tous. Au couteau Nix. Je les ai saignés jusqu'à l'os.

Je ne l'avais pas effrayée. Je le savais. Pourtant, elle ne me répondit pas après ça. Après ça, elle s'endormit, nue sur moi, et je continuais à fumer ma clope jusqu'à ce que l'aube se lève.

CHAPITRE 23

"Vivre est la chose la plus rare au monde. La plupart des gens ne font qu'exister"

Oscar Wild

`Nix 12 août 2018 - Mexique`

J'enfilai un short en jean et un top blanc en dentelle et descendis dans la cuisine, tout de suite après que Kurt soit sorti de la chambre après un coup de fil houleux.

Je me versai un verre de vodka pure en savourant l'odeur de l'alcool qui me montait dans les narines. Il n'y avait rien de mieux pour commencer la journée.

La villa était calme, comme si rien ne s'était passé, et seuls des cris d'hommes venant de l'extérieur venaient troubler le silence.

Je m'assis autour de la grande table en chêne de la salle à manger en fixant mes écouteurs dans mes oreilles, quand une dizaine de mecs pénétrèrent dans la pièce arborant le Tatouage.

Chaque membre officiel de la Mafia Piratando avait ce foutu symbole tatoué sur le corps et les mecs qui l'avaient gravé sur la peau étaient tout sauf des enfants de chœur.

La troupe se figea en me voyant et le mec le plus proche

montra des dents en s'avançant vers moi. Il se mit à m'aboyer dessus alors que je le regardai, immobile, tout en continuant à manger mon pancake. Il ne s'était pas rendu compte que je n'entendais rien ?

Quand sa bouche se referma enfin, je retirai mes écouteurs et le regardai avec condescendance. *Pourquoi être polie quand on peut ne pas l'être ?*

— Tu me parlais ?

J'aurai presque juré que ses yeux étaient devenus noirs.

— Ecoute moi bien petite fille. C'est pas parce que les coups de reins du patron t'ont fait vibrer hier soir que tu es devenue quelqu'un. Tu n'as rien à foutre ici, cette table est réservée aux membres de la Mafia, pas aux suceuses dans ton genre, ensuite, je suis le troisième commandant du lieutenant Kryan et toi, tu viens de me manquer de respect. Donc tu vas bien gentiment arrêter d'embarrasser ta petite tête et faire ton travail de salope en laissant toute ma garde te passer dessus jusqu'à te faire saigner, c'est clair ?

Je le considérai avec dégoût.

— Premièrement autant de discrimination par le sexe dans une seule phrase c'est vraiment pas ouf pour un mec aussi haut placé que toi et c'est *vraiment* démodé. Personne t'as jamais appris que juger quelqu'un par son vagin plutôt que par ses capacités, c'était un aller simple vers la mort ? Deuxièmement, c'est quoi cette obsession pour le viol ? T'as un problème de frustration ? Trouve-toi une pute je sais pas, fais un jeu de rôle si c'est ça qui te fais kiffer. Tu penses vraiment que c'est la chose la plus menaçante de la planète toutes ces injures et dire que tu vas « faire saigner ma chatte » ? Chéri, t'as des choses à apprendre. Je m'attarderai même pas sur le fait que j'ai tout à fait le droit d'être à cette table parce que ce sera bien plus drôle quand tu te rendras compte.

Il ricana.

— Et des insultes. Continue fillette je t'en prie, chaque seconde que tu passes à me regarder est une raison suffisante pour te défoncer le cul.

Charmant.

— Un jour, il faudra vraiment qu'on parle de ce délire avec le cul. Et fillette, vraiment ? T'es pédophile aussi ? Je sais que vous êtes des gros méchants psychopathes mais quand même ça fait beaucoup.

Sa bouche se tordit d'un rictus et son poing se serra violemment alors qu'il faisait un pas en avant, un pas de trop dans mon espace personnel, la rage aux yeux et prêt à me frapper.

Mais il se figea quand je me levai. Le dévisageant, impassible, je m'allumai une cigarette en le scannant de haut en bas.

— C'est la première fois que tu me vois n'est-ce pas ?

S'il était déstabilisé par mon attitude provocante, il n'en montra rien.

— Oui, comme à peu près toutes les putes du Boss, et tu ferais mieux de cesser ces mimiques bizarres pour tenter de m'impressionner, parce que, grande nouvelle, la seule chose que ça me donne envie de faire c'est de foutre ma queue dans ta grande bouche.

Il m'agrippa les cheveux pour, semble-t-il, me forcer à le suivre et je soupirai de lassitude devant tant de bêtise. Cela lui conféra un quart de seconde d'étonnement, un quart de seconde de distraction qui suffit à ce que je lui fasse une clé de bras en balayant ses jambes de mes pieds jusqu'à ce qu'il se retrouve à genoux, dos à moi, à mes pieds, son bras gauche tordu derrière son dos et tenu fermement par ma main.

— On ne s'est peut-être pas bien compris toi et moi.

Je lui piquai son flingue et l'appuyai fortement contre sa mâchoire, le forçant à relever la tête, alors que ses acolytes avaient reculé, observant la scène avec suspicion.

— Réfléchis un peu, je ne pense pas que ton boss ait vraiment l'habitude de laisser ses putes traîner, ni qu'il en ramène si souvent.

J'allai ajouter une menace quand deux silhouettes familières entrèrent dans la pièce.

On ne me laisse jamais jouer avec mes jouets !

Kurt fronça les sourcils en voyant la scène et le grand gaillard à mes pieds se mit à ricaner.

— Lâche-moi sale pute, je vais te donner la correction que tu mérites.

Smith s'avança jusqu'à nous et considéra mon portable resté sur la table un instant avant de revenir sur ma victime.

— Qu'est-ce qu'elle a fait ?

— Elle mangeait à la table des Membres, et m'a ouvertement manqué de respect.

Kurt émit un rire sarcastique alors que je serrai les dents en le foudroyant du regard pour l'empêcher de me piquer ma proie.

Je l'ai trouvé, il est à moi bordel de merde !

— Kryan !

Taylor qui se tenait derrière lui et regardait la scène avec indifférence haussa un sourcil dans ma direction.

— Tu tiens à ton troisième commandant?

Il haussa les épaules.

— Remplaçable.

Ouch, ça devait faire mal ça.

Kurt s'approcha de moi et de l'imbécile avec l'intention évidente de le tuer, mais je le tins hors de sa portée.

— Ah non bordel ! Arrêtez de me prendre mes proies, c'est à moi qu'il a manqué de respect, pas à vous ! Laissez-moi le tuer bon sang de bois !

Kurt me dévisagea lentement en haussant un sourcil.

— Bon sang de bois ?

— Quoi, t'as un problème ? Tu préfères bon sang de chêne ?

Le criminel rigola et je sentis mon prisonnier se tendre immédiatement. J'aurai dû prendre une photo de sa tête alors qu'il découvrait qu'il s'était mis dans une profonde et vaseuse merde.

Kurt considéra le « capitaine ». *Ou je ne sais pas quel grade il était, la hiérarchie par ici est un bordel...*

— La fille que tu viens d'insulter est sous ma protection. Tu es donc condamné à mort.

Il hocha la tête dans ma direction et je balançai le mec au sol avant de lui tirer une balle dans le crâne en faisant attention à ne pas recevoir d'éclats de sang sur le visage ou sur mes vêtements.

Manquerait plus que ça, tient !

Je remis mes écouteurs dans mes oreilles avant de me diriger vers la sortie. J'avais quelques trucs à acheter pour mon propre confort personnel, parce que ma besace était bien gentille, mais avec la tendance sériale baiseur de Kurt à déchirer systématiquement tous les morceaux de tissus qui me recouvraient, je me retrouvais sans rien.

— Nix ?

Je relevai la tête vers Kurt en enlevant un écouteur.

— Oui?

Il me jeta une chaîne en argent que j'attrapai au vol. Elle était simple, plutôt élégante, avec un pendentif brillant du symbole de sa Mafia.

— Ne quitte ce collier que quand tu dors. C'est pour éviter ce qui vient de se produire justement.

Je hochai la tête et l'enfilai rapidement autour de mon cou.

— Oh et…

J'haussai un sourcil en attendant qu'il continue et il esquissa un rictus.

— Ne fais pas trop chauffer ta carte black.

Je lui montrai mon majeur avant de sortir de la villa. *Connard.*

Quelques minutes plus tard, un taxi me déposa dans le centre-ville et je sortis du véhicule en inspirant un plein poumon l'air de la place.

Le ciel était bleu azur et l'atmosphère était saturée d'une odeur de tabac froid et d'alcool. La place était organisée autour d'une fontaine à l'eau claire et brillante, et des hommes en noirs armés de la tête aux pieds se fondaient dans la foule. Les boutiques de luxe fleurissaient un peu partout, mais toutes les enseignes affichaient sur leur devanture le symbole de la mafia Piratando.

Cette putain de ville appartenait complètement à Kurt. *Voir même le pays.*

Je soupirai et allumai une cigarette en me dirigeant vers une boutique quand un gros baraqué chauve et couvert de tatouages sur la totalité du visage m'intercepta.

— Nix Johnson ?

J'haussai un sourcil, sans répondre.

— Si vous avez besoin de quoi que ce soit, c'est à moi que vous vous adressez. Ordre de Smith.

Appeler quelqu'un par son nom de famille pouvait paraître insultant chez n'importe qui mais pas chez lui. Il avait dit ça avec respect et fierté, fier d'être à son service. Tant de respect forçait mon admiration, je devais bien l'avouer.

J'hochai la tête et continuai mon chemin avec indifférence, tout en sentant une quarantaine de paires d'yeux me suivre scrupuleusement. *Les O.*

Les membres de la Mafia. Ceux qui arboraient le Tatouage. Tout ceux qui avaient suivi l'Initiation. *Les Ombres.*

Et visiblement Kurt leur avait donné l'ordre de me surveiller…

Mes achats finis, je m'installai à la terrasse d'un café et commandai un verre de vodka en observant la place. Il était à peine midi et le ciel était plutôt à l'orage. Les O déambulaient entre les passants, invisibles, mais dès lors que l'on en remarquait un, on les voyait tous. Toutefois, aucun des civils ne semblait se soucier de leur présence. C'était presque *normal.*

Je commandai un truc à me mettre sous la dent et naviguai sur internet en attendant mon plat. Je vagabondai un peu parmi les nouveautés musicales, quand je retombai totalement par hasard sur *cette* chanson.

Mon cœur accéléra dans ma poitrine, et bizarrement, cela me fit sourire. Repoussant les ombres des souvenirs, je rebranchai mes écouteurs pour ne plus entendre qu'elle.

Mon monde se mit tourner autour de moi, envahie par des scènes du passé, des voix que je voulais oublier. Le vide dans ma poitrine était un abysse dans lequel je ne cessais de tomber au ralenti mais je m'y raccrochai de toutes mes forces. Ça. Cette sensation. La peur. Le souvenir de la peur. La douleur. Le souvenir de la douleur. Mon envie de vomir. Le nœud dans mes tripes. Ça me faisait sentir quelque chose. Ça me faisait me sentir en vie. Les ombres dans mon esprit, les silhouettes qui me pourchassaient toutes les nuits, les souvenirs et les cauchemars qui s'emmêlaient derrière mes paupières, enlaçant mon âme et embarquant mon cœur dans une valse mortelle jusqu'à ce que je cesse de respirer.

Mais ça voulait dire que j'étais vivante.

J'avais survécu.

J'avais réussi.

Une goutte d'eau tomba sur ma main. Je levai les yeux vers le ciel alors qu'un éclair déchirait les nuages noirs, et qu'une averse se déversait sur la place, me trempant au passage.

Si la plupart des civils se précipitèrent sous des abris potentiels, moi, ainsi que tous les O, ne bougeâmes pas d'un cil face aux caprices du temps.

La chanson changea et je fermai les yeux, me laissant porter par la musique alors que le tonnerre grondait.

C'était étrange. D'être ici. Qu'est-ce que j'attendais au juste ? Qu'arrivera-t-il demain ? Qui étais-je ?

Parfois j'avais la sensation que mes cauchemars n'étaient que des cauchemars. *J'aurai vendu mon cœur et mon âme pour que ce soit vrai.*

J'avalai mon verre d'un trait et enfonçai mes ongles dans ma chair. J'aurai pu fuir, partir, partir loin d'ici, tout oublier, encore. Le sang sous mes ongles me rappela à la réalité. *Bordel.*

Je posai un billet de cinq pesos sur la table et me dirigeai vers la fontaine alors que la pluie tombait plus fort, en allumant une clope.

Je m'assis sur le rebord trempé alors que les gouttes d'eau

et le vent fouettaient mon visage. Je sortis un carnet de mes sacs de shopping et les pages commencèrent immédiatement à s'humidier.

Putain, cette vie n'avait aucun sens.

Je noircis des dizaines de pages pendant plus d'une heure sous le déluge. Mes écris s'effaçaient aussitôt que je les déposai sur le papier, se transformant en brouillon noir. *Quelle ironie.* Mes pensées dévalaient le grain de mon carnet à travers l'encre et des larmes se mirent à couler en cascade sur mes joues alors que l'ombre de sourires venant d'un autre temps s'emparait de mon esprit. *Putain.* Par chance les gouttes d'eau salées se mêlèrent à la pluie et personne ne vit rien. Mes larmes coulaient avec celles des dieux et j'ignorai les sentiments dans mes veines. Du poison. Du pure poison. Ressentir ça me donnait envie de me jeter d'un pont. J'avais du mal à voir ce que j'écrivais avec la pluie déluvienne. Je m'en foutais un peu.

Seigneur, la douleur.

Comment on peut en supporter autant ? Comment étais-je toujours en vie ?

Je rigolai toute seule, en considérant mon carnet et les alentours.

Me voilà, moi, Nix Johnson, paumée en plein milieu d'une place quelque part au Mexique au beau milieu d'un orage, baisant avec le plus grand criminel du monde, protégée par Kurt Smith, et hantée par mon passé.

Un jour on m'avait dit que la vie avait un sacré sens de l'ironie. C'était sûrement très vrai.

Sinon, quel pourcentage de chance y aurait-il eu, pour qu'au moment où je relevais la tête, le visage de ce gars, sur une place paumée en plein milieu du Mexique au beau milieu d'un orage, réapparaisse ?

Mon regard croisa le sien, son visage fut d'abord surpris, puis un grand sourire s'étira sur ses lèvres alors qu'il courrait vers moi.

Mes pensées s'envolèrent et j'en lâchai ma cigarette, qui

tomba à mes pieds, éteinte par les trombes d'eau qui dévalaient le sol.

Il s'arrêta juste devant moi, trempé de la tête au pied alors que je me levais lentement.

— Ella !

Le passé revenait *toujours*.

CHAPITRE 24

***« Faut-il mépriser tout ce qui ne dure pas éternellement ?
Ni la verdure, ni les fleurs ne durent toujours.
Cependant, qu'elles sont belles et, sans elles, que la terre serait triste, qu'elle serait laide ! »***

L'Obscure Souffrance, 1919, Laure Conan

`Nix                    12 août 2018 - Mexique`

Les yeux écarquillés, je le considérai, immobile.

— Matthéo ?

Je clignai des yeux plusieurs fois en réprimant l'envie de me pincer pour vérifier si je ne rêvais pas. Mais qu'est-ce qu'il foutait là ?

— C'est bien moi !

Son sourire ravageur était identique. Par réflexe, je regardai autour de lui, à la recherche de son meilleur ami de toujours, mais je ne vis que lui. Il n'y avait personne d'autre que lui.

Il me prit dans ses bras avec ferveur et je ne bougeais pas, me laissant faire, pétrifiée.

Bordel mais qu'est-ce qu'il foutait là ?

J'avais l'impression qu'il ressurgissait au pire moment comme au meilleur.

Au bout de quelques secondes je mis fin à son étreinte forcée, en tentant d'essorer mes cheveux, la pluie tombant toujours aussi drue sur la place. Je me refroidis aussitôt en le regardant.

Je n'étais plus Ella. Plus depuis longtemps.

— Je suis Nix maintenant. Nix Johnson. Si tu veux rester, il faut que tu oublies Ella. Et que tu ne lâches pas un mot sur elle, même sous la torture.

Il me regarda, destabilisée et voyant que j'étais sérieuse, hocha la tête. Quelque chose me disait qu'il allait tenir sa langue. Matthéo avait été un « ami ». Pour Ella du moins. Ça m'avait fait du bien. Mais ça n'avait pas duré. Comme tout.

Je ne voulais pas revenir sur cette partie de ma vie. La seule un semblant d'heureuse et donc maintenant la plus douloureuse.

Un autre temps. Une autre moi. Putain de vie.

Je poussai un soupir en le regardant, lui et son sourire accroché sur les lèvres.

Pourquoi est-ce qu'il souriait ? Pourquoi tout le monde sourit tout le temps ?

— Qu'est-ce que tu fais là ?

— C'est plutôt à moi de poser la question ! Tu as disparu du jour au lendemain sans donner de nouvelles ! Mais bon, vu l'état de Thomas, je suppose qu…

— Ferme-la.

Mon ordre le coupa en plein milieu de sa phrase comme un fouet glacé. Je ne voulais plus entendre ce nom. Plus jamais. A part quand je le tuerai.

Il leva les mains en l'air, comme en signe de paix, et je dus me retenir de me moquer.

Ridicule.

— Okay j'ai compris. Je ne dis plus rien. Sinon, qu'est-ce que tu deviens ?

Oh, tu sais, je me bourrais la gueule toute la journée dans un trou pourri mais là je couche avec le chef de la mafia la plus puissante du monde entre deux séances de torture. Et toi ?

J'haussai les épaules alors que la pluie augmentait et me rassieds.

— Je te retourne la question.

Il hocha la tête et m'imita en mettant ses mains dans ses poches. Brun aux yeux marron, Matthéo était franchement canon et possédait une musculature digne de la Mafia. Du genre à enchaîner les filles, il avait été l'épaule d'une ancienne moi pendant des semaines, et m'avait donné un semblant d'espoir à un moment où je ne cherchai que ça. Matthéo était mon seul souvenir heureux et innocent.

Non, il ne savait rien. Rien du tout.

— Après ton départ, Thomas est devenu cinglé. Dieu seul sait pourquoi, il te voyait à tous les coins de rue, et il a entraîné l'équipe de basket dans sa folie. Je me suis tiré deux mois après pour aller en Sicile, où j'ai rencontré Gabriella Marquez, une fille chaude comme la braise et génialissime. On a couché plusieurs fois ensemble, et puis je suis entré dans la mafia Italienne, la Mafia Fernando. Cela faisait trois ans que j'y étais, puis j'ai découvert un traître dans une équipe de la Mafia Piratando venue en délégation. Je l'ai dénoncé et suite à une enquête, on m'a récompensé de l'intégration à la Mafia Piratando et avec une médaille de loyauté. Je suis ici pour la cérémonie, apparemment dirigée par Kurt Smith en personne !

Je haussai un sourcil mais ne dis rien. C'était trop tard, mes souvenirs avaient terni. Comment même lui, avait fini par être entraîné dans ce monde ? Il avait l'air tellement excité par la perspective de le rencontrer que cela me faisait grimacer.

Ça, ça risquait d'être amusant.

— C'est quand ?

— Cette après-midi, mais tu ne pourras malheureusement pas venir. Ils ne laisseront jamais une parfaite inconnue débarquée à un événement.

Parfaite inconnue, mes fesses oui. Va dire ça au fils de chien qu'on en reparle.

Si Kurt refuse que je vienne, je lui crève les deux yeux et je me fais un milkshake avec ses couilles.

Je lui fis un sourire de connivence et regarda ma montre. Midi.

— Je vais rentrer.

— Tu loges où ?

Loger, mais putain il a bouffé une mamie au petit dej' ? Je ris.

— Tu verras. Tu me passes ton numéro de téléphone ? Je suppose que tu resteras ici maintenant.

— Dans une semaine je pars à L'Initiation, c'est une sorte d'intégration, quelque part et je ne pourrais pas communiquer pendant trois mois.

Je retins une grimace. Me taper un fantôme de mon passé pendant trois mois n'était pas exactement le programme que j'avais prévu.

Je le regardai sérieusement.

— Matthéo. Si on te pose des questions sur Nix Johnson, tu ne nie pas que tu me connais, que tu es mon ami. Mais c'est tout. Tu restes sur le fait que tu m'as connue avant. Sans rien dire d'autre. Et si on te torture pour savoir, dis-toi bien que ce ne sera jamais pire que ce que je te ferai subir si tu lâches un mot.

Il haussa un sourcil alors qu'une lueur de peur infime traversait son regard.

— D'accord, mais de toute façon, ils ne te connaissent pas. Et puis depuis quand tu tortures toi ?

Il sembla destabilisé. Je ricanai en tournant les talons, sans rien ajouter.

— Aurevoir Matthéo !

Je ramassai mes sacs, que j'avais pris soin de rassembler dans un grand sac étanche au début de l'averse et grimpai dans le SUV noir qui m'attendait au bout de la rue, complètement trempée.

Je ne savais pas quoi penser de la présence de Matthéo. Il y a longtemps, très longtemps, une ancienne moi le considérait comme… un rappel à la vie. Mais il y avait eu *lui*, il y avait eu *eux,* il y avait eu moi, et maintenant j'étais Nix Johnson et je n'avais plus aucune idée de ce que représentait

Matthéo. Il était la pièce d'un puzzle perdu, dont on avait un vague souvenir mais qu'on avait sûrement vendu à une brocante.

Mais avant tout, sa présence représentait un danger capital. S'il lâchait une seule info, il pouvait conduire Kurt à mes secrets les plus enfouis en un éclair, et là, il était clair et net que j'irai agoniser mes tripes dans un coin de ses caves jusqu'à la fin de mes jours.

Et encore. S'il ne demandait pas au diable lui-même de continuer à me torturer après la mort.

Comme si le diable pouvait être pire que lui.

Je ricanai silencieusement et sortis de la voiture sans un regard pour le chauffeur. Les gardes m'examinèrent en plissant les yeux, avant de m'ouvrir le portail. Je rentrai dans la villa en posant mes sacs à terre avant d'essorer mes cheveux trempés et collant sur le palier.

Beurk, beurk, beurk et beurk.

Je passai dans le salon pour pouvoir monter à l'étage et y déposer tous mes achats, en ignorant royalement le fils de chien et son associé Monsieur Taylor Kryan.

Ils discutaient, semblait-il, de quelque chose de sérieux, e*n même temps s'ils étaient en train de parler de la prochaine paire de vans ou de l'existence des licornes, je me serai posée des questions,* et s'interrompirent en me voyant.

Je leur fis un signe de la main innocent.

— Continuez, continuez, faîtes comme si je n'étais pas là !

Ils me regardèrent, surpris, et ils pouvaient l'être : j'étais de bonne humeur, et vu mon nom, c'était à peu près comme si une corne de chèvre m'avait poussé sur la tronche.

Je grimaçai.

— Vous voulez un autographe peut-être ? Je sais que vous avez pas l'habitude de voir autant d'intelligence et de beauté à force de croiser votre reflet tous les matins, mais c'est pas une raison.

Les deux mecs me fixèrent avec interdiction, et je grimaçai.

Ça va, on sait que j'ai plus l'habitude d'être froide et

sans âme que légère et joyeuse, mais pas la peine de me regarder comme si j'étais ET parce que je semble plus ou moins de bonne humeur.

Kurt ricana.

— C'est Matthéo Dumont qui te mets dans cette état ?

Je soufflais d'exaspération. Evidemment, ses hommes m'avaient surveillée comme un chien toute l'après-midi…

— Oui. Et il va sans dire que je t'accompagne à la remise de son prix bidule ou chais pas quoi.

Il haussa un sourcil surpris.

— Tu es amie avec ce type ?

Je ricanai.

— Je ne suis amie avec personne Smith. Je dors où au fait ?

Il plissa les yeux avant de soupirer. Je pouvais presque lire toutes les insultes qu'il se retenait de m'adresser dans ses yeux.

— Tu dors dans la même chambre qu'hier.

Je hochai la tête et repris mes sacs pour aller faire mon rangement, toujours trempée et l'orage battant son plein à l'extérieur.

Kurt

Je regardai Nix disparaître en haut des escaliers et me levai, aussitôt suivi par Kryan.

— Tu t'occupes de notre affaire. Ne fais aucun rapport à Jason, seulement à moi, c'est compris ?

Il hocha la tête alors que je le congédiais, avant de monter au pas de course dans mon bureau. Cet après-midi, je devais *en effet* remettre une médaille à un soldat de la Mafia Italienne, qui avait permis à plus d'une centaine de membres d'être libérés, à des centaines de millions de dollars d'être sauvés et tout cela en dénonçant un traître, alors qu'il ne faisait même pas partie de ma Mafia. C'est pourquoi il y avait gagné sa place et cette médaille de loyauté.

Mais il valait tout de même mieux pour lui qu'il ne soit pas un ex-petit-copain de Nix.

J'examinai son dossier avec attention quand la rousse entra dans mon bureau avec décontraction. Son visage était redevenu aussi froid qu'il ne l'était avant qu'elle ne sorte de cette villa.

Le contraire m'aurait étonné.

Je remarquai qu'elle portait des bottines Louboutin plutôt impressionnantes, ce qui me fit hausser un sourcil. Le regard méprisant qu'elle darda sur moi me fit serrer la mâchoire et je perdis soudainement le contrôle de mes nerfs. Aussi bandante qu'elle était, elle allait devoir apprendre à me respecter ou j'allais finir par la tuer sur un coup de tête.

— Avant d'entrer dans mon bureau, on frappe et on fait preuve de respect. Tu as peut-être sauvé ma sœur, tu es peut-être un excellent coup et une nana super bonne, tu peux être très intelligente, cela ne t'empêche pas de respecter les règles. Aux yeux de tous ici, tu n'es que ma pute, et si on examine les faits, ils n'ont pas exactement tort. Je peux te tuer n'importe quand et si je ne l'ai pas encore fait, c'est uniquement car baiser une fille avec plus qu'un petit pois dans la cervelle est revigorant et rare alors redescends sur terre. Tu vas sortir de ce bureau, frapper fermement, attendre que je t'autorise à entrer, puis entrer en baissant la tête jusqu'à ce que je t'ordonne de la relever.

Elle me considéra sans rien dire, un masque impassible sur le visage, sans exécuter un seul des ordres froids que je venais de lui donner.

— Tu ne trouveras rien dans ce dossier. Matthéo n'est pas un ex, *c'était* juste une personne que j'ai connue. Une sorte d'ami. Mais de toute manière, je ne vois pas pourquoi je te dis ça. Je ne pense pas qu'il soit dans tes habitudes de te préoccuper des ex de tes putes, comme tu le dis si bien. Et de toute manière, si je suis une pute, tu dois me payer, et je peux aller voir d'autre client, sans que cela ne te dérange.

Je restais impassible mais mes pupilles se rétractèrent de colère.

— Je ne suis pas une de tes chiennes, plan cul ou autre. Je

pensais que tu l'avais compris mais visiblement...

D'un seul coup, elle retira le collier qui se trouvait autour de son cou et le jeta sur mon bureau.

— Je ne dormirai pas dans ton lit ce soir, et ni les autres soirs. Ne compte pas sur une baise non plus. Ne me touche même pas. Tu n'as pas à le faire. Si ce que tu as dit concernant mon Initiation tient toujours, je pars dans deux semaines, sinon, je partirai aussi mais dans un autre endroit dont tu n'auras aucune connaissance. Je ne t'appartiens pas, je ne suis pas ta chienne, ta pute, et je ne vois pas pourquoi je devrais porter ce foutu collier qui ressemble plus à une laisse qu'autre chose. Je ne suis pas un animal sauvage à apprivoiser Kurt. La nature reprend toujours ses droits, et tu le sais. Tu sembles oublier, que si je suis là, c'est parce que j'en ai envie, que je peux partir à tout instant, et que le tatouage que tu veux me coller sur la peau ne changera rien à ce fait. Je ne suis pas un soldat ou un objet. Je suis une traqueuse, une tueuse. Alors n'essaye pas de me contrôler. Tu ne le pourras jamais, au risque de finir mort.

Elle me lança un regard noir. Un regard glacé, si froid que je ne pus empêcher des frissons de me parcourir le dos. Elle claqua la porte et me laissa là, abasourdi. Je secouai la tête en esquissant un sourire en coin.

La baise de ce soir risquait d'être torride.

Nix

Je revêtis une robe bleu clair qui laissait mon épaule dénudée avec des talons blancs. Je ne pris pas la peine de me mettre du rouge à lèvres et dévalais les escaliers pour trouver Kurt adossé au comptoir de la cuisine. Lorsqu'il m'entendit, il leva les yeux et posa sur moi un regard appréciateur avant de se redresser et de faire un signe du menton à ses hommes, qui nous encadrèrent aussitôt.

Il ne tenta pas de me toucher et ne dit rien tout au long du trajet en SUV alors que je pianotais sur mon nouveau portable. *J'étais presque déçue.*

Nous arrivâmes au beau milieu d'une campagne abandonnée, où une quarantaine d'O en uniforme officiel, c'est-à-dire costume entièrement noir, et les vestes couvertes de grades et de médailles, attendaient. Une autre petite trentaine d'hommes encadraient la cérémonie, formant un carré parfait sur l'herbe verte, armés jusqu'aux dents.

Je repérai vite Matthéo. Il portait un costume entièrement noir, mais sa veste n'était pas décorée et il portait une cravate entièrement blanche. A peine Kurt avait-il posé un pied par terre, que tous baissèrent la tête en se mettant au pas. Je me croyais presque à l'armée. *Et c'en était une. Une armée plus mortelle que les forces spéciales.*

Il n'émettait de ces gens aucune crainte envers leur chef. Juste du respect, de l'admiration et de la fierté. Matthéo fut celui qui s'inclina le plus bas. Kurt fit alors quelque chose à laquelle je ne m'attendais pas du tout : il s'inclina à son tour devant ses généraux. Très légèrement. A ce geste, tous les gardés présents, Matthéo compris, mirent un genou à terre avant de se redresser et de relever la tête.

C'était impressionnant. *Terrifiant aussi.*

Nous avançâmes sur la « place » alors que les spectateurs formaient un cercle autour de Kurt et Matthéo. Un coup d'œil de Kurt me fit comprendre de rester à son côté, et je ne me fis pas prier. Matthéo ne m'avait pas encore vue et sa tête lorsqu'il s'apercevrait de ma présence promettait d'être délicieuse.

Celui-ci s'avança, tête baissée comme le voulait la tradition, de ce que je savais. Kurt sortit de sa veste en cuir *l'insigne* et regarda mon ami avec sérieux.

— Matthéo Dumont. Ta bravoure et ta loyauté ont été grandement remarquées, et tu en es aujourd'hui récompensé.

Il piqua l'insigne flamboyant sur sa veste noir.

— Tu intégreras l'Initiation dans deux semaines, et tu porteras Notre Tatouage d'ici trois mois.

Matthéo ploya le genou avant de se relever entièrement, tête comprise et de murmurer un « merci » plein de gratitude.

Ça c'était bizarre. Très bizarre.

Matthéo, *mon* Matthéo, basketteur de son lycée, meilleur ami de *Thomas*, mon meilleur ami, mon soutien, coureur de jupons, et adolescent de dix-sept ans, avait aujourd'hui vingt et un ans, et intégrait la Mafia la plus puissante du monde.

Le temps passait vite. Plus vite que je ne m'y attendais.

Matthéo détourna les yeux et se figea soudainement quand son regard croisa le mien.

— Nix ?

Je souris alors que tous les invités commençaient à discuter. Il y avait toujours une petite fête pour féliciter le gradé, d'environ une vingtaine de minutes avant que tout le monde ne retourne à ses occupations.

Ne vous torturez pas l'esprit à vous demander comment je le sais.

— Matthéo.

Son regard alla de Kurt à moi et de moi à Kurt plusieurs fois très rapidement. Celui-ci s'était considérablement rapproché de moi, et, j'en suis sûre, lançait des regards d'avertissements à Matthéo. Je me retournai, confirmai ce fait, et le fis stopper d'un regard glacial. Il serra les dents en me fusillant du regard avant de le reporter, neutre cette fois-ci, sur le nouvellement gradé.

Celui-ci ouvrit grand la bouche de béatitude.

— Vous, vous... ?

Je le coupai.

— Ça ne te regarde pas.

Matthéo siffla en me regardant.

— Je comprends mieux pourquoi tu souriais tout à l'heure. Je ne vois pas de tatouage sur toi ?

Je souris froidement.

— Non. S'il n'a pas changé d'avis, je t'accompagne dans une semaine.

Matthéo écarquilla les yeux.

— Nix, il va falloir que tu m'explique ça...

Je lui souris hypocritement.

— Tu es fan de littérature érotique ?

Il grimaça alors que Kurt ricanait avant de se gratter la

gorge en me regardant.

— On doit y aller, j'ai pas toute l'après-midi.

Je levai les yeux au ciel, servis un sourire de politesse à Matthéo, toujours figé de stupeur, avant de rejoindre le criminel et de le suivre jusqu'à la villa.

Ouais, sa présence ici est vraiment bizarre.

Kurt repartit presque aussitôt après m'avoir déposée, et je me changeai pour enfiler un sweat et un jean. Il était environ seize heures de l'après-midi, et je n'avais qu'une envie : me saouler jusqu'à m'évanouir. Je descendis à la cuisine, attrapai cinq bouteilles de vodka et m'enfermai dans la chambre pour m'allumer une cigarette en regardant le soleil au loin.

Matthéo faisait ressortir des souvenirs. De mauvais souvenirs. Je bus au goulot trois bouteilles entières, jusqu'à ce que mon cerveau s'embrume et soupirai de plaisir. J'avais l'impression que cela faisait des années que je n'avais pas ressenti cette sensation, alors que cela ne faisait que quelques jours. Mais c'était déjà trop.

Pendant plusieurs heures, j'enchaînai alcool et nicotine à une vitesse fulgurante, jusqu'à sombrer dans une semi-conscience, où je ne ressentai plus rien. Plus rien que la lourdeur dans chaque membre de mon corps. La douleur était repassée au second plan.

Le soleil finit par se coucher, et quelque temps après, la villa sembla prendre vie. Des bruits de voix, de pas, tous semblaient être « rentrés ».

Cela m'importait peu.

Je me contentai de les entendre, à travers le brouillard qui planait sur mes neurones, alors que mes souvenirs me faisaient souffrir, et puis, je finis par sombrer dans l'inconscience.

Nix - Fin novembre 2013 - Paris

Je frappai sans relâche sur le sac de sport en face de moi alors que des larmes se déversaient sur mes joues. Connard.

Salopard.

Je regardai mes jointures en sang tout en essuyant les gouttes d'eau salées d'un revers de manche quand des bruits se firent entendre dans le gymnase. Une dizaine de garçons en maillot venaient de rentrer, discutant entre eux, et je me tendis immédiatement.

Ils ne me peuvent pas te reconnaître, me rassurai-je. C'était vrai, mais j'avais toujours peur. J'entendis les rires se rapprocher de moi, et vis le groupe m'entourer en me regardant curieusement et avidement.

C'était compréhensible, cette salle était vide, en dehors d'eux et moi, et c'était la première fois que je venais ici. L'un, grand, musclé, aux yeux bruns et aux cheveux chocolat, me fit un sourire de dragueur, laissant apercevoir sa dentition Colgate en prenant une position suggestive. Je le regardai, en sueur, les mains en sang, méchamment et avec provocation.

— Qu'est-c'tu viens me faire chier ?

Mon ton était mordant et ma faute de français, qui me faisait mal aux oreilles, volontaire. C'était très efficace pour repousser les petits merdeux dans son genre. Mais visiblement, soit il avait envie de se la jouer rebel, soit n'en avait rien à carrer.

— Wouh, calme tigresse ! Moi c'est Matthéo. On pourrait peut-être s'arranger pour se revoir dans un autre genre de sport, si tu vois ce que je veux dire...

Il accompagna sa remarque d'un clin d'œil. Je lui fis un grand sourire hypocrite et concluai sa misérable tentative de séduction complètement cliché par un coup de pied dans son entrejambe. Il poussa une exclamation de douleur et posa ses mains sur ses couilles alors que ses amis étaient pliés de rire.

Sauf un, qui soupira de lassitude en regardant son camarade.

— C'est bon Matthéo, t'as fini de faire le con ? On a les championnats régionaux dans deux semaines et on doit encore s'entraîner. Je n'ai pas de temps à perdre avec tes gamineries.

Celui-ci regarda son ami, offusqué.

— Elle m'a mis un coup de pieds dans les couilles !

— Tu l'as bien cherché. Allez au boulot !

Ils repartirent en riant vers le terrain de basket. Le dit Matthéo m'envoya un regard noir auquel je répondis par un haussement d'épaules. J'essuyai des cheveux qui étaient venus se coller à mon front avec la sueur et recommençait à frapper le sac.

Sauf que j'eus beaucoup plus de mal que la dernière fois à me concentrer. Mon regard ne cessait de croiser celui du ténébreux qui était intervenu tout à l'heure. Il me regardait avec curiosité, tentant, semblait-il, de chercher à me sonder. C'était étrange.

Je soutenais ses pupilles sombres qui ne décollaient pas des miennes depuis cinq bonnes minutes quand un étrange sourire se forma sur son visage. Son équipe l'appela et avant de se tourner vers elle, il articula à mon égard : « Thomas ». Un sourire inconscient se forma sur mon visage en apprenant son prénom. Cette légère impression d'être normale et de ne pas avoir été reconnue m'allégeait le ventre. Je continuai à boxer pour me défouler, toutes mes pensées tournées vers le basketteur.

Quand je remarquai que son équipe allait partir, je le doublai et le bousculai en lui faisant un clin d'œil, glissant un bout de papier roulé en boule dans son poing. Il le déplia et un sourire se forma sur son visage. Je savais exactement ce qu'il y lisait.

« Ella »

C'était un joli prénom pour une fille normale avec une fille normale. Je me souvenais l'avoir entendu dans une série. Ella, ça m'irait bien. Je repartis de ce gymnase, le sourire aux lèvres. J'avais plus souri aujourd'hui que depuis un an.

Nix - nuit du 12 au 13 août 2018 - Mexique

Du sang, des cris, des hurlements, du sang, des meurtres,

du sang, des cris, du sang, la peur qui me dévorait de l'intérieur...

Sauvez-moi!

J'ai mal....

Mes pensées se mélangeaient avec mes souvenirs et je n'arrivais plus à penser, je ne croyais même plus avoir assez de larmes pour pleurer. Des hurlements sourds m'échappaient alors que je revivais encore et encore ces souvenirs que j'aimerais oublier.

Des cris. Du sang. Mes cris. Mes hurlements. Mon sang. La douleur. Le couteau qui me traversait les veines. Ces mots. Ces illusions. Ce sang. Leurs ombres sur moi, ma peau contre le marbre froid.

Je revis la cage et je ferme les yeux, et je ne m'entendis plus hurler, me laissant tomber à genoux sur le sol. Je n'en pouvais plus. Je n'avais pas assez de force pour supporter ça.

Il y avait cette sensation de tomber dans un vide intersidéral. Cette sensation qu'un couteau s'infiltrait dans mon estomac, que quelqu'un était en train de réduire mon cœur en bouillie. C'était exactement ça. J'étais en train de perdre pieds. Je pouvais le sentir. Comme une lance qui traversait tout mon corps en deux. Ces souvenirs, cette vie...

Dieu, qu'est-ce que j'avais fait ?

Mes souvenirs se mélangèrent, jusqu'à ce que je ne ressente plus que leur douleur, la plus intense et terrifiante possible.

Et je me réveillai.

Un long hurlement s'échappa de mes lèvres, alors que je me réveillai en sursaut, en sueur, et les joues couvertes de larmes séchées. Je les essuyai d'un revers de main, avisai une cigarette et une bouteille de vodka et me servis des deux.

Je me redressai et me rendis sur le balcon. La lune était bien visible. L'ironie de la situation me fit ricaner alors que j'engloutissais la moitié de la bouteille en une seule gorgée. Elle semblait me narguer, elle et toutes ces étoiles de merde, qui puaient la merde. J'avais connu des gens qui pensaient que tant qu'il y aurait des étoiles, il y aurait de l'espoir. Un jour j'avais sûrement pensé ça. Ça n'avait pas duré. Il suffisait de me regarder pour savoir que c'est complètement faux.

Il y a toujours autant d'étoiles dans le ciel, et pourtant, sérieusement, quel espoir me reste-t-il ?

Si tant est que je n'en ai jamais eu.

Je suis brisée. Détruite.

Impossible à reconstruire.

Pas comme si j'en avais envie de toute manière.

CHAPITRE 25

« Par la destruction de l'âme, je manipule les esprits, et par le silence de ta voix, je me désagrège dans le vide »

Alexandra Kean

Nix 13 août 2018 - Mexique

– Nix!

Je me réveillai en grognant et me relevai difficilement avant de cligner des paupières. Le visage de Kurt se dessina devant moi et il serra les dents.

— Je pars pour deux jours.

— Rien à carrer.

Il souffla.

— Protège Rachel s'il te plait.

Je haussai un sourcil.

— Tu mets la vie de ta sœur chérie entre les mains d'une parfaite inconnue en qui tu n'as aucune confiance et dont tu ne sais rien ?

Il resta silencieux sans me quitter du regard. J'éclatai de rire.

— Je rêve, tu me fais confiance ! Alors ça, Kurt Smith, c'est vraiment, mais vraiment très stupide. J'attendais mieux de ta part.

Je levai les yeux au ciel et fis semblant de lui porter un toast avec ma bouteille de vodka.

— Mais d'accord, comme le souhaitera Môsieur. Je garderai un œil sur votre sœur chéri.

— Nix... T'en as pas marre de te saouler ?

— Kurt, Kurt, Kurt. C'est vraiment tout ce que tu as à dire ? Tu étais plus inventif quand tu me posais tout un tas de questions.

Il soupira, lassé, et ressortit alors que je me redressai en grognant. *Pourquoi il m'avait réveillée celui-là ?*

— Fais pas de conneries.

Sa voix me parvint avec difficulté alors que je retombais déjà dans les méandres de l'alcool.

Une petite partie de moi regretta d'être dans cet état. Mais la douleur... La douleur... Il fallait que je reste en vie, et si je restais sobre, je ne pourrai jamais survivre à son intensité.

Il fallait que j'oublie. Faites-moi oublier. Putain de cerveau.

Adam Kryan

— Adam... Elle ne nous aime plus n'est-ce pas ? C'est pour ça qu'elle ne veut pas de nous ?

Ma mère sanglotait sur le canapé et je soupirai avant de m'asseoir à côté d'elle et de lui tendre une énième boîte de mouchoirs.

— Mais non Maman... C'est juste qu'il lui faut du temps tu comprends ?

Je lui fis un sourire rassurant, mais je n'y croyais pas moi-même. La fille que j'avais vue à l'hôpital n'était pas ma sœur. Bordel, mais où était passée ma jumelle ? Où était passée ma petite sœur ?

Je pouvais presque l'entendre encore rire dans mes oreilles, mais je n'avais aucun souvenir d'elle. Il n'y avait que cette apparition d'elle dans ce foutu couloir au bras du plus grand criminel de ce monde. Et ça me foutait les jetons. La porte s'ouvrit, laissant apparaître mon père. Je me levai aussitôt et me dirigeai vers lui.

— Alors ?

— Il refuse. Il a dit, je cite « qu'il refusait de se plier en quatre pour la pute de Smith ».

Je soupirai, regardai ma mère et mon père, cerné par l'insomnie, et pris ma veste d'un coup de vent avant de me diriger vers la sortie. Elle agissait bizarrement depuis que Noémi avait ressurgi. Je veux dire encore plus bizarrement qu'avant. Et ça me faisait flipper.

— Où vas-tu Adam ?

— Lui parler !

Je claquai la porte et démarrai sur les chapeaux de roue. *Putain de famille détruite. Putain de frère de merde.* Les gardes de la villa de Kurt m'arrêtèrent au portail et je baissai ma vitre, impatient.

— Adam Kryan, je viens voir mon frère, Taylor Kryan.

Ils parlèrent dans leur talkie-walkie, avant de hocher la tête et de me laisser passer. Il fallait qu'il accepte de lui parler. Il fallait que je comprenne. Que je sache ce qu'il lui était arrivé.

Sa disparition avait littéralement ruiné ma famille. Elle était humaine bordel ! Elle devait bien se soucier un minimum du fait de partager son sang avec des gens ? Du fait qu'elle avait une famille ?

Il fallait que je sache. J'en avais *besoin.*

Je claquai la porte de cette foutue villa et hurlai le prénom de mon frère en avançant à travers les pièces.

J'entrai dans la cuisine en tentant de l'appeler une nouvelle fois, mais soudain une voix fut plus forte que la mienne.

— Mais tu vas la fermer oui ? Tu t'es cru à la foire ou quoi ?

Je me tus aussitôt, et me retournai en déglutissant, surpris. Le fait de lui parler aujourd'hui ne m'avait pas un instant traversé l'esprit.

Elle était là, plantée sur des échasses, une cigarette dans

une main et une bouteille de vodka à moitié vide dans l'autre, me considérant à peine avec mépris. Un peu comme si elle était là sans l'être, et comme si je n'étais pas vraiment devant elle, comme s'il n'y avait que cette voix venue l'importuner.

Je me grattai l'arrière de la nuque, gêné, et absolument pas préparé à cette rencontre. Qu'est-ce que je suis censé lui dire exactement ? « Hey salut, moi je suis ton frère, Adam ? ».

— Désolé.

Elle fronça les sourcils et son regard se teinta de mépris.

— Putain mais qui t'es toi ? Personne s'excuse dans la mafia.

J'écarquillai les yeux d'étonnement.

— Tu ne sais pas qui je suis ?

Elle me considéra avec un air mauvais.

— Non. Et si je ne te connais pas c'est que je ne suis pas censée te connaître. T'es personne chéri.

Son indifférence teintée de mépris et de froideur me fit frissonner.

— Je suis Adam Kryan.

Elle roula des yeux.

— Au cas où ça t'aurais échappé, chéri, qui tu es, j'en ai rien à foutre. Tu vas juste gentiment dégager et arrêter de hurler parce que tu me pètes les tympans, sinon je te fous dans les caves et je m'amuse avec toi jusqu'à ce que tu comprennes que tu n'es strictement personne sur cette foutue planète.

Dans un petit éclair de souvenir, je revis presque ma petite sœur dans ses paroles, toujours à provoquer. Elle n'avait que trois ans quand elle avait disparu mais déjà un sacré caractère. Moi six. Ça avait fait des étincelles. Alors je fis ce que je faisais toujours à l'époque, quand on se disputait. Riposter.

— Je suis Adam Kryan, PDG d'une multinationale, troisième homme le plus riche au monde, fils d'un des hommes d'affaires le plus respecté du milieu, Silvano Kryan . Allié avec la mafia Piratando et le frère d'un des hommes les plus proches de Kurt Smith. Héritier du titre de comte de Londres, après mon père. Je suis à des milliers de kilomètres de n'être rien, comme tu viens de le dire, et si tu ne me connais pas, c'est que tu vis dans une grotte.

Elle me regarda avec un sourire en coin et secoua la tête en rattrapant sa bouteille de vodka, sans répondre. Je poussai un soupir de satisfaction, quoiqu'intrigué. Je savais que je n'avais aucune victoire à déclamer car si elle l'avait voulu elle m'aurait fait fermer ma gueule en une seule phrase.

Mais si elle ne l'avait pas fait c'était pour une raison, n'est-ce pas ?

Elle descendit tout le liquide restant et posa avec force la bouteille sur le comptoir en s'allumant une clope, quand soudain, sa voix grave et éraillée retentit.

— Je préfèrerai cent fois vivre dans une grotte depuis toujours que me souvenir, Adam.

Mon prénom entre ses lèvres, froid et délicat, me fit frissonner. C'était comme si elle l'avait dit avec douceur et brutalité en même temps, comme si elle me prenait pour un gamin qui n'avait rien vécu.

Et mon instinct me soufflait que par rapport à elle, c'était exactement ce que j'étais.

Elle tira sur sa cigarette en sautant du comptoir avec aisance sans se soucier de ses talons, et monta à l'étage sans dire un mot de plus, me laissant figé en plein milieu de la cuisine.

Ce fut ce moment précis que choisit Taylor pour enfin débarquer. Il saisit la bouteille que Nix avait laissée, la regarda, et soupira avant de la mettre à la poubelle.

Il se tourna vers moi et souffla.

— Tu l'as vue, t'es content ?

Je lui jetai un regard désespéré.

— Taylor... S'il te plait. Parle-lui. Nos parents ne supportent plus. Maman est en dépression complète et se persuade qu'elle est nulle en tout, qu'elle n'a même pas su nous protéger. Elle parle toute seule. Elle tourne en rond. Elle devient vraiment folle. Papa est au bord de la rupture, il est submergé par la détresse.

Il désigna le salon du menton et prit deux bières alors que

je le suivais. Nous nous assîmes sur le canapé de la villa Smith et il me tendit une bouteille que j'ouvris avec appréciation.

— Cette fille n'est pas notre sœur, Adam. C'est un putain de fantôme hanté par des trucs que je veux même pas tenter de savoir. Elle sait des trucs, des trucs énormes, j'en suis persuadé, des trucs qui nous dépassent. Elle ne veut pas de famille. Elle ne veut pas d'attaches. Elle ne veut rien. Cette fille dépasse les limites de l'imagination et rien que ses hurlements la nuit me foutent des frissons. Crois- moi, il vaut mieux s'en tenir à l'écart. Tenter de la reconstruire te détruirais plus qu'autre chose.

Je pris ma tête dans mes mains alors que Taylor me regardait avec tristesse.

— Mais qu'est-ce qu'ils lui ont fait ?

— Je ne sais pas. On ne sait même pas qui sont « ils ». Mais crois-moi, si je les trouve un jour, ils supplieront Hadès de les torturer en enfer pour m'échapper.

— Non.

Une voix retentit et nous tournâmes tous les deux la tête vers son origine, surpris.

— Croyez-moi, *chéris,* il vaut mieux pour vous que vous vous teniez à l'écart de moi. Ne cherchez pas à savoir qui je suis, ne cherchez pas à savoir pourquoi ni comment. Oubliez mon existence. Je ne tiens pas à vous. Je n'ai aucune considération, ni pour vous ni pour les deux faibles que vous dîtes être mes géniteurs. Me suis-je bien faite comprendre ? Vous n'êtes rien, à part des pions sur un gigantesque échiquier qui vous échappe. Alors n'essayez-pas de vous y frotter où je vous tuerai moi-même.

Taylor se leva soudainement et se planta en face d'elle en la fusillant du regard.

— Et qui crois-tu pour connaître cet échiquier mieux que nous ? J'y joue depuis des années. La guerre la manipulation, le gouvernement. Tu n'es personne sur ce plateau.

La guerre que Kurt menait avec le gouvernement depuis deux ans s'intensifiait. *Je supposais qu'il parlait de cette guerre-là.* Elle rigola, d'un rire froid, un ricanement moqueur qui gela la pièce de sa cruauté et me glaça le sang.

— Oh, pauvre enfant. Tu ne comprends vraiment pas ? Tu ne t'es jamais douté ? Je ne joue pas sur cet échiquier. Je *suis* l'échiquier.

Ce fut au tour de Taylor de ricaner.

—Toi ? Tu n'es personne. Je veux bien croire que tu as vécu des choses terribles mais ça ne te donne pas un rôle dans cette guerre pour autant. Ce qui se joue en ce moment dans le monde te dépasse. Cette échiquier comme tu dis, tu ne sais pas jouer. Tu ne tiendrais pas deux minutes dans la cour des grands. Peu importe ce que tu as vécu, tu n'y connais rien. Tu ne sais pas ce qu'est le vrai, le plus dangereux des jeux de la manipulation.

Elle eut un simple sourire sadique, et celui qui étirait les lèvres de Taylor s'évanouit. La froideur dans son regard me donna envie de sortir immédiatement de la pièce.

— Mais mon cher, je l'ai créé.

CHAPITRE 26

" Tu connais l'effet papillon ? Tu éternues, à l'autre bout du monde, il y a un ouragan. Pour moi, c'était pareil. Je suis née, et des millions de gens en sont pires que morts"

Alexandra Kean

Taylor Kryan nuit du 13 au 14 août 2018

Je tirai sur ma clope et passai une main dans mes cheveux. La nuit était tombée rapidement, après que Nix ait quitté le salon avec un sourire satisfait. Adam était reparti quelques minutes après, en tremblant.

C'était ma sœur. Cette fille était ma sœur. Ma petite soeur. Notre ADN était presque identique. C'était impensable. Impossible.

Elle me procurait des millions de frissons rien qu'à son regard hanté et méprisant, et à chaque fois que je le croisai j'avais l'impression de n'être qu'un putain de moucheron qu'elle allait écraser sur son passage.

Sa disparition avait détruit la totalité de ma famille, ma mère surtout. Adam s'était construit sur le dos de mon père, en reléguant à plus tard la totalité de ses démons. Maintenant il n'arrivait plus à fermer un œil sans anxiolytique et somnifères, et son seul ami devait être son psy.

J'étais tout sauf proche de lui. Ça faisait trop longtemps que je m'étais laissé entraîner dans cette putain de vie, pour prêter une once d'attention à ce qu'il pourrait devenir. Je le surveillai de loin, un peu, comme je gardai un œil sur mon père de temps en temps. Mais aussi bizarre que cela puisse paraître, je n'avais pas la famille dans le sang. C'était peut-être pour ça que je la comprenais, au fond.

Nix...

Je n'aurai pas dû me souvenir d'elle. Cette gosse rousse qui partageait mon sang n'aurait dû être qu'un putain de fantôme. Mais la vie était une putain de chienne, et on n'oubliait jamais vraiment les traumatismes. Chacun avait le sien.

Le mien, c'était elle.

Elle avait toujours eu un grain, quand elle était gamine. Parfois, on aurait dit que quelque chose la bloquait, qu'on l'empêchait de respirer. Elle n'avait jamais, jamais cessé d'être différente.

Ce putain d'après-midi-là, quand ces mecs avaient débarqué pour arracher une âme, c'était la mienne qu'ils voulaient. Parfois la nuit, je revoyais encore ce putain de balafré, avançant vers moi avec un couteau luisant de sang à la main, juste avant que ma sœur ne se jette sur eux, comme si du haut de son mètre, elle avait le pouvoir de les arrêter. Et ils l'avaient prise, elle.

C'était moi qui avais refusé qu'on se cache, comme notre mère l'avait ordonné. Je voulais prouver à mes parents que j'étais un héros, et j'ai envoyé ma sœur en enfer. J'avais six ans, j'étais un bébé, j'étais inconscient, et ma folie ce jour-là, avait coûté la vie à Noémi.

Car peu importait les putains de résultat d'analyses. Cette meuf rousse perchée sur des talons aiguilles n'était pas ma sœur. Ma sœur était morte ce soir-là, et j'avais fait mon deuil depuis un putain de paquet d'années. On ne devrait jamais regarder en arrière, jamais. Noémi était morte. Cette fille était Nix, la meuf que mon patron baisait.

Peu importait, à quel point je voulais savoir ce que cachaient ses prunelles océans identiques aux miennes.

Je l'avais trouvée là où j'avais voulu l'oublier.

La force du vent augmentait lentement, et je regardai ma clope se consumer entre mes doigts en plissant les yeux. Une tempête approchait. Le ciel grondait, mais aucune pluie à l'horizon. De toute façon, le danger était ailleurs, ici.

On ne craignait pas les inondations, on craignait les éclairs, la foudre, les arbres qui brûlaient. Les hurlements des habitants brûlés vifs dans leur sommeil le feu, le feu qui réduisait tout en cendre, qui anéantissait le bois le plus dur à l'état de poussière, faisant s'écrouler des maisons entières comme des châteaux de cartes sous une brise de vent.

Le feu était la représentation de l'enfer, après tout. Peut-être que c'était pour ça, que Nix avait les cheveux de la même couleur que les flammes, et que j'avais surpris une fois, Smith en train d'observer un homme brûler vif avec un grand sourire. Je m'allumai une seconde clope en protégeant la flamme du briquet du vent. *Encore et toujours cette putain de flamme.*

Je respirai un bon coup la nicotine qui emplissait mes poumons. C'était un poison irréversible. Lent, cruel, et addictif. On se rendait pas compte que cette merde nous tuait, avant qu'on se fasse enfermer entre quatre planches. Et ce truc me tuait à petits feu, comme il tuait tous ceux qui s'en emparaient. Nix, Smith, et tous les membres de la mafia Piratando. Personne ne faisait exception. Et pourtant tout le monde fumait, comme si se souvenir était pire que mourir.

Et c'était exactement ça.

Je tirai encore une fois sur la latte et une bourrasque fit valser les volets de la chambre de Smith. Je sentis les O qui gardaient la propriété bouger un peu. Le vent et le tonnerre donnaient à cette foutue maison des allures de film d'horreur, et rendus sourds par l'orage, les gardes se trouvaient affaiblis.

Or, croyez-moi, vous ne voulez pas être sur le chemin d'un O qui se sent attaqué.

Le calme revint, quelques secondes, quand un hurlement

aigu déchira la nuit. Nix. Les gardes ne bougèrent pas, parce que comme moi, ils savaient reconnaître la différence entre les hurlements de terreur, et les hurlements des ombres. Les cris de Nix sortaient tout droit du noir.

Je me demandais souvent de quoi elle pouvait bien rêver. Qui la hantait.

Moi ? Son enlèvement ? Bien sûr que non. Comme disait Smith, c'était un fantôme. Une apparition qui hurlait la nuit dans le noir, le regard vide, et avec qui je partageai cinquante pour cent de mon ADN.

Putain !

Je chassai mes pensées de ma tête quand la porte claqua, me faisant sursauter. Elle était là, pieds nus, en jean et nageant dans un tee-shirt noir trois fois trop grand pour elle.

Celui de Smith, sans aucun doute.

Elle s'avança et s'assit à côté de moi sans un mot, avant de piquer mon paquet de clopes et mon feu sans même me laisser le temps d'ouvrir la bouche. C'était comme si elle se baladait avec une putain d'aura qui se répandait autour d'elle et me forçait à fermer ma gueule.

Elle porta la clope à ses lèvres, bus une longue gorgée de vodka et bascula sa tête en arrière, le regard rivé sur le ciel.

— Je ne t'en veux pas tu sais.

Je contins un sursaut. Je ne m'attendais pas à ce qu'elle parle. Je fronçai les sourcils en comprenant qu'elle parlait de *cette* foutue journée. *Putain, mais pourquoi en parler maintenant ? Je croyais qu'elle ne voulait pas de famille...*

— Pourquoi ? Tu as toutes les raisons de le faire.

Elle ferma les paupières.

— C'était moi qu'ils voulaient. Et vous n'auriez rien pu faire. Si vous aviez tenté de résister, vous seriez tous morts.

Elle rigola.

— En fait, *ils* aurait préféré vous tuer.

Il aurait peut-être mieux valu.

Je me contins de la renvoyer bouler. Il y a trois heures notre existence lui passait au-dessus de la tête et d'un seul coup elle me disait que je devrai être mort comme si...

Comme si rien en fait. Elle l'avait dit tellement calmement que c'en était terrifiant.

Elle secoua la tête en ricanant.

— La mort n'est pas une solution. Elle ne l'est jamais, même si parfois elle paraît l'être. Ces histoires de sacrifice, de suicide.... J'arrive même pas à me l'imaginer. Le sacrifice, encore.... Mais le suicide ? Mettre fin à sa vie à cause du regard des autres.... Pathétique. Il suffit juste de l'oublier. De tout oublier.

Ce fut à mon tour de ricaner.

— Le harcèlement n'est pas la seule cause des suicides tu sais.

— Tu as raison, j'ai oublié les ivrognes désespérés.

Je serrai les dents.

— Tu fêtais tes huit ans quelque part sur cette putain de planète, cinq ans après ta disparition quand ma mère, ma mère à moi, a tenté de se suicider. Elle n'est pas ivrogne, elle n'est pas harcelée, c'est juste TA perte, le manque de sa fille, de TOI, qui lui creusait le cœur, l'empêchait de respirer, et elle ne pouvait plus vivre, avec cette putain de douleur qui creusait son cœur. Tu ne connais rien au suicide, Noémi, Nix, je sais même pas comment t'appeler. Tu te permets de sortir des conneries pareilles pour des trucs dont tu n'as aucune idée. Oh, je comprends que ta petite âme soit hantée par des trucs « difficiles », mais tu n'es pas la seule à souffrir. TA putain de disparition a brisé ma famille. MA famille, pas la tienne, comme tu le dis si bien. MA putain de famille a éclaté en mille morceaux, MA mère s'est tailladée les veines dix fois en dix-sept ans, elle ne peut même pas respirer sans ses putains de cachets, mon père baise pute sur pute en enchaînant les heures de boulot comme si sa paperasse allait te faire réapparaître et mon jumeau a séjourné un an entier dans un hôpital psychiatrique, avant une cure de désintox' aux anxiolytiques. Alors tu vois, ton petit vécu personnel, j'en ai rien à foutre. Le jour où ma mère s'est plantée un couteau dans le ventre pour se rendre stérile à vie et ne jamais oublier qu'elle a perdu sa fille, tu étais quelque part sur cette planète, bien au chaud à bouffer des cookies, à ouvrir des cadeaux et à souffler sur des bougies. Ne viens pas te plaindre. Mon enfer dure depuis que tu as disparu, et ce n'est certainement pas le cas pour toi.

Je m'étais levé, je la regardai avec rage, et sa réaction ne se fit pas attendre. Elle éclata de rire. Pas un rire joyeux. Pas un rire moqueur. Un rire sarcastique. Un rire froid. Un rire glacial.

Elle m'a foutu la chair de poule.

Elle reprit son souffle et me regarda.

— Un gâteau, des confettis et des cadeaux… C'est-ce que tu penses ? Que j'ai vécu quelques petits traumatismes quand j'étais ado, et que maintenant je me saoule un peu pour les oublier ?

Je hochai la tête alors qu'elle continuait de rire. Son rire dura si longtemps qu'il me glaça les entrailles et me donna envie de m'en aller aussitôt.

Quelques minutes passèrent, sous les bourrasques du vent de plus en plus violentes, et puis elle se tut, me tourna le dos en tirant sur sa clope et regarda le ciel. Nix se leva, et écrasa sa cigarette sous son pied avant de me tourner le dos, face au ciel et au vent.

— Ce jour-là il faisait froid. Celle que j'appelais maman n'avait pas mis le chauffage pour les prisonniers qui étaient dans le coffre. Mon gilet était dans ma valise mais j'avais bien trop peur de me faire frapper en défaisant toutes les affaires. Nous nous sommes arrêtés sur une aire d'autoroute. Il y avait des gens qui rigolaient, des gens qui mangeaient, des gens qui hurlaient de rire, des gens qui s'embrassaient. C'était l'une des premières fois où je voyais la vraie vie. Je suis sortie quand j'ai vu l'air de jeu. Je voulais jouer. Elle m'a dit de ne pas trop m'éloigner, mais je n'ai pas obéi. Je suis allée dans le parc qui était pour les plus de dix ans. Il était désert. A dix ans, on ne veut plus jouer dans les parcs.

Elle a soufflé.

— J'ai entendu des moteurs gronder. Des freins crisser. Et puis des gens ont crié. Et je me suis tu. Je me suis cachée. Et j'ai attendu. Je les ai vu massacrer tous ceux qui étaient tranquillement en train de discuter et de pique-niquer. Je les ai vus tuer. Une énième voiture est arrivée. D'autres hommes en noirs. Un homme aux cheveux gris, couvert de tatouages. Effrayant. Glaçant. Je me suis faite encore plus petite. Il était suivi par un petit garçon d'une dizaine d'années qui était aussi impassible qu'un tronc d'arbre.

Je pouffe à cette comparaison mais elle ne bouge pas d'un poil.

— Ce gars-là, c'est le seul qui m'a vue, cachée sur l'aire de jeu. Il m'a fait signe de me taire, il m'a dit son prénom, il est reparti et a dit aux hommes qu'il n'y avait personne.

Elle se retourna vers moi.

— La moitié d'entre eux a fini par partir. J'en ai profité pour sortir de ma cachette, j'ai traversé l'aire, je les ai entendus arriver, l'un d'eux m'a vue, j'ai couru, j'ai vu les cadavres de ceux qui furent mes parents, avec leurs intestins sortis sur le sol. Je me suis cachée sous une voiture et j'ai attendu la police, couverte du sang de mes parents avec le bruit des balles qui résonnait dans mes oreilles. Et pendant ce temps-là, ta « mère », faisait une petite tentative de suicide qui a échoué. Et ce n'est qu'une journée de ma vie.

Je ne savais même pas quoi répondre à ça.

— Et qui sont « ils » ? Ceux qui t'ont kidnappée ? Ceux qui ont tué tes faux parents ? Je ne comprends rien.

Elle sourit.

— Tu vois, Taylor. Tu te trompes. Mon cauchemar, ce ne sont pas quelques problèmes d'ados. Mon cauchemar, c'est d'exister.

CHAPITRE 27

"Si le monde ne tourne plus rond, c'est qu'il est sans doute devenu carré"

Alexandra Kean

Nix 21 juillet 2012- Paris

Je clignai des yeux. Une fois. Deux fois. Trois fois. Le regard fixé sur ces posters de stars, ces photos de mes amis. Mes amis. Quelle blague. Des amis ça reste. Ça se soutient les uns les autres. Il n'a fallu qu'une semaine pour qu'ils m'oublient. Leurs sourires me font mal aux yeux. Mon portable vibre. Je cligne des yeux. Mon portable vibre, encore, je cligne des yeux, encore. Encore une fois. Et puis une autre quand la vision de ces illusions me donne soudain envie de vomir.

La rage monte. Ils n'ont pas le droit d'être là à sourire alors que je ne le pourrai plus jamais. C'est impossible. Pourquoi sont-ils encore là ?

Leurs dents parfaitement blanches, leurs yeux étincelants, ces photos aux couleurs éclatantes de bonheur me donnent la nausée.

Silencieusement, je me lève et arrache les photos brutalement d'un mouvement mécanique. Leurs sourires se répandent en morceaux sur le matelas alors qu'une satisfaction douloureuse monte en moi. Les posters subissent le même sort.

Il ne reste, collés au plafond, que des morceaux de scotch et les coins déchirés. Je vois rouge en regardant autour de moi. Ce décor de petite fille. Cette joie innocente qui éclaire la pièce. Ce bonheur qui résonne à travers les murs. Ce n'est pas moi. Ce n'est plus moi. Toute cette merde n'a jamais été moi.

Je hurle et me précipite sur mes murs pour en décrocher tous les tableaux, photos, toutes ces décorations à l'eau de rose. Mes yeux me piquent, les larmes sont derrière mes pupilles je les sens, mais je ne les laisse pas couler. Je ne suis pas faible. Je ne suis plus faible désormais.

J'attrape les vases dans lesquels sont disposés des bouquets de rose offerts par ma soi- disant famille et les balance au sol.

Le verre se casse, les cadres se brisent dans des bruits sourds alors que je hurle de plus belle. Mon regard croise mon reflet dans mon miroir en morceaux et cela me calme. Mon visage semble déstructuré. Fracturé.

Je tire sur ces cheveux. Trop longs. Trop beaux. J'attrape un morceau de verre au hasard et l'appuie contre ma peau. Un petit pincement me donne des frissons et le sang coule doucement. Je le regarde tomber sur la moquette immaculée de ce qui fut ma chambre et l'amène à mes cheveux. Le positionne correctement. Et cisaille.La tâche est compliquée et longue mais petit à petit je vois mes mèches rousses tomber. Quand c'est fini, je contemple le sol en ruine et marche.

Je suis pieds nus. Inévitablement le verre me rentre dans les pieds mais la douleur ne fait que me satisfaire.

Pitié Dieu faite moi ressentir quelque chose. N'importe quoi.

Je relève la tête et soupire, immobile.Les murs sont blancs. Les restes de cette ancienne moi ne sont plus. Un soulagement hypocrite m'envahit. Je ne me sens pas mieux.

J'ai juste la courte impression de faire un pas vers la lumière, quand bien même je ne ferais que reculer vers l'obscurité. La porte d'entrée claque. Le bout de verre est toujours dans ma main. Alors d'un seul coup je tranche mon épaule. Un fourmillement s'empare de moi alors que mes yeux tournent dans le vide. Le verre couvert de sang tombe au sol et je respire à nouveau.

27 août 2018

Je pinçai mes lèvres teintées de noir mat en me redressant, fière de mon reflet. Je partais dans deux jours à la première heure pour trois mois d'Initiation, ou plutôt de sélection intensive. D'après Rachel, c'était un remake de Hunger Games version Kurt Smith.

Mais il ne pourra jamais faire pire que ce que j'ai vécu. Jamais.

Demain soir aurait lieu la traditionnelle fête de départ, du moins c'est ce qu'en disait Jason, Jardin pour les intimes. La plupart des hauts gradés y étaient conviés, enfin, surtout parce qu'il s'agissait de moi. Les hauts gradés ne se déplaçaient pas pour les musclors qui tentaient de rejoindre leurs rangs, mais pour admirer la protégée de leur boss avant qu'elle n'aille dans un camp de la mort, là, il y avait du monde…

Etrangement, le mois d'août était calme dans cette Mafia. Cela faisait une semaine que j'avais remis Taylor et toute sa petite famille en place, et si j'avais croisé son regard noir dans les couloirs de la propriété presque aussi souvent que je voyais celui de Kurt, il ne m'avait plus adressée la parole et je n'avais plus entendu parler de cette famille de fou.

Une bonne chose de faîte.

Et demain soir je faisais la fête, me saoulai jusqu'à en vomir mes tripes, et après j'étais dans l'avion, direction le fameux *camp de la mort* selon les O qui étaient passés par cette étape, c'est-à-dire, absolument tous.

Par réflexe mon regard se dirige vers mon épaule droite. La peau était lisse. Le teint uni. Il n'y avait que mon cerveau, qui avait été marqué à jamais.

Je soupirai et attrapai ma pochette en cuir quand la porte de la chambre s'ouvrit soudainement sur Mattéo. Bizarrement, ces trois dernières semaines, je l'avais plus vu que je n'aurai cru. Il ne cherchait jamais à savoir ce qu'il s'était passé dans ma vie, ni qui j'étais maintenant. Il prenait les faits et s'adaptait en fermant sa gueule.

Une qualité qui se perd...

Je le foudroyai du regard.

— Qui t'as dit que tu pouvais entrer sans permission petit con ?

Il haussa les épaules avec un sourire narquois, avant de faire semblant de me reluquer. Je le stoppai immédiatement d'un coup de poing sec, mais contrôlé, dans le ventre qui le fit s'étrangler et relever la tête.

— On n'entre pas sans autorisation et on garde ses yeux dans son calcif. Connard.

Il leva les mains en l'air en roulant des yeux, alors que je ponctuais ma remarque d'un regard noir. C'était un des seuls trucs auxquels il n'arrivait pas à se faire : la discipline. Il détestait suivre des ordres, et quand il y avait des règles son seul but était de les transgresser. A se demander comment il avait fait pour survivre dans le monde de la Mafia. On disait que la rue était une vie libre de chaînes et sans foi ni loi, mais c'était absolument faux. Un écart, ici, et c'était la mort.

— C'est bon je venais juste voir si t'étais prête !

— Et si j'avais été nue tu m'aurais sauté dessus ?

Il soupira en baissant la tête.

— Ça va, ça va, je suis désolé.

Je ricanai.

— Mets-y un peu plus de conviction le jour où tu violeras une fille.

Il sembla soudain s'étrangler en me regardant, les yeux écarquillés, alors que je refermais la porte derrière nous.

— T'es folle ! J'ai déjà tué pas mal de gens, mais je ne ferai jamais une chose pareille !

Je ricanai sous le bruit de mes talons qui résonnait dans le couloir et sortis une cigarette de ma pochette.

— La plupart des membres de cette mafia sont des psychopathes, absolument pas dérangés par le viol. Des mecs pour qui c'est la seule chose qui les fait bander. Si pendant ces trois mois, tu te retrouves avec une bande encerclant une fille, et lui passent dessus, qu'est-ce que tu vas faire, hein ? Tu vas les aider ? Tu vas participer quand ils te diront, allez viens mon pote, petite baise entre fréros, ou tu vas défendre la fille et te faire tuer à 1 contre 5 ?

Il ne répondit pas.

— Ouais, c'est bien ce que je pensais. C'est la mafia Matthéo, pas un film. Ici, et pour tout le monde le viol c'est normal. C'est pas choquant. Ça ne traumatise que les victimes. C'est un moyen d'attaque, un moyen de détruire comme un autre pour des centaines de personnes ici, des personnes que tu as choisi de rejoindre. Tu ferais mieux d'être conscient de ça si tu veux pas te faire tuer.

Le silence s'installa.

— Et toi ?

Je m'arrêtai.

— Et toi, tu trouves ça normal ?

Mon regard se figea dans le sien.

— Ça ne traumatise que les victimes.

La descente des escaliers se fit dans un silence froid, jusqu'à ce qu'un… rugissement retentisse.

— On se voit plus tard Matthéo.

— Mais… Je… C'était quoi ça ?

Seul mon regard lui répondit, et il sortit de la villa sans se faire prier. Je me retournai alors pour regarder Rachel, qui râlait en m'examinant.

— Tu nous fais quoi là, tu te transformes ?

— J'en ai marre d'être la prisonnière de mon frère putain ! Je peux me montrer qu'aux personnes qui en ont l'accréditation, je peux pas faire la fête, je peux pas sortir, c'est à peine si j'ai le droit de respirer, parce que selon mon foutu frère, il y a des meurtriers qui ne connaissent pas mon existence mais veulent me tuer aux quatre coins du monde!

Je me raclai la gorge en ricanant.

— La terre est ronde Rachel.

— Et bien apprends le français, Nix.

Elle me lança un regard noir en croisant les bras.

— Mais pourquoi mon frère est-il mon frère bordel ??

Je levai les mains en l'air en signe de paix.

— J'ai assez bavé philo quand j'étais au lycée pour me torturer la tête avec ça.

— T'es allée au lycée ?

Je ne répondis pas. Elle roula des yeux, puis soupira.

— T'es toujours incroyablement sapée de toute façon. Tu vas trop me manquer.

Je ne voyais pas trop le rapport entre ses deux phrases, mais rigolai.

— Fais attention, tu pourrais découvrir que j'ai un truc qui ressemble à un cœur, un de ces jours !

— Doit y avoir une plage de galets pas loin, en effet.

Je ricanai et elle repartit aussi vite vers sa chambre, alors que je descendais vers la cuisine. Je pris un second paquet de cigarette, jetai le premier et allumai une clope, quand un corps se plaqua contre le mien.

Mes veines se mirent à trembler et je me figeai avant d'écraser la boite en carton autour de mes doigts.

— Dégage fils de chien.

Il ricana au creux de mon cou et son souffle rebondit sur ma peau.

— Je vais t'apprendre quelque chose Nix. Tu n'es en vie que pour deux raisons. Tu es bonne, et tu es intrigante. Je comprends tout à fait que tu ne sois plus disposée à coucher avec moi. Mais je serai subitement moins patient pour obtenir mes réponses. Quoi que tu aies vécu, j'ai le pouvoir de te le faire subir au centuple alors réfléchis bien. J'ai attendu assez longtemps. Ton petit caprice est fini.

Il se décolla et repartit en lançant :

— Je te veux dans mon lit avant demain, sinon tu ne seras pas au chaud dans un avion mais dans un camion enchaînée direction mes centres de torture ma belle !

Je déglutis. Coucher avec un mec ou souffrir cent fois plus que ça n'était déjà le cas ? Pour ma part, le choix était vite fait.

CHAPITRE 28

« ***A toutes les fois où je suis morte*** »

Alexandra Kean

`Nix                    28 août 2018 - Mexique`

Je rentrai dans la chambre de Rachel. Le soleil tombait doucement dehors. L'air était chargé de tension, comme si tout le monde retenait son souffle à l'approche de l'Initiation. Un camp de la mort. Rachel était allongée sur son lit, le regard au plafond.

— Ça va ?

Elle haussa les épaules.

— Oui.

Je m'assis à côté d'elle et ne dis rien. Je ne savais pas où j'allais. Je ne savais pas où se passait l'Initiation. Je ne savais plus grand-chose. Je n'avais plus beaucoup de contrôle sur ce qui se passait dans ma vie, mais à la fois je n'en avais jamais eu autant. Les choses changeaient. Ma vie changeait.

— Non ça ne va pas.

Je fronçais les sourcils.

— Qu'est-ce qui se passe ?

Elle haussa les épaules.

— Kurt. J'en ai marre qu'il m'enferme.

Je rigolai.

— Il faut que tu grandisses Rachel. La crise d'adolescence c'était il y a quatre ans.

Elle se redressa, et me regarda dans les yeux. Son regard était vide, empli de douleur.

— Non. Non, ce n'est pas une putain de crise d'adolescence. Ça me bouffe, tu comprends ? Je reste là, chaque jour, chaque minute, chaque seconde, je vois toujours les mêmes gens, qui ne me parlent pas, parce qu'ils n'ont pas le droit de me parler. Quand les visages changent, c'est parce qu'ils sont morts. Je suis entouré par la mort. La seule amie que j'ai eue c'était Lizzie, la sœur d'un des premiers membres de la mafia. Elle est morte elle aussi. Sa folie l'a tuée. Je me souviendrai toujours de son regard la dernière fois que je l'ai vue. Hantée par la folie. Je ne veux pas devenir comme elle tu comprends ? Pourtant je le sens là, là dans mes tripes, chaque jour, qui grandit. Parfois quand je vois mon frère, quand il me parle, j'ai envie de lui taillader le visage parce que c'est la seule personne à qui je parle, parce qu'à cause de lui, je ne vais nulle part, je ne parle à personne, et pour quoi, pour quoi putain ? Pour une putain de vie ? Pour pas que je meure ? Mais ça sert à quoi, que je vive que je vive, que je vive, Bordel ! Je vais te le dire, moi, à rien, c'est à ça que ça sert. Se donner un prétexte pour que je survive, parce qu'il a besoin de me voir sourire, parce qu'il a besoin de moi pour construire sa mafia, pour sa putain de vengeance de merde, et moi je tourne en rond, chaque jour, chaque heure, chaque minute, comme un putain de putain de chien en cage, et ça me bouffe de l'intérieur, tu comprends ? ça me bouffe, ça me bouffe, et je la vois qui s'avance chaque jour, ma folie. Je veux vivre moi putain.

Des larmes coulaient sur son visage. *De quelle vengeance parlait-elle ?*

— C'est ce que Lizzie a fait, tu le sais ça ? C'est ce qu'elle a fait. Elle a fui. Jason, son frère, tu l'as rencontré je crois, il était fou. Il l'a cherchée partout. Partout. Elle… Putain. Elle a mis tellement de temps à vivre qu'elle est devenue folle. Elle est morte vierge. Je ne veux pas. Je ne veux pas de ça. Je préfère mourir si c'est la vie que je dois vivre, jusqu'à la fin de mes jours. Et je lui dis, je lui dis, je lui hurle à l'oreille, mais il me remet au lit, il me dit de calmer, que c'est pour ma PUTAIN DE PROTECTION. PROTECTION DE QUOI, hein ?

Elle s'était levée, les yeux exorbités de fatigue et de désespoir au milieu de la pièce, craquée en deux.

— Je veux vivre, Nix. Je veux vivre à fond. Je veux courir sous la pluie, je veux danser jusqu'à l'aube sous les néons, je veux fumer, je veux boire, je veux prendre le dernier métro saoule avec mon petit copain, je veux rougir, je veux être obsédée par un garçon, je veux trembler sous ses caresses, je veux crier avec des inconnus dans la rue, je veux me casser la gueule sans que deux gardes du corps ultra rapprochés ne me rattrapent, je veux atterrir à l'hôpital, être fière de ma bêtise, je veux visiter le monde autrement qu'enfermée entre quatre murs, je veux rencontrer des gens, je veux parler à des gens autrement qu'en les torturant, je veux faire autrement que faire semblant de kiffer la torture pour voir de nouvelles têtes et parler à de nouvelles personnes. Je veux qu'on me drague dans un bar, je veux savoir quel goût à la vodka, je veux tout putain, tout ce que la vie peut donner.

Elle s'assit. Ses yeux étaient plongés dans les miens, mouillés de larmes.

— Je suis fatiguée d'être prisonnière de ma propre vie. Fatiguée d'être la prisonnière de mon frère. Fatiguée que ses seules conversations soient sa putain de vengeance, alors que je suis un rappel vivant de sa haine. J'ai besoin de quelque chose. N'importe quoi. J'ai dix-huit ans et j'ai l'impression d'être morte depuis ma naissance.

Le silence suivit sa déclaration. Elle regarda dans le vide. Le vide dans ses yeux. Le vide dans son âme.

— Je me souviendrai toujours du regard de Jason, quand ils ont ramené le corps de Lizzie. Elle avait un sourire sur les lèvres. Apparemment, c'était Ashley Ikanovitzch qui l'avait tuée. Elle avait du sang dans le cœur, du sang sur tout son corps et les yeux grands ouverts, mais elle sourirait. Jason a hurlé. Il n'a plus jamais été le même. Parfois, je me dis que c'est pour ça que je reste en vie. Pour contrôler le monstre qui est en Kurt. Mais parfois… Parfois je suis jalouse de Lizzie. Je suis jalouse de la paix qu'elle a obtenue.

Elle me regarda droit dans les yeux, et je retins des frissons.

— Parfois j'ai envie d'être remplacée dans le cœur de mon frère pour pouvoir fuir et mourir en paix sans crainte que ma liberté et ma paix ne fassent de la terre un enfer.

Je ne compris pas bien pourquoi elle avait l'air de me demander quelque chose, en me regardant comme ça. Je n'avais pas envie de comprendre en tout cas. Elle se trompait. Je n'étais pas sa solution. L'amour, ou peu importe ce qu'elle entendait par là, n'était pas une solution. C'était un gouffre. Un gouffre infini, la plus trompeuse des souffrances de cette terre.

Rachel en était la preuve. L'amour détruit. Il ne fait que ça. Elle n'avait pas tort. Parfois la mort semblait comme la seule solution.

Pourtant, elle était en vie. J'étais en vie. Nos démons aussi.

Pourquoi ? Pourquoi on ne s'était pas suicidée depuis le temps ?

Pourquoi ce soir-là, j'avais choisi de continuer à vivre plutôt que d'en finir ?

Je n'avais pas d'espoir. Je n'avais rien. Mais j'étais là.

Je m'assis à côté de Rachel. Elle me prit la main. Elle me regarda droit dans les yeux. J'avais l'impression qu'elle voulait me dire quelque chose.

Mais elle ne le dit pas.

CHAPITRE 29

"Tout feu tout flamme"

Nix Nuit du 28 au 29 août 2018—Mexique

L'alcool me brûla de l'intérieur et je reposai brutalement ce qui devait être mon quinzième shot sur le comptoir du bar en regardant autour de moi.

La musique battait son plein, les spots de couleurs traversaient la salle à toute vitesse, et des néons violets éclairaient très faiblement la pièce. Des centaines de personnes dansaient, amassées les unes contre les autres comme des putains de sardines, à se déhancher comme si leur vie en dépendait.

Et pourtant au travers des odeurs de tabac froid, d'alcool vieilli et de sueur, j'aurai presque pu voir le reflet d'une ancienne moi dans la vodka qui dansait dans mon shot.

Je m'allumai une clope en fermant les yeux, et je vis les ombres se précipiter sous mes paupières. Ma peau se couvrit de chair de poule, mais je ne rouvris pas les yeux, et laissai ma douleur me submerger.

Mon cerveau se flouta un peu. Mes oreilles bourdonnaient, et ma tête me faisait mal. J'avais mal partout. J'avais la nausée aussi. Une putain d'envie de vomir qui me remuait les tripes, mais la seule chose qui contractait mes entrailles, c'était la douleur, la douleur, et encore la douleur.

Je me noyais toute entière dans ma souffrance sans même jeter un regard en arrière. Je sentais mes veines me brûler, l'alcool enflammer mon sang, et la musique prendre toute la place, quand enfin, les ombres partirent, et il n'y eu plus que le noir. Et je perdis pieds avec la réalité.

Mon esprit était complètement éteint, quand dans un sursaut de survie, ma main attrapa mon couteau pour le mettre sous la gorge de la personne derrière moi.

— Putain Nix !

Je clignai des yeux et vis Mattéo. Je le fusillai du regard alors qu'il se massait la gorge. Il me mit son portable sous le nez et je soufflai. Il était déjà plus d'une heure du matin.

Nous devions absolument rentrer, sinon j'en connaissais deux qui ne se lèveraient pas demain matin.

Et une qui se ferait torturer...

Ouais, je n'avais pas oublié ça.

Je me relevai en vacillant, le cerveau complètement dans les vapes et manquai de trébucher. Il me prit le bras et me conduisit jusqu'à la sortie. Je le suivi sans faire de vague, j'aurai été bien incapable de savoir où aller de toute façon.

Le SUV démarra sur les chapeaux de roues alors que je m'allumais une énième clope sous le regard effaré du brun.

Il tenta de s'en emparer mais je l'évitai et le foudroyai du regard.

— Donne-moi ça Nix. Tu vas faire un coma si tu n'arrêtes pas.

Je ricanai et l'ignorai, en lui soufflant ma fumée à la figure.

Je sortis doucement du véhicule et rentrai dans la villa en silence alors que la voiture repartait pour ramener cet idiot.

Le contraste avec la boite me fit froid dans le dos. Il n'y avait pas un bruit, pas d'odeur, pas de cris, pas de lumière, seulement la nuit qui surplombait les murs, les hurlements étouffés de prisonniers qui venaient des caves et des gardes planqués dans l'ombre. Ils étaient invisibles pour n'importe qui. Mais pas pour moi.

Il faisait froid, et la chair de poule grimpait sur ma peau. Je montai doucement les escaliers. Le bruit de mes talons claquant sur le marbre froid résonnait dans le vide. On aurait dit une putain de scène de film d'horreur. Je longeai le couloir plongé dans le noir, les paupières à moitié fermées. Je passai devant le bureau de Kurt. La porte était entrouverte, la lumière allumée et je pouvais entendre sa voix qui aboyait des ordres en espagnol.

Fils de chien...Toujours à aboyer.

Je soufflai et me dirigeai vers sa chambre mécaniquement, avant de m'écrouler sur son lit. Rien n'avait changé depuis la dernière fois que j'y étais venue.

J'eus soudain la nausée, et j'eus à peine le temps de courir dans la salle de bains que je vomis mes tripes dans les toilettes. Putain d'alcool.

Lorsque je me relevai en m'essuyant la bouche, les mains tremblantes, le silence était toujours aussi mortel dans cette putain de villa. C'était comme s'il n'y avait que moi, mes cauchemars et ce putain de criminel.

Il régnait un silence de mort lorsque je me relevai en m'essuyant la bouche. J'allumai le robinet à tâtons et m'aspergeai le visage d'eau fraîche.

Je revins dans la chambre et m'assis sur les draps noirs en soupirant, les paupières fermées. J'avais mal à la tête. Je retirai mes talons en grimaçant de douleur. Mon corps était entièrement courbatu. Je jetai ma robe sur le sol et enfilai un des tee-shirts de Kurt.

Une part de moi ne voulait pas être là. Ne voulait pas céder. Ne voulait pas se laisser faire. Cette idée me dérangeait. Mais je n'allais pas fuir toute ma vie. Et je n'allais pas passer à côté d'une occasion d'oublier, même pour quelques stupides semaines. C'était plus que je n'avais jamais eu. Et je ne le laisserai pas filer à cause de putains de principes moraux auxquels je n'accordai plus aucune importance depuis des années.

Et j'aurai toujours l'occasion de lui faire payer cet

ultimatum. Coucher avec un mec parfaitement baisable pour conserver ma liberté et tenter de la gagner, me paraissait un maigre prix à payer.

J'avais passé ma vie à être vendue, alors me vendre moi-même n'allait pas changer grand-chose à ma vie.

Je m'arrêtai deux secondes sur mon reflet. Mes cheveux avaient retrouvé de leur brillance depuis que j'avais rencontré ce fils de chien. Ils étaient longs. Ils avaient toujours été longs. Peut-être trop.

Je tournai la tête quand Kurt entra dans la pièce, comme si le monde entier lui appartenait, et ce n'était pas loin d'être le cas.

Il me considéra de ses yeux corbeaux et je crus voir une lueur d'approbation passer dans ses prunelles mais je n'en étais pas sûre.

Il s'approcha de moi et je restai immobile. Une nuit. Demain je partais pour trois mois. *Et ensuite on verra.*

Sa main se leva et ses doigts chauds entrèrent en contact avec ma peau gelée.

Le feu et la glace.

Il laissa retomber son bras et s'enferma dans la salle de bains alors que je grattai machinalement l'intérieur de mon avant-bras.

J'entendis l'eau couler et il sortit quelques minutes plus tard en boxer, les cheveux noirs trempés et ses muscles saillants encore humides.

Il m'observa pendant quelques secondes.

— Allonge-toi.

J'obéis sans cesser de le fixer. Je n'étais pas une poupée de chair, mais je n'étais même plus sûre d'être vraiment quelqu'un en soit.

Il s'approcha jusqu'au bord du lit, ses yeux noirs plongés dans les miens et me caressa la jambe.

Une nuit.

Il grimpa au-dessus de moi, me dominant de tout son corps et retira mon tee-shirt. Je n'étais plus qu'en petit culotte. Une lueur traversa son regard alors qu'il passait son regard sur mon corps mais je n'aurai pas su dire ce que c'était.

Il caressa ma joue de son doigt et continua son chemin sur mon cou, sur ma clavicule, entre mes seins, sur mon ventre en dessinant des cercles, puis sur mon bassin avant de s'arrêter au milieu de ma culotte.

Il s'arrêta quelques secondes et un rire moqueur sortit de sa bouche alors que je croisai son regard luisant de désir. Il remonta sa tête vers moi et appuya doucement sur mon intimité, me faisant me cambrer.

Oh, bordel, j'avais presque oublié à quel point c'était bon.

Il se pencha dans mon cou et je sentis ses lèvres embrasser ma clavicule alors que sa main continuait de me masser de la plus agréable façon qui existait dans ce putain de monde.

Il appuya plus, ses lèvres sucèrent ma peau jusqu'à laisser des marques, alors qu'il descendait vers mes seins avec rapidité et force.

Il attrapa mon sein droit avec sa bouche, se mettant à le mordiller, le tordre et le lécher, me provoquant des spasmes de plaisir.

Putain mais qu'est-ce que t'attends pour passer à la vitesse supérieure ?

Le désir me vrillait les veines et j'enfonçais mes ongles dans ses épaules en me mordant la lèvre, la respiration haletante.

Soudain, il riva son regard sur ma culotte et la griffa un peu, avant de la déchirer complètement.

Putain d'homme de Cro-Magnon !

J'ouvris la bouche, choquée par ce brusque changement de comportement, mais il ne me laissa pas le temps de protester et mis un doigt en moi, m'électrisant complètement des pieds à la tête.

Est-ce qu'il m'avait manquée ? Putain ouais.

Je me cambrai brutalement et gémis, assaillie par les sensations qui déferlaient en moi comme un raz-de-marée.

Il va et vint au creux de moi tout en continuant de s'occuper de ma poitrine. Mon corps était parcouru de spasmes de plaisir qui me faisaient haleter, j'étais au bord de l'orgasme, déjà à cent mille lieux de la réalité, quand soudain il arrêta tout.

Je rouvris les yeux brutalement pour le foudroyer du regard.

— Putain mais tu me fais quoi là ?

Il me regarda et dit d'une voix tranchante, froid et qui cachait une autre émotion que j'étais incapable d'identifier.

— Si tu n'as pas envie je ne te forcerai pas et demain tu partiras quand même.

Je fronçai les sourcils, étonnée de voir que le chef de la mafia la plus puissante au monde venait de changer d'avis, et ne faisait pour une fois plus preuve de cruauté.

Il me laissait le choix. Trop mignon de sa part vraiment.

Il me regardait droit dans les yeux, comme s'il tentait de lire en moi, et j'inspirai brusquement.

— C'est pour me dire ça que tu m'as privée d'orgasme fils de chien ? Dépêche-toi de me pénétrer ou je te jure que je te coupe les couilles.

Une nuit, trois mois, et j'espérai qu'il y en ait des centaines d'autres après ça. J'allais mourir de toute façon. Il eut un sourire en coin tout à fait sexy en me regardant, retira son boxer, et la seconde d'après il me pénétra alors que je criai.

Putain !

Ce mec était un dieu du sexe.

Tu l'as déjà dit.

Je le répète.

Ses lèvres dévorèrent mon décolleté et mon cou, les recouvrant de marques de toutes les couleurs de l'arc-en-ciel, et ses yeux ne quittèrent pas les miens. Ses coups de reins me transportaient dans un autre monde où mes ombres n'étaient plus, et je ne demandai que ça.

Je jouis soudain, en fermant les yeux, et me laissai submerger par mes sens, le regard plongé dans celui de Kurt.

Il n'y avait plus que lui et moi.

Il se tendit aussi sans me quitter des yeux avant de s'affaler sur moi en se retirant. Son torse était couvert de sueur, sa respiration haletante et je ne pus m'empêcher de le regarder, ma tête sur son cœur que j'entendais battre à cent à l'heure.

Il ricana et sa voix résonna en moi.

— Ton corps va me manquer bébé.

Je lui donnai un faible coup de poing sur l'épaule en souriant.

— Prends soin de ta queue pour moi fils de chien. Je ne voudrai pas te retrouver castré avant que je ne puisse le faire moi-même.

Il ricana.

— Mais bien sûr.

Le silence s'installa.

— Rachel m'a dit que c'était ton anniversaire aujourd'hui.

Il ne réagit pas.

— Dors.

Il n'avait pas besoin de me le dire. J'étais déjà plongée dans le sommeil, au creux des bras de l'homme le plus puissant du monde.

CHAPITRE 30

"A la frontière entre le mythe et la réalité, le respect et l'insubordination, vient le mépris d'autrui"

Alexandra Kean

`Nix` `30 août 2018-/`

Le SUV était secoué par les défauts de la route, alors que je tentais en vain de trouver un peu de sommeil. Cela faisait plus de six heures que nous avions commencé à rouler, plus d'un jour entier depuis que j'avais quitté la villa, en résumé, cela faisait plus de vingt-quatre heures que je n'avais pas fermé un œil. Je détestai m'endormir dans les transports. Cela me rendait faible et exposée.

Un long bâillement étira ma mâchoire et je regrettai de ne même pas avoir eu le droit d'emporter mon téléphone. Un O me l'avait retiré à l'aéroport, me certifiant que je le retrouverai une fois arrivée, mais qu'il devait d'abord être parfaitement sécurisé.

Mes paupières se fermaient toute seule quand je sentis soudain le véhicule ralentir jusqu'à s'arrêter complètement. Enfin ! Je n'avais pas pu voir où la voiture nous emmenait car des rideaux noirs couvraient les vitres, fixés sur le rebord de la portière et plongeant l'intérieur de celle-ci dans la pénombre.

Ne pas savoir où je me trouvais ni avec qui était un véritable calvaire. Des pas et des voix se firent entendre, et la porte s'ouvrit sous mon soupir de satisfaction. La lumière m'aveugla et je clignai rapidement des yeux pour m'y réhabituer.

Un homme au crâne rasé, presque entièrement couvert de tatouages avec de petits yeux marrons en amande me fixait, mes valises à la main, semblant attendre que je sorte.

Je ne m'y fis pas prier et descendis rapidement en regardant autour de moi. Le SUV s'était arrêté sur un chemin de sable, et le reste.... Ce n'était qu'une étendue de la même matière. Nous étions perdus en plein désert.

Je relevai la tête, et vis alors une immense tour de verre couverte de panneaux solaires, seule, entourée de gardes en noirs, armés jusqu'aux dents. Vu la chaleur insoutenable, je ne voudrai être à leur place.

L'homme au crâne rasé me fit signe de le suivre, et j'enfonçai mes talons dans les petits cailloux du sentier en marchant à sa suite, tout en enfilant mes lunettes de soleil.

Une cinquantaine de mètres plus loin, nous pénétrâmes enfin dans le bâtiment alors que le SUV repartait. A mon plus grand bonheur, ils avaient certainement dû mettre la clim car il faisait presque froid.

Le hall d'entrée était immense, lumineux et fait de verre et de marbre absolument partout où je posai le regard. Le plafond était extraordinairement haut, et mes pas résonnaient comme dans une cathédrale.

Un des ascenseurs sur la gauche s'ouvrit brusquement, laissant apparaître une femme costaud, mais mince, de petite taille. Elle cligna des yeux, et le musclor qui me suivait lâcha mes valises dans la cabine, alors que la femme me faisait signe de la rejoindre.

Je m'exécutai, indécise quant à la suite des évènements. Je détestai ne pas contrôler ce qui se passait.

La jeune femme devant moi ne devait pas avoir plus de quarante ans. Elle portait fièrement son Tatouage sur le bras droit, avec des cheveux bruns foncés rassemblés en une petite couette sur le haut de sa tête. Elle n'était vêtue que de rangers, d'un pantalon type militaire et d'un débardeur blanc. Elle eut d'ailleurs un regard méprisant pour mes talons, ce qui m'aurait presque fait sourire. Si ces gens pensaient que j'allais enlever mes chaussures favorites pour leurs petites épreuves, ils étaient bien à côté de la plaque.

L'ascenseur s'arrêta soudain et les portes s'ouvrirent. Elle sortit mes valises sans que je ne puisse faire un geste et les conduisis à travers un long couloir qui n'était qu'un dédalle de portes identiques et assez espacées les unes des autres.

Nous arrivâmes devant la numéro trois-cent quatre, probablement la mienne. Elle prononça le numéro comme un robot, la voix grave et éraillée qui me fit mal aux oreilles, et me tendit une clef noire en marbre, qui était marquée du numéro de ma chambre.

— Tu trouveras toutes les informations dont tu as besoin pour le moment dans la chambre. Tu es libre jusqu'à vingt heures ce soir, heure à laquelle le dîner est servi à la cafétéria. Ta présence y est formellement exigée dès cet horaire, ne sois pas en retard, au risque d'être... directement disqualifiée.

Un sourire mesquin se forma sur son visage, ce qui me fit lever les yeux au ciel. Ici la disqualification était synonyme de mort, mais sincèrement, le pourcentage de chance que les mecs en face de moi arrivent à me battre était proche de zéro. En fait, carrément en dessous de zéro.

Rien, rien ne pouvait rivaliser avec ce que j'avais vécu.

Mon dédain du se lire sur mon visage. Elle me foudroya du regard et ouvrit brutalement la porte de ma chambre avant de reculer, les poings serrés.

— Tu ferais mieux de redescendre d'un étage, Apprentie et d'avoir plus de respect pour les Tatoués. Tu n'es rien qu'un faible élément ici, parmi les plus grands. Autre chose, les putes qui ont fait de la lèche au grand chef pour avoir leur place au sein de la Mafia ne sont pas très appréciées. Tu ferais mieux de faire profil bas si tu veux mourir moins vite. Car il est certain que tu ne tiendras pas un mois ici ma chérie. Essaie aussi de ne pas mettre de talons, ils pourraient se casser durant un combat, comme c'est dommage... Fais attention à ne pas te casser un ongle !

Elle s'apprêta à tourner les talons, fière d'elle avec un petit sourire machiavélique sur le visage, mais je la rattrapai violemment par sa petite couette.

Elle se retourna brutalement et tenta de me faire une clé de bras, plutôt vive, je dois l'admettre, mais pas assez contre moi. Elle se ramassa sur le sol en me regardant, choquée de ma rapidité de réaction alors que je l'observais avec suffisance.

— Ecoute-moi bien, Madame la Tatouée. Je suis mille fois plus expérimentée que toi dans tous les domaines, alors si tu penses pouvoir me regarder haut parce qu'un de tes collègues a cru bon de faire une remarque acide sur le fait qu'une femme qui couche avec le grand chef intègre le programme, tu es complètement à côté de la plaque. Je pourrais te tuer plus rapidement et plus douloureusement que tout ce que tu as pu voir, sans même qu'on sache que j'en suis l'auteur. Tu me feras donc le plaisir de me foutre la paix.

Je rouvris la porte, qui s'était fermée, alors qu'elle s'appuyait sur le sol pour se relever.

Elle allait s'en aller mais je la retins.

— N'oublie-pas de me garder des pains au chocolat demain matin au petit déjeuner. Parce que j'ai très très faim le matin....

Je lui fis un sourire plein de menaces alors qu'elle me foudroyait du regard en repartant. Je soupirai de satisfaction en pénétrant dans la chambre que j'allais habiter ces prochains mois.

— Pas mal. Un lit double assez grand pour contenir trois petits Kurt, oui, le Kurt était une nouvelle unité de mesure. Dans ma tête du moins.

Un petit dressing de trois ou quatre mètres carrés à peine mais suffisant pour contenir toutes mes affaires, une salle de bain attenante avec une étagère et une douche spacieuse. Face au lit, il y avait un écran plat et un bureau plutôt large. Evidemment, il y avait la clim, et un balcon de petite taille. La pièce était plongée dans la pénombre, volets et rideaux fermés, en raison de la chaleur.

Je vis avec soulagement mon téléphone qui m'attendait sagement sur la table de chevet et je m'empressai de le récupérer.

Je me connectai au wifi grâce aux papiers d'informations sur le bureau, exactement comme dans les hôtels, et visitai rapidement quelques sites d'informations avant de fouiller les paramètres pour vérifier ce que des inconnus avaient trafiqués avec mon Smartphone. En quelques clics, je pus comprendre qu'ils avaient raccordés mon réseau au leur. La Mafia avait son propre réseau téléphonique hors de portée des services de police, comme si Kurt n'avait pas encore assez de pouvoir. Ils avaient rajouté des dizaines de protection contre la localisation, m'empêchant ainsi de savoir où je me trouvais.

Super…

Jusque-là rien qui sortait de ce à quoi je m'attendais, à part un ajout de contact. Je me rendis immédiatement dans l'application en fronçant les sourcils et vis un numéro qui m'était inconnu enregistré au nom d' « Alpha ».

Au même moment mon portable vibra et je sus aussitôt qui c'était.

Bien arrivée bébé ? J'ai même pas eu le droit à une pipe avant que tu partes...

Je soufflai en répondant rapidement.

Tu peux toujours rêver pour que ça arrive fils de chien. Tu ferais mieux de mettre tes mains à tes fesses et de faire l'avion.

Je me mordis la lèvre de rire en attendant sa réponse.

Enfin Nix, tu ne penses quand même pas que je vais rester trois mois sans te baiser ? Je vais te rendre visite bébé... Je compte le nombre de fessés que je devrai te

donner la prochaine fois qu'on se verra. Ça fait déjà cinq avec tous ces gros mots... Et puis c'est quoi cette expression?

Mais bien sûr une fessée...

Essaye pour voir et tu comprendras mieux ce que ça fait de ne plus avoir de couilles espèce de petit enculé inculte.

C'est toujours un plaisir de discuter avec toi Nix.

Tout le malheur est pour moi fils de chien.

Je reposai mon portable et regardai le sol en gémissant. J'avais encore du boulot avant de pouvoir dormir et me saouler en paix. Pourquoi j'avais accepté d'intégrer cette mafia pourrie déjà?

Ah oui, l'autre con baise bien.

CHAPITRE 31

« L'amour est une rose, chaque pétale une illusion, et chaque épine une réalité »

Charles Baudelaire

Nix novembre 2013- Paris

— Hé toi !

Je me retournai en fronçant les sourcils, une main sur le flingue dans mon sac, et me détendis en apercevant le brun colgate courir vers moi.

— T'es qui au juste ?

Je le dévisageai en silence, sans prendre la peine de lui répondre. Pourquoi voulait-il savoir ça ?

— Fais pas semblant d'être muette, tout le monde a bien entendu ta voix tout à l'heure. Personne ne t'a jamais vu ici. D'où tu viens ?

J'esquissai un rictus.

— D'ailleurs.

Il leva les yeux au ciel.

— Oui, je me doute bien que tu viens pas d'ici chérie. C'est pas ce que je te demande…

Il s'écroula sur le goudron dans un cri de douleur et me foudroya du regard.

— Putain mais t'es complètement malade ! Pourquoi t'as fait ça ?

Il grimaça de souffrance et je haussai les épaules.

— Putain, je voulais juste savoir si tu allais avec nous au lycée cette année parce que mon pote t'aime bien ! T'es un vrai danger public ! T'es vraiment pas bien.

Je déglutis en le regardant. Ce mec-là, il ne savait rien de moi, rien. La seule chose qu'il voyait c'était une fille rousse aux yeux bleus qui venait de lui foutre un coup de pied dans le genou. L'espace d'une seconde, je me demandai si je pouvais faire semblant, faire semblant d'être normale.

Je haussai les épaules.

— Désolée.

— Ah, bah déjà tu sais t'excuser ! T'es déjà un cran au-dessus de mon proviseur. Maintenant la politesse, c'est de répondre à ma question.

Je rigolai.

— Je sais pas si je peux.

Il pencha sur la tête en me dévisageant, une mèche lui pendant sur le visage. Il était vrai qu'il n'était pas moche.

— Pourquoi ? Si tu me le dis, on va devoir me tuer ?

Je rigolai. Il ne savait pas à quel point il disait vrai.

— Je ne serai pas au lycée avec vous, non.

Il sourit en fronçant les sourcils, lui donnant une mimique bizarre qui me fit rigoler.

— On te reverra au moins ?

Je contemplai la salle de sport derrière lui, les rayons du soleil qui réchauffaient mon cœur et son sourire innocent, avant de le lui retourner. Peu importe ce qui arriverait dans la minute d'après. J'avais envie de savoir ce que ça faisait de vivre.

— Oui. Vous me reverrez.

Son sourire s'élargit.

— Alors moi c'est Matthéo.

Je hochai la tête et tournai les talons.

Je n'avais aucune idée d'où j'allais atterrir, en essayant d'être normale, même pour quelques jours, mais j'avais envie d'essayer.

Nix - 30 août 2018

Je refermai les portes du placard en soupirant avant de me retourner vers ce qui était désormais ma chambre. C'était une impression bizarre de me sentir ainsi enfermée, dans un lieu et une situation que je ne contrôlais pas. Une impression que je n'avais pas ressentie depuis longtemps, et que je ne regrettais absolument pas.

Pourtant j'étais là.

Je soufflai et fermai les paupières avant de les rouvrir et de regarder l'heure sur mon portable. Dix-neuf heures quarante-cinq.

Je me levai rapidement et jetai un coup d'œil à la carte du bâtiment qui n'indiquait malheureusement que l'emplacement du réfectoire et du secrétariat pour les demandes spéciales. Autant ne pas donner de plan.

Je me changeai rapidement, et enfilai une tenue plus confortable avec un sweat kaki par-dessus mon jean noir. Je gardai mes bottines à talons et descendis au réfectoire à dix-neuf heures cinquante-trois.

J'aurai pu rire face à la scène. Devant les portes en fer qui marquaient l'entrée du réfectoire, une quarantaine d'hommes de tout âge attendaient, tout aussi baraqués, tatoués et couverts de cicatrices les uns que les autres, qui se regardaient avec des têtes de chien de garde.

Il y avait sans doute quelques filles mais elles se faisaient discrètes, car je n'en aperçus aucune.

Au son de mes talons claquant sur le sol en marbre, ils se retournèrent et l'un d'eux, au crâne rasé, un peu petit mais bien musclé, darda sur moi un regard lubrique accompagné d'un sifflement. Je fronçai les sourcils et me dirigeai vers lui à grands pas, alors que les quelques conversations qui animaient jusque-là le hall se taisaient.

Je n'étais pas venue ici pour être entourée de gosses en pleine puberté qui ne savaient pas contrôler leur trique, et ce gars-là allait l'apprendre à ma manière.

Je me plantai devant lui, le surplombant de deux petits

centimètres, agrippai son col d'un geste si vif qu'il n'eut pas le temps de me contrer et lui donnai un coup de genoux dans les boules. Il ne fit pas de bruit, le malheur des hommes bien entraînés, plus moyen d'obtenir de gémissements de douleur, mais saisit mon bras violemment, sans doute dans l'idée de me faire payer ce petit affront.

Il me tourna le poignet, dans l'optique de me faire une clé de bras, mais en me courbant, j'évitai le coude qui partait vers mon ventre, et balayai ses jambes avec mon talon, ce qui lui fit perdre sa prise et chuter au sol.

Je lui jetai un regard noir alors qu'il se relevait.

— Tente encore de me siffler et tu n'en sortiras pas vivant espèce de petit faible.

Ses yeux se noircirent et il tenta de me sauter dessus, mais le bras d'un Tatoué l'arrêta d'un seul coup. Il nous foudroya du regard avant de se détourner et d'aller ouvrir les portes alors que je regardai mon adversaire avec un sourire satisfait.

Tous se désintéressèrent de notre petite bataille pour entrer dans le réfectoire, et je suivis le mouvement, avide de vodka. S'ils n'en proposaient pas, j'en connaissais un qui me regarderait boire son pénis avec du gingembre.

La pièce était agencée de façon extrêmement simple, cinq longues tables en fer, clouées au sol, occupaient tout l'espace, et à l'opposé d'une espèce d'estrade qui ressemblait à une scène, au bout de ces tables, se trouvait le buffet. Je me frayai rapidement un chemin dans la foule de mecs gonflés aux stéroïdes et me servis d'un peu de tout. Arrivée à l'étage des boissons, j'eus la satisfaction de n'apercevoir aucune putain de boisson énergisante, mais des bouteilles de vodka et alcool en tout genre, avec une indication « cinq verres par personnes maximum ». Je rigolai intérieurement et pris trois bouteilles entières de chaque sur mon plateau, histoire d'avoir des réserves.

Je vis aussitôt un Tatoué se diriger vers moi avec les sourcils froncés et le regard noir. Je me préparai à l'accueillir *chaleureusement* mais il se fit arrêter par un de ses collègues qui lui chuchota quelque chose avant de retourner à son poste.

Je le vis hausser un sourcil de surprise, avant de m'accorder un regard mi-méprisant, mi- respectueux et de faire demi-tour.

Visiblement Kurt avait donné des ordres me concernant, et ça n'allait pas pour me déplaire, je devais bien l'avouer.

Je m'assis à l'autre bout de la salle, à l'extrémité de la dernière table en jetant des regards noirs autour de moi, qu'on me rendait sans hésitation. Mon cerveau ne pouvait pas s'empêcher de les considérer comme des minuscules larves faibles, mais ces hommes-là étaient sûrement beaucoup moins faibles et lâches que tous ceux que j'avais rencontrés dans le passé. Du grand calibre qui n'avait pas peur de mourir.

Je soupirai et plantai ma fourchette dans une assiette de tomates avec aigreur. Ça faisait longtemps que je n'avais pas mangé « normalement ». Je ne me rappelai même pas à quand remontai la dernière fois que j'avais mangé un vrai repas, et je devais bien avouer que le poulet et le gratin dauphinois fumant dans mon assiette faisaient gargouiller mon ventre.

La cuisine française m'avait beaucoup manquée. La meilleure de toutes incontestablement.

Je me mis à manger lentement, savourant chacune de mes bouchées tout en observant autour de moi. Nous étions environ une centaine d'après ce que je pouvais voir, et je n'apercevais que deux filles. L'un avait l'air peu intéressant, entourée de garçons et riant avec une voix aigüe. L'autre fille était une blonde, qui avait maquillé ses yeux de façon assez impressionnante, comme si une toile d'araignée s'était tissée sur ses paupières, avec un dégradé de couleurs qui me pétaient les yeux. *Qui a inventé des palettes aussi moches ?*

Je devais bien avouer que ça lui conférait un certain style, mais il y avait des limites à ne pas franchir. Porter une jupe noire plissée certainement en soie dans un endroit comme celui- ci, en faisait partie. *Bon, je portai des talons.*

Elle avait l'air de tout sauf d'un soldat. Certainement une hackeuse. Après tout, un système avait autant besoin de neurones que de muscles pour fonctionner.

Elle regarda autour d'elle munie de son plateau, ne sachant où aller. La fille à la voix aigüe lui fit un signe de la main, et alors que je m'attendais à la voir la rejoindre, elle lui jeta un regard noir, me considéra, et se dirigea à grands pas vers moi.

Depuis quand j'ai autorisé le contact social moi ?

Elle posa son plateau devant le mien et s'assit avec un air suffisant qui cachait à grande peine sa peur, et me regarda droit dans les yeux.

Courageuse la petite. Un peu trop peut-être.

— J'aurais pu aller avec la petite conne sympathique, mais je suis pas là pour me faire des amies, et elle a plus l'air d'une tremblote qu'autre chose. T'as un portable, trois bouteilles de vodka, ça fait vingt minutes que tu regardes tout le monde avec haine et prétention et personne ne te dit rien, donc tu es privilégiée, donc tu es un bon contact. Je devrais sans doute te demander la permission de m'asseoir mais vois-tu ton avis j'en ai légèrement rien à foutre, alors maintenant je vais manger tranquillement et aller dormir parce que je suis très fatiguée. Sinon moi c'est Anna mais t'es pas obligée de me répondre. Chambre 307 si t'as des tuyaux pour les épreuves. J'aimerai rester vivante.

— Tu n'as pas de portable ?

Elle secoua la tête.

— Ils les ont pris à tout le monde.

Super.

J'esquissai un rictus alors qu'elle plantait sa fourchette dans sa viande en déglutissant nerveusement. Pas froid aux yeux, de la cervelle mais de la peur visible. Une intello j'avais bien deviné. *Mais j'avais toujours pas signé pour du putain de contact social bordel !*

Je ne répondis rien et mon portable vibra.

Tu te fais des amies, bébé ?

Je levai les yeux au ciel et tapai rapidement ma réponse.

T'as enfin un pénis fils de chien ? Tu ne devrais pas mélanger tes futurs guerriers et tes intellectuels, Smith, généralement ça ne fait pas bon ménage.

Je reposai mon téléphone, l'écran allumé, sur la table en attendant sa réponse, et avant que je n'aie le temps de réagir, une main gracieuse et rapide s'en empara et le reposa aussi vite.

C'est une blague ?

— Désolée, désolée, désolée, désolée.

Elle sourit pendant un quart de seconde avant de se pencher vers moi les yeux pétillants.

— Tu couches avec Smith ? Est-ce que t'as déjà torturé quelqu'un avec lui ? Il paraît que c'est un dieu dans les deux... Et même si baiser apporte beaucoup de plaisir mon plus grand rêve est de le regarder torturer un Ikanovitzch. Ça doit être orgasmique.

Je plissai les yeux. Au moins elle était folle, c'était déjà un progrès. Mais de quel droit est-ce qu'elle se mêlait de ma vie cette fille ?

— Tu retouches mon téléphone et je te jure que tu peux dire adieu à ton désir de maternité.

Elle me sourit, et j'eus soudain l'impression qu'elle n'avait plus peur du tout. *Complètement dingue.*

Mon portable vibra et je le regardai en ouvrant une bouteille de vodka. Je bus une grande gorgée et répondis à Kurt.

Je ne peux pas me permettre qu'ils soient plus faibles que les autres, et donc en faire des cibles potentielles, des points faibles. Tu vas l'aider je parie ? Et ma queue va très bien, si tu as des doutes, je viens la semaine prochaine pour tous les effacer. Et crois moi je te défoncerais tellement que tu ne pourras plus marcher bébé.

Je haussai un sourcil et tournai la tête vers la caméra qui

était derrière moi en esquissant un sourire moqueur avant de lui répondre sous l'œil intrigué d'Anna.

Que de belles promesses. Ne te fais pas de faux espoirs mon chou. Si elle me casse pas les burnes je la tuerai pas. C'est plutôt mal parti. Hâte de voir tes « prouesses » fils de chien.

Tu ne seras pas déçue. Evite de prendre de la vodka sur le comptoir par contre, je t'en ai fait apporter un stock dans ta chambre, renouvelé tous les jours.

J'eus un petit rictus et m'attaquai à mon plat en secouant la tête. Trois mois ça allait peut- être le faire finalement.

CHAPITRE 32

" Ce qu'on appelle pestes, ce ne sont pas les filles cruelles, ce sont celles qui ont tellement souffert de la cruauté qu'elles le sont devenues"

Alexandra Kean

Nix 30 août 2018 – /

J'attaquai mon dessert sans grand enthousiasme, quand un grand musclé tatoué monta sur l'estrade. Je le vis faire un clin d'œil dans ma direction et fronçai les sourcils, avant de voir Anna se mordre la lèvre en le regardant. *Et bah dites-moi...*

— Silence.

Sa voix froide résonna dans la pièce et tout le monde se tut pour le regarder, quand soudain un homme assez petit, les cheveux blonds et bouclés se leva de sa chaise en désignant Anna qui dévorait le musclé des yeux.

— Bah alors bébé tu baves sur les Tatoués ? Je suis pas sûre qu'ils soient très intéressés, mais si t'es excitée tu peux venir me voir pour te soulager beauté...

Tous les regards de la pièce se tournèrent vers lui, méprisant. Pas un seul rire, ici. Les blagues de ce genre dans une Mafia comme celle-ci étaient très mal vues. On n'était pas dans une putain de cour de primaire, et si ce mec ne se faisait pas tuer maintenant, il le serait dans les deux heures à venir. Comment un type pareil avait-il seulement pu intégrer cette putain d'Initiation ? Mon portable vibra sur la table et je souris.

Fais-lui mal bébé.

Comme si j'avais besoin de son autorisation.

J'haussai un sourcil vers lui alors que son regard restait fixé sur l'illuminée en face de moi.

— Tu ferais mieux de redescendre petit chou à la crème. Je ne suis pas très patiente, et je ne suis pas personne non plus. Tu veux présenter des excuses ?

Il allait ouvrir la bouche mais je ricanai sans lui laisser la possibilité de parler.

— Non, en fait, tes excuses j'en ai rien à foutre. Va dire bonjour à Satan de ma part.

Et avant qu'il ne puisse ajouter quelque chose, sous ses sourcils froncés d'incompréhension, je sortis une lame de ma bottine. Mon couteau traversa la pièce et se planta dans sa poitrine.

Il tomba lentement à la renverse avant de s'affaler au sol, les yeux révulsés et ma dague fichée dans son cœur.

— D'autres remarques ou pensées perverses à formuler peut-être ?

Curieusement non.

Je me rassis et reportai mon attention sur l'estrade, où le gars reprit son micro.

— Vous n'avez pas besoin de savoir qui je suis. Ici je suis le Boss. Et c'est moi qui suis maître de votre Initiation. C'est moi qui aie l'ultime droit de vie ou de mort sur chacun d'entre vous pour les pour les douze semaines à venir.

Il fit une pause en parcourant la salle du regard.

— A la fin de ces trois mois, seuls dix d'entre vous seront encore en vie, et auront l'immense honneur de se voir tatoués le symbole de notre Mafia sur leur peau. Les résultats du test n'ont plus d'importance, ici, vous l'avez tous réussi. Vous êtes tous égaux. Enfin presque. Nous accueillons cette saison un élément spécial qui n'a pas fait face aux tests. Cependant je vous conseille vivement de ne pas vous y frotter. Il y a quelques minutes vous étiez cent-vingt, dans trois mois vous serez vingt, et vous venez déjà d'être réduits à cent dix-neuf. Entre ces murs, le meurtre est permis, chaque instant est éliminatoire. A l'instant même où vous avez posé les pieds ici, vous avez accepté sans condition que n'importe qui puisse vous tuer n'importe quand. Tous les coups sont permis pour arriver à la fin de cette Initiation. Car ce n'est pas un simple entraînement. Vous allez être confrontés aux dangers et aux situations les plus mortelles et traumatisantes qui puissent exister. Vous allez pleurer, vous allez hurler, vous aller saigner, mais surtout vous allez mourir. Sur ce je laisse ma place au dirigeant des défis, qui vous expliquera le reste en détail. Je ne vous souhaite pas bonne chance, parce que ce n'est pas ce dont vous aurez besoin ici.

Son discours résonna dans la salle et je frissonnai. Je n'avais pas peur. J'étais impressionnée. Mon cerveau fourmillait à toute allure autour de mes souvenirs alors que je suivais le gars du regard. Il l'intercepta et ses yeux se plongèrent dans les miens pendant quelques secondes avant qu'il ne s'en aille en claquant la porte derrière lui, un sourire aux lèvres.

Je regardai la réaction de mes concurrents. Anna avait le visage baissé et ses doigts tremblaient sur la table. Les autres se dévisageaient, beaucoup s'arrêtaient sur nous, nous jaugeaient, et repartaient à la chasse de ceux qui mourraient avant de dormir. De ceux qui mourraient pendant leur sommeil.

Une légère chair de poule monta sur ma peau et je déglutis silencieusement. *Putain Kurt, je vais t'émasculer, sérieux...*

Je comparai cet endroit à une prison, mais j'étais bien à côté de la plaque. C'était une gigantesque cage, dans laquelle nous avions tous été jetés, et le seul moyen d'en sortir c'était de tuer tous les autres.

Ou du moins le seul moyen connu...

J'eus un petit rire alors que ma main droite venait toucher le tatouage de la tête de tigre sur ma hanche de façon mécanique.

Je n'avais pas peur du danger, parce que le danger ici, c'était moi. Et je combattrai mes démons jusqu'à ce que tous ces mecs ne soient plus que poussière.

Un homme de grande taille, avoisinant les deux mètres et au crâne rasé monta sur l'estrade à la suite du « Boss ».

— Bien. Avant de vous laisser retourner à votre dîner, j'aimerais apporter quelques précisions sur le déroulement de votre séjour. Je suis Jon, et c'est moi que vous devez contacter pour n'importe quel problème concernant les épreuves. Il y aura six groupes de vingt personnes. A la fin des deux prochains mois, il ne restera que quatre recrues dans chacune de ces équipes, la plus mauvaise équipe sera éliminée, et nous aurons les vingt nouveaux membres de notre Mafia qui poursuivront leur entraînement pendant un mois. Néanmoins, il est possible qu'ils ne soient plus que cinq ou six à la fin, selon les tendances meurtrières de leurs camarades.

Il eut un sourire parfait qui contrastait avec ses paroles et la situation.

— Vos emplois du temps, groupes et règlements ont été déposés dans vos chambres. Tout retard sera lourdement sanctionné d'une élimination directe. Vous êtes attendus dans le hall demain matin à six heures trente tapante. Le petit déjeuner commence à cinq heures. Vous y retrouverez vos chefs de groupe qui vous guideront pour le reste de la journée. Vous pouvez retourner à votre repas.

Et il descendit de l'estrade en éteignant son micro sans autre forme de procès. J'avais l'impression d'être dans une putain de colonie de vacances. Et puis, six heure trente sérieusement ? J'allais assassiner ce foutu fils de chien de merde. Je bus quelques gorgées de vodka. Il était déjà vingt-et-une heure et vu la nuit de la mort qui nous attendait, valait mieux pas trainer.

Je me levai et débarrassai mon plateau en récupérant mes bouteilles d'alcool sans me préoccuper de l'illuminée. Elle était bien assez grande pour savoir quand se coucher et où.

Je sortis du réfectoire en faisant claquer mes talons et me rendis dans ma chambre au pas de course. Des bouteilles de bière et de vodka étaient posées sur la commode, avec une liasse de papier.

Je les examinai rapidement. J'étais, selon la première feuille dans le « groupe 6 » avec pour « chef de groupe » un dénommé Fyl. En dehors du fait que ce type avait carrément un prénom d'elfe, j'avais l'impression de me retrouver dans une putain de colonie de vacances et je détestai ça.

La feuille suivante énonçait le règlement et l'autre était l'emploi du temps. Je ne fis qu'y jeter un maigre coup d'œil, ce n'était qu'une suite d'horaires et d'initiales que je ne comprenais pas. La seule chose que je retirai de ce document, c'était que ma journée commençait à six heure trente et finissait à vingt-et-une heure, heure à laquelle était servi le dîner. La feuille du règlement était beaucoup plus complète.

« Aucune sortie n'est permise à l'extérieur de l'enceinte de l'établissement. Vous pouvez profiter de votre temps à libre dans la cour A, exposée plein sud, ou dans l'étage 67, 68 et 69, où se trouve respectivement les salles de sport et musculation, les salles de loisir, et les salles de plaisir, celle-ci accessible uniquement pour les membres munis d'une autorisation par leur chef de groupe. L'accès à n'importe lequel de ces lieux est autorisé à n'importe quelle heure de la nuit. L'accès aux autres étages est FORMELLEMENT INTERDIT sous peine d'accusation de TRAHISON, et de la punition équivoque. Plus de précisions vous seront fournies par votre chef de groupe »

Ou du moins, elle était juste assez complète pour notre séjour.

Je pris une clope en examinant le plan pour trouver la cour A. J'avais besoin de prendre l'air.

J'allais sortir quand j'entendis des rires dans le couloir. J'ouvris la porte et passai ma tête dans l'encadrement pour voir trois filles identiques rigoler d'un rire cristallin identique. Trois copies conformes, des pieds à la tête, jusqu'au nombre de couches de vernis. Je ne me souvenais pas de les avoir vu au réfectoire, mais peu importait.

Je haussai un sourcil en contemplant leurs chaussures, et leur longueur de cheveux, exactement identiques au centimètre près.

Je les détestai déjà.

Considérant leurs bottines, je changeai de chaussures pour prendre des talons de quatorze centimètre et sortis de ma chambre, mon portable en poche en leur lançant un regard meurtrier. Elles me regardèrent de la même manière et elles ricanèrent avant que celle du milieu ne s'exclame soudainement :

— Oh ! Une pute !

Sérieusement ?

Oh ma chérie, mauvaise idée, je suis bien plus douée à ce jeu que tu ne le seras jamais.

Je haussai un sourcil en les dévisageant alors qu'elles me bloquaient le passage.

— Laissez-moi passer chéries ou je vais jouer au foot avec vos têtes.

Elles secouèrent la tête avec mépris.

— Pauvre fille. Passe ton chemin, et va mourir. Nous on sous la protection de Taylor Kryan, il peut rien nous arriver, peu importe nos résultats.

J'avais jamais vu une meilleure technique pour se débarrasser d'un plan cul trop collant. En attendant, pour mon propre confort personnel, il aurait pu en choisir avec un peu plus de neurones, histoire qu'elles ne me demandent pas de partir en m'empêchant de partir alors que c'est la seule chose dont j'ai envie.

— Oh, c'est vrai ? C'est mon frère. Vous avez vraiment dû l'énerver pour atterrir là. Allez, vous voulez que je lui passe un mot quand vous serez mortes ?

Je lui servis un sourire condescendant et elle roula des yeux.

— Tu racontes n'importe quoi ma chérie, retourne te coucher.

Elle vient de m'appeler chérie là ? Non mais je rêve... La poussière se rebelle maintenant ! Va falloir que je fasse venir une femme de ménage.

Je fis la moue en m'impatientant. J'allais leur plantai un couteau dans la gorge…

— Vos parents vont pas être contents les filles. Allez faire dodo au lieu de faire le mur. Et je ne suis pas ta chérie, ma petite. Tu ferais mieux de t'en souvenir si tu veux pas te retrouver rasée et amputée. Maintenant dégagez toutes les trois de mon chemin où votre mort sera plus rapide que prévue.

Elles me regardèrent avec dégoût mais s'écartèrent. *Enfin !* Je passai devant elles en faisant claquer mes talons, mais je me retournai une fois arrivée devant l'ascenseur pour leur faire un petit sourire narquois. *Ben quoi, c'était drôle.*

— Qu'est-ce que vous faites encore ici ? Zou, au lit ! Vous n'avez quand même pas besoin d'une comptine pour vous endormir ? Ou alors c'est que votre maman vous manque ?

Je mimai une enfant triste quand l'une d'elle poussa un cri de rage et tenta de se jeter sur moi, retenue par les deux autres.

— PARLE PLUS JAMAIS DE MA MERE SALE CHIENNE OU JE TE DEFONCE !

Je haussai un sourcil et rigolai alors que l'ascenseur s'ouvrait.

— Maman te manque mon chou ? Elle t'a jamais appris qu'on parlait pas comme ça aux adultes ?

Et je m'engouffrai dans la boite en métal en appuyant sur le niveau zéro. Je détestai qu'on me défie.

Ah que j'allais prendre plaisir à les tuer ces espèces de triplés merdiques...

Et lentement. Très lentement, jusqu'à ce que leurs yeux hurlent leur douleur et qu'elles me supplient de les achever.

Et puis sérieux Taylor ? Se taper des triplés ? Il veut

choper une MST ou quoi ?

CHAPITRE 33

" Il y a plusieurs manière d'être inhumain: certains le naissent, certains le deviennent, et d'autres sont simplement des monstres façonnés de haine"

Alexandra Kean

Nix novembre 2013 – Paris

— Tu fais de la boxe depuis combien de temps?

Je haussai les épaules en regardant Matthéo.

— Longtemps.

Il rigola.

— Tu n'es pas obligée de te la jouer mystérieuse tu sais, personne ne va te manger ici. Enfin à part Thomas.

Je souris, amusée, et sortis un petit paquet de drogue de ma poche avec de quoi la rouler. Il fronça les sourcils.

— Tu fumes de l'herbe ?

Je hochai la tête en allumant mon joint.

— C'est de la marijuana ça. T'en veux ?

Il me foudroya du regard, et avant que je ne puisse esquisser un geste, balança mon rouleau dans l'herbe en l'écrasant sous sa semelle.

— Et non mais t'es pas bien !

Je me levai d'un bond et il croisa les bras, me défiant du regard de récupérer mon joint alors que je serrai les dents.

— Tu sais combien ce truc m'a coûtée ?

Il renifla.

— Non, et j'en ai rien à foutre. T'as quoi, seize ans ? Je comprends même pas ce que tu fous avec ça dans la main. Il te reste soixante-dix ans à vivre, et tu veux te les pourrir avec cette merdre, au nom de quoi, hein ?

Je le dévisageai en haussant un sourcil.

— Et je peux savoir pour qui tu te prends pour me juger ? Tu me connais depuis cinq minutes.

— Depuis cinq jours. Je suis peut-être membre de l'équipe de basket, mais ça ne veut pas dire que je suis con. Je suis capable de cerner quelqu'un en moins de vingt-quatre heures, et si Thomas a flashé sur toi, permet moi de te dire un truc petite rousse.

Je frémis. Cela faisait longtemps qu'on ne m'avait plus appelée comme ça.

— Peu importe ce qui selon toi justifie de fumer cette merde, c'est une fausse excuse pour te permettre de fuir tes problèmes. Tu ferais mieux de les assumer, et retourner chez toi, ou tenter de tourner la page. Parce que ce truc ne peut t'aider qu'à te tuer.

C'était précisément ce que je voulais, mais cette fois-là en le regardant me surplomber, couvert de sueur et transpirant la normalité, je me sentis ridicule. Et je ne repris pas mon joint.

Nix - Nuit du 30 au 31 août- /

Je pénétrai dans la cour en béton. Elle était vide, froide, entourée d'immenses barbelés au travers desquels on pouvait admirer l'étendue désertique. Il y avait des bancs, et un terrain de basket. Tout ça ressemblait à une cour de prison. Encore.

Peut-être que ça me poursuivait ?

Je m'assis sur un des bancs les plus au fonds, et allumai une cigarette. Je tirai ma première taffe en soupirant de plaisir et recrachai ma fumée dans la nuit.

J'entendis la porte blindée s'ouvrir en grinçant, mais je n'y fis pas attention. Des pas firent grogner le bitume et la silhouette de Matthéo apparut à côté de moi.

Il s'assit à côté de moi et me montra une bouteille de vodka.

— T'en veux ? J'en ai récupéré une au réfectoire. Je me suis fait engueuler mais j'ai dit que c'était pour toi alors c'est passé.

Je secouai la tête en ricanant mais pris la bouteille et bus une grande gorgée avant de porter ma clope à mes lèvres. J'inspirai la nicotine à pleins poumons avant de la relâcher dans l'air glacial.

— Tu sais qui est le mec qui n'a pas passé les tests ?

Il me regarda avec un haussement de sourcil interrogateur avant de boire à son tour.

— Oui, moi.

Il faillit s'étouffer, mais parvint à déglutir avant de me regarder de travers, choqué.

— Pourquoi ?

Je haussai les épaules en tirant une taffe.

— Je sais pas. Demande à Smith.

Il eut un froncement de sourcil en secouant la tête avant de reporter son attention sur moi.

— C'est quoi exactement ta relation avec lui ? On dirait que tu le laisses tout contrôler !

Je me contentai de rigoler. Matthéo était à des milliards de kilomètres de comprendre ce qui se passait réellement dans le monde, et pour qu'il comprenne ce qu'il y avait entre le fils de chien et moi, il faudrait lui expliquer ça aussi, et clairement, les récits d'une heure sur les erreurs du gouvernement c'était pas mon trip.

— Jusqu'à preuve du contraire il contrôle tout non ?

Je fermai les yeux en expirant ma fumée alors qu'il me regardait bizarrement. Il se leva soudainement et je rouvris les paupières, intriguée. Son visage était fermé.

— Tu pouvais pas supporter la cigarette. Maintenant t'en fumes vingt par jour. Ça me rend fou.

Il prit sa tête entre ses mains et haussa brusquement le ton.

— Qu'est-ce qui t'es arrivée ?! Qui t'as fait ça bordel ?! Putain de merde regarde toi *Nix !*

Il cracha mon prénom comme s'il s'agissait d'une insulte.

— T'as l'air d'une putain de dépressive au fond d'un trou, tu te détruis de l'intérieur et tu te pavanes au bras du mec le plus puissant du monde en le narguant comme si t'étais la reine, mais réveille-toi bordel ! C'est KURT SMITH ! Pas Thomas ! Tu finiras morte et violée au fond d'une putain de cave si tu continues comme ça Ella ! J'ai l'impression de voir une putain de pute, BORDEL !

Il me dévisagea en secouant la tête, les yeux brillants avant de repartir presque en courant et de claquer la lourde porte derrière lui, laissant le froid, la nuit et le silence meurtrier derrière lui.

Moi quoi.

Un sourire amer se forma sur mes lèvres à cette pensée. Il n'avait pas tort. Il n'avait pas raison. Il avait juste énoncé une vérité comme une autre, sa vérité. Si ça avait pu lui faire plaisir de crier.

Chacun avait sa propre vérité. La sienne était que je n'étais plus Ella. Et la mienne… Et bien la mienne était tellement longue qu'on pourrait en écrire un roman.

J'avalai une longue gorgée de vodka en écrasant ma cigarette consumée par terre. Une bourrasque souleva mes cheveux, quand un cri masculin déchira l'air. J'entendis des bruits, des gémissements, et tournait ma tête vers la tour. Une fenêtre était brisée, et des affaires étaient jetées sur le sable sans considération, accompagnées de rires gras et d'insultes grossières. Je plissai les paupières et me levai pour aller défendre ma chambre contre ces types, mais une vibration dans ma poche arrière m'arrêta.

J'ai mis un garde devant ta porte bébé retourne t'asseoir sur ce banc en paix et admire la boucherie.

J'aurai pu m'offusquer d'être à ce point privilégiée et différenciée des autres, mais la vérité c'est que j'en avais rien à foutre. Je fis un tour sur moi-même en revenant sur mes pas, et repérai la caméra en haut à droite des fils de barbelés dans le coin, qui regardait directement mon banc.

Il était pas croyable putain.... Mais il allait vraiment falloir qu'il arrête de m'appeler bébé.

Je souris, et sortis mes écouteurs avant de les enfoncer dans mes oreilles en m'allongeant sur le banc, le regard plongé dans les étoiles. Le son dans mes oreilles changea encore et encore, en même temps que les minutes s'écoulaient lentement dans le temps. Je sentis soudain une vibration sous mes fesses et sortis mon portable.

Bouge de là.

Mon petit espion personnel. Je ne me fis pas le dire deux fois et me précipitai derrière un arbre planté entre deux bancs sur la bordure de la clôture.

Parfait. Bon spectacle.

Je souris et éteignis mon portable. Je faisai pas dans les films d'horreur, alors les sonneries de téléphone pour mieux indiquer aux meurtriers où je me trouvai, très peu pour moi.

Je jetai un coup d'œil à la caméra quand les portes blindées claquèrent brusquement laissant apparaître trois mecs qui tenaient par le col un quatrième. Je ne pouvais pas bien les distinguer dans le noir mais je pouvais remarquer que le dernier semblait bien plus baraqué que les trois autres.

Ils le balancèrent au sol mais il se releva, cracha à terre et rigola.

— C'est tout ce que vous avez dans le ventre ? Allez-y ! Sortez vos tripes ! Tuez-moi bordel !

L'un de ses adversaires se rua sur lui et sa droite partit dans sa mâchoire, mais le baraqué l'esquiva habilement, toujours en riant, avant de lui enfoncer son poing dans le ventre. Il le saisit par le col, lui mit un coup de genoux dans les couilles et retourna son bras, qui émit un horrible craquement suivi du hurlement de l'autre.

Ses deux comparses se reprirent et se jetèrent sur le

baraqué à l'égo surdimensionné, comme j'avais décidé de l'appeler, qui jeta violemment l'homme à terre et sourit de toutes ses dents avant de s'attaquer aux deux imbéciles qui fonçaient sur lui. Ils n'avaient aucune chance, c'était clair.

Le corps atterrit à quelques mètres de moi. Je levai les yeux vers le combat au moment même où l'un d'eux roulait dans la poussière avec un gémissement d'agonie.

Le premier se relevait, la bouche en sang et la rage dans les prunelles. Alors que le type se battait avec le dernier, il les contourna, sortit un couteau de sa poche et s'approcha de lui par derrière. Je le regardai avec dégoût et sortis mon flingue. Il n'avait rien à faire dans cette Mafia.

Je lui tirai dans la tête sans cérémonie. La détonation retentit, et le baraqué profita de l'instant de distraction de son adversaire pour l'envoyer au tapis en enfer. Il se tourna vers moi en essuyant ses mains sur son jean, alors que le calme revenait.

— Montre-toi !

Sa voix gronda autoritaire et grave. J'en eus la chair de poule, en imaginant les choses que j'aurai pu faire avec lui au lit si seulement je n'avais pas trouvé mieux avant. Je me relevai gracieusement en silence et je vis son haussement de sourcil moqueur.

— Les pirates informatiques tuent maintenant ?

Mais pourquoi tout le monde pensait toujours que les filles ne pouvaient pas se battre ? Putain, mais quelle éducation sérieux...

Je ricanai et avançai pour sortir de l'ombre.

— J'ai vraiment la gueule d'une *nerd* ?

Il secoua la tête en m'examinant.

— Non plutôt la gueule d'une tueuse.

J'esquissai un rictus. Il lui manquait quelques neurones, mais c'était déjà ça.

— Je préfère la torture.

J'allais m'avancer pour partir mais il était en plein dans mon chemin et ne bougeait pas. J'haussai un sourcil.

Certes, je pouvais le contourner, mais je m'appelle Nix

Johnson, et ce sont les autres qui s'écartent devant moi pas l'inverse.

— Tu comptes rester là jusqu'à te fossiliser ou tu vas me laisser passer ?

Il eut un sourire en coin et se décala.

— Je vais même te raccompagner poupée !

Je levai les yeux au ciel.

— Evite de me donner des surnoms du genre petit chou, où tu te feras décapiter par le grand boss avant même de pouvoir revoir ta sœur, latino !

J'ouvris les portes en passant devant lui, mais il me rattrapa en attrapant mon bras.

— Comment tu sais pour ma petite sœur ? On vient de se rencontrer et tu connais même pas encore mon prénom !

Je ricanai.

— Qu'est-ce qui te fait croire que j'en ai quelque à foutre de ton prénom ?

Je ne répondis pas à sa question. *Pas ma faute si les latinos avaient la fâcheuse habitude de se graver des « hermana » partout sur leurs mains pour se rappeler « l'importance du sang et de la famille ».*

Il me regarda sans rien dire alors que je rallumai mon téléphone et appelai l'ascenseur. L'appareil monta dans un silence froid et volontaire de ma part. Le gars à côté de moi semblait impressionné, voire totalement bluffé. Il avait bien tenté d'ouvrir la bouche mais mon regard noir l'en avais dissuadé. Minuit sept, je n'étais plus d'humeur à la camaraderie.

Ouais, fin, je ne l'étais jamais, donc...

L'ascenseur s'ouvrit enfin, et je me figeai en pénétrant dans le couloir. Du sang, du sang partout, des affaires brisées, traînées au sol, salies. Et des cris, des gémissements. Des hurlements de terreur, d'horreur. La voix d'Anna.

Je la vis à l'autre bout du couloir, plaquée par espèces de mecs, à moitié nue. Ils la violaient. Ces enculés la violaient.

L'information monta à mon cerveau, en même temps que mes souvenirs remontaient.

« Il n'y a que les victimes qui sont traumatisées »

Avec ironie, dans une autre situation j'aurais pu les saluer, ces putains de souvenirs, après tout ça faisait longtemps que je ne les avais pas vus.

Je vis flou, la réalité se confondit avec ma mémoire, alors que je sortais deux dagues de ma bottine et marchai à grands pas vers la brune. Un des salauds qui se trouvaient là eut un rire gras en déboutonnant sa braguette.

Leurs rires.

Les hurlements d'Anna. Les sanglots d'Anna.

Le noir autour. Et je perdis pieds.

Ma dague se planta dans la nuque du premier mec. Le second se retourna et me mis sa droite dans la mâchoire, mais je fus plus rapide. Je craquai ses doigts, tournai son poignet dans un angle oblique en ricanant, avant de lui flinguer les couilles, *littéralement.*

Il arrache mes vêtements, et l'un d'eux enfouit son poing dans ma bouche en me donnant un coup de pied.

— TA GUEULE SALOPE !

Son ordre résonne dans la pièce, et je redouble de sanglots. Ma morve, mes larmes et mon sang coulent dans ma bouche, se mélangeant à ma salive. Leurs rires et leurs voix me rendent sourde. Je vois flou, je ne peux que sentir. Sentir ces mains qui commencent à se balader sur ma poitrine avec des rires gras. Sentir cette odeur de pourriture, cette odeur de pisse vieillie. Sentir le froid et la dureté de la pierre qui cogne sur mon crâne. Sentir le trou, là, à l'intérieur, sur mon âme. Le vide. Mes hurlements redoublent, mais j'ai même pas conscience de crier, et je tente de me débattre encore et encore, comme s'il existe encore la moindre chance de liberté. Et puis soudain, me faisant gémir de douleur, la marque de leurs doigts s'imprime dans ma peau, et ils m'attachent. Les bras et les jambes écartés, écartelée sur le béton froid, offerte.

— Non.

— Je vous en supplie, non.

Et une main s'aventure entre mes cuisses.

Le troisième avait plaqué son couteau sous la gorge d'Anna et me regardait avec un petit rictus.

— Donne-moi ce couteau ma jolie, ou je lui tranche la gorge.

Je rigolai. D'un rire froid. Un rire sadique. Un rire de démon.

Comme ceux qui habitaient au fond de moi. Ceux qui faisaient partie de moi. Ceux qui *étaient* moi.

Je le sens trifouiller alors qu'il rit. Je pleure, je pleure, et je me débats pour échapper à son contact en vain.

Je sais même plus pourquoi, mais j'essaie, j'essaie, j'essaie encore, parce que je ne veux pas, je ne veux pas, je ne veux pas que ça arrive.

— Non.

Je sens son doigt rentrer en moi et un peu de bile sort de ma bouche alors que je relâche mes muscles, arrêtant de me débattre. Ça ne sert plus à rien. Il a gagné. Il aura ce qu'il veut. Personne ne viendra me sauver. Je ne vis pas un conte de fées, je n'ai pas de prince charmant pour me sortir de ce cauchemar.

Je n'en ai jamais eu.

Mes paupières se referment. J'ai le souffle court, je peine à respirer. Mes larmes maculent mes joues. J'entends cette musique au loin. Du vieux rap vulgaire, mais le chanteur a une belle voix. Et je m'y raccroche. Je m'y raccroche désespérément alors que ses mains se baladent partout sur ma peau, que ses copains me tripotent, au même moment où je le sens entrer en moi. Je cris. Ça fait mal.

Ils ricanent.

— C'est qu'elle était vierge la salope !

L'autre pouffe, je sens son haleine pleine d'alcool près de mon visage. Il me touche les seins, et je sens le bout de son pénis sur mon ventre.

— A quatorze ans tu m'étonnes ! Pure à cent pour cent la petite pute ! J'parie qu'elle s'était jamais doigtée, hein salope ?

Je ne réponds pas, me contentant de sangloter plus fort.

— REPONDS PUTAIN

Je balbutie un non au travers de mes larmes, de ma morve et de ma bile. Ils rigolent plus fort, et mon esprit se tord de souffrance, recroquevillé contre lui-même. Je ne sens plus rien, à l'intérieur.

Il n'y a plus rien.

Et l'autre commence à bouger.

Je m'emparai de sa tête d'une main, le tenant par les cheveux, et le tirai vers moi brutalement. Mes yeux étaient injectés de sang, et je ne savais même plus ce que je foutais, mais peu importait. Il n'y avait que le Diable qui dansait devant mes paupières, le vide de mon âme à l'intérieur de moi, et leurs doigts sur ma peau qui comptaient.

Je plantai ma dague dans sa poitrine, sur cinq centimètres. Pas assez pour transpercer son cœur, mais assez pour l'atteindre.

Je le regardai dans les yeux, et esquissai un sourire malsain. Ses yeux se remplirent de terreur.

Et je plongeai ma main dans son poitrail.

Je le sens cogner violemment au fond de moi. Je n'ai même plus assez de force pour ressentir la douleur. Juste cette impression de dégout. De sale. Je me sens tellement sale. Mais je suis sale. Je suis couverte de crachat, de pisse et de sperm, de leurs doigts, des leurs mains, de leurs trucs, mais mes ombres prennent encore plus de place.

Je n'ai plus rien, je ne suis plus rien.

Mon dos frotte le béton, le sol me brûle sous ses coups de rein brutaux. J'arrive plus à penser au travers du sang, mais il accélère encore. Je sens son copain éjaculer sur mes seins, et mes larmes cessent, le regard dans le vide.

Je reçois un coup de pied dans le ventre et je crache un peu de sang, alors que l'autre continue à me défoncer de l'intérieur.

Et puis d'un coup, il éjacule en moi, et je m'envole. Tout s'arrête. Je ne vois plus rien. Je ne sens plus rien.

Je n'entends plus que ce rap dégoutant, et ces mots, ces mots que ce gros porc vient me chuchoter à l'oreille.

— Souviens-toi que c'est le gang Bayker qui t'as fait ça salope.

Les os de ses côtes me déchirèrent la peau mais je gardai mes yeux dans les siens, jusqu'à ce que ma main se referme sur son organe. Et brusquement j'arrachai littéralement son cœur de sa poitrine.

Je vis la vie quitter ses prunelles et son corps tomba comme une poupée de chiffon au sol. Je fis tomber son cœur avec, la main couverte de sang.

J'entendis la voix d'Anna tremblotante derrière moi.

— Tu... tu...

Je la coupai d'une voix glaciale en passant ma main couverte de sang flamboyant dans ma crinière rousse, la tâchant à son tour.

— Oui. Je suis un monstre. Mais au moins tes cauchemars ne seront pas éternels et ce mec en a payé le prix.

Je défiai du regard la caméra qui nous regardait à quelques mètres avant de rire.

Un rire à en avoir peur du jour.

Kurt

Indécis, je regardai Nix qui me provoquait avec un sourire sadique dans l'écran de la caméra, couverte de sang et un cœur à ses pieds, quand des cris sortirent de la chambre de Rachel.

Je soupirai avant de fermer mon ordinateur, la porte de mon bureau et de me rendre dans sa chambre. En pleurs, elle était là, les yeux cernés. Ça avait l'air pire que les autres fois. Je la pris dans mes bras et la hissai sur mes genoux en séchant ses larmes qui ne cessaient de reprendre.

Elle sanglotait contre mon épaule alors que je la berçais en tentant de savoir de quoi elle avait cauchemardé cette fois-ci.

— Eh, doucement, calme toi petite sœur.

Elle renifla et me regarda, les yeux embués.

— C'est.....c'était....tu sais.... Papa.... Toi.... avec Alfred et les autres....

Mes yeux se noircirent alors qu'elle sanglotait de plus belle.

— Juste avant... Bayker... Papa... Le gang de papa... Ton gang... Ce que tu as fait…Ce que vous avez fait....

Ses larmes coulaient contre mon tee-shirt alors que je la serrais plus fort. Elle n'aurait pas dû être là ce jour-là. Elle n'aurait pas dû voir ça.

— Ancien gang. Mon ancien gang petite sœur. Je l'ai quitté il y a sept ans. On est partis il y a sept ans. Ce cauchemar est terminé depuis sept ans.

Elle sanglota de plus belle, alors que je la berçais dans l'espoir qu'elle se rendorme. Qu'elle oublie ce qu'elle a vu, comme j'aimerais oublier combien j'aime ressentir encore cette sensation d'adrénaline et de pouvoir en regardant les autres me supplier.

Comme *elle* l'a fait.

CHAPITRE 34

"Les débuts sont toujours difficiles,
sauf quand la fin l'a déjà été"

Alexandra Kean

Nix   novembre 2013- Paris

— Ella ! T'étais où la semaine dernière ?

Le sourire de Matthéo m'accueillit et je respirai profondément. Normale. J'étais normale ici.

— Nulle part. Je te fuyai petit concombre.

— Concombre ? C'est ça ton insulte du jour ? T'aurai pu faire plus original !

Je rigolai.

— Comme quoi ?

Il haussa les épaules en enlevant son tee-shirt.

— Limace déshydratée ?

Je grimaçai.

— Sérieusement ?

Il me jeta son tee-shirt puant à la figure et je le repoussai.

— T'es dégueulasse Matthéo.

Il enfila son maillot et planta un baiser sur ma joue.

— Mais tu m'aimes quand même. Allez change-toi, je vais t'apprendre à jouer au basket.

Je ricanai.

— Même pas en rêve Matt.

— Tu m'appelles Matt maintenant ?

J'haussai les épaules.

— Et alors ?

— Notre petite Ella se sociabilise !

Je levai les yeux au ciel au moment où Thomas entrait dans le vestiaire. Son regard croisa le mien et un sourire en coin illumina son visage, recouvrant mon corps de chair de poule.

Il déposa son sac et repartit, surement pour chercher le reste de l'équipe, alors que Matthéo rigolait.

— On va même la mettre en couple avec le beau capitaine ! Tu sais qu'absolument toutes les filles du lycée veulent sortir avec lui ? Mais je ne l'ai jamais vu regarder une fille comme il te regarde.

Je levai les yeux au ciel.

— Tu te fais des films Matthéo.

Il secoua la tête.

— J'ai toujours raison Ella ! Vous allez bientôt vous embrasser et vous galocher comme des putains de limaces déshydratées !

Il partit en courant sur le terrain alors que je rigolai. Je ne savais pas si je galocherai son copain, comme il disait, mais ce que je savais, c'est que j'adorai être normale.

Nix - 31 août 2018

A six heures du mat' le lendemain, j'étais dans le réfectoire. La salle était plongée dans un silence morbide, où tout le monde se regardait dans le blanc des yeux, en tentant de deviner qui avait frôlé la mort cette nuit, et qui l'avait donnée.

Je coulai mon regard sur Anna et Lorenzo, le type d'hier soir. Je les avais virés de mon étage, et trois bouteilles de vodka et une clope plus tard j'étais dans les vapes.

Rien à foutre d'être dans un putain d'entraînement mortel. Me tuer ne me sauvera pas de mes démons, mais un shot, si.

Une fois dans ma chambre, je refis mon bandage à mon avant-bras droit, bien amoché par sa petite escapade dans la poitrine d'un autre, et fis mon sac après m'être lavée les dents. J'y fourrai mon sweat kaki, parce qu'aussi étonnant que ça puisse paraître, il faisait froid dans cette foutue tour, une bouteille d'eau, une bouteille de vodka, un truc à bouffer et enfilai une paire de baskets noires en grimaçant. Je haïssai être sur plat, mais je n'étais pas complètement conne, et salir ou casser mes talons n'était pas au programme.

J'attachai mes cheveux en queue de cheval, encore un truc que je détestai faire, et descendis dans le hall. Il n'y avait qu'une dizaine de types de mon groupe qui attendaient avec celui qui devait être le chef de groupe, dont Matthéo. Il me jeta un regard de travers auquel je ne pris même pas la peine de répondre, sûrement pas remis de sa petite crise de nerfs d'hier soir.

Fyl, notre chef au nom d'elfe, siffla et je reportai mon attention sur lui.

— Bien, huit d'entre vous sont morts pendant la nuit, vous êtes donc au complet. Veuillez me suivre.

Je haussai un sourcil à cette annonce, mais le suivi, sentant le regard lourd des autres mecs dans mon dos. Je serrai les dents, en me retenant d'aller les castrer. Cet endroit me foutait l'impression d'être enchaînée. *Comme si je ne l'étais pas déjà.*

Une fois dans l'ascenseur, le nom d'elfe se retourna vers nous avec la mine fermé.

— Dans les caves, sont enfermés douze personnes, dont les proches, ou eux-mêmes ont attenté d'une façon ou d'une autre à notre Mafia. Votre rôle, est de les torturer avec seulement les outils qui vous ont été fournis, et de retirer d'eux tout ce qu'ils savent jusqu'à la première fois où ils ont menti à leurs parents. Nous connaissons ces informations, et chacun de leur passé contient un point commun. Ce point commun est l'indice qui vous servira à trouver le point faible de vos victimes de demain. La torture, c'est de la violence, mais aussi et surtout, de l'intelligence. Alors j'espère pour vous que vos parents ont pensé à vous fournir un cerveau à la naissance. C'est plus rare qu'il n'y paraît.

Il sourit hypocritement et je retins un ricanement alors que les types autour de moi serraient les dents. Insulter la famille d'un mec dans une mafia, c'était du suicide, mais cet elfe n'en avait rien à foutre. Parce que la famille d'un mec dans une mafia, c'était sa mafia.

Les portes de l'ascenseur s'ouvrirent et le froid m'assaillit. Devant nous, se dressait un couloir sombre et froid, assez large, bordé de cellules aux portes blindées et numérotées.

— Vous choisissez entre les cellules vingt-huit et quarante uniquement. Dans trois heures, les portes des cellules se fermeront à double tour, sans possibilité de retour. Vous mourrez avec le prisonnier, de faim et de soif. Vous avez donc grand intérêt à finir avant.

J'avançai doucement dans le couloir, rapidement dépassée par les autres qui courraient pour ne pas perdre de temps, prenant, moi, le temps d'examiner le lieu où je me trouvais. Propre, faiblement éclairé, les murs le plafond, le couloir étaient entièrement peint en noir et le plafond était bas, si bas que certains types devaient se courber pour passer.

J'entrai dans une cellule complètement au hasard, la trente-six il me semblait, et la porte se referma derrière moi dans un bruit sourd, en ne laissant derrière elle qu'un silence assourdissant.

Des néons blancs s'allumèrent au plafond, et je clignai des yeux pour me réhabituer à la lumière. La cellule était presque la même que chez Kurt. Un corps évanoui attaché par des liens en métal sur une chaise en fer clouée au sol, un chariot d'instruments trop limité à mon goût, une caméra littéralement braquée sur moi, et un évier sur la gauche.

Je considérai le corps un instant. Un mec, ni trop musclé, ni trop maigre, mal rasé, un vieux jogging et une espèce de moustache vraiment moche. Je ne lui donnerai même pas vingt ans.

Je soupirai et retroussai mes manches, avant de m'emparer d'un saut, de le remplir d'eau glacée, et de le déverser sur le type.

Son corps tressauta comme un vers de terre, alors que je me reculais pour lui laisser le temps de se réveiller. La violence au réveil rendait le prisonnier confus, et je détestais quand mes victimes ne comprenaient pas parfaitement la profonde merde dans laquelle ils étaient avec moi.

Il cracha par terre et secoua la tête avant de la relever en clignant des yeux. Je grimaçai. *Plutôt vilain dans le genre le gosse...* Dès que son regard se posa sur moi, il montra les dents, au sens littéral et jura.

— WESH T'ES QUI GROSSE PUTE RELACHE MOI TOUT DE SUITE !

Oh mon dieu. Un français.

Je pris les ciseaux sans rien dire et attrapai violemment son crâne avant de couper ses cheveux d'un coup.

Il poussa un hurlement en essayant de se défaire de ma prise.

— ESPECE DE GROSSE CHIENNE JE VAIS TE DEFONCER DE QUEL DROIT TU ME TOUCHES PUTAIN !

Mes oreilles...

— Tu ferais mieux de te calmer coco sinon je te coupe les couilles plus vite que je ne l'avais prévu.

Il s'arrêta quelque peu et ricana.

— Une américaine bordel ! Elle doit rien comprendre de ce que je dis cette pute. C'est qu'elle est bonne cette salope !

Je parlais français espèce de débile. C'est qui qui lui avait appris à parler à celui-là ?Et comment il pense au sexe dans une situation pareille ?

Je me grattai la gorge et pris un couteau de boucher, du genre qu'on utilisait pour les grosses entrecôtes avant de lui répondre en français.

— Ta maman est morte avant de t'apprendre la conjugaison et la politesse chéri ? Au cas-où la situation t'aurait échappée, je t'annonce que tu es ligoté à une chaise dans une cellule de la Mafia Piratando, que j'ai un couteau en main, et que je parle mieux français que toi. Alors tu ferais mieux de parler quand je vais te poser des questions, sinon ce sera beaucoup plus rigolo pour moi que pour toi, et tu n'auras plus de langue à la fin pour proférer des idioties pareilles, entre autre chose.

Il pâlit un peu en m'entendant parler français et ricana.

— Une française pure souche qui travaille pour des putains d'américains, tu devrais avoir honte.

Je souris en aiguisant mon couteau.

— Je ne suis pas française, et la France est un terrain neutre pour les Mafias depuis cent ans petit mec.

Il ricana.

— J'en ai rien à foutre de tes petites leçons d'histoire espèce de nana de merde. Le mec qui t'saute doit vraiment être con pour avoir envoyé sa pute torturer quelqu'un d'aussi puissant que moi.

Je rigolai et le regardai dans les yeux, agenouillée devant lui, mon couteau luisant dans ma main.

— Mon mec c'est Kurt Smith, chéri. Je doute que tu sois ne serait-ce qu'un millième aussi puissant que lui, sinon tu ne servirais pas de cobayes aux nouveaux.

Les couleurs quittèrent son visage comme un arc en ciel caché par le soleil. Je ricanai en me redressant alors que son bras se mettait à trembler.

— Du coup, tu préfères commencer par quel membre ?

Il déglutit, tout sourire évanoui, et ouvrit de grands yeux paniqués comme un putain de pingouin.

— Non ste plait je t'en supplie je suis désolé, je t'en supplie, m'fais rien, m'fais rien !

Pa-thé-ti-que.

— T'as déjà laissé passer ta chance et ça fait déjà six heures que j'ai fait saigner personne donc, me fait pas me répéter où je me fais directement des œufs brouillés avec ton pénis.

— Un doigt ! Un doigt.

Même pas original.

J'eus un rictus devant sa voix tremblotante et m'avançai vers lui avant de trancher tous les doigts de sa main gauche comme on dévalait un escalier. Il hurla, mais ne pleura pas et je me replantai devant lui, ma lame goutant sur le sol et mes joues maculées de minuscules gouttes de sang, un grand sourire sur les lèvres.

— Tu as des choses à me dire maintenant ?

Les yeux brillants, il me foudroya du regard avant de balbutier entre deux hoquets de douleur alors que ses moignons pissaient le sang.

On aurait dit cinq petites bites qui pissaient rouge.

— Qu'est-ce que vous voulez ?

J'eus un rictus satisfait. Enfin du respect et de la politesse.

— Tout. Je veux tout savoir de toi depuis ton prénom jusqu'à tes plus sombres secrets.

Il me regarda froidement et soupira, les membres tremblants.

— D'accord.

C'est tout ? Eh bah.

Je pris appui sur le mur et commençai à noter sur un calepin tout ce qu'il me racontait, depuis comment il avait pissé dans son froc quand il avait onze ans devant toute sa classe, à la dernière fille qu'il avait kidnappée, violée et torturée pendant des semaines avant que son père, un membre de la Mafia, la retrouve et qu'il se retrouve ici.

Il s'arrêta à un moment et je me rendis compte qu'il me restait deux heures, que je ne lui avais coupé que cinq doigts et qu'il m'avait déjà raconté toute sa vie.

Faible. Très faible.

Je rigolai avant de reposer mon calepin, de prendre un couteau et de l'enfoncer dans sa cuisse.

Il hurla de surprise et me fusilla du regard.

— Putain vous aviez dit que vous me feriez rien !

Je ricanai.

— Moi ? J'ai dit ça ?

Il serra les dents et ne dit rien, jusqu'à ce que je tourne le couteau profondément dans la plaie pour l'agrandir au maximum. Il se contenta de serrer les dents, une goutte de sueur perlant sur son front et je ricanai.

Vas-y, résiste, de toute façon je n'attends plus rien de toi.

Alors je sortis mon paquet de clope, en allumai une, et attendis que la fumée lui emplisse un peu les narines pour qu'il ait des difficultés à respirer.

Et puis, je plantai le bout de ma clope dans sa plaie.

Son hurlement faillit me déchirer les oreilles, mélangé à ses sanglots. Il craquait plus vite qu'une branche d'arbre complètement sèche.

— S'il vous plait, s'il vous plait, s'il vous plait, je vous en supplie... ARRETEZ !

Il cria le dernier mot de toutes les forces qu'il lui restait et je retirai ma cigarette avec un sourire sadique.

Il prit une profonde inspiration en tremblotant et son regard se planta dans le mien.

Je n'avais pas l'intention de m'arrêter.

CHAPITRE 35

"Surestimer c'est avoir toutes ses chances de gagner, sous-estimer, c'est déjà perdre"

Alexandra Kean

Nix janvier 2014 – Paris

— Ella putain qu'est-ce qui t'es arrivée ?

Je regardai mes mains trembler, et fis un maigre sourire à Matthéo.

— Rien. Rien du tout.

Il me regarda comme si j'étais folle.

— Tu te fous de ma gueule ? T'es couverte de sang.

Je fermai les yeux.

— Laisse-moi tranquille Matthéo.

Il ricana.

— Ça va pas non ? T'as vu ton état ? Je vais plutôt appeler les flics ouais.

— Ne fais surtout pas ça !

J'envoyai valser son téléphone au sol, paniquée. Il me regarda, les yeux illuminés par l'inquiétude.

— Ça fait un putain de mois que tu as disparue en laissant tomber Thomas pour la soirée, et comme tu reviens je te trouve complètement couverte de sang avec des plaies ouvertes à trois heures du matin ! Tu te fous de moi ?

Je ricanai.

— Qu'est-ce que tu fais là à trois heures du matin, Matthéo ?

Il grimaça.

— Je viens de trouver ma copine en train d'embrasser un autre gars dans une soirée. J'avais besoin de me défouler.

Je rigolai.

— Viens te défouler avec moi.

Il me regarda en fronçant les sourcils et baissa la tête, les mains tremblantes.

— Qu'est-ce qu'ils te font quand tu disparais, Ella ?

Je souris. Un sourire tremblant.

— Je ne disparais pas, Matt'.

Il me regarda disparaître dans les douches en soufflant alors que j'essuyai une larme sur ma joue, le corps tremblant.

Je n'y arriverai pas. Je n'y arriverai jamais. J'avais tenté d'avoir une vie normale, d'être quelqu'un d'autre, d'être cette foutue adolescente qui n'avait pas d'autre problème qu'un petit copain qui la trompait. Mais ça me poursuivait comme du putain de poison. Je ne pouvais pas faire un pas sans sentir les cauchemars dans ma tête, et sans sortir le regard de ses hommes sur moi. Prêts à m'enlever si je décidai de faire quelque chose de stupide. Prêt à me renvoyer là-bas. C'était la dernière fois. Je me l'étais jurée. La dernière fois.

— Ella ?

Je m'aperçus que ça faisait bien trop longtemps que j'étais sous la douche des vestiaires et sortis en tremblotant.

— J'arrive !

Je récupérai les vêtements de rechange de Thomas dans son casier et les enfilai en fourrant ma robe de soirée déchirée que je n'avais pas quittée depuis un mois, à la poubelle.

Le regard de Matthéo sur moi quand je sortis me fit frissonner.

— Il ne s'est rien passé, n'est-ce pas ?

J'étais couverte de bandages aux tâches sombres. Mes plaies saignaient encore.

— Pourquoi tu veux tellement croire ça ?

Il ne dit rien. Je le fusillai du regard et me mis en position.
— Qu'est-ce que t'attends Matthéo ?
— Je ne peux pas te combattre dans cet état.
Je ricanai et m'avançai d'un mouvement rapide qui le fit reculer.
— Quoi, t'as peur que je te tue ?
Et c'est quand il ne rigola même pas que je me rendis compte que peu importait mes efforts, peu importait à quel point j'aimais essayer d'être normale, je ne pourrais jamais l'être.

`Nix — 31 août 2018 — /`

Je sortis de la cellule couverte de sang séché et une heure en avance. J'étais seule, sûrement la première à avoir fini, et me dirigeai vers l'Elfe. Il était installé sur une chaise de bureau devant une table et des dizaines d'écrans qui transmettaient en direct les images des caméras des cellules.

Je lui tendis ma liasse de feuilles, mais il ne la prit pas tout de suite, se contentant de me fixer de ses yeux très clairs sans bouger un cil. Sa posture état raide et guindée comme une poupée. Son dos était parfaitement droit, il avait les jambes croisées, et les mains liées sur ses genoux, et ses espèces de prunelles dérangeantes semblaient me regarder sans me voir.

Il finit par saisir mes feuilles et les posa sur mon bureau sans me jeter un autre regard. Je haussai les épaules et me détournai.

Ce type était vraiment trop bizarre, à croire que c'était une maladie dans cette putain de tour. Je m'assis au sol et sortis mon portable au même moment où celui-ci vibrait.

Belle performance, j'ai bien aimé la cigarette dans la cuisse. Je viens dans trois jours bébé, prépare la crème apaisante.

Pour tes couilles après m'avoir encore une fois appelée bébé ? Certainement fils de chien, certainement.

Pourquoi tu t'attaques toujours à mes couilles ? A part les meilleurs orgasmes de ta vie, elles ne t'ont rien fait...

Quels orgasmes ?

Prépare ta crème, bébé.

Je secouai la tête et éteignis mon téléphone, sans répondre, quand la voix de l'elfe résonna.

— Tu as un temps libre, le temps de la fin de l'épreuve. Je te veux dans la salle quarante- cinq dans une heure et demi. Le retard est une disqualification.

Je ne pris pas la peine de répondre et remontai aussitôt dans le hall. Je m'arrêtai à ma chambre, pris une bouteille de vodka et renflouai mes cigarettes, avant de me diriger vers la cour A, quand je croisais trois silhouettes brunes accompagnées d'un mec horriblement moche, assez musclé mais petit et...moche encore une fois.

Je m'arrêtai aussitôt avec un sourire en coin.

Allez petites putes, venez jouer...

Elles firent de même en me voyant et le gars se mit légèrement devant elles, comme pour les protéger.

— Voilà une pétasse. Pas encore morte ?

Je ricanai. J'avais envie de jouer à leur petit jeu.

— Je devrai te retourner le compliment, ma petite pute.

La fille de gauche siffla, sous le choc.

— Pardon ? Non mais tu t'es prise pour ma pote pour me parler comme ça ?

Je ricanai de mépris.

— Non seulement c'est toi qui as commencé mais en plus si c'est comme ça que tes potes te parlent, pose toi les bonnes questions.

— Non mais pour qui tu te prends ? T'es pas dans une cour

de gosses ici, alors tu ferais mieux d'aller te trouver une queue sur laquelle t'empaler et de te démaquiller, parce que je suis sûre que t'as mis plus de fond de teint que Kim Kardashian.

Elle fit une moue fière, et ses sœurs rigolèrent. Je pouffai. *Je rêve ou c'est vraiment moi qu'elle traite de gosse ?*

— Mon dieu chérie, je sais que t'as quelques déficiences mentales, mais t'as pas besoin d'être jalouse de ma peau parfaite. Le bouton que tu as essayé de cacher ce matin se voit. T'as fini ?

Son autre sœur serra les dents et s'avança en secouant sa queue de cheval comme un chien en train de s'ébrouer après la pluie et leva les yeux au ciel.

— Même avec tes petits talons ridicules je suis plus grande que toi. Alors essaie pas de me prendre de haut avec tes ongles manucurés, parce que nous on n'est pas là grâce à notre cul, alors tu ferais mieux de nous baiser les pieds et de dégager de notre passage, idiote écervelée ! Si tu ne bouges pas, je t'arrache les ongles et je laisse Antoine te violer.

Je suppose qu'Antoine est le petit faiblard qui se cache derrière toi ?

Je rigolai d'un petit rire froid. *Me menacer ? Sérieusement ?*

— Entre une fille qui encourage un mec à violer, et penser sérieusement que je prends le temps de mettre du vernis, je sais pas ce qui est le pire.

Je saisis mon flingue coincé dans la ceinture de mon jean et le pointai sur elle. Elle ricana.

— Joli jouet, mais t'es pas capable…

Mais pourquoi tout le monde disait toujours ça ?

J'abattis ses deux sœurs sans lui laisser le temps de finir sa foutue phrase et eus un rictus satisfait en la visant. Curieusement, son sourire avait disparu. Elle fit un pas en arrière et je tirai. Son corps tomba comme une fiche molle sur le sol, rejoignant ses deux sœurs avec un trou vermeil dans le crâne.

Je contemplai le petit gars avec un rictus, et lui jetai un regard noir. Il détala comme un lapin alors que je contemplais mon flingue encore chaud.

Ce type serait mon quatre-heure.

Je souris et me mis en marche vers la cour A, couverte de sang séché.

Une belle journée qui commence !

CHAPITRE 36

« Il paraît que le monde est parti en couilles. Le problème c'est qu'on est incapable de les retrouver! »

Alexandra Kean

Chiara Nut 31 août 2018 – Paris

— RECOMMENCE ! T'ES TELLEMENT MOU QUE J'AI L'IMPRESSION DE COACHER UNE LIMACE ! OUBLIE LA TECHNIQUE BON SANG, JE VEUX T'ENTENDRE ! JE VEUX DE LA PASSION, JE VEUX DE LA MAGIE, METS TES TRIPES DANS TA VOIX, MERCREDI !

Je retins de justesse l'injure qui était sur mes lèvres en foudroyant du regard le gamin de dix-neuf ans qui se tenait devant moi, les yeux baissés et la main tremblante.

— Recommence !

Ma voix claqua dans le studio et je sortis de la pièce alors qu'il retournait derrière le micro. Nolan avait une voix extraordinaire et s'était fait repérer sur You Tube il y a un an. Il enregistrait son premier album mais déjà galvanisé par la célébrité, il ne se donnait plus à fond et ça me donnait envie de l'étriper vivant.

Il posa son casque sur les oreilles et je lançai la musique.

Je grimaçai quand sa voix tressauta au niveau de la note la plus haute de sa chanson, je fronçai les sourcils quand il perdit trop de temps entre deux refrains parce qu'il avait mal géré sa respiration, et arrêtai tout quand sa voix cassa sur la dernière note. Ce gosse avait un sérieux problème avec cette chanson, alors même que la première fois qu'il l'avait interprété, ma peau s'était recouverte de chair de poule.

Était-ce le stress du studio d'enregistrement où mon air sévère qui le faisait rater ? Il faudrait que je m'occupe de ce problème, mais pour le moment il était plus de deux heures de l'après-midi, et je crevai de faim.

— Nolan, tu reviens demain à dix heures dans la salle de chant, on va travailler un peu avant de revenir au studio.

Il sortit précipitamment de la pièce sans répondre et je soupirai en buvant une grande gorgée d'eau.

Insupportable gosse.

Je pris mon manteau et mon sac à main et sortis en fermant la salle. Je longeai le couloir recouvert des disques d'or et de platines des chanteurs qui avaient enregistrés ici avant de pousser la lourde porte et d'inspirer un grand coup en sentant une bourrasque secouer mes cheveux auburn.

Paris était une ville bruyante, brouillonne et agitée, rien d'anormale pour la capitale. Le mois d'août se terminait à peine que déjà, le froid glaçait les os et j'avais ressorti mon blazer Chanel. Ma voiture personnel arriva rapidement, et je souris en voyant Charles, mon chauffeur se tenir droit devant le volant.

Etre l'une des coachs vocales les plus réputées d'Europe dans un studio d'enregistrement à portée mondiale avait ses avantages.

Je montai à l'arrière et la voiture redémarra pour me conduire comme tous les midis au « Petit Louis », une brasserie semi-gastronomique aux plats exquis.

Alexis m'y attendait, assis à notre table habituelle, au coin de la seule banquette blanche du restaurant. Les coins de ses lèvres s'étirèrent en un immense sourire quand il me vit et je m'approchai en le lui retournant.

Je jetai mes affaires sur la banquette en face de lui et m'assis en soufflant après lui avoir fait la bise.

— J'en peux plus ! Vivement les prochaines vacances, je te

préviens je me fais Tahiti et Bora bora pendant trois mois sans aucune interruption! Me laisser des heures de repos et bien chanter semble être sorti du vocabulaire de tout le monde en ce moment.

Il rigola et saisit la carte que le serveur venait nous apporter en le remerciant.

— Tu as enregistré qui pour être d'en un état pareil ?

Je grommelai.

— Personne, j'ai enregistré personne parce que ce crétin de Nolan Dubois n'a pas un quart de couilles pour chanter devant un micro, un casque sur les oreilles. Pour chanter sous la douche, c'est le premier, pour baiser ses fans, idem, mais pour enregistrer une simple chanson, la chanson phare de son album, même pas capable de faire sonner une note sans me vriller les tympans ! C'est pas possible de tomber sur des incapables pareils, merde !

Il rigola alors que je parcourais la carte des yeux à la recherche d'un plat digne de ce nom.

— Il sait ce qui l'attend si il n'y met pas tout ce qu'il a, tu n'as pas à t'en faire. Tu n'as pas revu la petite brune ?

Je secouai la tête.

— Je la vois demain, elle doit me proposer les chansons de son deuxième album. Elle, elle mérite vraiment sa place au studio, mais je persiste à croire que Nolan n'est qu'une perte de temps et d'argent. Une starlette à à peine trois millions de vues qui disparaîtra aussi vite qu'il est apparu.

Il haussa les épaules.

— Et bien, fais le virer.

Je rigolai.

— C'est ce qui va finir par lui arriver à cet imbécile.

Le serveur s'approcha de nous et nous prîmes commande. Je choisis un feuilleté au saumon cru pour l'entrée avec un filet de sol et un gratin dauphinois pour le plat principal. Le gourmand qui me faisait face prit pour sa part un croque-madame sans extravagance. Le plat le plus basique de l'univers.

Alexis n'avait jamais profité de sa richesse, il était resté lui, avec *elle*. Le serveur reprit nos cartes et repartit alors que je reportais mon attention sur Alexis.

— Ton séjour à Londres s'est bien passé ?

— Fantastique. Le nombre de filles que j'ai fait crier est plus élevé que le nombre de fois où tu cries sur tes chanteurs.

Il eut un sourire malin alors que je le tapais sur le bras.

— He ! Je te rappelle que ce n'est pas parce que tu as décidé d'arrêter ta carrière que tu ne fais plus partie de mes chanteurs espèce de petit avorton !

Il soupira avec un rictus.

— C'est ainsi Chiara, tu ne pourras plus jamais me crier dessus.

Je fis la moue.

— A force de baiser autant de filles tu vas finir par attraper une MST Alex.

Il s'étrangla de rire.

— Est-ce que je viens juste d'entendre Chiara dire le mot « baiser » ?

Je grognai et lui jetai ma serviette à la figure sans répondre, alors qu'il riait de plus belle au moment où le serveur arrivait. Il posa mon plat devant moi et Alexis loucha dessus comme un porc affamé.

— Tu me fais trop envie avec ton entrée. Pourquoi ils ne veulent pas apporter mon plat en même temps ?

Je haussai les épaules en souriant. A chaque fois, il hésitait à prendre une entrée, à chaque fois, il ne le faisait pas, et à chaque fois, il regrettait.

— Pour te punir de tes nuits de débauche.

Il roula des yeux.

— Tu devrais songer à avoir une vie sexuelle un de ces jours aussi, Chiara. A trente-six ans, il serait même plus que temps.

Je ricanai, mais ne répondis pas. L'amour de ma vie était mort quand j'avais vingt ans. J'attendrai ma prochaine vie pour la vivre avec lui, mais je ne le tromperai pas dans celle-ci.

Après avoir avalé ma première bouchée en retenant un gémissement de plaisir, ce restaurant était une vraie tuerie, je m'essuyai la bouche et baissai d'un ton en me penchant vers lui de sorte à ce que l'on ne nous entende pas.

— Le festival est prêt ?

— C’est dans cinq mois. Mais oui, comme chaque année.

— Elle va revenir un jour tu penses ?

Il ne répondit pas, le regard triste. Ash’s, une chanteuse aussi réputée que Taylor Swift, avait disparu de la scène il y a quatre ans maintenant. Chaque fin janvier, nous organisions un festival en son honneur. Les théories ne manquaient pas.

— Tu es passé là-bas ?

Une étrange lueur passa dans ses yeux alors qu’il me regardait, mais elle disparut aussi vite qu’elle était venue. Il hocha la tête et tapota sa veste.

— La lettre est juste là, mais cette fois-ci elle ne provient pas d'un cinq étoilé.

Je grimaçai.

— Eh bien, me voilà dans la panade, moi qui avais décidé de sauter dans un avion pour la rejoindre...

Il rigola.

— La rejoindre où exactement ? Elle peut être partout dans le monde, et elle change tout le temps, elle nous l'a dit elle-même.

Je haussai les épaules. Alexis me mentait, je le savais, mais ça ne me faisait rien. Il était tout pour elle comme elle était tout pour lui, alors je m’en foutais de ne pas connaître la vérité, tant qu’elle allait bien.

— Elle me manque.

— Je sais. A moi aussi. Elle a promis qu'elle reviendrait. Elle l'a juré, et elle tient toujours ses promesses.

Il semblait tenter de s’en convaincre lui-même et je plissai les yeux. Une part de moi était convaincue qu’Ash's était recroquevillée dans un coin de son immense villa à boire de la vodka, le seul alcool qu'elle aimait, en écrivant de fausses lettres venant du monde entier.

Il n'y avait pas de raisons à sa disparition soudaine. Rien, rien du tout, à part sa rupture avec un petit con, d'une relation qui avait duré trois semaines... S'enfermer pour un stupide «

chagrin d'amour » en laissant ses fans en plan lui ressemblait plus que partir faire le tour du monde sur un coup de tête. Cette stupide blonde avait toujours été une véritable chieuse, capricieuse, peste et insupportable, le genre de fille prétentieuse et manipulatrice, mais c'était aussi le genre de fille qui se faisait une place dans le cœur des gens avant qu'ils n'aient le temps de dire ouf. Elle avait creusé son sofa dans le mien, et maintenant qu'elle n'était plus là…

C'était le seul nom par lequel je la connaissais, son nom de scène. Ash's était devenue une chanteuse à quinze ans, et elle était devenue un symbole pour le public, alors-même qu'elle n'était restée que deux ans sous le feu des projecteurs. Le monde l'adorait, et même les paparazzis respectaient son intimité.

Elle avait une meilleure amie, mais leur relation n'était pas publique. Au contraire, on aurait dit qu'elles se cachaient. Elle s'appelait Ashley Ikanovitzch et c'était la fille d'un des plus puissants milliardaires de Russie. Je ne l'avais rencontrée qu'une fois. C'était une chouette fille, mais toujours les yeux dans le vague, et son grand frère ultra protecteur qui la suivait partout faisait flipper.

Et puis, un été, quand elles avaient dix-sept ans, Ashley a disparu. Sa famille a remué ciel et terre pour la retrouver, et les flics avaient conclu à un enlèvement.

Et Ash's, la seule amie que j'avais jamais eue, s'était envolée à son tour. Les flics avaient ouvert une enquête classée en quelques jours grâce aux billets d'un inconnu. Et pendant que l'Europe toute entière était retournée par sa disparition, en page trente-deux, un quotidien de Paris annonçait qu'Ashley Ikanovitzch avait été prise dans les filets d'un réseau de prostitution.

Alexis et moi étions les seuls à connaître l'existence de ces foutues lettres, alors je croyais de toutes mes forces que c'était elle qui les avait écrites, parce que si jamais ça n'était pas le cas…

Juste penser au fait que sa disparition soit liée à celle d'Ashley me donnait envie de vomir.

Le serveur apporta nos plats principaux et Alexis se lécha les lèvres en sautant dessus. Je rigolai et découpai mon poisson avec beaucoup plus de délicatesse.

— Tu devrais manger moins vite, tu vas finir par avaler de l'air. Ah, et au fait, Tara a encore besoin de nous à « La Grande Tarte » ce soir.

Alexis grogna. Il était aussi blond qu'Ash's et je m'étais toujours demandée s'ils n'étaient pas frères et sœurs, mais ils ne répondaient jamais aux questions sur leur passé. Ils étaient inséparables. Le voir seul… Le voir seul me fendait le cœur.

— Je vais pas passer ma vie à faire le barman pour ta copine. Faut qu'elle se trouve des employés vraiment.

Je soupirai.

— Tu sais aussi bien que moi que ce n'est pas aussi simple, mais elle refuse qu'on lui prête de l'argent...

Il soupira et je plantai ma fourchette dans mon gratin avant de le glisser sous mon palais en fermant les yeux.

Absolument délicieux.

— D'ailleurs, Alexis.

— Oui ?

— Si c'était toi qui écrivais ces lettres pour me rassurer, tu me le dirais, n'est-ce pas ?

Il resta silencieux quelques secondes avant de me répondre.

— Oui, oui, bien sûr que je te le dirai. Pourquoi je ferai une chose pareille ?

Je changeai de sujet en riant. Je n'étais pas sûre de l'avoir cru.

J'ouvris délicatement la lettre que Alexis m'avait donnée, au chaud dans ma voiture alors que le chauffeur redémarrait pour aller se bloquer dans les bouchons habituels. Les nuages gris du début de journée s'étaient transformés en averse.

Je sortis le papier, deux feuilles grimées de noir arrachés d'un petit carnet et salis par je ne sais quoi.

Bon dieu Ash's dis-moi que tu vas bien.

« Chers Chiara, Alexis,

Le temps passe lentement ici. Tout sent la faune sauvage et pourtant j'arrive encore à vous voir à travers les immeubles branlants. Mes communications se feront rares les prochains mois, je vais bientôt parvenir dans une zone où la guerre fait rage, et le courrier, censuré.

Je vais bien. J'ai reçu une balle dans le bras il y a deux semaines, mais ça va mieux. On ne peut pas dire que l'amabilité soit de mise ici, mais les habitants y taisent ma présence et c'est le principal. Du moins je ne suis même pas sûre qu'ils m'aient reconnue.

Alexis, ça va te faire chier que je dise ça, je le sais, mais tes bras me manquent un peu.

J'aimerais revenir en arrière et que... Bref.

Sache que je regrette de ne jamais avoir eu l'occasion de te dire à quel point tu as une voix merveilleuse. Je le répète à toutes les lettres je sais, mais je ne suis jamais sûre que vous les ayez reçues. Il se pourrait que j'écrive à une boite postale qui se remplit de mes lettres fermées qui renferment tous mes secrets.

Chiara, je sais que tu as commencé à t'inquiéter dès que j'ai commencé à parler de censure et de zone de guerre, mais ne t'inquiète pas, je suis bien protégée. J'espère que tu n'en fais pas voir de toutes les couleurs aux gardes que j'ai mis autour de toi en passant. Je n'ai vraiment pas envie d'apprendre ta mort par un groupe terroriste Chia'.

J'ai acheté une petite statuette d'un des pays que j'ai visités, je l'ai pendue autour de mon cou, elle est magnifique, je te la montrerai à mon retour.

Ça ne devrait plus être très long, je suis proche du but, un an ou deux tout au plus. Je vous aime

Ash's »

Je reniflai et séchai mes larmes. La lettre était courte, comme toujours, mais la garce qui habitait en Ash's avait complètement disparu pour ne laisser place qu'à une fille sensible et déterminée. Je n’avais jamais vu la couleur de ses gardes du corps, et je ne la reconnaissais absolument pas dans ces mots, comme toujours aussi, mais comme toujours, je ne me posais pas de questions. Parce que c’était son écriture, et que je devais la croire.

J'avais tellement hâte de la revoir.

Ash’s, Ash’s, où es-tu ?

Il était dix-neuf heures quand je refermai la porte du studio, frigorifiée par la pluie.

Je vis avec soulagement mon chauffeur tourner au coin de la rue et quand il s'arrêta devant moi je me précipitai en ouvrant la porte.

Je posai mes affaires sur la banquette, me débarrassai de ma capuche, fermai la porte et souris à Charles.

Il me retourna un sourire. Un sourire froid. Un sourire sadique. Un sourire carnassier. Et soudain aux travers de la buée, et des gouttes de pluie, je m'aperçus que ce n'était pas Charles.

Je sentis une main se refermer sur ma bouche. Je tentai de me débattre, de ne pas respirer, mais c’était inutile. Je finis par prendre une grande bouffée d'air, et sombrai dans le noir.

Je venais de me faire kidnapper.

CHAPITRE 37

"Les ennemis de mes ennemis sont mes ennemis"

Alexandra Kean

`Nix                   Janvier 2014- Paris`

— Mais t'es malade !

Je soupirai en regardant mes pieds sous ses hurlements.

— A quel moment précis, tu t'es dit que tu allais te construire une petite vie tranquille, et tous nous oublier ? A quel moment tu as vraiment cru que tu étais destinée à une vie aussi misérable ?

Je restai muette, la tête baissée, espérant qu'il se taise, mais tout ce que j'espérai restait vain.

— Tu me dégoutes.

Il claqua la porte. Cela faisait une heure qu'il me hurlait dessus en me répétant à quel point c'était malsain. A quel point renier son nom, sa famille et sa propre vie était horrible. J'avais tenté de lui expliquer, qu'il n'était ni mon nom, ni ma famille, mais rien ne pourrait le faire changer d'avis. La porte se rouvrit brusquement et ma peau se couvrit de chair de poule. Je sus avant même qu'il n'aboie ses ordres.

— Non, je t'en supplie, non ! Papa je t'en supplie !

Je me mis à trembler, paniquée et un sourire sadique étira ses lèvres.

— Tu vas apprendre ma fille. Tu vas apprendre.

Les gardes prirent mes poignets et je sentis leurs doigts me brûler sous ma peau. Je ne voulais pas. Je ne voulais pas y retourner. Je ne voulais pas disparaitre encore une fois, comme disait Matthéo. Je ne voulais pas voir ces murs encore. Je ne voulais pas les sentir. Je ne voulais pas saigner.

Et sans que je ne sache vraiment comment, alors qu'ils me trainaient déjà les yeux bandées dans le coffre dans ces putains de murs puant, je trouvai la force quelque part en moi de me détacher.

C'est en ouvrant le coffre d'un coup de pied avec les armes qu'ils avaient laissées dans le coffre, après leur avoir planté une balle dans le crâne, et après avoir roulé sur la route de campagne vide, couverte de bleus et d'égratignures, que je compris.

Que je compris que pour la première fois de ma vie entière, sous les rayons du soleil couchant, je venais d'échapper à leur emprise.

Nix — 31 août 2018 — /

Je surgis dans la salle quarante-cinq trois minutes avant l'échéance. Tout le monde était déjà là, et visiblement, il n'y avait eu aucun mort.

Dommage.

La salle était vide et froide hormis une quinzaine de barres en fer horizontales qui pendaient à hauteur d'hommes, avec un plafond particulièrement haut. Je rejoignis le groupe et l'Elfe me fixa quelques secondes avant de regarder sa montre. Il eut un imperceptible mouvement de tête et éleva la voix, faisant taire le murmure ambiant.

— Vous devez rester suspendus à ces barres pendant toute la durée de l'épreuve. Evidemment, si vous lâchez, vous mourrez.

Certains contractèrent un peu leurs muscles en se regardant alors que j'haussai les épaules et me dirigeai vers une des barres au hasard.

J'entourai simplement la barre de mes mains, les bras au-dessus de ma tête pas totalement tendus. Je relevai les yeux au moment où l'énorme horloge accrochée en face de nous sonnait bruyamment, et je sentis alors la barre commencer à s'élever dans les airs.

Une épreuve d'endurance et de force... Génial...

J'ajustai légèrement ma prise sur le fer et soupirai en commençant à compter les secondes.

Les premières minutes se déroulèrent sans encombre. Une ambiance paisible régnait, et certains membres bavardaient entre eux.

A la vingtième minute, le calme était revenu. Les muscles de chacun commençaient à sérieusement se crisper, et je voyais Matthéo serrer les dents.

Une demi-heure après le début de l'épreuve, la sueur commençait à perler sur les fronts des candidats, leurs muscles étaient bandés au maximum du possible, de très jolis spécimens dégoulinant biceps. Je les observai en sifflotant pour passer le temps sous leurs regards noirs.

Evidemment, ce n'était pas après avoir passé quatre ans à fumer deux paquets de clope par jours et une dizaine de bouteille de vodka que j'allais soudainement avoir la forme nécessaire à ce genre de petits exercices. En revanche, je n'avais pas perdu de ma souplesse et de mes abdos, et dès les premières minutes je m'étais hissée au-dessus de la barre de sorte à m'asseoir dessus. Ce n'était certes pas le plus confortable des sièges, mais je n'avais aucune crampe, aucune fatigue, et aucun effort. J'avais simplement sorti mon portable et jouai en regardant les autres souffrir.

Et les quelques types qui avaient ricané en me voyant faire se mordaient profondément les doigts d'envie. Leurs muscles étaient désormais tellement crispés par l'effort que le moindre mouvement pouvait les faire tomber, et comme il y avait environ quarante mètres qui les séparaient du sol...

L'intelligence était en effet un don précieux.

La quarantième minute sonna et les barres descendirent doucement, sous les soupirs de soulagement de quelques gars. Certains avaient l'air de pouvoir tenir encore trois heures de plus et d'être totalement en forme en sautant sur le sol, et les plus faibles étaient à la limite de s'écrouler au sol.

Revenu, l'elfe me regarda sévèrement en claquant de la langue quand je descendis à mon tour avec souplesse, pas le moins du monde épuisée par cette exercice.

Un problème monsieur l'agent ?

Je croquai dans une barre énergétique dégueulasse et grimaçai, quand un coup violent dans mon épaule me fit trébucher. Je me retournai aussitôt, le regard noir rivé à mon agresseur, et croisai des yeux verts luisant de cruauté.

— Tu feras la moins la maligne à la prochaine épreuve, petite fille. Je vais te faire saigner à blanc. Ton petit cul plaît peut-être au patron, mais t'apprendras que t'es pas dans une cour de récré ici.

Je ricanai. On m'avait tenue le même discours quand j'avais quinze ans, mais malheureusement pour l'espèce humaine, je ne m'étais jamais résignée à quitter *la cour de récré.*

L'elfe ne nous donna que cinq minutes, montre en main, pour nous reposer avant de nous conduire devant la dernière épreuve physique de la matinée.

La porte d'entrée était blindée de fer et de chaînes, la luminosité basse et l'elfe à la peau claire détonnait sérieusement de l'ambiance générale. Il claqua de la langue, *s'il continuait à faire ça j'allais l'étriper,* et commença à parler.

— Vous avez les muscles bandés. Vous êtes en sueurs. Vous rêvez d'une douche. D'une fille pour certains d'entre vous, de tuer pour d'autres.

Il ricana et son regard assombri passa sur moi alors que je croisai les bras en attendant la suite.

— La salle derrière moi contient exactement vingt-quatre prisonniers de niveau quatre. Pour l'instant ça ne veut strictement rien dire pour vous, mais histoire de vous donner une idée, ces hommes et femmes ont tué au minimum trente personnes chacun, et ils luttent pour leur survie. Ils sont rapides, intelligents, et armés. Vous, vous devez les chasser, les trouver et les tuer.

Je vis plusieurs mecs hausser les épaules en se regardant. Je croisai le regard de l'un d'eux qui me dévisageait avec curiosité et je détournai le regard. Des clans se créaient, et nombreux ceux qui me voudraient dans leur camp. *A quel moment j'avais été assez saoule pour décider de reprendre le contact social ?*

— Vous êtes douze, mais vous devez rester une équipe. Le meurtre d'un prisonnier ne compte que si tous les membres de l'équipe en sont informés dans les trente secondes, sinon un nouveau prisonnier est relâché dans cette petite aire de jeu.

Le type aux yeux verts qui m'avait menacée serra les dents. Il avait les bras croisés, entouré de deux gars qui semblaient agir comme ses gardes du corps et conservait une distance avec tous ceux qui l'approchait.

Ce gars-là était l'Alpha.

L'elfe ricana en nous regardant.

— Mais évidemment, ça ne peut pas être aussi simple. A l'intérieur, vous serez plongés dans le noir complet et vous ne pourrez être sûrs de rien, du sol au plafond. Littéralement. La seule chose dont vous devez être sûr, c'est de chacun d'entre vous. Une mafia, ce n'est pas un organisme de tueurs cruels. C'est un corps vivant, grouillant de petites cellules invincibles attachées les unes aux autres. Une cellule seule n'est personne, et ne peut rien faire. La solidarité prime avant tout.

Je vis certains types inspirer profondément, un air sérieux gravé sur le visage.

— Vous avez une heure trente pour tous les tuer, et sortir de la salle. Le délai passé, les cents prisonniers de niveau quinze que nous détenons ici seront lâchés dans la salle. Si jamais vous vous posez la question, ce sont des membres supérieurs de la Mafia Ikanovitzch. Et croyez-moi, vous n'êtes pas assez compétents pour survivre à cent membres supérieurs de la Mafia Russe.

Ne pas rigoler, Nix.

Je jetai un regard vers l'*Alpha,* et il me fit un sourire froid, presque sadique alors que je contenais un frissonnement. J'avais plus l'habitude de toute cette merde et je détestais me sentir menacée.

L'elfe ricana.

— Maintenant vous avez cinq minutes pour établir une stratégie.

D'un commun instinct, la plupart des gars tournèrent la tête vers l'*Alpha*, qui me fit un rictus moqueur en se tournant vers eux. Il proposerait une tactique, tout le monde l'approuverait et s'il voulait me tuer à ce moment-là rien ne l'en empêcherait. Sauf moi.

Mais est-ce que ce moi était assez fort ?

Les ombres qu'avait réveillées le viol d'Anna voilaient encore mon esprit. Et je préférai largement tenter de les oublier plutôt que de tenter de survivre.

— On reste par binôme, et on aboie SOS en morse à chaque fois qu'on en tue un. Ils reprendront sûrement nos aboiements pour nous confondre, alors veillez à toujours suivre le code morse. Si quelqu'un a besoin d'aide, il crie tout simplement.

Simple, mais efficace, je devais bien l'avouer.

Mais, aboyer, sérieusement ? Qu'ils comptent pas sur moi là-dessus.

— Je me mets avec la rousse.

Je roulai des yeux. Premièrement j'avais un prénom, et deuxièmement, je n'avais pas donné mon accord. Mais évidemment, comme monsieur avait donné ses ordres, chacun avait trouvé son binôme avant que je ne puisse riposter.

Mattéo se mit avec un grand blond que je ne connaissais pas, et quand la porte s'ouvrit sur un univers complètement noir, l'elfe avait disparu.

La vipère me rejoignit avec un sourire goguenard et me chuchota à l'oreille alors que les autres entraient dans la salle.

— Tu es prête à saigner chérie ? J'aime faire couler le sang, et je suis sûre qu'avec toi, ce sera encore plus exquis. Le comble serait que ton sang soit de la même couleur que ton âme. Alors dis-moi petite Nix, est-ce que ton sang est noir ?

CHAPITRE 38

"Si tu es dans le noir, ferme les yeux et tu verras la lumière"

Alexandra Kean

Nix avril 2014 – Paris

— Tu es amoureuse alors ?

Je rigolai en regardant Matthéo, les yeux illuminés.

— Il semblerait.

Il me tendit la clope.

— T'en veux ?

J'hochai immédiatement la tête et inspirai une grande bouffée de nicotine.

— Il est où le temps où tu me disais de pas fumer ?

— Loin avec mon ex.

Il ricana en me voyant boire.

— Putain, à ce rythme-là, tu vas finir défoncée avant que Thomas n'arrive.

Je secouai la tête en riant aux éclats, une bouteille de je ne sais pas quoi à la main.

— Aucun risque. Il est juste derrière toi.

Thomas salua Matthéo en rigolant, m'embrassa à pleine bouche et me plaça sur ses genoux avec naturel.

— Alors beauté quelles sont les nouvelles ?

Matthéo leva son verre.

— Yale et Harvard m'ont refusé la bourse, mais toi tu l'as eue ! Félicitations bro !

Je fronçai les sourcils.

— Pourtant tu as une meilleure moyenne que Thomas.

Thomas rit.

— C'est gentil ça dites- donc.

Matthéo haussa les épaules.

— Il est capitaine de l'équipe de basket, ça a du jouer.

Le plus incroyable, c'était que Matthéo n'était même pas réellement jaloux. Mais Thomas n'avait pas eu de bourse de sport. C'était étrange.

Thomas grimaça.

— C'est pour ça que vous vous saoulez ?

J'haussai les épaules en le chevauchant et fourrai ma langue dans sa bouche alors qu'il me repoussait en fronçant les sourcils.

— Qu'est - ce que tu as pris Ella ?

Matthéo râla.

— Elle s'est refilé un cachet de je ne sais pas quoi tout à l'heure. Je sais même pas où elle l'a trouvée. Je n'ai pas réussi à l'en empêcher.

Je soupirai.

— C'est bon c'était un cachet, et t'es pas mon père.

Il leva les yeux au ciel.

— Tu vas devenir une licorne reconditionnée.

Sa voix partit dans les aigus et j'éclatai de rire alors que Thomas soupirait et m'entourait de ses bras.

Là, autour du feu de camp, avec deux adolescents complètement innocents qui riaient aux éclats, je ne m'étais jamais sentie aussi normale.

Et qu'est-ce que ça faisait du bien.

Nix — 31 août 2018 — /

La porte se referma derrière nous et je sursautai brusquement. Le reptile ricana et resserra sa prise. Sa main enserrait mon bras et me brûlait, et j'avais beau cligner des yeux je ne voyais rien, rien du tout.

Rien que le noir et les ombres autour. Comme là-bas.

— Allez viens, on va chasser.

Je déglutis et le suivis bien volontiers. Le noir libérait mes cauchemars. Je n'avais plus aucune prise sur la situation. Plus aucun contrôle. Mes démons rôdaient à la frontière de mon esprit et je n'avais aucun point de rattachement. Je tentai d'allumer mon téléphone mais il resta désespérément éteint, sans émettre la moindre source de lumière, et je compris que quelqu'un contrôlait mon portables à distance pour m'empêcher de l'utiliser durant l'épreuve.

Pour la première fois depuis quatre ans, je sentais la peur ressurgir dans mes tripes, cette foutue terreur que j'avais fuie, mais mon esprit marchait sur une putain de corde raide et j'avais un mauvais pressentiment.

Mes baskets entrèrent brusquement en contact avec une matière moelleuse qui semblait m'engloutir à chaque pas, et marcher devint compliqué.

Putain...

Je serrai les poings d'énervement. Je détestai être dépendante et ce mec aux yeux verts ne m'inspirait aucune confiance. Je sentais la nausée dans ma gorge et j'avais besoin de boire ou de fumer pour la chasser. Pour *les* chasser.

Il fallait qu'ils partent de ma tête.

J'étais désormais armée d'un simple flingue et d'un couteau, je n'avais plus la vue, ni la hauteur, ni même ma liberté. Mon esprit allait basculer d'une seconde à l'autre dans les ténèbres de mes putains de souvenirs et je n'en reviendrai pas.

La prise du reptile se fit plus douce. Pendant une petite fraction de seconde, j'aurai pu penser pouvoir avoir confiance en lui, mais mon instinct rampait en moi comme une vipère en me susurrant de ne surtout pas le faire.

Je sentais la gosse qui avait peur du noir et des autres en moi se réveiller doucement. Ses souvenirs rampaient avec elle et s'infiltraient dans mes pensées. Il fallait que ça s'arrête, il fallait à tout prix que ça s'arrête, sinon j'allais mourir. Un type allait me poignarder et je ne lutterai même pas pour repousser le noir.

Une silhouette me frôla et je frissonnai en me retournant brusquement, l'esprit aux aguets. Les ombres s'étaient arrêtées, pour le moment.

— Tu l'as sentie ?

La vipère resserra sa prise sur mon bras.

— Oui.

Quelqu'un agrippa soudainement mon épaule, et je répondis aussitôt avec un coude de coude en me retournant, le balayant avec mon pied.

Je saisis sa gorge entre mes mains et serrai très fort en positionnant mon pied sur son bas ventre pour l'immobiliser. La vipère m'aida à le maintenir. Les coups de la victime étaient violents alors qu'elle tentait vainement de s'échapper, quand, enfin, ses muscles se relâchèrent, sa gorge émit un gargouillis et son corps s'étala lamentablement sur le sol. La vipère aboya et je ne pus m'empêcher de ricaner en essuyant mes mains sur mon jean.

— Il t'est passé quoi par la tête pour choisir l'aboiement comme signal ?

Il ne me répondit pas et nous nous remîmes en route alors que je serrai les dents.

— Et sinon, l'abruti qui veut me tuer a un prénom ?

Il rit.

— Niklaus. Je n'ai jamais dit que je voulais te tuer.

Je haussai un sourcil et me retins de sourire. Ce prénom ne lui allait pas du tout. *Presque comme si c'était un faux.* Il dut le sentir, parce que je reçus un léger coup de coude dans les côtes que je lui retournai. Un autre aboiement retentit. Déjà deux prisonniers morts. Plus que vingt-deux, et une heure vingt-cinq.

Une heure vingt-cinq dans le noir.

Je pouvais le faire.

Cela faisait plus de vingt minutes que nous marchions sans but, repérant un peu vainement notre entourage. Il y avait sept victimes de plus, mais nous n'avions toujours pas trouvé de nouveaux prisonniers. Agacée par ce manque de réactivité qui me rendait parano, je m'arrêtai brusquement.
— On n'arrivera à rien en faisant ça.

La vipère ou Niklaus, ce prénom ne lui allait décidément pas, s'arrêta aussi et je pouvais parier ma tête qu'il serrait les dents.

— Et tu veux qu'on fasse quoi ?

Je haussai les épaules. Je ne savais pas vraiment. Ces prisonniers n'étaient peut-être pas très fort, mais ils n'étaient pas bêtes non plus. Faire du bruit pour les attirer ne servirait à rien. Les chercher était vain. Du moins... De cette façon-là.

Il fallait fermer les yeux pour mieux voir la lumière.

— Laisse-moi faire.

Il ne dit rien et je fermai les yeux en me remémorant brusquement ce qu'*il* m'avait appris. Ça faisait longtemps, tellement longtemps, et pourtant à l'instant même où mes paupières se fermèrent sa voix me revint en tête comme si c'était hier.

— Respire. Plus calmement. Éteins ton corps.

Je rouvris aussitôt mes yeux, frustrée.

— Éteindre mon corps ? Non mais t'en as des bonnes toi ! La prochaine fois tu vas me demander d'allumer mes ongles...

Il soupira et posa ses mains sur mes épaules en me regardant dans les yeux.

— Tu dois cesser de sentir le poids de tes jambes, de ton corps, de tout. Tu dois te concentrer uniquement sur ce que tu entends, ce que tu sens, ce que tu perçois. Sur l'extérieur. Comme si ton corps n'existait plus. Comme si tu n'étais plus qu'un esprit.

Je roulai des yeux mais consentis à refermer les paupières. Il s'était cru dans un bouquin fantastique ou quoi ?

— Règle ta respiration. Plonge-toi dans l'obscurité de tes yeux. Sens l'air sur ta peau. Mes mains sur tes épaules. Entends

ma voix. Tu n'as pas de jambes. Tu n'as pas de bras. Tu es une simple plume virevoltante.

Voilà qu'il se mettait à la méditation maintenant. Et pourtant, ma respiration s'emballa. Je sentais son souffle dans mon cou, ses mains sur moi, j'entendais sa voix grave et rauque, mais en même temps je n'avais plus la même conscience de moi.

Je décollai du sol, me perdis dans mes souvenirs, dans sa voix. J'entendais tout clairement et puis d'un seul coup, c'est comme si je me voyais aussi. Mon imagination dessinait les contours de son visage, sa position dans la pièce, et même quand il ne me toucha plus, je pouvais encore le voir aussi clairement que si j'avais les yeux ouverts.

J'inspirai, expirai, emballée par cette sensation grisante. Comme si je volais. Comme si j'étais enfin libre.

Le bruit de la porte qui s'ouvrait me sortit brusquement de ma transe. J'avais le pouls qui battait à cent à l'heure et il me fallut plusieurs secondes pour retrouver une vue claire.

Il s'approcha de son ami et je soufflais, exaspérée qu'on me dérange dans les rares moments que j'avais avec lui.

Mon beau brun s'approcha de l'un de ses amis proches avec un grand sourire. Lui, je ne le voyais presque jamais.

— Nickolas ! Ça fait plaisir de te voir ! T'as fini ta mission ?

— Bro ! Ouais, c'était cool. Et toi ? Ah, mais il y a notre petite vampire ici !

Mes yeux se rouvrirent brusquement. Je fis cesser mes tremblements en déglutissant. Mon instinct avait raison.

Et Nicklaus ne lui allait décidément pas. Nickolas... Eh ben. Pour une coïncidence. Il m'avait reconnue, ça, c'était sûr.

Il ne restait plus qu'à savoir s'*ils* m'avaient retrouvée, ou s'il était simplement en infiltration. Dans les deux cas, il ne sortirait jamais de cette salle.

Mais avant toute chose j'allais passer mes nerfs sur la dizaine de prisonniers qui s'était regroupée devant nous.

Je ne dis rien sur ma découverte et lui murmurai :

— A dix mètres. Ils sont au moins dix.

— Où tu as appris cette technique ?

— Dans le trou du cul du monde.

Je retins un sourire hypocrite, même s'il n'aurait pas pu le voir.

Tu le sais très bien, pauvre tâche.

Il prit à nouveau mon bras, mais cette fois-ci je dus retenir les frissons de dégoût qui me traversaient. L'envie de lui arracher la tête était tellement présente que j'avais bien du mal à faire comme si de rien n'était.

Mon instinct me criait depuis le début que quelque chose clochait. Et maintenant que j'avais trouvé quoi, j'étais partagée entre la rage et la terreur. S'*ils* m'avaient retrouvée…

Et plus j'y réfléchissais, plus je me disais que même si je mourrais d'envie de m'occuper de son cas, le laisser à Kurt ne serait pas de refus. Je n'avais aucune envie de revivre ces souvenirs en regardant son visage, quoique refait et couvert d'une perruque. Il avait fait de la chirurgie pour venir ici.

C'était complètement fou. Nous nous dirigeâmes vers le petit groupe, et nous séparâmes pour les encercler. Nous étions deux, mais efficaces. TRES efficaces même.

Je sortis mon couteau de ma ceinture et m'approchai lentement de celui qui semblait monter la garde, avant de poser ma main sur sa bouche et d'enfoncer doucement mon couteau dans sa poitrine. Il tomba au sol avec quelques gargouillis, et aussitôt je sentis les autres ramasser leurs armes. Un sourire inconscient se forma sur mes lèvres.

Les pauvres n'avaient aucune chance.

Mon couteau s'enfonça dans le foie du premier qui s'était levé, et je récupérai au passage sa dague très aiguisée en enjambant son corps. Le troisième qui se précipita dans ma direction fut nettement plus violent. Je stoppai le coude qui s'enfonçait dans mon ventre, mais ne pus éviter la droite qu'il me colla au visage. Je la lui retournai accompagnée d'un coup de genou dans les parties intimes, en essuyant le sang qui coulait de mon nez.

Mon couteau se planta dans son épaule, il hurla, et je remis un coup dans sa poitrine avant de passer au suivant.

Le quatrième fut facile à descendre, il n'était pas assez préparé. Un seul coup de couteau par surprise et il s'effondra, au même moment que son congénère tué par Niklaus.

Enfin, Nickolas...

Je ne pus retenir un ricanement à la pensée que Kurt arriverait plus tôt que prévu, mais chassai le sentiment de soulagement qui l'accompagnait.

— Pourquoi tu rigoles ?

Il aboya dix fois, et nous obtînmes cinq autres signaux en réponses. Parfait, plus qu'un à exterminer. J'allais laisser les autres s'en charger.

— Oh, tu sais, je me demandais juste combien t'avais espéré que je ne te reconnaisse pas.

Il ricana également.

— J'étais sûr que tu t'en rendrais compte. Dommage, je n'ai même pas eu le temps de les avertir que tu étais là.

Je souris en cachant mon soulagement. *Ils* n'étaient pas au courant.

Ils ne m'avaient pas retrouvée.

— Tu comptes le dire au p'tit mec qui t'as fait passer ici ?

Je fronçai les sourcils. *Il ne sait pas que je suis ici grâce à Kurt ?*

— Et qui est ce petit mec selon toi ?

Il posa une main sur mon épaule et ricana en sentant mon frissonnement.

— Je ne sais pas encore... Mais ce que je sais c'est que tu n'as visiblement rien oublié de ce que je t'ai fait... Tu n'as pas envie que je recommence n'est-ce pas ? Pourtant ça ne me dérangerait pas de le faire si tu disais quelque chose sur mon identité...

Je retins un ricanement et décidai de jouer la victime impuissante. Il ne pourrait jamais mettre ses menaces à exécution, et mes démons avaient reculé dans les profondeurs de mon esprit.

— Je ne dirais rien.

— Vraiment ? Tu ne me tueras même pas ? Alors pourquoi

es-tu ici chérie? Quel est ton but ?

Je croisai les doigts pour tenter de ne pas le tuer. *Ma chérie, sérieusement ?*

— Je n'ai pas de but précis. Je veux juste finir ce foutu entraînement et me laisser vivre. Et non, pour répondre à ta question, je ne te tuerai pas.

Mais quand tu découvriras qui s'en chargera, tu préféreras sûrement que ce fusse moi.

Les lumières s'allumèrent soudainement, alors que le dernier aboiement retentissait. Nous étions sur une espèce de tapis bleu complètement mou et couvert de bosses, et le sol était jonché de cadavres. Je vis revenir vers nous les autres groupes, eux aussi couverts de sang et un gars n'avait même plus de haut. La pièce était en fait découpée en six parties, dont une était remplie d'eau, l'autre d'herbe, une autre de béton, et une autre de petits cailloux, plus celle sur laquelle nous étions.

Matthéo essuya son visage sur lequel traînaient des gouttes de sang, et je frissonnai soudain en me rendant compte que deux personnes de mon passé, que j'avais fréquentées au même moment mais jamais ensemble se trouvaient en ce moment avec moi, face à face.

Et si je le pouvais, je disparaîtrais me saouler avec une bouteille de vodka pour chasser les ombres qui planaient sur mon esprit.

— On peut sortir je crois.

Je reportai mon attention sur mon ex-ami et hochai doucement la tête. Un des garçons que je ne connaissais pas se dirigea vers la porte pour l'ouvrir, et au moment où il saisit la poigné, je fis un pas en arrière.

Une profonde décharge électrique renvoya le gars à six mètres. Il se relevait difficilement alors que je serrai les dents.

L'elfe avait dit que nous avions une heure trente pour tuer les prisonniers et sortir de la pièce. Il n'avait jamais précisé comment.

Il nous restait donc trente minutes pour sortir de ce pétrin avec que des Ikanovitzch kidnappés par la mafia Piratando ne nous réduisent en charpie.

Et vu les regards meurtriers que chacun se lançaient, l'esprit de groupe que l'elfe prônait il y a une heure avait disparu. C'était chacun sa paume.

Je croisai les bras en soupirant alors que les autres s'éparpillaient à la recherche de la sortie.

Ça promet.

CHAPITRE 39

« Elle ne le regardait pas dans les yeux, mais son âme inspira quand il la frôla du bout des doigts »

Alexandra Kean

`Nix                    31 août 2018 — /`

Je sortis mon téléphone rapidement, constatai que le réseau était revenu avec la lumière, et envoyai un message à Kurt en surveillant *Nickolas* du coin de l'œil.

Quel sale petit fils de pute.

Espion Ikanovitzch dans mon groupe. Niklaus -> Nickolas. Cueille-le.

Je me frottai les mains en examinant ce qui se trouvait autour de moi et considérai les tuyaux qui montaient jusqu'au plafond. Celui-ci était composé de dalles, et de par ma maigre expérience de collégienne, ces dalles étaient très facilement déplaçables avec un bon coup de poing. Je soupirai en regardant autour de moi. J'avais trouvé le moyen de sortir d'ici.

Mon téléphone vibra et je sentis Mattéo me scruter au loin. J'haussai un sourcil froid dans sa direction, et il se retourna alors que je lisais la réponse de Kurt.

J'arrive. Coupe lui la langue tu veux ?

Vous avez trouvé comment sortir ?

Par le plafond.

Sérieusement ? Tu sais combien de milliers de dollars va coûter une réparation pareille ? Il se doute de quelque chose ?

Il ne sait pas que tu es au courant mais il sait que je suis au courant. C'est pas quelques milliers de dollars qui changeront le poids de ton compte en banque fils de chien.

Il ne répondit rien, et je décidai de partager mon idée avec les autres. Un des hommes à la peau noire examina un des tuyaux et hocha la tête.

— C'est carrément possible. J'ouvre le terrain.

Il s'agrippa aux clous qui dépassaient, et monta à la vitesse de l'éclair. Il frappa trois coups sur la plaque, qui résonna d'un son creux. Il poussa légèrement et la dalle se décolla.

Il nous regarda et cria :

— ATTENTION LES TÊTES !

La dalle tomba au sol dans un bruit sourd, laissant derrière elle un trou béant menant sûrement quelque part. Il y passa sa tête, et nous ne le vîmes plus pendant quelques secondes avant qu'il ne réapparaisse et ne hurle :

— C'EST PARFAIT ! IL Y A MÊME UNE PORTE DE SORTIE !

Les autres se précipitèrent alors sur le tuyau et commencèrent à monter alors que l'éclaireur disparaissait dans le trou.

Matthéo me jeta un regard furtif. Je n'avais pas bougé d'un demi-millimètre de là où j'étais, ignorant les aiguilles qui tournaient dangereusement dans le cadran et me contentant de regarder les autres partir un à un.

Je lui fis signe de monter alors qu'il fronçait les sourcils. Son regard passe de moi à Nickolas, pour revenir à moi et il soupira lourdement avant de monter à son tour. Désormais, il n’y avait plus que le russe et moi. *Et toutes les ombres dans ma tête.*

Je me tournai vers lui.

— Qu'est-c't'attends, Nix ?

Il cracha mon prénom et je soufflai, avant de lui répondre sérieusement :

— J’attends que tu ouvres la bouche et tire la langue.

Il haussa un sourcil d’incompréhension.

— Qu'est-ce que tu racontes ?

Je haussai les épaules avec un sourire moqueur.

— T’es pas moche comme gars Nicko, mais dès que tu commences à parler tu gâches tout, alors à défaut de te ciller les boules, je vais te couper la langue et on sera quittes !

— Rêve.

Je hochai la tête en me retenant de lui dire que je ne rêvais plus depuis longtemps.

— Dis-moi Nicko, comment as-tu pu croire une seconde que je ne dirai pas à Kurt que tu es ici ?

Il ricana.

— Kurt ? Tu n’as pas assez de contact pour lui parler directement Nix.

Je rigolai en sortant mon portable.

— Dans mon souvenir, les russes étaient mieux informés.

La voix de Kurt retentit dans la salle vide, dès qu’il eut décroché mon appel. Je n’avais jamais vu quelqu’un devenir blanc aussi rapidement.

— Ouais bébé ? T'es pas encore sortie ?

Qu'on soit d'accord, je passe sur le « bébé » simplement parce qu’il y a un putain de russe en face de moi.

— C'est bizarre mais le petit traître avait quelques réticences à se laisser couper la langue et à croire que t'allais vraiment venir en personne.

— Il pensait vraiment qu’il pouvait trahir ma Mafia, tenter d’infiltrer ma meute de loups, et l’espionner pour le compte des russes en te menaçant de mort sans que je ne vienne en personne lui couper les couilles ?

Sa meute de loups ? Quoiqu'il n'a pas tort, ils passent tous leur temps à remuer leurs queues.

— Bon, la petite merde, tu m'écoutes ? Si tu laisses ma chérie te couper la langue tu mourras d'une balle dans la tête. Sinon tu rejoindras ton petit pote Amvrosi dans mes caves. Je suis clair ? Nix, tu n'as pas besoin de sortir par le plafond, on arrivera par la porte. Tu peux te défouler un peu pendant ce temps. Ah, au fait, Nickbidule, t'essaies de toucher, ne serait-ce qu'essayer, à la femme en face de toi, et je te jure que je te pèle la peau des couilles et appelle un cannibale qui te les bouffera alors que tu seras conscient.

Ma chérie, ben voyons... Ma licorne aussi ? Non mais c'était quoi ça ?

Il raccrocha et je ricanai en regardant Nickbidule, comme disait Kurt, déglutir. Il me foudroya du regard et cracha.

— T'es fière de toi ? Comment t'as réussi ce coup de force ?

— Moi ? Je n'ai rien fait du tout. Mais oui je suis très fière en effet.

Il cracha encore au sol, et j'haussai les épaules, avant de souffler et de sortir mon couteau.

— Bon, une dernière chose à dire ?

Il me cracha littéralement en plein face. *Il en avait pas marre de cracher ?* J'haussai les sourcils et m'essuyai lentement en le contemplant d'un regard froid.

— Va pourrir en enfer espèce de grosse salope !

Je grimaçai. *Les russes...*

— Quelle politesse !

Je le saisis à la gorge et lui fis ouvrir la bouche avant de trancher sa langue d'un coup sec. Il poussa un hurlement et du sang jaillit en fontaine de sa bouche. Je le lâchai alors que son défunt muscle tombait mollement à terre et qu'il crachait des litres de sang en tentant de ne pas s'étouffer avec.

La porte s'ouvrit alors brusquement et le regard brûlant de Kurt me figea sur place.

Putain, il m'avait manquée.

Il eut un petit sourire se décala pour laisser passer une dizaine de gardes armés qui s'emparèrent de Nickolas. Je le regardai s'en aller avec un grand sourire. Mes secrets ne sortiront jamais de sa bouche à présent.

Je sursautai soudain en sentant la main de Kurt se poser au creux de ma nuque. Il me sourit narquoisement.

— Alors, tu me montres où est ta chambre, bébé ? J'ai toute la journée.

— Arrête de m'appeler bébé, fils de chien, où je te jure que tu te finiras en solitaire.

— Redis-moi ça quand je serai en toi.

Il ricana et je ne répondis pas, alors qu'il m'entraînait à sa suite sous le regard ébahi des autres qui étaient conduits à la prochaine étape par l'elfe.

Il me piqua mes clés sans que je n'aie le temps de le rattraper, ouvrit lui-même ma chambre, referma la porte et me jeta un regard malicieux en retirant son tee-shirt.

— Alors, c'est quoi le programme ma belle ?

Je ricanai et m'assis sur le lit en regardant partout, partout, sauf devant moi.

— Pourquoi tu m'as appelée chérie au téléphone ?

— Mais parce que tu es à moi. Tu ne l'avais pas encore compris ? Tu m'appartiens Nix. Tu es A MOI. Point barre.

Je levai les yeux au ciel. *Il a ses règles ?*

— T'es amoureux ?

Il rigola.

— Et puis quoi encore, j'ai jamais tué personne ? Ne dis pas d'âneries bébé, et déshabille- toi, tu es vraiment trop couverte pour l'activité qui va suivre.

J'eus un petit sourire et reculai sur le lit en m'appuyant sur mes coudes.

— Et si je refuse ?

Il se lécha les lèvres en retirant son jean.

— Alors je me chargerai moi-même d'enlever chaque centimètre carré de tissus qui recouvre ta peau.

Je déglutis devant son regard brûlant de désir. Il s'approcha de moi tel un prédateur et je plissai les yeux. Non, pas un prédateur, plus que ça. Un Alpha. Un solitaire. Comme un loup sauvage et incontrôlable qui s'apprêtait à me dévorer.

Et ça ne me posait aucun problème.

Il m'enleva mon haut en prenant le temps de caresser ma peau, qui se recouvrit de chair de poule. Il me regarda dans les yeux et leva mes mains croisées au-dessus de ma tête avec un sourire malicieux.

— Pour aujourd'hui, tu n'as pas le droit de me toucher.

Une étincelle réchauffa mon bas-ventre mais je l'ignorai sans le quitter du regard.

— Et qu'est-ce qui te fais croire que je vais t'obéir ?

Sans réponse, il esquissa un sourire en coin en frôlant mon décolleté, avant de poser ses lèvres sur ma clavicule nue.

Je fermai immédiatement les yeux et me laissai aller à ses lèvres qui descendaient doucement sur ma peau. Je sentis sa bouche glisser sur mon ventre, et je gémis en me mordant la lèvre, me cambrant pour l'inciter à aller plus loin. Ma peau était couverte de chair de poule alors qu'il déboutonnait lentement mon jean et le faisait glisser le long de mes jambes.

Pourquoi il prenait autant de temps putain ?

Il dégrafa mon soutien-gorge en prenant soin à ce que je sente chacun de ses gestes sur ma peau. *Et ça fonctionnait.*

Il m'enleva ma culotte avec tant de délicatesse et de lenteur que j'eu soudain envie de le gifler et de le chevaucher pour qu'il s'occupe enfin de moi comme il se devait. Il se releva et me regarda en se mordant la lèvre alors que je le fusillais du regard, nue sous ses prunelles de braise.

Il retira son boxer rapidement et se positionna au-dessus de moi dans une position presque assise, me décollant légèrement du lit.

— Tu es prête bébé ? On va y aller vite et fort.

Je grognai en me redressant grâce à mes coudes pour mieux lui faire face.

— Essaye un peu d'y aller doucement et je te jure que je t'arrache les couilles.

Il sourit et me plaqua contre son torse alors que je poussais un cri de surprise. Sa main fourrée dans mes cheveux était la seule chose qui me soutenait et je sentis un métal froid dans ma nuque, qui me fit trembler d'envie. *Ses bagues.*

Je renversai ma tête en arrière alors qu'il dévorait mon cou de baiser. Il aspira ma peau en accélérant ses coups de rein, alors que mes ongles se plantaient profondément dans son dos. Je sentis sous mes doigts du sang couler au même moment où il touchait le point le plus profond en moi. La vague de plaisir me submergea d'un seul coup, éteignis mes pensées, m'arracha une larme et dura si longtemps que je crus un instant avoir fait une crise cardiaque. Je m'affalai entre les bras du criminel tel une poupée de chiffon, épuisée.

Il me serra contre lui, on n'entendait plus que nos respirations essoufflées dans la pièce, et j'eus soudain l'impression que quelque chose venait de se passer. Un lien venait de se créer.

Il me décolla de lui et planta ses pupilles dans les miennes, avant de plaquer ses lèvres sur les miennes dans un baiser doux et sauvage. Sa main fourrée dans mes cheveux emmêlés me massait doucement le crâne, alors qu'il dévorait ma bouche, enroulant sa langue autour de la mienne. Une larme coula de mon œil et vint se mêler à notre baiser, quand enfin il se décolla de moi et posa son front contre le mien en fermant les paupières.

C'est à ce moment, que je me rendis compte que c'était la première fois qu'il m'embrassait depuis que nous nous connaissions.

CHAPITRE 40

« Et elle refusait d'y croire, parce qu'y croire c'était renoncer»

Alexandra Kean

Nix Nuit du 31 août 2018 au 1 septembre

La tête posée contre le torse de Kurt, les yeux fermés, je savourai la chaleur de sa peau contre la mienne. Sa main caressait mes cheveux distraitement. Dehors, la nuit était calme, silencieuse. De temps en temps, des cris retentissaient. Le temps semblait suspendu.

Demain, je tuerais à nouveau. Demain, Kurt serait parti et ce moment me glisserait entre les doigts, alors que j'avais envie de rester là pour toujours. D'habitude, il s'allongeait à côté de moi après avoir joui. Là, il ne m'avait pas lâchée. Je ne voulais pas analyser pourquoi. Pas maintenant. Jamais.

— Nix ?

Je levai les yeux vers lui. Sa main sur ma nuque resserra et il me remonta un peu à son niveau comme pour me contempler.

— Kurt.

Il passa son pouce sur mes lèvres et je retins un frisson en me souvenant des ses lèvres sur les miennes. Je ne l'avais jamais imaginé.

— Je veux percer tes secrets.

Je souris.

— Et les tiens ?

Il rit.

— Tu n'as pas besoin de connaître mes secrets.

Je haussai les épaules en faisant danser mes doigts sur son torse.

— Non, mais j'en ai envie.

Ses yeux se plongèrent dans les miens. Je me perdis dans le noir de ses yeux et il caressa mes doigts.

— Je suis un meurtrier Nix.

Je hochai la tête.

— Je sais.

— Certains spécialistes disent que je suis un psychopathe. Parce que j'aime que mes victimes saignent, hurlent, j'aime entendre leur voix qui me supplie, ça fait vibrer chaque cellule de mon corps et ça me fait sentir puissant.

Je hochai à nouveau la tête. Ça aussi je le savais. Il caressa le contour de ma mâchoire.

— J'avais un frère, tu sais ? Un père aussi. Je crois qu'il y avait des oncles, une enfant, plusieurs enfants même mais je ne me souviens plus très bien.

Son regard se perdit dans le vide et la folie se lit dans ses yeux.

— Que leur est-il arrivé ?

Son pouce se durcit contre ma lèvre.

— Je les ai tués. Tous. Et j'ai aimé les tuer. J'ai enfoncé mon couteau dans leur chair et je me souviens encore de la sensation de pur plaisir que j'ai ressenti quand j'ai vu la vie s'échapper d'eux. Mon frère est celui qui a le plus souffert. Je me souviens de son sang sur mes mains, et de l'euphorie que j'ai ressenti à ce moment-là. Même les enfants. Je suppose que c'est vrai alors. Que ça fait de moi un psychopathe.

— Pourquoi tu les as tués ?

Il sourit et ses lèvres effleurèrent les miennes.

— Chhhh… Tu poses trop de questions Nix.

Je le regardai, et pour la première fois un petit frisson de peur effleura ma peau. Je n'avais pas peur qu'il me fasse du mal, là. Mais sa voix glacée et la lueur dans ses yeux... Seule la lumière des lanternes dehors éclairait son visage. Ses yeux ne quittaient pas les miens. Ses mains étaient sur moi, me brûlaient la peau, pourtant il ne me *touchait* pas.

— Quel âge as-tu ?

— J'ai vingt-cinq ans.

Je ris.

— C'est un peu jeune pour être chef de mafia, non ?

Son regard s'assombrit.

— J'ai vingt ans d'expérience.

Sa main se promenait sur mon corps, me provoquant des frissons et il se retrouva au-dessus de moi.

— Il y a une question que je me pose Nix.

Je ris.

— Il y a beaucoup de questions que tu te poses.

Il embrassa ma clavicule. Je frissonnai.

— C'est vrai.

Il encadra ma tête de ses deux mains, et je retins ma respiration.

— Si je ne tue pas, est-ce que tu auras assez de courage pour rester en vie ?

— Tu me tueras.

Il mit sa main sur ma gorge, tout doucement.

— Oui, mais si je ne le fais pas, Nix. Si au final, tu ne meurs pas. Auras-tu la force de te tuer toi-même ? Auras-tu assez de courage pour rester en vie ?

Je déglutis.

— Cette discussion n'a pas lieu d'être. Tu me tueras, je le sais.

Il sourit, comme fier de lui et se rallongea à côté de moi, en rapprochant mon corps du sien, et ce geste provoqua une sensation bizarre sur ma peau.

— Tu te souviens de la première personne que tu as tuée

Nix ?

Je levais les yeux vers lui en hochant la tête.

— J'avais huit ans.

— Moi cinq.

Je ris.

— On est timbrés.

— Et alors ?

Je haussai les épaules, profitant de ses bras autour de moi.

J'avais aimé. Durant toute ma vie, j'avais eu la chance, ou la malchance, d'aimer. Malgré ça, malgré tout ça, malgré les ombres dans ma tête et le trou dans ma poitrine, ce que je ressentais, là c'était nouveau. Je ne voulais pas y penser, je ne voulais pas m'attarder dessus, il n'y avait rien, ce n'était rien, juste une putain de *sensation.*

Mais cette sensation était un shot d'adrénaline pur chaque fois qu'il me regardait, et là, dans le silence de la nuit, au milieu de ce putain de camp de la mort, je m'autorisai à l'apprécier. Juste pour quelques heures. Juste pour quelques minutes. Juste pour quelques secondes, avant que le moment ne s'efface, et ne devienne qu'un souvenir.

CHAPITRE 41

"La solidarité, c'est être égoïste ensemble"

Alain Fournier

Nix Avril 2014- Paris

— Putain de canicule !

Matthéo se laissa tomber à côté de moi, torse nu et il me jeta un regard.

— T'as pas chaud comme ça ?

Je levai les yeux au ciel.

— Je ne vais pas me mettre en maillot Matthéo, rêve pas.

Il souffla et regarda Thomas qui m'enlaçait par la taille, complètement trempé.

— Tu veux pas la convaincre toi ?

Mon petit ami rigola et sa cage thoracique vibra contre mon oreille.

— Même pas en rêve Matt, cette situation me convient très bien.

Matthéo soupira en nous regardant et gémis.

— Vous voulez pas arrêter de roucouler et venir vous amuser ?

Je remontai mes lunettes de soleil dans mes cheveux et considérai Matthéo.

— C'est pas la même chose ?

Thomas rigola et me rallongea sur lui, une main possessive sur ma fesse.

— Vous comptez vraiment rester là à ne rien faire toute la journée ?

— Mmmh.

Nous ne l'écoutions même plus.

— Ella ?

Je clignai des yeux et dévisageai Thomas.

— Oui ?

Il me regarda profondément et sourit, comme il ne m'avait jamais souri.

— Je t'aime.

Je rigolai en le regardant et l'embrassai profondément.

— Moi aussi.

Il ne chercha pas à aller plus loin. Il ne chercha pas à coucher avec moi. On était juste là, l'un contre l'autre, et on s'aimait. C'était normal. Parfaitement normal.

Finalement, j'avais une chance de me reconstruire. Et je n'allais certainement pas la laisser passer.

— Ella ?

Je regardai Matthéo en me redressant, et rigolai en le regardant s'ébrouer, éclaboussant tout ce qui se trouvait dans un rayon de dix mètres, moi comprise.

— T'en as eu marre de faire trempette ?

Il ricana et dévisagea Thomas endormi sans répondre à ma question.

— Je veux même pas savoir ce que vous avez fait pour qu'il s'endorme en public.

Je rigolai.

— Il ne s'est rien passé Matthéo.

Il leva les yeux au ciel.

— Bien sûr ! Vous ne me la ferez ni à moi ni à Garde à vous !

Je frônçai les sourcils avant de percuter.

— Non mais t'es sérieux Matt, t'as donné un nom à ta bite ?

Il s'esclaffa.

— La grande Ella vient de dire le mot « bite » ! Applaudissons-là !

Il tapa dans ses mains tout seul comme un débile profondément saoule, et je le regardai en soupirant.

— Tu devrais songer à grandir.

Il ricana en s'affalait à côté de moi avec un stylo, paré à dessiner sur Thomas.

— Je n'en vois absolument pas l'intérêt ! C'est plutôt toi qui devrais songer à être une vraie ado quelques fois ! On dirait que t'es allée la guerre vu ta tête d'enterrement !

J'écarquillai les yeux en le regardant.

— On n'est pas des ados Matt, on a dix-sept ans !

Il ricana.

— Je ne les aurai pas avant décembre, alors laisse-moi m'amuser en paix et va voir un thérapeute !

Il commença à dessiner une bite sur le front de Thomas et je soupirai en me rallongeant, le regard rivé vers le ciel.

Etre normale. Normale et souriante. Aimer la vie. Pourquoi est-ce que c'était si compliqué ?

Nix – 1 septembre 2018 - /

Lorsque je me réveillai le lendemain, épuisée et engourdie, Kurt avait disparu. Pas que cela m'étonnait en soit, simplement j'aurais aimé pouvoir participer à la torture de Nickolas. Mais bon, j'avais toujours *Antoinebidule* en réserve, qui avait dû souffler de soulagement en ne me voyant pas hier à soir. *Manque de peau, maintenant j'allais lui faire subir trois fois pire.*

Les premières heures de la matinée passèrent rapidement, malgré le fait que je me fis dévisager par tout le réfectoire. En « cours » de torture, il n'y eut qu'un cours théorique et application pratique des zones les plus sensibles du corps.

La mise à l'épreuve fut beaucoup plus calme qu'hier. Ils

nous avaient lâchés dans un souterrain, avec une heure trente pour trouver la sortie. Je l'ai trouvée en vingt-cinq minutes.

Je découvris ensuite la troisième épreuve, qui n'en était pas une, mais une formation sur les différents moyens de manipulation. Le prof, un noir baraqué et tatoué au crâne rasé, expliqua que nous ne ferions que de la théorie le premier mois avant de passer à la pratique le deuxième. Rien d'éliminatoire pour le moment, et je m'ennuyais déjà.

A l'heure du repas, je descendis à la cafétéria et avalai une tranche de poulet avec un peu de purée, sans vraiment y prendre goût, avant de descendre une bouteille entière de vodka et deux cigarettes.

L'après-midi arriva bien plus rapidement que je ne le pensai, et pour une fois j'avais les idées plutôt claires.

Quand le gong sonna, l'elfe nous regarda tous les uns après les autres, en ligne dans un silence de mort. Nous étions toujours onze. A priori les choses s'étaient un peu calmées.

Même si je ne leur donnai pas deux semaines pour empirer.

— Vous avez tous un passé plus ou moins compliqué, des techniques de combat plus ou moins avancées et des ennemis plus ou moins puissants. Vous êtes tous différents, et pourtant ici vous n'avez qu'un seul et même but : porter la marque de la Mafia la plus puissante au monde dans les deux mois et vingt-six jours qui restent. Pour cette séance, nous allons évaluer vos compétences afin de déterminer quels points sont à améliorer ou à perfectionner. Ce système deviendra éliminatoire d'ici deux semaines. Nous vous expliquerons le fonctionnement à ce moment, pour l'instant, vous allez passer un par un sur chaque épreuve.

J'avais l'impression d'être de retour au lycée, ou de m'être subitement transportée dans un de ces romans à deux balles dans un monde futuriste.

L'elfe poursuivit ses explications ennuyeuses, précisant que la première épreuve serait une épreuve de force. Je manquai de bâiller en l'écoutant, et ce fut pire une fois assise par terre à regarder des chromosomes XY faire gémir leurs muscles. Je passai en avant-dernière, mais n'établis évidemment pas le record. C'était le grand noir qui était sorti le premier de la salle hier, qui l'obtint.

Sans grande surprise, je finis en tête de liste pour l'épreuve de vitesse et je profitai d'une pause pour boire de longues gorgées de vodka. Je m'ennuyais plus qu'un rat mort et le baiser de Kurt repassait en boucle dans ma tête.

En endurance, le noir, ou je ne savais pas comment l'appeler, le seul qui avait l'air d'être doté d'un cerveau, finit une nouvelle fois premier, et je captai son regard quand les tableaux s'actualisèrent. Il eut un rictus sans cesser de me regarder et redevint froid comme la glace quand un de ses potes s'avança pour lui parler.

Etrange.

Matthéo ne suivait pas le rythme. Dans la plupart des épreuves il avait terminé dans les derniers et semblait déjà sur le point de craquer avant le repas du midi. Il ne tiendrait pas jusqu'à la fin du mois, c'était évident.

Mais l'adolescente qui survivait encore, quelque part en moi, était dévastée. Pour ma part, je ne savais pas trop en quoi penser. Je ne m'étais jamais demandée ce que me ferait la mort de Matthéo. Jamais. Ce type avait été le meilleur ami des restes de moi, à une époque, l'une des seules personnes de ma vie dont j'avais été proche, qui ne m'avait foutue aucun couteau dans le dos, et qui menait une vie normale. *Du moins à l'époque.*

Quelque part, c'était sûrement ma faute s'il était là aujourd'hui, au lieu d'étudier à Yales ou Harvard avec une petite amie blonde du même acabit. En mourant, il emporterait mon passé avec lui, et ma dernière lueur d'innocence et de vie normale, qui survivait dans ses souvenirs.

Alors, qu'est-ce que j'en avais à foutre que Matthéo meure ? Je n'arrivais pas à le savoir.

Vers la fin de la journée, nos muscles désormais bien réveillés, et la sueur perlant sur les fronts, l'elfe nous guida vers une partie inexplorée de la tour. Dans une salle qui devait faire la même surface que la villa de Kurt, une énorme piscine, qui faisait deux fois la taille d'une piscine olympique sans ligne de flottement ni indication dans le fond, nous attendait sagement.

Un test d'apnée, et cette fois-ci, ce fut au tour de Matthéo pour une fois de terminer premier. Je le suivai de près, *encore une fois* à égalité avec le cerveau qui me narguait de loin. Il commençait sérieusement à m'agacer. En changeant encore une fois de salle, j'en profitai pour descendre le fond de ma vodka, alors que l'elfe annonçait avec un sourire sadique que nous serions en binôme pour cette fin de journée. Il était presque dix-huit heures et j'avais terriblement besoin de me saouler jusqu'à ne plus rien ressentir. Ni les démons dans ma tête, ni les lèvres du fils de chien sur les miennes.

Je n'eus pas le temps de faire un pas que le noir s'était positionné à côté de moi avec un grand sourire.

Il est masochiste ou complètement fou ?

Je le regardai en haussant un sourcil froid, et il eut un sourire en coin avant de pénétrer dans la salle au signal de l'elfe. Je n'avais aucune idée de ce qu'on devait faire, mais je supposai que tant que je restai en vie, je n'avais pas perdu.

La plupart des autres s'enfoncèrent silencieusement dans la forêt, artificielle ou non, qui nous entourait alors que je restais immobile près de la porte.

Mon « binôme », se tourna vers moi.

— Je suis Joackim. Et toi ?

Je ricanai.

— Qu'est-ce que ça peut bien te faire ?

Il haussa les épaules.

— Vaut mieux savoir contre qui tu te bats non ?

— Pourquoi je me battrais contre toi ?

Il fronça les sourcils.

— J'avais cru comprendre que tu étais amie avec l'autre qui vient de partir. Tu vas sûrement vouloir gagner avec lui non ?

Il parlait de Matthéo là ? Ce type était observateur. Je rigolai.

— Non.

Il sourit, ne relevant pas la froideur de ma réponse.

— Alors tout va bien. Tu t'appelles comment ?

Bizarrement, son entêtement me fit rire.

— Tu es têtu hein ? Je suis Nix.

— Nix... Original.

— Je t'ai pas demandé ton avis. Bon, qu'est-ce qu'on fait ?

Il haussa les épaules.

— On attend. Les ennuis viendront nous trouver tous seuls, autant ne pas être essoufflés d'avoir marché non ?

Je haussai un sourcil et m'assis sur le sol.

— C'est une technique en effet. Combien de temps on doit rester dans la salle ?

Il ricana.

— T'as pas écouté un traître mot de ce que le prof a dit. Je n'en reviens pas. On a une heure à tenir, et après on a ce qu'ils appellent « Automutilation »

Je grimaçai. Je détestai vraiment cette sensation de collégienne qui attendait la fin de la journée avec impatience. J'avais plus l'habitude de ne rien attendre du tout.

— Et on fait quoi dans ce cours débile ?

— Certainement tout le contraire de ce que tu faisais avec le boss hier.

Je rigolai en faisant semblant d'être offusquée.

— Espèce d'obsédé. On n'a pas fait que ça. On s'est douché aussi.

Il grimaça alors que ses yeux pétillaient d'amusement.

— T'en fais pas, je suis gay.

Je haussai un sourcil et ricanai.

— Tu serais le premier à mourir dans un film d'horreur.

Il ouvrit la bouche, offusqué.

— Alors premièrement c'était une blague je suis hétéro, c'est mon frère qui est gay, ensuite c'est quoi ce cliché de merde ?

Je haussai les épaules et au même moment un grognement retentit derrière les arbres. Joackim se figea immédiatement. Je me levai aussi sans bruit en mettant un doigt sur ma bouche pour lui faire signe de ne pas parler en regardant autour de moi.

Un deuxième grognement retentit et deux yeux jaunes

sortirent des fougères, rapidement suivis par une dizaine d'autres alors que je me figeais complètement et écarquillais les yeux.

Des loups.

Nous étions encerclés par une meute de loups, bavant et grognant crocs sortis. Ils avaient faim. Et ils voulaient faire de nous leur dessert.

Google, comment on faisait pour battre une meute de loups gris tenus affamés et dressés pendant des mois et qui te regardaient comme si tu étais de la crème chantilly ?

CHAPITRE 42

"- Tu t'es encore cassé la figure Bella?
- Non! J'ai foutu un coup de poing dans la tronche d'un loup-garou!"

Twilight 3: Hesitation.

Nix 1 septembre 2018 – /

Je croisai le regard de Joackim en sortant deux couteaux de ma ceinture. Lui avait en main une dague courte et un pistolet de gros calibre. Je me collai dos à lui pour ne pas laisser les loups nous encercler et nous séparer.

— T'es prêt ?

— A quel moment on est prêt à ça ?

Je m'étais posée cette question toute ma vie.

Deux loups bondirent simultanément sur moi, et j'eus à peine le temps de planter mon couteau dans le poitrail du premier avant qu'il ne me touche, mais le deuxième ne me rata pas. Une longue griffure barra mon ventre et je dus m'accrocher pour ne pas m'écrouler en le poignardant à son tour. Je m'acharnai sans même en prendre conscience, le souffle au bord des lèvres, quand enfin il cessa de bouger.

Mon esprit devint flou pendant une demi-seconde, trempée de son sang, et tout redevint clair comme de l'eau de roche. Mon arme se fondit dans ma main et tout le reste disparut. Il n'y avait que le sang sur ma langue, le sang sur ma peau, ma rage de tuer, et eux.

J'étais partie.

Un loup s'approcha de moi en grognant, crocs sortis. Il évita ma dague aiguisée d'un bond, se jetant sur moi. Je l'esquivai, mais sa patte atterrit sur mon mollet et lacéra mon mollet sur toute sa longueur. Je trébuchai et me retournai alors que des gouttes de sang me glissaient sur la langue.

Putain de bête sauvage.

Je lui foutus un puissant coup de poing dans le flan, et le loup grogna en trébuchant.

Mais j'avais vaincu pire.

Sa seconde d'inattention lui valut la vie, et ma dague s'enfonça profondément dans sa nuque. Elle était recouverte de sang jusqu'au manche et gouttait sur le sol alors que je me retournai, la souffle erratique.

Mon regard croisa celui de Joackim, animé d'une rage calme. Il cligna des yeux, et tout reprit.

Un loup me chargea, et je m'étalais de toute ma longueur sur le sol. J'entendis mon cœur résonner contre mon crâne et je le regardai, sans même prendre le temps d'attraper mon couteau par le manche. Le métal s'enfonça dans ma peau, mais de toute façon, je me vidais déjà de mon sang.

La bête tenait mon pied enfermé dans sa gueule, ses yeux jaunes plein de rage fixés sur moi. Une seconde et il me coupait le pied. Une seconde, et ma dague s'enfonça dans son crâne entre ses deux yeux avant qu'il ne puisse cligner des paupières. Il s'écroula au sol alors que je me relevais devant le regard haineux et affamé de trois loups prêts à bondir.

Putain mais il y en a combien ?

Le souffle court, je récupérai ma dague au sol, ignorant la douleur et mes veines qui se vidaient lentement. *Je ne mourrai pas tuée par des putains de loups. J'avais survécu à pire, et je survivrai encore.* Je m'essuyai le visage dégoulinant de sang, et me mis en position. Ce n'était pas des humains, et ils n'attendirent pas de croiser mon regard pour se lancer sur moi. J'évitai celui qui venait par la gauche sans penser à regarder ce qu'il était devenu. Je traçais une longue et profonde coupure sur un autre avec mon couteau, et envoyai ma dague se ficher dans la gorge d'un troisième. Le dernier s'ébroua en se jetant sur moi. Je mis toutes mes forces dans mes poings, et sa nuque émit un craquement d'horreur avant qu'il ne retombe par terre en gémissant.

Mes pensées cognaient contre mes tempes, mon cœur faisait résonner mon sang dans tout mon corps, et je me sentais mourir sans avoir besoin de regarder ma plaie.

Je me relevai en titubant, mes deux couteaux dans la main. Je m'essuyai le visage de l'autre et mon regard se fixa sur Joackim qui pâlit en me voyant.

Il avait peur. Il avait peur de moi.

Un rictus satisfait s'étala sur mon visage et je considérai le dernier loup qui me faisait face.

Viens voir maman.

Sa fourrure était déjà trempée de sang, sa langue pendait, mais son regard luisait. Il devait survivre. Mais moi aussi.

Je le tuai en silence en une seconde, et il s'éteint dans un petit gémissement avant d'avoir pu faire un geste pour me sauter dessus.

Un glapissement retentit au loin, et je vis Joackim s'éloigner du dernier loup pour me rejoindre, alors que le calme revenait.

Il n'y avait pas de vent, il n'y avait pas de soleil. Il dit quelque chose en me regardant, paniqué alors que je trébuchai un peu.

J'avais mal.

Je n'eus même pas conscience de m'allonger. Je n'eus même pas conscience de *tomber.*

Il coupa mon haut après avoir essuyé son couteau sur l'herbe, mais je m'en rendis à peine compte. J'entendais sa voix en sourdine et ses mains appuyèrent sur ma blessure au ventre après avoir arraché son tee-shirt.

Il claqua des doigts près de mon oreille, me donnant presque envie de rire, et mit ma main à la place de la sienne. J'appuyai par pur réflexe.

J'aurai pu tellement l'enlever, et mourir. Plonger dans le noir et tout oublier. Mais je ne les laisserai pas gagner. Pas comme ça.

Il disparut et je laissai mon esprit vagabonder. Il n'y avait ni vent ni soleil, ni pluie ni orage. Je sentais le sang qui me recouvrait me coller à la peau. J'en avais dans la bouche, j'en avais partout. Mon souffle était court, et je vis flou.

— Nix putain !

Je n'avais pas compris ce qu'il m'avait dit, mais j'étais là.

Je le vis de nouveau, un gros paquet de feuilles à la main, et un rire m'étrangla. Un peu de sang sortit de ma bouche et son regard noircit alors qu'il saisissait ma bouteille de vodka.

Ça a toujours un côté positif de se saouler en toute occasion.

Il essuya le sang tant qu'il put avec le tee-shirt et me regarda, l'air inquiet.

— Serre les dents.

Je ricanai difficilement.

— J'ai l'habitude d'hurler de douleur, t'inquiète pas pour ça.

Il versa l'alcool sur ma plaie. Mon corps se courba de lui-même et je ne sortis pas un son, le souffle coupé sous la douleur qui dévastait chaque millimètre carré de mon corps.

J'aurai voulu pleurer, mais les méchants ne pleuraient pas.

— Reste avec moi Nix.

Il trempa les feuilles dans l'alcool et entoura ma taille avec, en tentant d'en faire un bandage. Et étonnement, cela fonctionna. La douleur ne diminua pas, mais je me sentis reprendre peu à peu contact avec la Terre.

— On attend toujours maintenant ?

Je ricanai mais il resta sérieux.

— Oui.

Je me redressai et allai m'appuyer sur la porte blindée par laquelle nous étions entrés en le regardant soigner une énorme plaie à sa jambe.

Le gars avait pas bronché, alors qu'il y a deux siècles, il aurait pu mourir d'une blessure pareille.

— Il veut dire quoi ton tatouage ?

Je ricanai en masquant avec mon bras la tête de tigre sur

ma hanche.

— Parce qu'il faut une raison pour se faire tatouer un truc maintenant ?

Il releva les yeux vers moi.

— Je viens probablement de te sauver la vie, j'ai le droit à une réponse non ?

Je ris sarcastiquement.

— Je te dois rien du tout chéri. Je t'ai jamais dit que je voulais pas mourir.

Il plissa les yeux et ricana.

— Je comprends mieux ce que Smith te trouve. T'en a rien à foutre des autres, t'aimes personne... T'es un électron libre et tu te permets tout sans même te soucier des conséquences. Le seul truc qui me dérange dans ton comportement, c'est ta douleur. Et d'ailleurs Nix… Tu ne veux pas mourir. Tu t'es battue pour rester éveillée.

— Joackim, il reste à peine dix minutes, tu vas pas commencer à faire une analyse psychologique de ma personne.

— Je fais ce que je veux.

Il me fusilla du regard et je lui adressai un sourire hypocrite.

— C'était pas une question.

Je reposai ma tête contre la porte en soufflant quand mon portable, couvert de sang mais miraculé, vibra.

Je peux pas te laisser seule plus d'une journée... Comment tu t'es fait ça ?

Je ris dans ma douleur et tapai rapidement ma réponse.

Demande à ta meute de loups.

Me dis pas que tu les a tous tué ?

Bah si.

Mais tu sais combien ça coute d'élever une meute

entière avec le seul but de tuer ?

Non mais j'en rien à foutre ?

Tu m'épuises. C'est profond ?

Pas d'organes vitaux touchés à première vue. J'agonise pas encore, alors ça se présente pas mal pour les soins.

Tu passeras à l'infirmerie, ils vont faire en sorte que tu ne meures pas avant que je ne te tue. Tu vas encore louper le dernier cours. Décidément tu les aimes pas...

Ou c'est plutôt toi qui m'aimes trop fils de chien

Le jour où je serais capable de ce sentiment n'aura jamais lieu.

Encore faut-il qu'une fille soit capable de te supporter Kurtichounet

Une semaine. Je reviens te voir dans une semaine. Tu vas prendre cher.

Je ne répondis rien et fermai mon portable en riant sous le regard interrogateur de Joackim.

— C'était Smith ?

Je hochai la tête quand un bip retentit.

— Fin de l'interrogatoire Joack' !

— Très moche comme surnom.

Je levai les yeux au ciel. Il me tendit sa main et je la pris volontiers pour m'aider à me relever, mais il tira beaucoup plus fort que prévu et m'éjecta entre ses bras, un bras sous mes jambes.

Non mais il se prend pour qui ?

Je le fusillai du regard en ignorant son sourire narquois. Evidemment, je ne pouvais pas me défaire de sa prise sans me retrouver encore une fois à pisser le sang par terre.

— Je peux savoir ce que tu fous ?

— Je profite de ta faiblesse petite rousse !

D'accord, il m'amusait.

Je levai les yeux au ciel sans relever, et la porte s'ouvrit sur un homme d'une cinquantaine d'années avec des lunettes.

Il me vit allongée et hocha distraitement la tête.

— Bien. Bien bien bien. Suivez-moi.

Mais pourquoi il avait dit « bien » quatre putain de fois ?

Joackim avança derrière le petit homme, un docteur je présumais, et je grommelai des menaces de mort à Joatruc en secouant les pieds.

Imbécile. Je n'aurai certainement pas pu marcher mais, imbécile.

Il me posa sur un lit, une fois arrivés dans une grande pièce blanche qui ressemblait beaucoup trop à une chambre d'hôpital à mon goût, et le vieillard entra dans mon champ de vision en souriant gentiment.

Pépé.

— On va vous endormir, et soigner votre plaie. Nos soins sont très avancés. Vous m'en direz des nouvelles !

Ses yeux se couvrirent d'étincelles, mais je n'eus pas le temps de râler ou de poser de questions qu'une aiguille pénétrait dans la peau de mon bras. Mon esprit s'embruma et je sombrai dans un noir abyssal.

CHAPITRE 43

" La douleur n'est pas le pire. C'est regarder son sang couler sans rien pouvoir faire qui nous rends fou"

Alexandra Kean

Nix avril 2014 – Paris

Ses yeux me regardaient avec une tendresse infinie et je ne pouvais me détacher de son regard. Il était au-dessus de moi, me cachant le ciel étoilé, mais je l'aimais plus que je n'aimais regarder les étoiles.

Il me sourit et je ris. Mon rire résonna sur la plage. Nous étions seuls. Le sable était blanc et fin. La nuit était tombée depuis des heures. Et il me regarda comme si j'étais le centre de son monde, mais il se trompait. C'est lui qui était le centre du mien. Il était arrivé au moment où je croyais que je n'étais plus rien ni personne, que je n'avais plus de raison d'exister. Que j'avais été maudite dans une autre vie. Que je n'étais qu'un jouet pour les autres. Thomas m'avait redonnée un peu d'espoir que je pensais ne pas exister. Je me sentais bien avec lui. Normale. En sécurité. Loin de toute la pression dans ma poitrine. C'était normal. C'était parfait. J'aurai voulu que ça ne s'arrête jamais.

Il déposa un baiser sur mes lèvres et se laissa retomber à côté de moi, sa main enfermant la mienne. Sa présence à mes côtés me réchauffait. Je croyais n'avoir jamais ressenti cette sensation de bonheur. Intense. Sans interruption.

On dit que l'amour rendait aveugle, et je pouvais dire sans hésitation que c'était parfaitement mon cas. Il m'avait rendu aveugle, mais il était devenu mes yeux et c'était tout ce qui importe. C'était presque insensé, la force avec laquelle je l'aimais. Beaucoup auraient pu dire que je me mentais à moi-même, qu'il m'avait donné quelque chose. Mais ils se trompaient. Tout était vrai. Cet amour était vrai. Nous étions vrais.

— Ella ?

Je tournai ma tête vers lui. Les vagues s'écrasaient une à une sur le sable. La lune nous éclairait. Il n'y avait pas d'autres bruits. Nous étions isolés de tout, et je donnerai tout pour rester ici le restant de mon existence, avec lui.

— Est-ce que....

Il s'arrêta et se racla la gorge. Je le fixais, l'invitant à continuer.

— Tu vis dans un petit appart'... Et il faut qu'on fasse une dizaine de kilomètres tous les jours pour qu'on se voit... Donc je me demandais...

Mes yeux ne quittaient pas les siens. J'attendais indéfiniment qu'il finisse enfin sa phrase.

— Si ça te dirais de venir habiter avec moi ? Je sais qu'on est encore au lycée, mais c'est notre dernière année, et puis tu passes déjà tellement de temps dans ma maison que ça ne changerait pas grand-chose... ça ne fait que cinq mois nous deux mais...

Il continua sur sa lancée, s'enfonça et s'emmêla les pinceaux mais je ne fis que le regarder en souriant. Il a vraiment cru que je pouvais refuser ? Je finis par couper court à son discours inutile en l'embrassant de toutes mes forces.

— Alors c'est oui ?

— Oui.

Il passa sa main dans mon cou, et me plaqua contre lui avant de repasser au-dessus de moi, les yeux pétillants de désir. Il mordilla la peau de mon cou, et je pouffai en gémissant.

— On va vraiment faire ça ici ?

Ma voix claire résonna dans ce paysage de carte postale, et il me sourit pour toute réponse alors que sa main déboutonnait déjà mon short blanc.

Je souris à nouveau contre ses lèvres.

J'étais heureuse, plus heureuse que je ne l'avais jamais été après tout ce que j'avais traversé.

Je crois que c'est le plus beau jour de ma vie.

Non.

J'en suis sûre.

Rien ne pouvait nous séparer. Rien ne pouvait me retirer cette sensation nichée au fond de mon cœur.

Rien.

Chiara — 1 septembre 2018 — /

Un bruit. Un souffle.

Une respiration.

Je respire. Je ne vois plus rien. Mais je respire.

Je me concentrai sur ma respiration. J'étais vivante.

Ma peau se couvrit de chair de poule en sentant du métal partout autour de moi. Je clignai des yeux, du moins j'essayai, mais je n'y arrivai pas. J'avais un bandeau. Je tentai de bouger, en vain. J'étais ligotée de toute part.

Mais je suis vivante. Je. Suis. Vivante.

Je respirai plus fort. Je n'avais pas de bâillon. Je tentai de formuler un mot. J'avais besoin d'eau. J'avais soif.

Un gémissement rauque sortit de ma bouche.

J'entendis des bruits sourds, je ne distinguai pas très bien où j'étais, je sentis quelqu'un s'approcher de moi. J'avais peur. Les larmes coulaient sur mes joues, j'avais soif.

Je gémis de nouveau, mais soudain, une violente douleur naquît sur ma mâchoire et ma tête partit en arrière, cognant violemment contre le métal difforme et pointu qui s'enfonça dans mon crâne.

— TA GUEULE !

De violents sanglots me secouèrent alors que mon esprit se réveillait brusquement. Je me pris un deuxième coup de poing en pleine figure et je fis en sorte de me taire.

Où est-ce que je suis ?

Mes larmes coulaient silencieusement, mélangées à ma morve dans ma bouche. Je n'arrivais plus à penser. On m'essuya brusquement le visage, mais mes larmes continuaient de couler.

Soudain, je sentis des mains se poser sur mes pieds et défaire mes liens. Je pus enfin bouger mes jambes engourdies. On me mit une main sur la bouche et je sentis un souffle se poser sur ma nuque.

— Tu cries t'es morte, t'as compris ?

Je hochai difficilement la tête, et il me retira brusquement mon bandeau. La lumière m'aveugla aussitôt et je clignai des yeux plusieurs fois, en tentant de me repérer. Peine perdue.

Ma tête... J'ai mal à la tête.

Je regardai autour de moi. Les murs étaient gris et propres, mais le sol était jonché d'armes en tout genre.

Je levai difficilement les yeux vers l'homme devant moi, mais avant que je ne puisse relever la tête, un coup m'assomma.

— TU ME REGARDES PAS SALOPE !

Je gémis faiblement et sanglotai encore. Ma tête était lourde, les larmes dévalaient mes joues et je tremblai de frayeur.

Qu'est-ce que je fais là ?

J'avais les membres engourdis par le froid, la crispation et la douleur. Je n'arrivais pas à penser. *Qu'est-ce que je fais ici ?*

Je n'avais jamais eu aussi peur de toute ma vie.

Une deuxième paire de bottes entra dans mon champ de vision alors que je me recroquevillai sur moi-même en pleurant de douleur. Ma tête me faisait terriblement mal et je voyais flou.

On m'attrapa violemment l'épaule et je reçus une gifle.

— On t'a dit d'arrêter de pleurer salope ! T'en auras bien l'occasion plus tard !

J'entendis des ricanements, et on me releva brusquement. Je croisai un petit regard noir et perçant, ainsi qu'un tatouage et mes yeux s'agrandirent. J'avais déjà vu ce tatouage, je connaissais ce tatouage.

On me saisit par l'épaule avant que je n'aie le temps de plus examiner où je me trouve et soudain, un coup m'assomma définitivement.

Je me réveillai difficilement. Je clignai des paupières et des larmes coulaient encore.

J'avais mal. J'avais si mal.

Je refermai mes yeux. Je les rouvris. Je voyais flou. Je n'arrivais plus à penser.

J'étais étendue sur du béton froid, je me sentais sale, j'aurai voulu me changer. Et j'avais tellement mal à la tête. Mes larmes se mélangeaient à ma morve et à mon sang. Je sentais ma lèvre coupée me faire souffrir et je n'osai pas bouger. J'avais l'impression d'avoir été tabassée.

Je tentai de bouger ma jambe, mais je hurlai de douleur, autant pour ma lèvre coupée qui s'écartela, et autant pour ma jambe brisée que je venais de bouger.

C'était exactement ça. J'avais été passée à tabac.

Je fermai mes yeux, tentant de me concentrer sur autre chose. En vain. Je ne pensai qu'à ce qu'ils me feraient après.

Et qui c'est, ils, d'ailleurs ?

Mes sanglots redoublèrent, mais chacun de mes muscles me faisaient mal.

J'entendis des bruits de chaine, je rouvris les paupières et je vis une maigre silhouette m'observer.

Une fille. Elle ne devait pas être plus âgée que moi. Elle me sourit.

Comment ?

Et elle chuchota.

— Tu n'as rien de cassé ne t'en fais pas. C'est un produit qu'ils ont pour nous punir. On l'a toute eu au début.

Je fronçai les sourcils, voulant lui répondre, mais ce simple acte me fit mal.

Elle s'apprêtait à rajouter autre chose, mais un bruit retentit et aussitôt elle referma la bouche et se précipita au fond de sa cellule.

Des bruits de pas résonnèrent dans le couloir et je me redressai difficilement. Je n'avais plus aussi mal. Mes yeux s'écarquillèrent en regardant autour de moi. Des dizaines de filles, enchaînées, des barreaux, des cellules.

Et quand je baissai les yeux en m'essuyant avec ma manche, je me rendis compte qu'un bracelet de fer entourait ma cheville. Relié à une chaîne collée au mur.

Les autres étaient maigres, ou plutôt grosses, ou plutôt normales. Certaines pleuraient, d'autres regardaient dans le vide, et d'autres semblaient mortes et en vie à la fois. Je me plaquai contre le mur et mes larmes coulèrent encore. J'allais subir ça. J'allais être comme ça.

Qu'est-ce que j'ai fait ? Pourquoi je suis là ?

Les pas se rapprochèrent.

Un homme s'arrêta devant la cellule d'une fille, il l'ouvrit, et l'attrapa violemment par les cheveux.

Je gémis soudainement en tentant de me déplacer, alors que ma tête me martelait et que mon corps souffrait.

L'homme tourna la tête vers moi, les respirations des filles s'étaient tues, et la tension était à couper au couteau. Je me recroquevillai en tentant d'échapper à son regard, malgré la douleur.

Je ne voulais pas qu'il me touche. Je ne voulais pas qu'il vienne. Je ne voulais pas savoir à quoi leur servaient toutes ces filles. Je ne voulais pas savoir ce qu'ils leur avaient fait. Je ne voulais pas être là. Je ne devrais pas être là.

L'homme ricana en me regardant.

— Ferme ta gueule et apprends de tes petites camarades. Ce sera bientôt ton tour... Salope !

Il ne le dit même pas comme une insulte, plus comme un constat et je frissonnai en sanglotant de plus belle, alors qu'il repartait en traînant la fille derrière lui. Elle ne pleurait pas, ne bougeait pas, et le suivit docilement en regardant le vide. Ses yeux reflétaient un cauchemar que je ne voudrais pas vivre.

Que je ne voulais pas vivre.

Je tentai de me calmer, en vain et décidai de faire le tour de ma cellule du regard quand j'accrochai quelque chose. Des lettres.

Je m'approchai en me frottant des yeux envahis par les larmes.

Et à travers le flou, la douleur, la peur et le froid, je lis un mot. Un prénom.

NIX

CHAPITRE 44

"Je ne me bats plus que pour survivre, dans l'espoir qu'un jour enfin je meurs"

Alexandra Kean

Chiara 1 septembre 2018 – /

Les lettres étaient difformes, gravées et enfoncées dans la pierre. Je n'étais pas assez expérimentée pour dire avec quoi ça avait été fait mais une étrange sensation qui me retournait les tripes m'indiquait qu'elle avait été gravée pendant plusieurs années avec des ongles.

Un frisson me parcourut et je poussai un nouveau gémissement en sentant la douleur se répandre dans mon corps avant de passer mon doigt sur ces lettres. Mes mains étaient sales, ma peau, mes veines, mes os, chaque parcelle de mon corps me faisait souffrir mais ce prénom me renvoyait une étrange impression.

Nix, nix, nix J'avais déjà entendu ce nom quelque part.

Je me renfrognai quelques secondes plus tard, en ne trouvant pas dans ma mémoire pourquoi il m'interpellait autant.

Un bruit de porte me fit sursauter, et je sus retenir mon gémissement en me souvenant que le danger était là.

Des gardes s'installèrent devant chacune des cellules,

mitraillette au poing, et le silence retomba dans les caves. Je laissai tomber ma tête en arrière contre le mur et fermai les yeux en m'imaginant ailleurs quand une pensée me traversa l'esprit.

Est-ce que tout cela est à cause d'Ash's ? Avant sa disparition elle me semblait tout le temps ailleurs, à se gratter frénétiquement les poignets. Elle parlait toute seule de choses étranges, et la retrouvai souvent dans les quartiers les plus mal fréquentés de la ville. Je pensais qu'elle se droguait, peut-être était-ce le cas. Si des personnes lui en voulaient, elles avaient sûrement voulu l'atteindre en me kidnappant. Mais ça n'avait pas de sens, selon les films policiers que j'avais pu regarder.

Je serais dans une salle en train d'être torturée... Pas ici, dans cette cellule vide, au fin fond des caves de je ne sais quel gang, entourée de filles au regard vide comme la mort.

Je tentai de bouger un peu. Cette position me faisait atrocement souffrir, et mon cou semblait engourdi. Mais il était impossible de trouver une position confortable ici.

Les heures, les minutes, peut-être même un jour, qu'en sais-je, passèrent lentement. Mon ventre se creusa. Deux repas avaient été distribués aux autres, sauf à quatre filles et moi, mais j'avais la vague impression qu'ils ne donnaient pas les plats aux horaires normaux, mais de façon complètement désorganisée, de sorte que l'on ne puisse pas se repérer dans le temps.

La douleur avait peu à peu disparue et ne devenait maintenant que de l'engourdissement. J'étais épuisée, alors même que j'avais l'impression de passer mon temps dans les vapes.

Les filles ne parlaient pas entre elles. Jamais. Elles se taisaient, elles respiraient, elles se levaient quand on leur disait de se lever, elles parlaient quand on leur disait de parler, elles marchaient quand on leur disait de marcher, elles bougeaient quand on leur disait de bouger.

Elles ne faisaient rien à part se regarder dans le blanc des yeux.

De nouveau, la porte s'ouvrit. Je ne réagis plus. Ils

venaient, ils prenaient une fille, et ils repartaient.

Seulement, cette fois-ci, ce fut devant ma cellule qu'ils s'arrêtèrent.

Je me plaquai contre le mur et fermai les yeux. Ils disparaîtraient quand je les rouvrirais n'est-ce pas ? Ils iraient chercher une autre fille. Pas moi. Tout mais pas moi.

Je rouvris les paupières, mais ils étaient toujours là. Un blond me regarda avec un sourire sadique et je me mis à trembler.

J'avais peur. Je ne voulais pas devenir comme ces filles. Sa voix grasse résonna dans la cave humide.

— A elle c'est sa première fois. Soyez gentils d'accord ?

Son sarcasme se fit entendre dans sa voix. J'entendis la clé qui pénétrait dans la serrure. Cette clé… Si seulement j'arrivais à la prendre, à m'enfuir d'ici.

Mais où irai-je ?

Je ne savais pas où nous étions. Je ne savais pas qui m'avait kidnappée. Je ne savais rien. Je n'avais nulle part où aller maintenant.

J'étais seule face à ces regards vides et à ce sourire sadique. Ma main trembla, et la porte s'ouvrit en grinçant. L'homme fit un pas dans ma cellule et ricana à ma vue avant de se décaler sur le côté.

— Messieurs, je vous en prie ! Attrapez-moi cette jolie demoiselle !

Des gardes entrèrent brusquement au pas de course, ils n'étaient que trois mais c'était comme si j'en voyais des dizaines.

Leurs mains empoignèrent brutalement mes bras, leur prise me faisait mal et je poussai un petit cri de surprise rauque.

Une gifle me fit basculer la tête en arrière et avant que je ne puisse reprendre mes esprits, un cracha atterrit sur mon visage.

— Tu n'as pas appris de tes camarades salope ? ICI TU FERMES TA GUEULE !

Je vis ses bottes bouger, en même temps que je sentis un liquide chaud couler de mon nez. Du sang.

— Bah alors mes petites putes, vous avez oublié d'enseigner les bonnes manières à la nouvelle ?

Je reçus un nouveau coup de poing et crachai du sang. Les seules choses qui me maintenaient debout étaient les mains des gardes, fermement serrées autour de mes bras, et compressant mes veines en me faisant un mal de chien.

— Pour la peine, vous serez toutes punies ! Charl, amène-les dans la salle noire.

Des gémissements se firent entendre, et quelques suppliques résonnèrent.

— J'en entends encore une, et vous allez toute rejoindre la nouvelle dans la salle bleue.

Le silence se fit et mes pleurs redoublèrent. Si elles obéissaient, c'était qu'elles avaient encore moins envie d'aller dans la « salle bleue » que dans la « salle noire ».

Les gardes commencèrent soudainement à avancer mais mes pieds trébuchaient. Je voyais flou, j'avais la bouche en sang, je n'avais pas de force.

J'entendis des cris, j'aperçus plusieurs gardes entrer et saisir les autres filles.

Et soudain quelque chose claqua violemment près de mon pied, et dans la seconde suivante, un fouet me brûla la jambe. Je poussai un hurlement de douleur alors qu'un cri me déchirait les oreilles.

— MAIS TU VAS AVANCER SALOPE !

Je trébuchai encore, les yeux pleins de larmes, mais réussi à avancer tant bien que mal. Ma tête me faisait mal, mes oreilles bourdonnaient et je voyais flou.

Je marchai pendant plusieurs centaines de mètres, trainée par les gardes qui compressaient tant mes bras que j'avais l'impression de les perdre. Enfin, ils s'arrêtèrent devant une porte blindée.

— T'as de la chance cte fois-ci petite pute. Le boss voulait te voir.

Je ne compris pas grand-chose à ce qu'il avait dit. J'avais mal partout, mais soudain la lumière m'éblouit.

Je fus violemment jetée sur le sol, et la porte se referma

lourdement.

Je crachai du sang à terre et m'appuyai sur mes bras pour tenter de me redresser.

J'entendis un ricanement et vis soudain une fille affalée dans un fauteuil noir me regarder avec dégoût.

Elle avait de court cheveux roux qui reposaient sur ses épaules et quand mes yeux croisèrent les siens, je crus la reconnaître.

— Pourquoi tu ramènes les déchets ici, Ian ?

Un homme assez musclé, large d'épaules et blond platine, que je connaissais déjà, entra dans mon champ de vision. Il balança son pied dans mon estomac et je gémis de douleur en m'écroulant de nouveau au sol, quand des bras me saisirent. On m'assit sur un canapé et je balançai ma tête en arrière de douleur. *Ian Ikanovitzch.*

— Pour me faire plaisir. Il y a moins de prisonniers à torturer depuis que Smith s'agrandit.

La fille qui ressemblait énormément à Ashley Ikanovitzch posa ses pieds sur un accoudoir et regarda Ian avec un air moqueur.

— Tu les fais asseoir sur le canapé, tes putes ?

Il ricana.

— Nan d'habitude je les allonge dessus.

La rousse secoua la tête.

— Je peux avoir une clope ? C'est déjà assez chiant de pas pouvoir sortir...

Il eut un rire moqueur.

— Evidemment.

Elle souffla et rigola avant de fermer les yeux et d'allumer une cigarette. Le blond tourna la tête vers moi.

— C'est qu'elle nous écoute la petite. Bon, qu'as-tu appris d'intéressant dis-moi ? Mmh... Je parie que tu n'as même pas compris que les mots Ikanovitzch et Mafia vont très bien ensemble. Mais ne t'inquiète pas, c'est compréhensible. Moi non plus je ne voudrais pas croire que ma petite chanteuse préférée m'a peut-être vendue à des méchants contre sa protection...

Je me mis à frissonner. Ash's avait-elle vraiment fait ça ?

Je fermai mes yeux et balayai ces hypothèses de ma tête. Non évidemment, elle n'aurait jamais été capable de me vendre... *N'est-ce pas ?*

Le blond se leva et se dirigea vers moi avec un beau sourire pervers. Il sortit de mon champ de vision alors que j'essuyais le sang autour de ma bouche. La douleur s'était un peu atténuée et mon nez avait cessé de saigner.

Je sentis soudain ses mains se poser sur mes épaules, son souffle dans mon cou et me figeai. Il ricana et chuchota au creux de mon oreille alors que mes yeux se brouillaient. Non. *Pas ça, je vous en prie, je ne suis pas assez forte pour le supporter.*

— Alors, qu'avons-nous ici...

Je sentis un métal froid dans le creux de mon cou et il chuchota d'une voix beaucoup plus froide :

— Tu bouges, tu tentes de te défendre, tu cries, je te tire une balle dans le pied et je te fais des opérer des ovaires pour te rendre stérile. Tu m'as compris ?

Je fus prise de panique. Le monde des Mafias avait visiblement évolué plus vite que le cinéma pour menacer de… stérilisation ?

Je fermai mes yeux et une larme coula sur mes joues. J'eus soudain peur qu'il ne me punisse pour ça et rouvris aussitôt les yeux.

Il ricana et sa main caressa ma clavicule.

— Oh ne t'en fais pas... J'aime entendre les cris, les gémissements et les pleurs des filles que je baise...

Un sanglot m'échappa quand soudain la main du blond bougea et se plaqua sur mon sein alors qu'il suçait la peau de mon cou. Il malaxa ma poitrine violemment alors que je tentais de retenir mes sanglots.

Ses mains sur moi me dégoûtaient, me donnaient envie de vomir, mais je ne pouvais rien faire. Rien. *Rien.*

J'étais totalement impuissante.

Je tentai de me réfugier ailleurs quand il allait pour enlever mon haut mais une voix l'arrêta.

— Pas devant moi je t'en prie Ian. Préserve ma vision et celle de Nickaï.

Il se détacha de moi et je ne pus m'empêcher de pousser un soupir de soulagement.

— Ce n'est que remis à plus tard ma petite pute.

Il releva la tête vers la rousse qui buvait de grandes gorgées d'un étrange liquide violet.

— Qu'est-ce tu veux que Nickaï en ait à foutre, il est en train de s'envoyer en l'air. De toute manière les caméras de surveillance de cette pièce ne servent à rien, à part perdre du fric dans l'énergie.

Elle ricana.

— Perdre du fric ? Avec ce que ton père gagne ?

Mais alors ça n'était pas Ashley Ikanovitzch ? J'étais perdue.

Le blond secoua la tête et regarda sa montre avant d'attraper son flingue.

— Bon j'y vais moi.

Il ajouta quelque chose en russe à la fille rousse qui hocha la tête avant de partir en claquant la porte.

Plusieurs longues minutes passèrent, quand la rousse se leva soudainement et se précipita vers moi.

— Ça va ? Je ne penserai pas qu'il te ferait vraiment kidnapper. Il tient plus à sa vengeance qu'il n'y parait. Ne t'en fais pas, et tiens bon. Ash's va venir te sortir d'ici le plus vite possible. Je te jure qu'elle ne t'a pas vendue. Ian raconte n'importe quoi. Enfoiré de russe.

Je hochai la tête, ne comprenant pas trop ce qu'il se passait. *Elle était russe aussi. Non ?*

— Obéis. Ne fais rien pour te faire punir. Quand les hommes d'Ash's viendront, ne perds pas de temps en questions inutiles, ils ne te répondront pas.

Je balbutiai.

— Mais co…comment tu sais tout ça ? Qui es-tu ?

Elle ferma les yeux et prit mes mains dans les siennes.

— Il y a beaucoup de choses que tu ne sais pas. Tu ne devrais même pas être ici. Mais pour le moment, la seule chose qui doit t'importer, c'est de rester en vie, tu m'entends ? Reste en vie et tout ira bien.

Elle se leva, ralluma une clope et se remit dans la même position au moment où deux gardes entraient et m'attrapaient pour me ramener, dans ma cellule j'imagine. Je me laissai faire en me concentrant sur ce que je venais d'apprendre. J'allais sortir d'ici.

Ash's allait venir me sauver.

CHAPITRE 45

"Un sentiment, c'est toujours une forme d'amour, même quand c'est de la haine"

Alexandra Kean

2 septembre 2018 — /

Une respiration calme se faisait entendre dans l'immense pièce blanche. Il y avait un moniteur relié au bras de Nix. On aurait pu se croire dans un hôpital, mais non.

Elle n'avait pas bougé. Il ne s'était déroulé que cinq heures depuis qu'un loup sauvage lui avait déchiré le ventre, et la blessure était déjà en voie de cicatrisation.

Kurt l'observait, une mèche noire en travers de la figure, le visage fatigué et les manches relevées. Les Ikanovitzch avaient décidé de foutre la merde en Europe, et c'est là qu'il aurait dû se trouver pour établir une stratégie et les repousser.

Pas ici, dans ce centre d'Initiation paumé au milieu du désert à regarder une fille dont il ne savait pratiquement rien dormir. Il ne savait même pas pourquoi il était là.

Nix. Ce prénom était savoureux. Il avait beau le retourner cent fois dans sa tête il n'en sortait que le même plaisir qu'il ressentait à tuer quelqu'un.

Beaucoup.

Cette fille était un fantôme. Elle avait des amis qui sortaient de nulle part, avec qui elle riait, avant de retourner à ses démons.

Elle se réveillait en pleine nuit en sueur et en larmes, le regard hanté prête à tuer quiconque dans son entourage. Elle pouvait allumer une clope les yeux fermés, descendre une bouteille de vodka en une gorgée, passer une soirée à boire sans avoir la gueule de bois le lendemain.

Et c'était ça qui était le plus impressionnant.

Ses poumons, son foie... Ils étaient intacts. Comme si elle avait eu une vie saine éloignée de toute pollution, qu'elle avait grandi dans une campagne paisible sans usine à des kilomètres à la ronde.

Tout ça… L'alcoolisme, la destruction, les cauchemars, jusqu'à sa façon de se battre… Il n'avait que rarement vu ça. Les seules fois, c'était chez des membres de la garde directe et rapprochée des Ikanovitzch. Et cette hypothèse le terrifiait. Il préférait celle qui disait que Nix avait été un pute russe.

Nix n'avait pas l'air d'une pute. Et pourtant c'était une hypothèse qui collait avec tous les détails. Ses amis surgis de nulle part sans aucun lien ; des anciens clients qui « ont été bons pour elle », elle avait fui les Ikanovitzch, ils la recherchaient parce qu'elle avait dû emporter quelques informations avec elle, et elle était hantée par les horreurs que cette Mafia faisait subir à leurs putes.

Kurt ne se vantait pas d'être meilleur qu'eux. Quand une pute atterrissait dans le réseau de prostitution de la mafia Piratando, elle était accueillie par les coups et le mépris. Mais Chowlin avait fait un boulot du tonnerre dans l'art de la manipulation psychologique.

Pendant un mois, ses putes apprenaient à ressentir du plaisir, aussi cruel que cela puisse paraître, quand elles sortaient des caves, elles étaient aussi épanouies qu'avant leur arrivée, même parfois plus, et leur obéissaient au doigt et à l'œil sans rechigner. Le taux de suicide des putes Ikanovitzch est aussi élevé que le nombre de râleurs en France.

Le regard de Kurt vagabonda sur le corps de Nix. Un corps qu'il avait exploré encore et encore il y a à peine vingt-quatre heures. Sa peau avait la couleur d'un ange, et ses cheveux la couleur des démons...

Il ricana à sa propre bêtise en s'approchant du lit.

Elle dormait à poing fermés, mais sa souffrance se lisait sur ses traits même pendant son sommeil, comme si elle était gravée dans sa peau. Il avait envie de torturer pour l'éternité le mec qui lui avait arraché son âme.

Hier il l'avait embrassée, et il ne savait même pas vraiment pourquoi. Cette fille était comme une apparition des enfers.

Il ne l'aimait pas, oh non. Il l'adorait, mais il ne l'aimait pas. Celle qui conquerrait son cœur ne verrait jamais le jour. Il n'avait pas la force d'aimer quelqu'un.

Mais cette petite rousse effarouchée lui faisait du bien. Elle lui rappelait le monde en fait. C'était glauque comme comparaison, mais c'était terriblement vrai. Un monde qui n'avait rien demandé à personne et qui s'était tout pris à la gueule.

Mais Kurt n'était pas sûr qu'elle n'ait rien fait pour mériter ce qui lui est arrivé. Quoi qu'il se fût réellement passé.

En fait, il n'était sûr de rien avec Nix. Il avançait à tâtons, en prenant ce qu'elle lui donnait, et elle en faisait de même avec lui. Il y avait toujours cette méfiance qu'elle ne soit pas ce qu'elle prétende être. Qu'elle soit une menteuse, une espionne, une manipulatrice, ou il ne savait quoi d'autre.

Mais il y avait son instinct, qui lui criait qu'elle était sans danger.

Avancer à l'aveugle n'était pas dans les habitudes des Kurt. C'était même une première pour lui. Mais comme dirait Nix, elle était douée pour faire découvrir de nouvelles expériences aux autres.

Il posa sa main sur celle de Nix.

Le contact était étrange. Nouveau. Familier. Il ne voulait pas s'en séparer. Comme si un lien le reliait à cette rousse aux yeux saphirs.

Il était persuadé de l'avoir déjà croisé au cours de sa vie. Mais où ? Quand ? Il n'en avait aucune idée.

Ce simple contact lui faisait du bien. Une chaleur qu'il n'avait jamais eue. Il caressa délicatement sa joue d'un geste de la main.

Il ne pouvait pas se permettre de rester ici. Il avait une Mafia à gérer. Mais il reviendrait.

Il n'aimait pas Nix. Non. Il en était certain.

Mais il l'adorait. Et adorer quelqu'un, c'était quand même une certaine forme d'amour.

CHAPITRE 46

« La folie du sang n'est pas pire que la folie de l'âme mais quand les deux se conjuguent, seule la mort devient la solution »

Alexandra Kean

Nix 3 septembre 2018 — /

Je me réveillai difficilement le lendemain matin et m'habillai en quatrième vitesse. Il était tôt, peut-être trop. L'aube se levait à peine.

Il n'y avait pas de vent sur le balcon, mais je voyais au loin des brumes de sables s'entrelacer dans la faible lumière du jour.

Je soupirai, et allumai une cigarette en regardant le soleil apparaître, mes écouteurs dans les oreilles. La nicotine emplit la totalité de mes poumons, et je respirai enfin.

Le soleil monta lentement dans le ciel, et le désert était déjà baigné dans la lumière quand je rejoins les autres, après ma sixième cigarette.

La journée passa vite. L'adrénaline des premiers jours s'atténuaient pour laisser place à des journées éprouvantes et ennuyeuses. Je passais les trois quarts de mon temps avec Joackim. Il était trop curieux mais bizarrement je l'aimais bien. Et c'était un sentiment que je n'avais pas ressenti depuis des années.

Je grimaçai à la dernière heure de la journée. Le principe était de nous torturer jusqu'à ce qu'on craque, tous les jours, pour repousser nos limites le plus loin possible.

Charmant.

J'examinai les murs gris, suant l'humidité, et l'unique chaise en métal rouillée clouée au centre de la pièce.

Torture par noyade. J'avais vu pire.

Je sentis Matthéo s'approcher de moi par derrière, s'arrêter et reculer. Il voulait me parler mais ne savait pas vraiment quoi me dire, alors il renonçait. Ses résultats ne s'amélioraient pas, et ses chances de vivre non plus.

J'aurai voulu savoir si ce qui restait de mon insouciance mourrait avec lui.

Un volontaire avança vers la chaise comme si le sol lui appartenait, et l'épreuve commença.

On entendait le bruit saccadé se sa respiration, accompagné du clapotis de l'eau. Quelques gémissements sortaient parfois, mais le silence régnait en maître. J'aurai presque pu être impressionnée.

Je fus la deuxième à passer, et ce ne fut pas plus compliqué que ça. Mes limites avaient déjà été repoussées à l'extrême pendant toute ma vie. Ce n'était pas quelques gouttelettes d'eau qui me feraient craquer. Je faillis rigoler alors que j'avais de l'eau dans la bouche quand le mec qui me torturait me demander si ça faisait mal avec un petit air de chien de garde.

Ce qu'il y a dans ma tête me fait mal, mais là, tu me rafraîchis.

Je me rallumai une clope à la fin de l'exercice en rejoignant Lorenzo, qui ne cessait de me regarder en fronçant les sourcils, allez savoir pourquoi. Il passait le plus clair de son temps en compagnie d'Anna, mais restait à proximité de moi chaque fois qu'elle n'était pas là.

Puis, je descendis manger à la cafétéria, sans oublier de bousculer Antoine avec un petit rire.

Il avait voulu me violer, j'allais en faire mon dessert.

Je mangeai rapidement en regardant Anna du coin de l'œil. Lorenzo l'avait rejointe et l'observait manger avec les sourcils froncés, sans même toucher à son assiette. *Il devrait arrêter de faire ça, il va finir par se taper des rides à trente ans.*

Elle n'avait plus beaucoup parlé depuis son agression, mais elle semblait se remettre, alors que Lorenzo tombait amoureux d'elle chaque jour qui passait.

Je passai à ma chambre, fumai une autre clope, descendis une bouteille de vodka et attendis que la nuit tombe avant de sortir de ressortir. *J'avais faim de sucré.*

Je me dirigeai directement vers sa chambre et frappai.

— Vous pouvez entrer les filles !

Ah, il s'était trouvé de nouvelles copines. Dommage pour lui, je n'étais pas *les filles.* Je poussai la porte et ricanai en entendant le bruit de la douche. *Nu et savonné, à point comme je les aime.*

J'entrai dans la salle de bain sans gêne et savourai l'expression de décomposition totale de son visage quand il me vit.

Je fis un pas en avant, un rictus me barrant les lèvres.

Le monde perdrait une queue plutôt conséquente. Dommage que la taille de l'engin ne soit pas proportionnelle au nombre de neurones, ça éviterait de grandes pertes.

Il fit un geste d'attaque pathétique, mais je pointai mon flingue sur lui pour le dissuader en agrippant ses petits cheveux.

— Eteins l'eau.

Il s'exécuta en serrant les dents et je le trainai à ma suite dans le couloir. Il se débattit mais mon flingue sur son foie le calma aussitôt.

De toute façon, il n'avait aucune chance d'y échapper. Aucune.

— Eh mais laisse-moi m'habiller au moins !

Je ricanai. *Au contraire, c'était la meilleure partie.*

— T'as tout sauf besoin de tes habits, chéri.

Il déglutit et je rigolai en le conduisant jusqu'à la cafétéria. Je n'avais pas l'habitude de faire les choses à moitié.

Torturer c'est bien, mais avec un public, c'est mieux.

C'était Lorenzo qui avait prévenu les autres de la petite

attraction de la soirée et quand j'entrais, je fus accueillie par les sifflements moqueurs du groupe entier.

Je vis ma victime déglutir et l'assis de force sur une chaise en fer que l'on avait clouée au sol sur l'estrade tout spécialement pour cette occasion.

Je m'accroupis devant lui, alors que Lorenzo me passait les outils récupérés dans les caves. Etrangement, c'était l'elfe lui-même qui m'en avait fourni la plupart. Je pensai qu'il ne m'aimait pas, mais il fallait croire que j'avais tort.

— On n'a pas pu avoir de cordes, du coup on va t'attacher à la chaise de la même façon qu'on l'a fixée au sol. Tu vas être crucifié, comme Jésus !

Je fis gronder mon pistolet à clou avec un sourire sadique.

— Est-ce que tu es croyant Antoine ?

Je n'attendais pas de réponse. Je le faisais juste attendre, s'imaginer des tonnes de choses, et repasser sa vie entière dans sa tête.

La torture était un art physique et mental.

Je me relevai et attachai mes cheveux en une longue queue de cheval. Il serait dommage que j'abîme ma magnifique chevelure à cause de lui.

Joackim et Lorenzo s'emparèrent de ses épaules pour le maintenir immobile sous les regards moqueurs et appréciateurs des autres. Seule Anna était absente, évidemment. Lorenzo l'avait presque contrainte de force à rester enfermée dans sa chambre pour ne pas assister à ça. Ici, il semblait que seul Joackim n'ait pas peur de moi, du moins de façon constante. Ne pas avoir peur de moi était une belle connerie, sauf quand on s'appelait Kurt Smith.

Ce fils de chien me manque.

Agacée, je m'emparai d'une perceuse, histoire de creuser le trou avant d'enfoncer le clou et qu'il souffre encore plus.

Le petit prisonnier se débattit vainement alors que j'attrapais sa main et la maintenais bien à plat contre le métal. Je mis mon outil à sa puissance maximale et la lame tournoyante traversa lentement la chair, les veines, les nerfs, tout ce qui composait la main humaine en éclaboussant de sang tout ce qui trouvait dans un rayon de deux mètres. Mon visage était recouvert de minuscules particules d'hémoglobine, mais la seule chose qui m'importait était son expression de hurlement de souffrance, et les lueurs admiratrices dans le regard de mon public.

Mon avertissement était clair : ne me faites pas chier.

Et encore, ce n'était que le début.

Je pris le pistolet à clou et tirai dans la main ensanglantée, mais au dernier moment, le tir dévia et le clou se planta dans le poignet, laissant sa main se vider de son sang.

Oups.

Je trouai et fis dévier le clou de la même manière sur sa deuxième main et ses pieds, en savourant ses hurlements qui retentissaient dans toute la salle. Il ne faisait aucun effort pour les retenir et il avait raison : ça ne servait à rien.

Maintenant, il était paralysé ; non seulement il était littéralement cloué au sol, mais les seuls membres qui lui servaient pour se déplacer et attraper des objets étaient inutilisables.

Je me relevai et essuyai mon visage avec un gant humide et j'entendis quelques mecs qui regardaient crier des idées pour la suite sans vraiment y prêter attention. J'avais déjà mon programme, et la première partie était pour le moins alléchante : l'écartèlement, non pas de ses membres, plutôt de SON membre.

Tout cela promettait d'être particulièrement désopilant.

Trouver le bon outil, pour tirer uniquement l'organe de la victime et non le corps, sans sectionner à sec le membre avait été long, mais j'avais réussi. J'avais opté pour une simple corde tirée par un système de roue, comme sur les vélos, avec de grosses lanières qui retiendraient Antoine sur la chaise.

Je laissai Joackim attacher la corde. Lorenzo actionna ensuite la roue en ricanant alors que je fumai une nouvelle clope, admirant la tronche que tirait l'abruti qui avait cru pouvoir menacer de me violer.

Son visage se tordait de douleur, de gémissements et de supplications alors que sa queue s'étirait jusqu'à en devenir blanche. Sa peau était tendue au maximum sous les regards attentifs de l'assemblée, quand on entendit un petit craquement. Joackim avait pris le relais sur la roue et y allait plus fort, alors que la chair commençait à se déchirer.

Petit à petit, alors que l'autre imbécile perdait sa voix à force de hurler à la mort, les nerfs distendus du pieu de chair commencèrent également à craquer.

Je me délectai du spectacle, quand enfin, après une heure et trente-deux minutes de souffrance, la queue tomba mollement au sol dans un bruit délicieux.

Je ricanai et me rapprochai de ma victime qui gémissait, les yeux maculés de larmes.

Pathétique.

Je pris un poing américain et l'enfilai en le regardant fixement.

— On va joliment te finir à l'américaine maintenant.

Je bandai mon bras et l'abattis sur sa mâchoire. Mon poing frappa sa tête, son cou, encore sa mâchoire, ses épaules, et tout ce qui trouvait à ma portée alors qu'il crachait du sang en vague.

Je finis par envoyer valser le poing américain sur le sol avant de refermer ma main sur une barre de fer.

Je le regardai droit dans ses yeux qui me suppliaient d'arrêter, avant de ricaner et d'abattre mon arme de toutes mes forces sur ses jambes. Une fois. Deux fois. Trois fois.

Les coups pleuvaient sur ses os qui se réduisaient en miette sous la force du coup et du poids de mon arme. Sa peau était blessée, mordue de bleu et de chocs, saignant à flots à certains endroits. Il crachait du sang, sanglotait, mais n'avait plus la force d'esquisser un geste.

La barre tomba enfin dans un bruit sourd au sol, alors que les mains pleines de sang je prenais mon flingue dans ma ceinture. Une lueur de soulagement traversa ses prunelles mais je ricanai en déviant ma cible.

— Tu ne croyais tout de même pas que ce serait aussi facile ?

J'envoyai la balle directement dans son foie avant de lui

enfoncer une seringue d'adrénaline dans le bras, de quoi le tenir éveillé pendant son agonie.

— Passe de très bonnes et longues dernières heures sur Terre.

Je rangeai mon flingue, et en tentant d'essuyer mon visage, le sang qui se trouvait sur mes mains s'étala sur ma joue et mes cheveux.

Je ricanai en le regardant, avant de sortir de la salle sous les regards des autres. S'il y avait deux choses dont j'étais certaine désormais, c'était que plus personne ne me ferait chier et que je faisais partie intégrante de cette catégorie de personne bonnes à interner.

Mais je ne savais pas encore si c'était positif ou négatif.

Parce qu'après tout, la folie faisait de grandes choses, non ?

CHAPITRE 47

***" Le passé signifie le désespoir, là où quelqu'un a dit que le futur était l'espoir.
Permettez-moi de rajouter que le présent est la vengeance. "***

Alexandra Kean

Nix   24 octobre 2018– /

C'était la dernière semaine d'élimination. Nous n'étions plus que trois dans mon groupe, moi, Joackim et Matthéo, qui avait survécu, comme il me l'avait promis. Lorenzo et Anna avait survécu également, et quant aux autres... Les cris et les massacres qui résonnaient dans les couloirs ne trompaient pas. Mais désormais, Joackim ou Matthéo devrait mourir avant la fin de la semaine. J'évitai soudainement de justesse le poing de Joackim en reprenant mes esprits.

— Arrête de réfléchir Nix.

Je ricanai.

— C'est facile à dire quand on a que trois neurones.

Il sourit et je le frappai en plein sur la clavicule alors qu'il grimaçait.

— T'es pas drôle.

— Non, je suis juste meilleure que toi, il faut savoir s'y

plier.

Il ouvrit la bouche, mimant le choc, et me mit un coup de poing au ventre que je ne parvins pas à éviter.

— Enfoiré.

— Meilleure que moi hein ?

Je feintai sur la gauche avant d'envoyer mon genou dans ses bouses.

— Oui.

Il rigola en gémissant quand le gong sonna la fin de l'avant-dernière épreuve de la journée. L'elfe frappa des mains alors que Matthéo qui se battait avec un O, revenait vers lui.

— Vous avez vingt minutes pour vous faire propre et élégant. La dernière épreuve de la journée sera sans doute la pire.

Je haussai un sourcil. Entre les scorpions, les araignées, les escargots tueurs, les tigres affamés, les Ikanovitzch capturés, l'enfermement pendant plusieurs jours, et une tonne d'autre tortures que nous avions subis depuis notre arrivée, je ne voyais pas ce qu'il allait encore nous pondre.

Mais bon, l'imagination humaine était vaste.

Je grimpai sur le dos de Joackim qui rigola en me conduisant jusqu'à ma chambre. A quel moment avais-je commencé à laisser traîner mes affaires dans sa chambre, et à quel moment avait-il commencé à laisser traîner les siennes dans la mienne ? *A vous de me le dire.* Mais étrangement ce gars était *rafraichissant.* J'avais l'impression de revivre depuis… Et bien, depuis Kurt.

— Je passe en première à la douche !

Il soupira en rigolant et je me précipitai sous le jet d'eau pour pouvoir lui laisser la place.

Je m'enveloppai dans une serviette et sortis de la salle de bain alors que le baraqué à la peau chocolat y entrait en râlant de l'humidité que j'avais laissée. Je n'étais pas vraiment pudique, et pour une raison qui m'échappait, je m'étais presque un peu attachée à Joackim, alors qu'il me voit en serviette était bien le dernier des cadets de mes soucis.

Je m'habillai rapidement d'un bas noir et d'un haut marine

en dévisageant mon reflet. J’avais presque l’air vivante. *Presque.*

Je chaussai des talons noirs tellement hauts que j'en avais oublié la mesure, et quand je me relevais, je vis le regard souriant de Joackim sur moi.

— Qu'est-ce qu'il y a ?

Il secoua la tête.

— Je me demande toujours comment tu as appris à faire autant de trucs avec tes talons.

Même moi je préfèrerai l’oublier.

J'haussai les épaules.

— Tu ne le sauras probablement jamais.

Il hocha la tête et me tendit son bras en souriant. Il ne posait plus de questions depuis au moins un mois, depuis qu’il avait compris qu’il n’obtiendrait aucune réponse.

— Madame veut-elle bien me suivre ?

Je pris son bras en rigolant et nous nous rendîmes devant le réfectoire.

L'elfe était là, en costard. Nous étions fin novembre, la nuit était déjà tombée à cette heure-ci.

Nous n'étions qu'une petite quinzaine, les trois quarts du début, morts. Et le nombre allait encore se réduire.

— Derrière ces portes, se trouvent vos proches, vos amis. Mais également les proches de ceux qui sont morts. Chacun de vous a été filmé pendant qu'il tuait les candidats. Derrière vous attendent des gens innocents, qui n'ont rien demandé, et pourtant à qui on a montré leur fils, fille, femme, mari, se faire sauvagement tuer, par vous. Ce sont des gens remplis de haine et de rancœur. Et derrière eux se trouvent vos proches. Vous devez tuer ces familles qui vous en veulent, sinon, c'est vous qui vous ferez tuer. Jusqu'au dernier. Mais, quand vous y serez parvenu, ne soyez pas rassuré. Vos proches à vous, peuvent devenir la cible de vos camarades. Nous les avons lâchés dans la fosse aux lions, à vous de les protéger. Après cette soirée, les trois prochains jours seront des quartiers libres, alors… profitez.

Les proches. De qui était proche Matthéo, déjà ?

Je tournai mon regard vers lui en ignorant ma main qui commençait à trembler. Il me fixa en articulant un « je suis désolé », au même moment où les portes s'ouvraient.

C'est une blague. Putain dîtes moi que c'est une blague.

Des insultes nous accueillirent, alors que des pères de famille, des mecs couverts de tatouage les yeux pleins de rage attendaient leur vengeance.

Mais toute pensée déserta mon esprit quand je le vis *lui*. Thomas Il avait le regard fixé sur Matthéo, mais il ne m'avait pas vu. Il ne savait même pas que j'étais là.

Je déglutis, un nœud dans le ventre, et saisis le bras de Joackim à lui en comprimer l'os. Il descendit son regard vers moi en fronçant les sourcils, mais je l'ignorai. Je ne savais pas ce qui bouillait en moi. Ce n'était pas de la peur. Ce n'était pas de l'angoisse, non. C'était l'adrénaline de la vengeance. Mon moment était venu.

Une femme se plaça juste devant moi en me pointant du doigt.

— VOUS ! Vous l'avez tué ! Vous lui avez arraché le cœur comme une sauvage ! VOUS ETES MALADE ! VOUS AVEZ TUE MON FILS !

J'aurai pu trouver ça pathétique, mais il était là.

Je regardai par-dessus son épaule et vis que les paroles de cette femme avaient attiré *son* attention. Je croisai ses yeux chocolat et il devint aussi pâle que la mort alors que mes démons me submergeaient comme un raz de marée.

Ce type était ma goutte d'eau. La goutte de trop qui faisait toujours déborder ce putain de vase. Celui qui avait pris mon espoir.

Un vague de douleur déferla en moi. Cette putain de souffrance de merde que j'avais passé tant d'années à tenter d'éliminer, en vain. Elle était toujours là, inscrite en moi, au feutre indélébile. Elle me hantait jusque dans mes cauchemars.

Même en enfer, je le verrai encore me cracher à la figure ce que j'aurai préféré ne jamais entendre. Même en enfer je le verrai encore balayer chaque parcelle détruite de moi comme si je n'étais rien.

« Il a dit la vérité. »

Sûrement le seul moment de ma vie où j'aurai voulu que ce soit un mensonge.

Machinalement, j'agrippai la femme sans le quitter du regard, pris mon couteau, déchirai ses entrailles alors qu'elle tentait de s'échapper, et ressortis son cœur de sa poitrine de la même façon que je l'avais fait avec son fils.

Il recula d'un pas alors que je levais le cœur vers lui comme on portait un toast, avant de le laisser tomber à terre.

Mon couteau s'enfonça dans le cœur de tous les autres qui vinrent réclamer « une vengeance » sans savoir qu'ils se donnaient à la mort.

Partagée entre ma haine et ma souffrance, je rejoignis Rachel et Taylor, toujours suivie par Joackim, en tentant de l'ignorer, lui et mes souvenirs.

Et cette moi du passé qui pensait vainement se reconstruire au bras d'un charmant garçon dans une salle de boxe après le lycée, et une bande d'amis. Quand j'avais rencontré Thomas et Matthéo, j'avais juste conduit au gymnase le plus loin possible. Mais ce contact avec la vie réelle m'avait semblé trop court. Alors j'étais revenue. J'étais revenue, et évidemment…

J'avais juste voulu goûter à la normalité. J'avais juste voulu goûter au bonheur. Juste ça, pour une fois dans ma vie. J'avais voulu rire, faire l'amour, faire des projets. J'avais voulu espérer, croire, que j'avais un avenir, peut-être même un avenir avec quelqu'un. J'avais voulu croire que je valais quelque chose aux yeux de quelqu'un d'autre.

Pathétique, ouais, ça c'était pathétique, et pourtant j'y avais cru, j'y avais cru de tout mon cœur.

Ella était un prénom étrange. Je l'avais choisi au pif, prise au vif sans vraiment y réfléchir. Il ne m'avait pas fallu plus de deux mois pour aimer Thomas de toutes les forces qui me restaient, et que j'avais perdues trois mois plus tard en découvrant la *vérité.*

Il avait été payé pour me détruire, mais j'avais tout découvert avant, comme si je me prenais une putain de claque en plein dans la gueule, et ce soir-là devant son rictus moqueur, la gosse de dix-sept ans qui avait espéré vivre une vie normale s'était effondrée. Toutes les parties de moi qui tenaient bons, s'étaient effondrées. La seule bougie encore allumée dans le noir de mon âme s'était éteinte en quelques phrases.

Il était la goutte de trop dans un vase déjà bien trop plein, et j'avais fui, fui le plus loin possible.

Nix – Quatre ans plus tôt – Avril 2014 – Paris

Mon cerveau se vida. Toute émotion quitta mon corps, comme balayées par un ouragan.

Je le fixai sans bouger, la bouche ouverte de stupeur. Je reculai d'un pas.

Il mentait.

Ce n'était pas possible.

— Tu mens.

Ma voix tremblait d'un espoir vain. Il prit une expression peinée.

— Non. Je suis désolé.....

Ses excuses sonnaient faux. Je reculai à nouveau, sentant les larmes commencer à me brouiller la vue. Il mentait. Ce n'était pas possible autrement. Dieu, dites-moi qu'il ment.

— Je t'en supplie... dis-moi que tu mens...

Je reculai un peu plus alors qu'il secouait la tête. Je tremblai comme une feuille. J'avais l'impression qu'il hurlait. Mes oreilles sifflaient. Je ne voulais pas entendre ça.

— Elle a dit la vérité.

Les larmes coulèrent le long de mes joues sans que je puisse même songer à les arrêter et je reculai encore. J'eus l'impression d'entendre le bruit de la déchirure en moi, la déchirure de tous mes espoirs. L'explosion violente et désastreuse qui me traversa résonna dans tout mon être, comme le glas de la fin. Quelque part, je savais déjà depuis longtemps que ça finirait comme ça. Que je *finirais comme ça.*

Il tendit le bras en ouvrant la bouche mais je l'arrêtai

d'une main tremblante. Je sentais l'essence de qui j'étais, de qui j'avais été s'envoler dans le vent, et je ne tentais même pas de la retenir comme je l'avais fait ces dix dernières années. Ça ne servait plus à rien.

— Non. Je ne veux pas t'entendre.

Ma voix tremblait, elle aussi, et j'avais l'impression que tout mon corps était secoué de sanglots, mais j'étais immobile.

Je ne voulais plus jamais l'entendre.

Les gouttes d'eau salées tombaient toujours en cascade sur mes joues, et quand il laissa retomber sa main, toute la peine du monde pouvait se lire dans ses yeux. Des mensonges. Encore.

Un éclair déchira le ciel suivi du tonnerre grondant avant que la pluie ne commence à s'abattre avec force sur la ville, comme une putain de métaphore de ma vie qui s'éparpillait en millions de morceaux sur le sol de cette ruelle, encore plus qu'elle ne l'avait déjà été.

J'en avais assez. Il fallait que tout ça s'arrête.

La rage remplaça alors la souffrance pour quelques minutes à peine, chassant les larmes et masquant la douleur.

Mon sang se teinta de fureur et du goût amer de la rancune.

La pluie redoubla et je me retrouvai trempée de la tête au pied, mais je ne le quittai pas du regard.

Je me mordis la lèvre jusqu'au sang, oscillant dangereusement entre la rage et le désespoir. J'en avais connu toutes les versions, mais celle-ci me transplantait l'âme.

Il reporta son attention sur moi. J'eus un sourire sarcastique en le dévisageant avec mépris.

— Tu comptes le lui dire, un jour ? Bien sûr que non.

Je ricanai.

— Tu vas le laisser vivre dans l'ignorance, le laisser attendre que tu passes le diplôme qu'il aurait dû avoir. C'est tout ce à quoi se résume ta vie ? Des mensonges ?

Il esquissa un petit sourire mesquin qui me donna la nausée. Comment pouvait-il sourire ?

— Je pensais que tu ne t'en rendrai jamais compte, tu vois. Tu m'as surpris, Ella.

Je ricanai.

— Je ne m'appelle même pas Ella. Mais ça aussi tu le sais, n'est-ce pas ? IL te l'a dit ?

Son regard se ferma alors qu'il m'examinait de plus belle.

— En effet. Mais tu es différente. Spéciale. Quand on y pense c'est toi la menteuse dans cette histoire. Tu lui as aussi menti à Matthéo, mais jusqu'à ton prénom.

— Alors c'est quoi mon nom ? Hein ? Dis-le. Dis-le mon putain de prénom si tu l'oses !

Il n'osa pas.

Je remontai la capuche de mon sweat noir sur ma tête en le regardant fixement.

— Plus maintenant. Plus jamais.

Un autre éclair déchira le ciel et je levai la tête alors que la pluie tombait plus drue que jamais.

— On se reverra en enfer.

Et je tournai les talons sans un regard en arrière. Je n'avais plus rien à faire ici.

Nix – Présent

Une larme coula sur ma joue, mais elle fut invisible, se mélangeant au sang qui était déjà sur mon visage.

Ella avait été ma solution de secours. Celle que j'avais été en pensant ignorer le noir dans ma tête pour rigoler, mais *il* s'était infiltrée à l'intérieur de moi, et s'était servi de ma tentative de me reconstruire pour me briser, *définitivement.*

Thomas n'était qu'un pion.

Mais je m'étais promis de brûler l'échiquier tout entier.

Seul Taylor remarqua mon regard vide alors que Rachel faisait joyeusement connaissance avec Joackim. Peut-être parce qu'il était mon frère, parce qu'il m'était liée par le sang.

Peut-être parce qu'il savait, parce qu'il connaissait cette sensation.

Peu importe.

Mon regard ne quittait pas Thomas. Il ne bougeait pas. Son arrogance avait disparu, il ne faisait que m'observer, en attendant que je frappe, et un rictus se dessina lentement sur mes lèvres.

Dans le brouillard de mes pensées, j'entendis l'elfe annoncer que personne ne sortirait tant que nous n'avions pas tué nos proches. Ils voulaient nous débarrasser de nos faiblesses.

Ma main serra mon couteau sur le bord de la lame, me faisant saigner, alors que je ne le quittai pas des yeux, vivant comme s'il n'avait jamais réduit ma vie en poussière plus qu'elle ne l'était déjà.

Alors, lentement, je sentis mon sang se réveiller de quatre ans de sommeil. Je n'étais plus la même, je ne serais plus jamais la même. Ce désespoir qu'il avait fait naître autrefois, c'était le passé. C'était terminé. Je me l'étais jurée.

Ils représentaient ce que j'avais tenté de reconstruire. Mais on ne répare pas une assiette brisée en des milliers de morceaux, on la fout à la poubelle. Cet espoir de vivre une vie normale était le truc le plus inutile que j'avais jamais ressenti, parce que je ne l'étais pas. Alors je le détruis. *Parce qu'aujourd'hui, c'est moi qui avais les cartes en main. Et ils allaient tous payer.*

Mes jambes avancèrent sans même que j'y pense. Mes yeux ne quittèrent pas Thomas, alors que ma main se resserrait sur ma lame. Je sentais mon sang couler sur le sol, mais peu importait.

Matthéo me fit soudainement détourner le regard en se plaçant devant lui, me défiant d'avancer.

Comme s'il avait le pouvoir de me stopper.

J'éclatai d'un rire froid qui fit trembler le petit enfoiré qui avait cru pouvoir me détruire. *Personne ne pouvait m'arrêter. Au contraire, après notre conversation, Matthéo me laisserait passer.*

— Bonjour Thomas, ça fait longtemps.

Il balbutia, ne sachant comment réagir.

— E… Ella.

Je ricanai, et tirai dans mon téléphone, ainsi que dans la caméra derrière lui. Rachel et Taylor étaient partit aussitôt que le massacre avait été annoncé. Joackim participait.

— Allons, allons, ne sois pas timide. Appelle-moi, vraiment.

Il déglutit.

— A… Ashley.

Je souris de toutes mes dents en passant mon doigt sur la lame de mon couteau et reportai mon attention sur Matthéo, qui ne comprenait rien à la situation.

— Alors, il te l'a dit ?

— Dit quoi ?

Thomas se mit à trembler.

— Je… Ell-Ashley, ne fais pas ça.

— Ce n'est pas Nix ton identité ?

J'éclatai d'un rire froid.

— Qui je suis, qui j'ai été, ce n'est pas le sujet. Tu n'as jamais trouvé ça étrange que Thomas soit pris à Yale et Harvard et pas toi ? Tu n'as jamais trouvé ça étrange que Thomas, nul à l'école, et capitaine d'une équipe de basket étudiante en France, arrive à entrer à Yale alors que tu as fais tous les voyages, les rencontres, que tu as toutes les notes demandées.

Matthéo fronça les sourcils.

— Je ne sais pas, je veux dire…

Je ris.

— Je vais te le dire pourquoi.

Thomas était blanc comme un linge.

— Il se trouve que Thomas ici présent, a été contacté, en Novembre 2013, par la mafia Russe. Les Ikanovitzch. Ils lui ont offert ta place, ils ne prenaient qu'un seul étudiant par région pour ce programme c'est ça ? Eh bien, les russes lui ont offert cette place, sur un plateau d'argent.

— Pourquoi ??

Matthéo se passait les mains dans ses cheveux, couvert de

sang.

— Pourquoi ?

Je ris.

— En échange de moi bien sûr. Ian Ikanovitzch n'a pas supporté une seule seconde notre rupture. Il a voulu me détruire. Me finir. Jusqu'au bout des ongles. Brillamment d'ailleurs. Et notre charmant Thomas a eu sa place dans une université de la Ivy League en faisant semblant de m'aimer, et en profitant de moi et de mon corps pendant quelques mois. Ça devait durer plus longtemps que ça, mais j'ai tout découvert avant. J'ai bien retracé toute l'histoire ?

Thomas hocha la tête en tremblotant. Mon regard changea.

— Mais alors, si tu es Ashley Ikanovitzch, Ian est ton frère ?

Je ris. Je ris.

— Je ne vais pas raconter l'histoire de ma vie à un mort. Mais non. Pas de sang. Maintenant ferme-la, et salue le diable de ma part.

Et j'enfonçai ma dague dans sa bouche encore entrouverte.

Matthéo fut tué aussi, cette nuit-là. Je ne me rappelais plus très bien si c'était une de mes balles qui lui avait traversé le crâne, ou celle de quelqu'un d'autre. La seule chose de vraiment clair dans mon esprit, c'est le sentiment de vengeance et d'accomplissement qui coulait dans mes veines. Un nom rayé. Le premier d'une longue liste. Ce n'était que le début.

CHAPITRE 48

" On dit qu'il faut se battre pour survivre, mais selon moi il faut plutôt lutter pour ne pas mourir"

Alexandra Kean

Chiara 15 décembre 2018 – /

J'étais affalée sur le mur de ma cellule. Ils étaient revenus me tabasser, une dizaine de fois. Ma tête me faisait mal. J'avais l'impression d'être ici depuis des années.

Je ne bougeai plus quand Ian Ikanovitzch entra dans la cave et s'approcha de ma cellule. Il ricana en me regardant.

— Je ne suis désolé petite pute, j'ai été très occupé. Il n'y a pas ma pote pour jouer sa prude maintenant... Je vais te défoncer.

Je tremblai, mais n'avais plus la force de pleurer.

Il fit pénétrer la clé dans la serrure quand des bruits résonnèrent au-dessus de nos têtes. Le blond s'immobilisa en me regardant.

— Ne t'inquiète pas. Je vais revenir.

Il donna des ordres dans une langue que je ne connaissais pas, sûrement du russe et disparut, suivit de tous les gardes. Des bruits de balles se firent soudain entendre plus distinctement ainsi que des hurlements.

Je me redressai difficilement, ignorant mon cœur qui battait à cent à l'heure. Les autres filles étaient trop inertes, trop détruites pour y prêter attention.

Une attaque.

Mes pensées se dirigèrent vers Ash's et je me mis à prier le ciel que ce soit elle. Des balles ricochèrent soudain sur les murs et je reculai, effrayée.

Des pas résonnèrent dans la cave, et une silhouette longiligne débarqua sur des talons, une mitraillette à la main et le visage éclaboussé de sang. Je ne la voyais pas très bien, mais je savais que c'était elle.

Ses cheveux blonds bien que rassemblés en chignon étaient maculés de sang, et si pendant quelques secondes je me demandai comment elle savait se servir d'une arme, le soulagement de sortir enfin d'ici prit le dessus.

Elle s'approcha de moi et posa son arme au sol en déverrouillant ma cellule alors que des hommes armés sortaient les autres filles des cellules.

J'eus un reflex de recul quand elle entra et elle me regarda avec une lueur étrange dans le regard sans sourire une seule fois alors qu'une impression bizarre me traversait.

Elle avait perdu quelque chose. Une partie d'elle. J'en étais certaine.

Des balles résonnèrent encore au-dessus de nous et Ash's regarda sa montre avant de me prendre par le bras.

— On doit partir, je n'ai pas beaucoup de temps.

Je tentai de me lever, en vain et retombai au sol dans un gémissement.

La blonde se détourna pour faire signe à un des hommes qui l'accompagnaient, et deux bras me soulevèrent en douceur.

Elle se retourna et donna des ordres dans une langue qui m'était inconnue avant de passer devant nous en faisant claquer ses talons.

Des ombres surgirent alors que je tentais de garder les yeux ouverts. Ma tête me faisait affreusement mal, et j'avais l'impression que tout mon corps avait été réduit en compote.

Il fallait que je reste éveillée jusqu'à ce que je sois sortie de là, alors je tins bon.

Je ne quittai pas la chanteuse du regard. Elle tirait sur tout ce qui se trouvait dans notre chemin, encadrée par deux hommes en noir aussi armés qu'elle.

Où avait-elle pu trouver toutes ces personnes, ces combattants pour venir me débusquer ? Comment avait-elle su où j'étais ?

Comment savait-elle se battre ?

Je savais qu'elle faisait de la boxe, mais au point de massacrer des dizaines d'hommes avec une seule arme, ça n'était pas la même chose.

Je sentis soudain une coupure au niveau de mon ventre, et Ash's asséna un coup sec et mortel dans le cou de celui qui venait de m'entailler.

Elle examina d'un regard la blessure avant d'à nouveau donner des ordres alors que nous montions les escaliers.

Depuis quand était-elle la chef d'un groupe armé ? Tant de questions tournoyaient dans ma tête que je crus que j'allais vomir.

Je luttai pour garder mes yeux ouverts, quand enfin, nous revînmes à la lumière du jour.

Je du cligner des yeux plusieurs fois, éblouie par la clarté du soleil. Depuis combien de temps je ne l'avais pas vue ? Depuis combien de temps j'étais enfermée ?

Des SUV se garaient en grands dérapages sur le sol en béton et Ash's se précipita vers eux alors que l'homme qui me portait se mit lui aussi à courir.

Ma tête était balancée dans tous les sens et j'avais de plus en plus mal à mon ventre. L'homme dit quelque chose, et contre mon oreille j'entendis sa cage thoracique vibrer d'un langage inconnu.

Aussitôt, je vis Ash's se retourner le visage paniqué. Elle revint vers moi au pas de course, inspecta ma blessure en déglutissant alors que je commençais à voir flou.

Elle prit ma tête entre ses mains et me redressa un peu en me mettant deux trois gifles, sûrement pour me garder éveillée.

— Ne t'endors pas, Chia.

Elle était la seule à m'appeler comme ça.

Je hochai douloureusement la tête alors que l'homme me fit entrer dans le van. Je fus alors allongée sur six genoux, la tête posée sur un manteau. Je sentis qu'on posait du tissu sur ma blessure et je me sentis un peu mieux.

Le véhicule démarra à toute vitesse et enfin, la blonde qui venait de me sauver la vie sembla respirer.

Elle me regarda avec les sourcils froncés quand l'homme qui me tenait lui dit quelque chose dans cette langue que je ne parvenais ni à comprendre ni à reconnaître.

Elle rigola et lui répondis en prenant un morceau de tissu, et en commençant à astiquer sa mitraillette.

Elle avait l'air d'avoir fait ça toute sa vie alors que je me demandais encore ce que je faisais dans un SUV, avec une fille couverte de sang entrain de nettoyer son arme, des hommes encore plus armés, et un trou dans le ventre.

Qu'est-ce qu'il m'était arrivé ?

Ma respiration s'accéléra et Ash's me regarda bizarrement avant de se tourner vers le conducteur et d'aboyer quelque chose. Aussitôt, la voiture accéléra et nous s'arrêta à peine dix minutes plus tard devant un établissement blanc.

Et alors qu'on me portait à l'extérieur du véhicule, j'eus juste le temps d'apercevoir des infirmières et des médecins courir vers moi avec un brancard et le SUV repartir en trombe avant de sombrer dans le noir.

Je ne savais rien de ce qui allait se passer ensuite. La seule chose dont j'étais sûre, c'était que je ne verrais plus jamais le monde de la même manière.

CHAPITRE 49

" La vie est un mélange entre les échecs et le poker. Si tu joues le mauvais pion, où que tu mises sur la mauvaise main, tu perds tout"

Alexandra Kean

Nix   1 décembre 2018 – /

Je fermai ma valise en ignorant le regard de Joakim, Lorenzo et Anna qui semblaient passionnés par ce que je faisais.

Le dernier mois de l'entraînement avait été ennuyant et trop long à mon goût. Cette foutue tour commençait à me sortir par les yeux, et heureusement, j'en sortais aujourd'hui avec un nouveau tatouage en prime, gravé sur mon omoplate gauche.

La cérémonie d'intégration définitive avait lieu cet après-midi en grandes pompes dans le réfectoire, avec de grands représentants de la Mafia Piratando.

Ironiquement, j'avais eu envie de leur dire qu'on ne pouvait pas faire plus haut placé que le mec avec qui je couche, mais il semblerait que je ne sois pas dispensée de cette cérémonie de merde.

Je ne l'avouerai jamais, mais Kurt me manquait un peu. J'avais hâte de le retrouver, lui et sa queue, pour être tout à fait sincère.

Je soufflai en m'asseyant sur mon lit, finalement prête, et haussai un sourcil en direction des trois idiots qui me regardaient sans savoir quoi faire. Anna, qui avait survécu uniquement grâce à la protection acharnée de Lorenzo, finit par se racler la gorge.

— Il faut qu'on y aille les gars.

Je me levai en hochant la tête, en ignorant la boule au fond de mon ventre. Peut-être que je ne prenais pas la bonne décision, peut-être que j'aurai dû fuir loin, très loin depuis longtemps.

Mais ce n'est pas comme si j'avais quelque chose à perdre, n'est-ce pas ? Dommage que ce ne soit plus aussi vrai que ça l'était il y a quelques mois.

Nous descendîmes dans le réfectoire, et nous assîmes avec les six autres candidats qui avaient survécu à la soirée de l'enfer. Cette salle plongée dans le noir avait tué plus des trois quarts de ceux qui restaient.

Je repensai brièvement à la balle qui avait traversé le crâne de celui qui avait été mon meilleur ami un jour et soupirai en regardant mes ongles quand un mec au regard bleu voire presque blanc monta sur scène.

Il fit un long discours, qui commençait par « chères recrues » et se finit par une quelconque formule de politesse assez meurtrière telle que « bonne tuerie ». Je n'avais écouté que le principal, c'est-à-dire que nous allions être appelé, et assimilé à un QG de référence où se trouverait nos supérieurs, avant de monter dans une voiture blindée qui mènerait directement vers ce QG, où nous seront expliqué toutes les règles.

Les adresses des QG étaient confidentielles, même entre membres, aussi quand Anna fut appelée, je savais que j'avais des chances de ne jamais la revoir, comme Lorenzo, et comme Joackim. Pas comme si j'en avais réellement quelque chose à faire non plus, mais étrangement, la sensation me nouait le ventre. Joackim allait me manquer, j'en étais certaine. Anna et Lorenzo aussi. Bizarrement, je m'étais rapprochée d'eux. Je fus appelée en dernier, et évidemment j'étais assignée à quelque chose qui ressemblait à « Confidentiel » sans rôle particulier, ce qui me fit rigoler.

J'étais confidentielle. Kurt allait en entendre parler.

J'inspirai grandement en franchissant les portes de la tour de verre.

Ironiquement, j'aurai pu dire que je retrouvais enfin la liberté, mais je n'avais jamais vraiment été libre. Je montai lentement dans le van et fus surprise d'y voir Taylor qui me regardait sérieusement, et je soupirai, sentant la grande conversation arriver. La porte se referma, le véhicule démarra alors que je le regardais, intriguée.

— Pourquoi tu es là ?

— Ma mère. Je sais que tu ne veux pas de famille, que tu n'en as pas besoin mais... Tu es sa fille tout de même. Une fille qu'elle a cherché pendant des années, une fille pour qui elle s'est saignée à blanc dans l'espoir de la retrouver. Et elle aimerait te voir. Savoir que tu vas bien.

Evidemment.

Je ricanai en fermant les yeux.

— Et si je lui dis que je ne vais pas bien, elle va retenter de se suicider c'est ça ?

Il soupira et me regarda.

— Sûrement. Je ne sais pas. Mais de toute façon, tu vas bien, tu es heureuse non ?

Je m'esclaffai.

— Je suis même pas sûre de la définition de ce mot, *fréro.*

Mon ironie lui fit hausser les sourcils.

— Je ne sais pas. Je ne sais pas qui tu es, je me tue à te le répéter.

Je soupirai en fermant les paupières.

— Je n'ai pas vraiment vécu, Taylor. On a tenté de me détruire plus fort et plus de fois qu'il n'est humainement possible, et je me suis battue jusqu'au bout pour garder la tête hors de l'eau, pour empêcher le cyclone de m'emporter. Miraculeusement, je suis arrivée à survivre jusque-là, mais je finirai par mourir, Taylor, et tu veux que je me plante devant ta mère pour lui dire que j'ai vécu heureuse ?

Un silence résonna longtemps dans le véhicule alors que je prenais une bouteille de vodka dans mon sac. J'en dévissais le bouchon quand il reprit la parole.

— Mais peut-être qu'avoir une famille... Peut-être qu'on pourrait t'aider à sortir de l'eau ?

Son regard me sondait dans l'espoir que je dise oui, que j'accepte sa famille, que j'accepte qu'ils me sauvent. Que je sauve sa mère. *Sa mère. Quelle blague.*

Mais je ne voulais pas vraiment être sauvée.

— J'y ai appris à respirer depuis longtemps.

Le silence résonna pendant tout le trajet.

Arrivée à l'aéroport, je m'étirai et me laissai guider en silence par Taylor à notre vol. Je croisai Anna et Lorenzo, par coïncidence et en profitai pour échanger nos numéros. Ils n'avaient pas leurs portables en partant du camp. Je profitai de la zone internationale pour planter une paire de lunettes de soleil sur mon nez, détacher mes cheveux et visser un chapeau sur ma tête, histoire de dissuader les gens de m'adresser la parole.

Ma socialisation avait ses limites.

Nous embarquâmes en première classe, entourés d'O, comme si c'était un vol normal. Ce qui en était sûrement un pour eux.

Un vol commercial de la Mafia Piratando.

Je passai le trajet endormie, mes écouteurs enfoncés dans mes oreilles et une bouteille de vodka dans la main, à chasser les ombres qui flottaient dans mon esprit comme s'il leur appartenait.

Je savais qu'elles ne partiraient jamais. Il n'y avait qu'un seul moyen de les faire disparaître complètement.

La chaleur de Los Angeles m'écrasa à l'arrivée, avec l'excitation de revoir Kurt. J'avais visiblement fini par m'habituer à sa présence.

Je sautai hors du SUV dès qu'il me déposa devant la villa. Taylor m'avait lâchée à l'aéroport sans me jeter un regard, sûrement vexé.

Je n'aurai pas vraiment su décrire le sentiment qui m'habita lorsque je poussai la porte mais à l'instant où la petite sœur du plus grand criminel de cette planète me sauta dans les bras avec un cri sadique, je sus qu'il y avait une phrase.

J'étais de retour à la maison.

Le cri perçant de Rachel me fit grimacer.

Je crois qu'elle est contente de me voir.

Elle s'éloigna un peu de moins en sautillant, un grand sourire de folle sur son visage. *Elle tenait bien de son frère.*

— On a reçu trop de nouveaux prisonniers et je voulais en torturer sauf que Kurt ne voulait pas que j'y aille sans toi, vu que la dernière fois la prisonnière s'est échappée et a failli me tuer. Du coup j'étais condamnée à regarder de beaux morceaux de viande apeurés passer devant moi sans pouvoir y toucher. Mais maintenant que t'es là on peut tous les torturer !

Définitivement, j'aimais bien cette gamine.

Je rigolai et pris la valise que le conducteur me tendait avant de reporter mon attention sur elle.

— Je peux peut-être poser mes affaires d'abord non ? J'ai besoin d'une clope, et de vodka.

Elle rigola.

— Evidemment ! J'avais presque oublié que tu faisais partie de la grande famille maintenant ! Allez viens, ici ta chambre est à côté de la mienne, comme c'est le QG « général », Kurt a fait mettre nos chambres au fond d'un couloir inaccessible pour qu'on vienne pas nous déranger.

— Le Quartier Général général ?

Elle haussa les épaules en riant.

— Le QG des amis.

— Kurt a des amis maintenant ?

Je la suivis dans la villa en ricanant.

— Non, pas du tout, c'est juste une appellation. La villa où sont conclus les accords ou les déclarations de guerre si tu préfères.

Je hochai la tête en longeant le couloir qui paraissait interminable, avant de soupirer.

— Le but c'est pas de nous cacher, c'est de nous faire perdre du poids en fait. Il fait trois kilomètres son couloir là.

Elle rigola en hochant la tête, quand enfin nous parvînmes au bout, où se trouvaient deux portes. Celle menant à la chambre de Rachel était décorée de têtes de mort et l'autre, sûrement la mienne, était vide.

Elle la pointa du doigt.

— Donc ça c'est ta chambre et l'autre c'est la mienne. T'as le temps de dormir, Kurt ne rentrera pas avant la nuit.

Je rigolai et hochai la tête et m'enfermai dans ma chambre quand elle passa sa tête dans l'entrebâillement.

— Dis, tu aurais pas le numéro du Joackim qui était à ton entraînement ?

Je rigolai en le lui donnant.

Kurt n'allait pas être content.

Comme si elle avait lu dans mes pensées, Rachel hocha la tête.

— Oui, il ne va pas être content, mais Taylor a fait les recherches sur lui pour moi et il est clean, alors je crains rien, et je me fous de l'avis de mon frère. Je vais pas rester vierge jusqu'à mes soixante-dix ans non plus, non mais oh !

— Parce que tu l'es encore ?

Elle grimaça.

— Comment tu veux que je la perde ? Hormis les gardes, mon frère est le seul mec qui est « autorisé » à m'adresser la parole et j'ai jamais fait dans l'inceste. Parce qu'évidemment lui n'a pas besoin d'autorisation, mais les autres si.

Elle retourna dans sa chambre et je soupirai.

Je ne pris pas la peine de défaire mes bagages, m'affalai sur le lit qui était sans doute le plus confortable que je n'avais jamais vu et m'endormis aussitôt sans prendre le temps de me changer, poursuivie par deux yeux sombres.

Quand je me réveillai, il faisait nuit, et étrangement, un nœud enserrait mon ventre. Il y avait de l'agitation au rez-de-chaussée et je plissai les yeux dans le noir en allumant une clope, quand ma porte s'ouvrit.

Je haussai un sourcil en contemplant la fille qui venait d'entrer dans ma chambre avec un petit air méprisant.

Je vais la faire rôtir.

— Je peux savoir ce que tu fous ici ?

Elle rigola.

— Je venais voir la pute du quartier. Je me demande ce que Kurt dira quand il verra qu'on t'a laissée revenir. Il sait.

Oh, ça, ça m'étonnerait chérie. S'il savait, je ne serai sûrement pas ici.

Elle ricana.

— Je le lui ai dit, pour ne pas qu'il ait de mauvaise surprise. Heureusement que tu n'as pas défait tes valises, mais je crois pas que t'auras le temps de les emporter quand tu te feras tabasser.

Avec le temps, j'avais appris à repérer quand le destin avait décidé de se foutre de ma gueule. La mili-seconde de silence où mon cœur se mit à tambouriner violemment dans mes veines suffit pour que mon monde bascule, *encore.*

Des gardes défoncèrent ma porte sous le rictus méprisant de la blonde. Leurs mains s'emparèrent de moi et je n'eus pas le temps de songer à me défendre. Un des mecs rigola et me cracha au visage en me tirant les cheveux, et la seule chose que je vis avant de m'évanouir, ce furent les yeux de Kurt, et son rictus de satisfaction alors qu'il se tenait à côté de la blonde, une main sur sa hanche.

La vie n'était pas un truc qui m'allait très bien, visiblement.

Je clignai un peu des yeux. Je sentais des hommes me traîner de force vers la sortie. Je sentais mon sang couler, aussi. Je sentais mes membres trembler. Je sentais mes veines trembler.

Je voyais le rire de Kurt au loin, alors qu'on me foutait un poing dans le ventre. Je crachai du sang et le rire de la fille blonde retentit.

— Tu devrais amener des putes plus souvent Kurt !

J'entendis son rire à lui.

— Oui, Em.

De toute évidence j'étais encore en train de dormir. N'est-ce pas ?

Je dégueulai mes tripes sur le pavillon de la villa, en

tentant de marcher droit. Je voyais flou, et je sentai presque des larmes couler sur mes joues sans vraiment savoir pourquoi.

Peut-être qu'un jour, quelqu'un dans ce foutu monde avait décidé que j'avais pas le droit de sourire, pas le droit de me reconstruire. Pas le droit de vivre.

Je sentais la nausée remonter, et je tombais en trébuchant. Des mains me frappèrent pour me relever, et je sentis la douleur traverser chacun de mes nerfs.

Peut-être qu'un jour, Destin avait fait un pari avec Vie, pour voir qui arriverait à me détruire le plus vite.

Aussi incroyablement stupide que ça pouvait l'être, je ne demandais que de vivre, d'avoir un peu de bonheur pour une fois, juste un peu. Mais je n'y avais pas droit. Je n'avais jamais eu droit qu'aux soupirs, aux insultes, aux larmes, au désespoir et à mes cris de douleur sourds qui résonnaient dans la nuit sans jamais trouver de réponse.

Le pire dans tout ça, c'était que Taylor avait raison. J'espérais déjà m'en sortir. J'espérai déjà tout un tas de trucs un peu con, tout un tas de trucs nés de l'espoir que j'avais vu en Kurt. J'avais tout mis en Kurt comme une idiote, tout ça parce que quand il m'avait embrassée, je ne m'étais pas sentie droguée, abusée, ou en danger. Tout ça parce que quand il m'avait embrassée ce soir-là, mon cœur s'était dit que peut-être…

L'espoir est la chose la plus destructrice au monde. Il suffit de commencer à y croire ne serait-ce qu'un peu, et tout s'effondre. Je le savais bien pourtant.

Et maintenant j'en étais encore là, à tout perdre, encore, encore, et encore, à sentir le vide s'emparer de moi, la douleur foudroyer mon corps à chaque coups que m'infligeaient les gardes dans ce foutu van.

Quand le véhicule s'arrêta brusquement, je n'étais plus vraiment quelqu'un. J'étais couverte de sang, mon sang, et mon cœur manquait de se décrocher à chaque fois que je recevais un poing de plus.

Les mecs me jetèrent littéralement dans un fossé au bord de l'autoroute alors que je jouais au funambule avec la mort.

Pourtant, je n'étais pas vraiment saine d'esprit. Sinon je me serai sûrement laissée mourir.

J'avais eu la bêtise d'y croire assez fort pour que le rêve tourne au cauchemar. Mais je n'étais pas morte.

Kurt pensait peut-être qu'il pouvait jouer avec moi, mais il avait tort. J'étais loin d'être un fantôme, et j'étais bien plus qu'il n'était.

D'une main tremblante je réussis à taper le numéro de la seule personne que j'aimais de tout mon être sur cette planète. Mon bras droit.

Alexis.

Il était temps de rentrer chez moi.

EPILOGUE

« Et le sang qui brûlait dans ses veines s'est éveillé, plus noir encore que les profondeurs de son âme »

Alexandra Kean

Chiara 15 janvier 2019 – Paris

« Tôt ce matin, un corps a été retrouvé pendu à la pointe de la tour Eiffel, avec de multiples traces de tortures et un étrange symbole marqué au fer rouge sur la poitrine. Le cadavre est celui d'Emily Baloon, une jeune américaine disparue depuis plusieurs mois, que les autorités pensaient kidnappée par la mafia Piratando. Cependant les atrocités qui dévastent son corps et ce marquage semblent refléter une toute nouvelle technique et les agents fédéraux n'écartent pas la possibilité qu'une nouvelle organisation criminelle soit née. Voici les images atroces prises par les passants qui ont découverts le corps [...] »

Je me détachai brusquement de l'écran en entendant la sonnette retentir. J'aidai une de mes amies à servir ses clients dans le petit bar qu'elle avait récemment ouvert, pendant que j'étais... *Fin bref.*

Je n'arrivai pas à détacher mon regard de mes cicatrices et

je ne pensai pas parvenir à engueuler de nouveau Nolan avant d'être moi-même passée à autre chose.

Nous étions au milieu du premier mois de l'année, et il n'y avait pas grand monde.

Je pris mon plateau et me dirigeai vers le client. Ou plutôt la cliente. La capuche de son sweat noir était rabaissée sur sa tête et elle regardait par la fenêtre la neige qui tombait à gros flocons. Je vis une paire de talons gigantesques dépasser de la table, et immédiatement, mon cœur accéléra.

— Que puis-je vous servir ?

— De la vodka s'il vous plait.

La voix était celle que je connaissais, en plus rauque, plus sombre. La femme retira sa capuche, le regard rivé sur les informations.

Une cascade de cheveux roux entourait son visage, quand elle leva son regard saphir vers moi.

Je reculai en balbutiant, choquée.

— Ash's ?

Qu'avait-elle fait à ses cheveux blonds ?

Elle ne semblait plus du tout la même que lorsqu'elle était venue me sauver.

— Le blond est une perruque. C'est ma vrai couleur de cheveux. Et ne m'appelle pas Ash's s'il te plait. Je suis Nix maintenant.

Kurt

— MAIS POURQUOI TU AS FAIT CA ? IL T'EST PASSE QUOI PAR LA TETE ?

Les cris perçant de ma sœur me firent mal aux oreilles si bien que je fermai les yeux en me levant à mon tour.

Plantée devant mon bureau, elle attendait fermement des informations que je ne pouvais pas lui donner.

— Est-ce que tu as vu son regard quand tes propres gardes l'ont trainée hors d'ici sur TA demande ? A quel moment tu as pu penser QUE C'ETAIT UNE BONNE IDEE ?

— Elle n'est pas ce que tu crois !

— Ah oui ? Alors dis-moi ce qu'elle est !

Je me rassis sans rien dire. Je ne lui dirais pas, ni ce qu'avais découvert, ni ce que je ressentais, c'était ma sœur, pas ma psy, ni ma femme, et encore moins ma mère.

— Va te coucher Rach'. C'est un ordre.

Elle me regarda pleine de haine, avant de se pencher par-dessus le bureau et de me gifler.

— Ne compte pas sur moi pour te ré adresser la parole avant que tu ne m'aies expliqué !

La porte claqua derrière elle dans un bruit sourd alors que je me frottais la joue. Nix m'avait trompée. Elle avait couché avec ce type pendant toute son Initiation et osait se pointer comme une fleur, comme si rien ne s'était passé.

Je l'avais embrassée. Je n'embrassais jamais. Je baisais mais je n'embrassais pas. J'avais cru en elle, mais si je ne savais même pas son vrai nom. Et elle avait fait sa pute dès que j'étais reparti.

La porte s'ouvrit brusquement sur un Taylor paniqué.

— Tu devrais allumer la télé.

Je fis ce qu'il me dit et me figeai, même si j'aurai du m'en douter. Le corps d'Emily était devant l'objectif des journalistes pendouillant en haut de la tour Eiffel. Cette fille était le produit de deux des plus hauts dignitaires de de la Mafia Ikanovitzch. Ça faisait des semaines qu'elle nous transmettait info sur info et que je laissai Jason la baiser, même en sachant qu'elle était amoureuse de moi, et Nix venait juste de la tuer.

Et soudain je bondis alors que les journalistes zoomaient leurs caméras de merde sur le symbole marqué au fer rouge sur son cadavre. Un tigre rugissant. Le même que celui qu'arborait Nix à la hanche droite.

Nouvelle organisation criminelle.

J'éclatai d'un rire froid et fracassai la télévision sur le sol.

Evidemment, Nix n'était pas une espionne comme je l'avais pensé. Elle était pire que ça.

C'était une putain de chef de gang. Tout concordait beaucoup mieux. *Une fille détruite, qui décide de se venger d'une Mafia. La mafia Ikanovitzch.*

Alors pour les affronter, elle créé sa propre mafia. Et puis elle tombe sur moi et se dit que je pourrai lui être utile.

Combien de mes dossiers avait-elle volés depuis juillet ? Combien d'infos allait-elle échanger avec les russes contre son immunité, ou avec des gangs contre une armée ?

Je ricanai. Elle m'avait bien eu.

Mais personne ne me dupait sans en sentir passer les conséquences. Si elle avait cru pouvoir se venger des russes, il fallait qu'elle subisse ma vengeance d'abord.

J'allais la ramener ici par la peau des fesses et lui expliquer la façon dont je traite les espions.

— GARDES!

Mon hurlement résonna dans toute la villa et aussitôt une armada de O se présenta devant moi alors que je leur gueulai dessus.

— JE VEUX NIX ICI DANS UNE PUTAIN DE SEMAINE OU JE VOUS JURE QUE JE VOUS DESCEND DANS LES CAVES UN PAR UN !

Je giflai violemment un type qui semblait me regarder de travers, et ils déglutirent alors que je voyais encore le cadavre d'Emily. Si Nix l'avait torturée, Nix savait toutes les informations que j'avais tenté d'obtenir par la voie douce.

Je soupirai.

Même après l'avoir fait traîner hors de chez moi par la force, et laissée pour morte dans un putain de fossé, elle arrivait à avoir une longueur d'avance.

Incroyable, cette fille était incroyable et pourtant je ne savais pas si je voulais la haïr ou l'aimer.

Peut-être que les deux allaient ensemble en fin de compte.

FIN

Pour le moment…

REMERCIEMENTS

J'ai écrit les premiers mots de Set Me Free quand j'avais treize ans, en étude. Nous étions forcés d'être occupés, pas le droit de ne rien faire. J'avais juste une feuille blanche et un stylo bleu. J'allais mal. Alors j'ai écrit. Le 15 décembre 2017, à 23h47, j'ai enregistré les premières phrases du prologue sur wattpad, assise sur le canapé rouge devant NCIS. La souffrance dans mes veines n'avait pas de nom, et le vide que je ressentais en moi ne s'atténuait pas. Incapable de comprendre pourquoi je pleurais les soirs, j'ai écrit. J'ai écrit. Et j'ai créé Set Me Free. Quatre ans, et un million de lectures plus tard, l'aventure se poursuit. Set Me Free en papier c'était un rêve, un rêve auquel je m'accrochais. Je suis fière de l'avoir réalisé. Alors, merci, merci de m'avoir lue. D'avoir lu Kurt et Nix. Ce livre ne serait jamais paru sans mes lectrices. Je vous dois, et vous êtes ma plus grande fierté. Merci. Ma mère n'a jamais lu mon livre, mais elle m'a toujours soutenue dans tout ce que je faisais et je n'aurai rien pu faire sans elle. Je serai encore perdue et déboussolée devant mon écran sans Eulalie Lombard, une auteure en or, et au cœur en diamant. Qu'aurais-je fait sans Marie Faucheux pour faire ma couverture et calmer mes moments d'excitation, et me guider dans ma réflexion ? Merci également à Marina, qui a permis à nos russes détestés de parler du vrai russe. Ce livre c'est l'accomplissement de plusieurs années, durant lesquelles je me suis relevée, et j'ai guéri. Sans Jeanne et Timothé, mes meilleurs amis, qui ont supporté mes moments de superexcitation, et mes confessions nocturnes depuis le début, je ne serais personne non plus. Je vous aime <3. Si je ne remercie pas Amandine, ma première amie sur bookstagram, je serais une ingrate. Sans bookstagram, aurais-je un jour imaginé m'auto-éditer ? Je dois ajouter un remerciement particulier à ceux qui ne sont plus là. On ne se construit pas sans négatif. On ne grandit pas sans expérience. Set Me Free n'aurait jamais vu le jour si je n'avais pas vécu tout ça. Si certains ne m'en avaient pas donné la force, même involontairement.

Mais la première personne à remercier, c'est celle qui m'a mise le stylo en main. Celle que j'ai croisé dans les couloirs de ma maison un matin de septembre et qui lisait After sur Wattpad. Laure, ma sœur que j'aime qui m'a dit, « télécharge, tu peux lire et écrire gratuitement » ! Sans elle, Alexandra Kean n'existerait pas.

Un million de lectures c'est beaucoup. Quatre ans aussi. J'ai grandi avec vous. Et on n'a pas fini.

Enfin, un dernier merci, à vous, nouveaux lecteurs. Vous êtes le début, la nouvelle saison d'une aventure. Bienvenue. Merci infiniment d'être là. Installez-vous. Le tome 2 arrive. Bientôt…

Alexandra <3

PLUS DE CETTE AUTEURE

Le tome 2, The Eyes of the Devil, sera disponible le 25 février 2022 ! Les précommandes sont déjà disponibles sur amazon.

Ma nouvelle romance fantastique, Empire de Sang, est à paraître à la fin de l'été 2022.

Je vous invite à laisser un commentaire sur amazon si vous avez aimé votre lecture, ça m'aide énormément ! <3

Pour en savoir plus, et suivre mes déboires d'auteure, je vous invite à me suivre sur les réseaux sociaux !

Tik tok :

Instagram :

Si vous le voulez, vous pouvez aussi me suivre dans l'écriture de quelques premiers jets sur mon wattpad !

Printed in France by Amazon
Brétigny-sur-Orge, FR

14071774R00250